中国当代文学研究方法

张均 著

复旦大学出版社

目录

前言 1

第一讲 反映论模式 1
一、何为"反映论"模式 3
二、反映论的源与流 7
（一）欧洲"摹仿说"传统 7
（二）马克思主义"反映论" 10
（三）反映论与中国"短二十世纪" 12
三、反映论与"新的人民的文艺" 17
（一）《讲话》与"新中国的文艺方向" 18
（二）反映论模式：新的对象与主题 20
（三）反映论模式：典型人物 24
（四）反映论与社会主义实践 35
四、遭遇"八十年代" 37
（一）从反映论到"庸俗社会学" 37
（二）来自表现论的对抗 40
（三）来自主体论的"拨乱反正" 41
五、今天如何面对反映论模式 46
（一）"沉淀"为基本研究记忆的反映论 46
（二）拓展：从"反映论"到"反应论" 48

第二讲 "重写文学史"思潮 51
　　一、"重写"的学术渊源 53
　　二、"换剧本"与范式转换 60
　　　　（一）所谓"换剧本"问题 60
　　　　（二）范式转换：从革命到现代化 62
　　　　（三）"纯文学"的兴起 69
　　三、学界之于"重写"的反思 72
　　　　（一）"去政治化"的政治 72
　　　　（二）拒绝"看见"左翼-社会主义传统 78
　　四、今天如何"重写" 82
　　　　（一）重估"重写"之价值 82
　　　　（二）看见更多的"人" 88

第三讲 "新方法论热" 95
　　一、何谓"新方法论热" 97
　　　　（一）作为西方文论热的"新方法论热" 97
　　　　（二）"影响的焦虑" 99
　　二、叙事学 102
　　　　（一）叙事学的脉络 102
　　　　（二）叙事学的主要概念 105
　　　　（三）中国叙事学 116
　　三、后殖民理论 118
　　　　（一）后殖民理论脉络 118
　　　　（二）萨义德与斯皮瓦克 121
　　　　（三）后殖民理论的洞见与危机 126
　　　　（四）中国的后殖民批评 128
　　四、文化研究 131
　　　　（一）文化研究的脉络 131

（二）文化研究方法要旨：聚焦权力关系　133
　　（三）文化研究在中国　136
五、告别"洋八股"　139

第四讲　"再解读"思潮　143
一、"再解读"的缘起与影响　145
　　（一）何为"再解读"　145
　　（二）缘起："重写"之重写　147
　　（三）旋风般的冲击　150
二、"再解读"的理论创见　152
　　（一）"反现代的现代性"　153
　　（二）"人在历史中成长"　158
　　（三）民间伦理秩序　162
三、"再解读"的方法路径　166
　　（一）从"新批评"到文化研究　166
　　（二）编码/解码：意识形态机制分析　168
四、"再解读"的偏缺及克服　172
　　（一）"超历史"的立场　172
　　（二）理论与文本的距离　174
　　（三）重建"文本周边"　177

第五讲　文学制度研究　181
一、制度研究的缘起　183
　　（一）洪子诚的"问题与方法"　183
　　（二）文学制度研究的兴起　187
二、制度研究的疆域与拓展　190
　　（一）文学组织制度研究　190
　　（二）文学出版制度　196
　　（三）文学批评与文学接受制度研究　205

三、文学制度研究的难题　214
　　（一）让材料自己说话　215
　　（二）节制新启蒙主义的热情　218

第六讲　"重返八十年代"　223
一、"重返八十年代"的缘起　225
　　（一）程光炜的"人大课堂"　225
　　（二）"历史化"研究方法的兴起　227
二、"重返"的方法意义　229
　　（一）"看古物的眼光"　229
　　（二）政治经济学还原方法　233
　　（三）双重"历史分析"框架　235
三、"重返"的理论贡献　239
　　（一）对"新启蒙"的问题化　241
　　（二）对"断裂论"的清理　245
　　（三）"纯文学"观念的问题化　248
四、"重返"的问题及其克服　250

第七讲　史料派　255
一、成为"问题"的史料派　259
二、"以史料为本"　265
　　（一）基础性史料之发掘　265
　　（二）对当代文学史料的系统性整理　269
　　（三）史料考订型研究　272
三、"以问题为本"　273
　　（一）"有实无虚，便是死蛇"　274
　　（二）"内""外"互动　278

第八讲　"社会史视野"　283
一、"实践"作为方法　286

（一）50—70年代文学研究的"战略转移"　287
　　（二）"实践"的方法意义　291

二、历史·义理·人心　294
　　（一）历史在地化　296
　　（二）新的"义理"的构造　299
　　（三）"人心"的安顿　304

三、"社会史视野"的局限与可能　307

第九讲　北美批评　315

一、海外汉学与北美批评　317

二、北美批评的方法　322
　　（一）道德审美　322
　　（二）"纯文学"与学院派　326

三、北美批评的"识断"　329
　　（一）打捞文学史"失踪者"　330
　　（二）被压抑的现代性　334

四、北美批评的待解问题　340
　　（一）明暗之间：意识形态形塑　341
　　（二）毫厘之间：抽样方法的睿智与风险　343

第十讲　我所期待的文学批评　347

一、"一切之美，皆形式之美"　350

二、尊灵魂的写作　354
　　（一）如何获得"角色的眼光"　355
　　（二）"无我"与"有我"　358

三、"有学术的思想"　361
　　（一）一定程度的"不合时宜"　362
　　（二）时代思想的负荷　366
　　（三）相对完整的学术根基　369

附录　本事批评　373
　　一、古典本事批评的特点与缺陷　377
　　二、本事类型及其改写　384
　　三、本事改写之故事策略分析　392
　　四、本事改写之叙述机制分析　400
　　结论　409
后记　413

前言

　　为本科高年级学生与硕士生开设一门介绍中国当代文学前沿研究进展的课程，是我近年来比较强烈的想法。汉人王充早就说过："章句之生，不览古今，论事不实"，并认为"不能博众事""不好广观"者，"无温故知新之明，而有守愚不览之暗"（《论衡·别通》），而以中国现当代文学研究为业者，身处急剧变动的中国现实与新创方法之前，更不宜做"章句之生"。于是，这门课程终于出现在中山大学中文系的培养方案之中。不过，由于难以找到一段相对集中、不受干扰的时间来搜集资料、斟酌考量，所以此课程也就只是"挂"在培养方案上而迟迟未能开设。直到新冠疫情蔓延，静坐室中的时候增多，才有机会集中研读、学习同时代优秀学人的著述文章。最终开课所需资料陆续汇齐，课也就开起来了。只是最初出现在培养方案中的课程名称不是"中国当代文学研究方法"，而是"中国现当代文学研究前沿问题"，其初衷略近于北京大学中文系 2005 年出版的《中国现当代文学学科概要》，希望以课程形式向有志于学术的学生介绍改革开放 40 年来本学科所面临、处理的诸种问题，故希望以"问题"为纲结构课程。不过等到真正开课之时，想法却又发生变化，转而考虑以"方法"为主，因为后者可能更切合年轻人初窥学术门径的需要。与此同时，原课程名称中的"现当代"也被缩减为"当代"。主要原因，则在于自己主要从事当代文学研究（且是更为狭窄的 20 世纪 50—70 年代文学研究），挑选优秀研究案例时更倾向集中在自己比较熟悉的"当代"版块。于是感觉仍以"当代"名之比较妥帖。当然，"现代""当代"之分本身实质意义不大，课程所论其实也没有真正限制在"当代文学"。

一、为何开设此课

之所以开设此课，除了不欲久为"章句之生"外，与我北上学生的直接反馈也有关联。大约因为自己早年没能充分意识到在京、沪求学的重要性而此后又屡有碰壁的经历，所以最近这些年，我比较鼓励同学读博最好选择北京、上海的高校。故近几年由中山大学负笈北上前往北大、人大、清华等校求学的同学陆续增多，也常有消息反馈回来。其中给我印象最深的，是不少同学觉得到京以后眼界大开，获得了前所未有的读书体验，甚至有同学觉得自己与新同学差距明显，颇生焦虑。后者当然有谦逊成分，但前者不难推想。这不单指北京汇聚了其他城市（上海例外）难以望其项背的学术资源，也指北京汇聚了更大数量、更具学术前瞻眼光与思想穿透力的优秀学者。当然，还包括不可能被复制的文化底蕴与思想氛围。记得 2008 年春，我到北大旁听戴锦华教授的"文化研究"课，深感震动。其实，此前已读过她不少文章，我原以为，她的那些在概念密林与中国现实之多重纠葛中游刃自如而又逻辑严密的表述都是反复推敲、字斟句酌的结果，但现场一听才知那种严谨却又锋利的学术表述本身即是她的口语。她的课堂讲述实录下来，即是精彩文章。我来自湖北农村，村人对读书人最高的评价是"出口成章"。戴锦华无疑最当得起此种评价。当然，估计在那门"文化研究"课堂上密密麻麻坐在座位上、过道上的同学，大都会有与我相似的体会。"所谓大学者,非谓有大楼之谓也,有大师之谓也",梅贻琦先生的这段话,可能颇可以概括中大学生在京求学的喜悦、兴奋(当然也包括挫折感)。对此,我能够理解,也能够想象。

不过,学生的反馈也引起我另外的思考:何以他们在中山大学念书时就无"眼界大开"之感呢,为什么作为教师,我(们)没有充分打开学生的"眼界"呢?当然,学生在表达北上求学的喜悦时并无嫌怨母校之意,但身为教师,发现问题并改进问题亦为职责之所在。当然,有些问题即使发现了也并不好改进。譬如,教师多矣,而戴锦华并不常有。但有些问题,应该改正而且能够改正。其间最突出的,即是"前沿研究"类课程的开设。就我自己而论,开过"中国当代文学史""中国当代小说十家讲读""20世纪文学经典选读"等本科课程,也比较受同学欢迎,但这些课程更多关注的是已成"共识"的文学史知识或文本经典,对学界正在发生的"热点"就缺少关注,尤其对"研究之研究"更少涉及。当然,这可以用本科教学重在"强本固元"来解释,但中山大学早就提出建设"研究型大学",教育部近年在本科培养中推行的"强基计划""拔尖计划"无不"剑"指研究型培养。应该说,至少在本科高年级,是有必要开设部分前沿研究课程的,以使有志于学者能够尽早接触学科前沿,开展一些进阶性学术训练。

那么,何以自己此前不曾开设类似课程呢?细究因由,倒也不是因为懒惰,而是与自己的研究取向有关。记得多年以前,曾去看望本学科前辈、现代文学研究名家黄修己先生,他表述过一个看法:"势大于人"。据他的解释,所谓"势大于人"包含两层意思:(1)学术大势与学术影响之关系,即一个学者的学术影响力,既取决于其学术思考的深度,亦取决于其思想与时代大势之间呼应、互动的关系;(2)学术地势与学术选择之关系。对此,黄先生深有感

慨。20世纪80年代末,黄先生由北京大学调入中山大学任教,两相对照,感慨良多,对京粤两地"学术地势"有形象的比较:

> 有的人做学术,地势高,在山顶,一呼可以百应,有的人则在山腰,大声喊叫,山底下的人或可听到,但山顶上的人肯定是听不到的。至于生来就在山底的人,怎么喊也没人听的。

时隔多年,这话仍清晰如昨。这一说法大约也近于古人之言:"登高而招,臂非加长也,而见者远;顺风而呼,声非加疾也,而闻者彰。"(《荀子·劝学》)应该说,黄先生后一说法,对我此后的学术选择产生了较大影响——专心找块"根据地"深耕细作,适当留意"热点"但不跟踪"热点",就构成了我多年未变之旨。原因简单、明了。我所任职的中山大学,论其"学术地势",大约也就在"山腰"位置。既处"山腰",就自然须选择与此地势相适宜的研究路径。若处此位置而欲效仿"山顶"之人"大声喊叫","山底下的人或可听到,但山顶上的人肯定是听不到的",长此以往,恐怕也会大概率地被湮没于喧嚣热闹却又往往转瞬即逝的话语泡沫之中,而蹉跎自己十分有限的学术岁月。由此,我选择了相对聚焦、低头"耕作"、不太趋随"热点"的做法,并常以本系两位杰出的古典文学学者为榜样:专治古代文体学而不他顾的吴承学教授和专治词学而不他顾的彭玉平教授。当然,就现当代文学学科而言,这种取向于研究或为无妨,但于教学则多少有所妨碍。这表现在,由于不跟踪"热点",不密切关注不少学者孜孜以求的概念之争、方法之争,甚至有时还会从"立山头""跑马圈地"等非学术角度去理解这些论争,在教学中自然也就较少以最新问题、方法与视界去打开学生的"眼界"。

应该说,这是不宜自辩的有待弥补的缺失。因此,这门课程的开设,可谓姗姗来迟的"补课"。然而,开设如此课程,是否会犯"金针度人"的忌讳呢?"金针度人"之说,可见于朱熹对陆九渊行事风格的观感。《朱子语类》载:"'子静(陆九渊)说话,常是两头明,中间暗。'或问:'暗是如何?'曰:'是他那不说破处。他所以不说破,便是禅。所谓"鸳鸯绣出从君看,莫把金针度与人",他禅家自爱如此。'"不过这种顾虑在我是不存在的。这主要因为自己并无秘不示人的"金针"。我原非中文科班出身,本科就读于华中科技大学金属材料专业,后来跨专业考研到武汉大学中文系,幸蒙恩师於可训先生收留,才得以步入当代文学研究。在如此"先天不足"的条件下,自然难以炼就什么需要秘藏的"金针"。甚至对我来说,开设此课,与其说是"金针度人",不如说是"金针度己"。其实,在准备材料讲课的过程中,还读到华东师范大学黄平教授的一段话,所言令人警醒:

> 怎么由"文学"进入"历史",严重一点讲,这应该是研究界的"中心议题",是考量当代文学研究学术水准的根本。然而,很多学者缺乏对这个问题的反思,对于权力体系所派生的学术分工机制浑然不察,甘于经营"自己的园地",并且认为是在"填补空白"——研究越来越小,范围越来越窄,到最后必然会觉得没什么可做的了,只有在对于"学科危机"的感慨中念兹在兹于新的"学术生长点"。如果没有对于"改革"时代所生产的学术状态总体性的觉解与反思,这将是"现代文学"或"当代文学"必然的命运,寻章摘句,成为"古典学科",而且是永远无法超越古代文学、古代汉语等的二

流学科。①

实际上，如同学生一样，我自己也需要纠正不大看重"潮头"、疏离学术热点、故步自封的研究心态，不断向史、哲、政、经等不同学科的优秀学者学习，了解最新的理论视野、问题空间，并从中汲取可以提升自我治学层次的经验与知识。于是，这种课程希望做的，即是在当代文学学科范围（兼涉现代文学）内，尽力去发掘、寻找埋藏在"再解读""重返八十年代""社会史视野"等诸种学术潮流之下的"金针"，以之"度己"，也以之分享给学生，帮助学生在步入当代文学研究之前即对学科全貌及前沿方法有比较清晰的把握。荀子曰："假舆马者，非利足也，而致千里；假舟楫者，非能水也，而绝江河。君子生非异也，善假于物也。"（《荀子·劝学》）我辈之以学术为业，当然也需要"善假于物"。若有哪位同学因此课程，能对某种"金针"有如欣逢故人并以此窥得当代文学研究之门径，则为本课程莫大的欣喜。

二、这门课程的定位

既有"补课"动机，这门课程的定位就比较清晰了。它的定位，即在于为最初接触（现）当代文学研究的本科高年级学生和硕士生介绍本学科的对象、方法及问题，以激发学生志趣或提供最初的导引。钱锺书先生说："要自己的作品能够收列在图书馆的书里，就得先把图书馆的书安放在自己的作品里"②，即是强调学术研究的

---

① 黄平：《"重返八十年代"与当代文学的变局》，《当代作家评论》2010 年第 3 期。
② 钱锺书：《宋诗选注》，北京：生活·读书·新知三联书店，2002 年，第 19 页。

前期积累，此课程也旨在从这一层面为学生提供助力。

　　这其实应和着学术研究对学术史意识的基本要求。做一项研究，自然要在着手之前，先了解关于此项研究前人曾做过怎样的工作，有何进展，又曾留下哪些有待解决的问题。记得以前念博士时，曾听治古文字学的学者讲过：搞研究就是先要搞清楚这个题目"爷爷是怎么讲的，爸爸又是怎么讲的，然后我们又能讲出怎样的新东西"（大意如此）。这个形象比喻，确实道出了治学者基本的"作业流程"。但最初接触学术的同学往往疏忽此层，心有所感，辄发而为之，睥睨自雄，全然不关注自己的这种看法是否已屡屡被人言及。实则在多数情况下，我们能感受到的，别人也能感受得到。尤其在研究对象仅有百年历史而从业者又众的现当代文学学科内，这种不自觉地重蹈前人陈言的概率特别大。故在指导研究生时，我将这种置学术史于不顾的研究称为"一个人的独角戏"或"自言自语"，并希望学生引以为戒。本课程的开设，也希望能于此层对学生有所裨益。

　　不过，本课程虽定位于学术史训练，但课程本身却难以称为"学术史"。究其原因，略有两层。（1）本课程以学生学习需要为讲授原则。从目录看，本课程似乎也有一条从反映论到"重写文学史"再到"重返八十年代"的清晰的学术脉络，但具体到每讲具体内容的选择，往往并不着重介绍代表性学者的学术观点、主要成就及其影响，更多着眼的，是对于学生而言某种有代表性的方法可借鉴处何在，它又存在怎样的困难，或以我们今天变化了的学术环境看，它又有哪些思维局限需要适当规避。如此种种，自然会导致本课程的叙述逻辑大有区别于学术史。陈晓明教授新近出版的《中国当代文学批评史》会使用三四千字篇幅评述具体某位评论家的成就与贡献，本课程则不采用这种处理方法。譬如，反映论模式作为一种"过时"了的研究模式,去今已远,再为学生介绍周扬、冯雪峰、邵荃麟、秦兆阳等评论家的学术理路已无必要,但通过小说、电影为学生解释何为"反映论",对于学生理解改革开放40多年来学术方法演变的历史背景与现实困境当大有裨益。也因此,这一讲的写法就与"学术史"基本没有关系。(2)系统、精确的学术史梳理,客观来说也超出了我的能力与视野。学术史其实为一专门领域,需要长期资料积累与"博""专"相济的识见,我在此方面的准备明显不足。一则阅读比较有限。20余年来,我的研究完全集中在小说领域,虽也挚爱少数诗人(如艾青、海子、雷平阳等)的作品,但对诗歌研究就关注不多,对散文、戏剧更少问津。而就小说而言,又主要集中于20世纪50—70年代,对当前小说及小说批评的关注也比较有限。虽也偏爱个别评论家的文章,但对更多"80后""90后"评论家才气横溢的新作,则缺乏有意识的跟踪。与此同时,由于20世纪50—70年代文学天然地不属于"纯文学",其研究深刻关联着党史、新中国史甚至改革开放史诸领域的研究,长期在此"作业"自然也会分散自己对整体的现当代文学研究史的注意力。二则自己对当代文学诸多研究方法产生的学术背景的了解也比较有限。由于自己是在武汉、广州两地求学、工作,学缘关系中缺少京沪脉络,而此课程所论"方法"又多半为京沪学者所提倡、所探索(这与京沪优势学术资源及学术风气有关),故而对"方法"的了解,就只能依赖于公开发表、出版的文字,而缺乏更具温度、更能直见肺腑的私下的抵近把握。譬如,最近李劼在海外发表文章,对当年"人文精神大讨论"的"发明权"问题颇多微辞,直指今日学界一些知名学者。类似这种"内部信息","圈外人"很难知晓,更不易辨别。而得之于纸面的观察,未必能抓住最为紧要之处。鉴此种种,本课程对讲述对象的选择,主要就是我接触到的同时又是我认为对学生能有所借鉴的方法,肯定不那么全面。而对这些方法的介绍,也必然缺乏"内部信息",势难摆脱"管中窥豹"之限。

以上两层,皆使本课程有异于严格的"学术史"。不过,即便不系统、不精确,本课程对新中国成立70余年(尤其是改革开放40余年)当代文学研究方法的梳理与推介,也仍然是一种历史叙述。按照理查德·艾文斯的看法:

> 每一个写历史书的人或撰写博士论文的人,都面临这个问题:在进入一系列或多或少有些清晰的叙述与结构线索之研究中时,如何分析已经收集到的仍然不完整的资料或将要去收集的资料,接着如何将这些线索编织到一个多少有些清晰的整体之中。我们所做的决定经常会有效地影响到阐释自身。看起来像是传统的历史叙述,其实不然,它经常是作者在进行一系列美学和阐释选择后的结果。[①]

在这门课程的讲述上,这种"编织"或"美学和阐释选择"当然不可避免地存在。但在我个人,对此还是有一定的叙述自觉。因为自1990年代后期以来,中国知识界已发生明显的"左""右"分化。依我浅见,真正的"左派"关怀底层生存与尊严,因而对可能保障民生、抗衡资本的权力取辩证分析之态度,因此易被对手指认为亲近权力。自由主义者则以知识分子经验作为评价历史的主要依据,并以非官方、反体制为自我认同定位。其中,人文研究者抵触权

[①] 理查德·艾文斯:《捍卫历史》,张仲民、潘玮琳、章可译,桂林:广西师范大学出版社,2009年,第142—143页。

力，经济、法律研究者则可能亲近资本。可以说，双方其实互有短长。我自己当然算不上"左"或"右"中的人物，但对自由主义的一些基本观点还是多有疑惑。譬如，汉娜·阿伦特在 1963 年 7 月 20 日给索勒姆的信中说过一句后来传播甚广的话："我这一生中从未爱过任何一个民族，任何一个集体"，"我所知道、所信仰的唯一一种爱，就是爱人"。不知德国情况如何，但就中国而言，"集体"也好，国家也好，肯定不是"绝对的恶"。它更可能是"必要的善"，既需要被反思，也需要被爱、被改进。试想十四年抗战，试想面对大地主、大官僚阶层，试想工业化，中国人若不集成"集体"，又怎么可能逆转中华民族百年陆沉的命运？对此，电视剧《功勋》之《能文能武李延年》单元有很好的阐释。阿伦特的说法，作为一种姿态无可厚非，但若以之理解历史、自我定位，则未必恰当。又如一直流行于自由主义圈子的《乌合之众》一书，同样让我疑虑重重。我自幼长在农村，至今也不觉得哪位亲人或邻人就是"乌合之众"。实则就人性而言，无论城、乡，无论知识分子、农民，其实都相去未远。诸如此类，要求从事文学研究的人，应该心怀宽广的世界，视事宽和，对自己国家所经历的历史宜更多温情的理解。鉴此，本课程对于各种当代文学研究方法的介绍与分析就含有一定的价值判断，并不完全以抽身事外的旁观态度为上。

三、对于学生的寄望

从目前这门课在中山大学的开设情况来看，主要以小班教学为主（将会逐渐增多讨论课比例），主要听课对象有本系高年级本科生和硕士生，也有博士生和外系、外校同学参与。无论对选课同学还是对"蹭课"同学，我都有三点寄望。

(一) 学习的态度

以我的感受,最好的学习态度是遇到不能领会的问题,则心怀喜悦,乐于与之日相"厮磨"。在电视剧《刘伯承元帅》中,刘帅以 36 岁"高龄"到苏联伏龙芝军事学院学习时,从未学过俄文,但他视文法如钱串,视生字如铜钱,汲汲然日夜积累之,视疑难如敌阵,惶惶然日夜攻占之,没几个月便能阅读俄文书籍、听懂课程了。这种学习态度深可借鉴。本课程所涉及的"再解读"、"重返八十年代"、北美批评等研究方法背后往往涉及文化研究、后殖民理论、知识考古学等欧美理论背景,需要学生以足够的热情与细心拓展阅读、广泛吸纳,并转化为自己的知识。就我自己而言,亦是如此。不但备课时广泛阅读,常有击节叹赏的快乐,每次讲课过程中亦能从课间讨论、课后反馈中多有受益。当然,读书也好,听课也好,并不宜于"照单全收",而应有所思考、有所质疑。清人方东树言:"能多读书,隶事有所迎拒,方能去陈出新入妙。否则,虽亦贴切,而拘拘本事,无意外之奇,望而知为中不足求助于外,非熟则僻,多不当行。"(《昭昧詹言》)这样的学习态度,不但可以帮助我们学习课程,亦可以伴随我等踏上漫漫学术路途。

(二) 历史的态度

本课程涉及十种当代文学研究方法,其间大致存在一种时间脉络关系,甚至多数还存在内在的学术理路演变之关联。那么,怎么看待这不同的甚至彼此间还存有相轻之辞的研究方法?就我自己而言,虽然也强调以"人间情怀"对差异性的学术方法有一个距离适当的判断,但这种判断仅指大致的是非分寸,而不是学术层面的鉴别、汲取与转化。就学术讲授而言,金岳霖先生的说法很可借鉴:

"哲学要成见，而哲学史不要成见。哲学既离不了成见，若再以一种哲学主张去写哲学史，等于以一种成见去形容其他的成见，所以写出来的书无论从别的观点看起来价值如何，总不会是一本好的哲学史。"① 也就是说，要尽量与"成见"保持距离，尽可能地放低自己，努力去呈现每种方法自身的主张与价值。对于学生学习而言，则更宜持平和、允当之姿态，恰如彭玉平教授所言：

> 评价学术史须持客观之心，若恶评过甚，适足以现其心胸未广也。盖学术史必是贡献与不足兼具，有其贡献，方见学术之进益，吾人理当持敬重之心；有其不足，才有尔今日论题提出之依据。②

不过，学术中人多有年少轻狂的时光（部分名师弟子还有为乃师争地位的想法），易出酷评、恶评也不奇怪，这多半因为缺乏阅历、难以体察别人与自己差异很大的立场与情境。那么，我们又该怎样"广大"自己的心胸呢？所谓"历史的态度"，即是必须恪守的原则。卡尔·波普尔说："不可能有'事实如此'这样的历史，只能有历史的解释，而且没有一种是最终的"，因此，"每一代人都有权形成自己的解释"或"每一代人都有权以自己的方式考察和再阐释历史"③。此说与马克思的说法有所呼应："人们自己创造自己的历史，但是他们并不是随心所欲地创造，并不是在他们自己选定的条件下创造，而是在直接碰到的、既定的、从过去承继下来的条件下

---

① 金岳霖：《冯友兰〈中国哲学史〉审查报告》，《金岳霖文集》，第 1 卷，兰州：甘肃人民出版社，1995 年，第 628 页。
② 彭玉平：《倦月楼论话》，《古典文学知识》2017 年第 1 期。
③ 卡尔·波普尔：《开放社会及其敌人》，第 2 卷，陆衡等译，北京：中国社会科学出版社，1999 年，第 403—404 页。

创造。"① 比如，影响盛极一时的"重写文学史"思潮及其背后的新启蒙主义，最近十年被越来越多的"80后"学者所质疑（甚至放弃），但这并不意味王晓明、陈思和等学者当初挑战"反映论"模式的锋利毫无价值，也不意味着"重写文学史"在今天作为一种重要学术视角的合理性不复存在。又如，被"主体论"攻击得体无完肤的"反映论"在今天是否就完全沦为岁月中的失败者呢？也未必。其实，即便穿越、盗墓小说横绝此时代的文学江湖，但文学是否切近普通中国人的生存世界、是否还能照亮我们灵魂的幽微空间，仍是许多读者之于文学的基本期待（"非虚构写作"的骤兴即因于此）。因此，本门课程开设的目的，并不在于给各种研究方法下这种或那种的学术史"定评"，而在于在其自身环境中理解它们，并从中寻觅"他山之石"，以求我们自己在学术研究上的增益长进。

（三）面向未来的态度

学习之目的，在于增益知识，砥砺能力，以期在未来成为自己所希望成为的样子。虽然，每个人自己希望中的样子往往由自己的经历、家世及其所置身的主流社会价值观所塑造，教师所能起的"引导"作用颇为有限，但我仍希望表达两层祈愿。（1）事关学术的志存高远。吾辈之学习前人及同时代之优秀者，目的并不在于"复制"别人（当然更不在于考试），而是兼取众家之长，以期形成自己独特的研究视角与研究方法。关于此节，钱穆即曾告诫门弟子说：

---

① 马克思：《路易·波拿巴的雾月十八日》，《马克思恩格斯选集》，第1卷，北京：人民出版社，1995年，第585页。

> 今之来者势须自学自导自寻蹊径，此虽艰巨，然将来果有成就，必与依墙附壁者不同。①

清人叶燮说得更是透彻："从来豪杰之士，未尝不随风会而出，而其力则尝能转风会。"② 叶燮、钱穆之言，道尽了学习与创新、"他山之石"与我之"金针"之间的辩证关系。融冶众家、贯通古今中外，固然是不易达成的学术境界，但有志于学者，内心却不能没有这种意识。近年我指导博士生，即对他们提出此种要求：不但要有独到之选题，更应事先摸索、形成一套自己的比较系统、自洽的研究方法。梁启超评价顾炎武说："炎武所以能当一代开派宗师之名者何在？则在其能建设研究之方法而已。"③ 此等成就，我辈虽不能至，但至少可以心向往之，可以有试行之自觉意识。（2）事关中国的志存高远。说及此点，则与中国现当代文学的特殊性质有关。所谓"现当代文学"至今不过百年出头，若以经典作家而论，也不过仅有一鲁迅可与屈、李、杜、苏争一短长，其他作家能否摆脱被历史湮没的命运尚是未知之事。可能正因为学科局狭，赵园、杨义等重要学者相继转移到古代文学文化研究，陈平原虽未转移，但目光似乎也不大愿意从民国大家身上往下移动。既如此，如此局狭之学科何以仍能吸引无数年轻人投身其中呢？其间原因，未必在于局外人所讥鄙的"门槛低"，而在于现当代文学与我们时代"共生长"的独异之处：它是与我们的生命遭际"同时代"、共呼吸的文学。尤其当代文学，很难如古代字画那样充作文人、官员风雅的助具，

---

① 钱穆：《致余英时书》，《钱宾四先生全集》，第 53 册，台北：联经出版事业公司，1998 年，第 407 页。
② 叶燮、薛雪、沈德潜：《原诗 一瓢诗话 说诗晬语》，霍松林校注，北京：人民文学出版社，1979 年，第 7 页。
③ 梁启超：《清代学术概论》，俞国林校注，北京：中华书局，2010 年，第 16 页。

也不能以类似李、杜那样的远距离的"无害"为盛世添绘华章,但它可以对时代发言,可以对我们所置身的社会结构、文化秩序、个体生存发出自己不可以被替代的声音。实则本课程涉及的几乎所有研究方法,都很难说是"纯文学"的,都并不执着于将文学"摁"在朱光潜所说的"凝神的境界":"在观赏的一刹那中,观赏者的意识只有一个完整而单纯的意象占住,微尘对于他便是大千;他忘记时光的飞驶,刹那对于他便是终古。"① 相反,从反映论到"重写文学史",从"再解读"到北美批评,其实都包含对现代中国历史实践的总体判断,涉及对未来中国的期待。而且,不同历史认识与未来期待之间还多有矛盾与分歧。其背后,则无不勾连着沉重的中国历史与现实。正是在此现实情形下,我希望参与此课程学习的同学,不仅于学术方法上能以"金针度己",更能在思想上充满历史感,理解现代中国所走过的道路及其文艺实践。且不止步于青春意气的批评,而更能以富于建设感的态度,思考并参与当代中国的现实与未来。

---

① 朱光潜:《朱光潜美学文学论文选集》,长沙:湖南人民出版社,1980年,第51页。

第一讲

反映论模式

一、何为"反映论"模式

在当代文学诸种研究方法中,反映论无疑辐射力最强、影响最为持久(没有之一)。当然,它所招致的批评也最猛烈,几乎到了"劫后"难有"余生"的地步。横向看,它一度主导了我们对中国古代文学、现当代文学和外国文学的理解,乃至对所有文艺的认知与判断。纵向观之,它兴盛于 20 世纪 40—80 年代,但其源流则贯穿整个 20 世纪中国的文艺界与学术界。那么,何为"反映论"? 不妨先看两条文艺批评。一条出自列宁的评论文章《列夫·托尔斯泰是俄国革命的镜子》。在此文中,列宁说了一段后人十分熟悉的话:"托尔斯泰观点中的矛盾,的确是一面反映农民在我国革命中的历史活动所处的矛盾条件的镜子","几百年来农奴制的压迫和改革以后几十年来的加速破产,积下了无数的仇恨、愤怒和生死搏斗的决心。要求彻底铲除官办的教会,打倒地主和地主政府,消灭一切旧的土地占有形式和占有制度"[①]。之所以说这段话会让人"十分熟悉",是因为其中隐藏的"通过……反映……"的句式,在我们的教育及成长经历中经常遇到,甚至也是中学语文课堂分析的标准模

---

① 列宁:《列夫·托尔斯泰是俄国革命的镜子》,《列宁全集》,第 17 卷,北京:人民出版社,1988 年,第 185 页。

板。另一条来自萧殷发表于 1951 年的一篇文章《论艺术的真实》：

> 我们有好些作者常常过于相信自己的眼睛和耳朵，认为自己耳目所经验的，就是真实的，他们不仅满足于表面现象的观察上，而且满足于表面现象的描写上。有的人甚至这样说："描写我自己亲眼看见的事实或现象，其真实性是不容怀疑的。"但事实上，这样的作品却常常引起人们的怀疑；于是他们说："你怀疑，那是由于你不了解情况，我反正是真实的反映了生活。"实际上，我们的耳目所接触的，常常是现实生活的表面现象或片面现象，有时甚至是偶然现象。对于这些事实或现象，如果不经过发掘、深化，就算你描写得很生动吧，但是它能引导读者去认识生活的本质吗？不能。能让读者通过你的描写看到历史的真实面貌——历史发展的逻辑吗？也不能。①

今天中文系学生对萧殷可能知之不多，这多半因为他后来离开北京前往广州暨南大学工作的缘故。而在撰写此文时，他与丁玲、陈企霞并为权威刊物《文艺报》的主编，是新中国的文艺理论权威之一。不过，他对"艺术的真实"的界定，后世之人读起来不免有所困惑，甚至会有荒诞之感：怎么可能作家描写自己亲眼所见或亲身经历的事实仍不能说是"反映了真实的生活"呢？但这种着眼于"历史发展的逻辑"的界定的确代表了 1950 年代反映论的核心观点。

列宁是马克思主义反映论的重要创造者，萧殷等新中国文论家

---

① 萧殷：《生活的真实与艺术的真实》，《文艺报》1951 年 3 卷 12 期。

则是其传播者。从这两条材料看,马克思主义对文学的评价离不开三条基本准则。(1)要求文学反映现实生活,当然此种"现实生活"主要指外在的肉眼可见的社会变迁与命运沉浮,而不太包括后来先锋作家余华所说的"内心的真实"。(2)文学反映生活不能仅停留于生活表象和偶然现象上,而且还要向读者揭示出或暗示出某种隐蔽的历史规律,比如,俄国农奴制的必然破产与革命的必然发生。反映论认为,只有包含了这样的"历史的真实"的现实,才可以称为"艺术的真实"。如果不包括马克思主义认可的"历史发展的逻辑",即使作家所写是自身经历的实录,也不能谓之"真实"。至多,只能说是某种自然主义的缺乏价值的真实。显然,以此观之,《秦腔》(贾平凹)那种事关"一堆鸡零狗碎的泼烦日子"的日常叙写,甚至《风景》《新兵连》等作近于原生态的现实,肯定不能以"真实"名之。准确地说,是不能以反映论之"真实"概念名之了。(3)文学对"历史发展的逻辑"的揭示,目的并不在于以某种欲望的替代性满足娱读者(观众)之心,而在于帮助读者(年轻人)认识世界的真相,尤其是引导年轻人去"改造世界",恰如马克思所言:"哲学家们只是用不同的方式解释世界,而问题在于改变世界。"①

粗略而言,反映论包含以上三层认识。如果反映论代表一种研究模式的话,那么其文学观中这三层内容就不可或缺。因此,符合反映论要求的文学也大概率地不驯从于现实,而内涵着对当下社会政治/文化秩序的不满与改造诉求。而晚清以来,国势危急,"思变"可谓普遍社会心理。革命因是风起云涌,吁求"改造"、别创

---

① 马克思:《关于费尔巴哈的提纲》,《马克思恩格斯文集》,第1卷,北京:人民出版社,2009年,第502页。

一新世界的文学亦以"新文学"之姿态崛起于文坛,并长期主导着文艺界与批评界的风向。早在 1923 年,瞿秋白就认为"文艺是民族精神及其社会生活之映影",文艺"若是真能融洽于社会生活或其所处环境,若是真能陶铸锻炼此生活里的'美'而真实的诚意的无所偏袒的尽量描画出来",那么"他必能代表'时代精神',客观的就已经尽他警省促进社会的责任"①。可以说,这里已经包含反映论的先兆。此后,从"革命文学"到左翼文学,从解放区文学到新中国文学,甚至到 1980 年代的"伤痕文学""反思文学",其主导的文艺观念皆从此种能动的反映论而生。可以说,能动的有利于推动社会进步的反映论在 20 世纪中国文学与学术中的影响力,绝非一个十年或两个十年可以概括。

当然,并非所有人都对身边现实充满不满。即便在明末"人相食"的年代,居住于洛阳的福王朱常洵也可能认为那是"最好的时代"。20 世纪中国虽然烽烟四起、流民遍野,但较之明末、五代,恐怕仍不属于最糟糕的乱世,因此愿与此时代"相安无事"者或持"怨而不怒"态度的作家就有相当数量。比如,废名、朱光潜、沈从文恐怕都不喜欢这种"犯上作难"的文学及其背后的反映论,张爱玲甚至讥之为"共产主义的模式"。到了改革开放时代,另一种"不喜欢"亦强势袭来。人们发现,当初革命的美好承诺并未完全兑现,甚至还成了它自己所反对的样子,所谓"与恶龙缠斗过久,自身亦成为恶龙"②的故事在革命中其实也部分地成为了现实。于是,"告别革命"、批判反映论亦成为一段时间的学术潮流,曾经的

---

① 瞿秋白:《郑译〈灰色马〉序》,《瞿秋白文集》(文学编),第一卷,北京:人民文学出版社,1985 年,第 255 页。
② 尼采:《善恶的彼岸》,《尼采著作全集》,第 5 卷,赵千帆译,北京:商务印书馆,2016 年,第 243 页。

"真实""真理"等概念，开始被更年轻的批评家们"理解为关于叙述的生产、控制、分配、循环与运作的井然有序的程序体系"①。

二、反映论的源与流

在 1990 年代，反映论已经结束了它在革命年代的"全盛季"，而掉进了"天下共击之"的极度灰暗的时期。不过，这并不意味着 1990 年代以后的文艺界真的寻找到了理想的文学类型和研究模式，恰如佛克马、蚁布思所言："不能够期望任何一种文学思潮、任何一种文学社会话语会拥有永久性的价值。文学社会话语，例如现代主义和后现代主义，是暂时性的，它们必然简化了阐释世界的模式，这在某些时候和某些环境下会是有益的。它们从来都没有完全取代已陈旧了的阐释模式的地位。"② 反映论在今天被普遍放弃，只意味着它面对我们这个时代问题时的失效，却并不意味着它就是幻相或谎言。换句话说，于今观之，反映论未必完全是反对者和批判者所以为的那个样子。至少，它并非只是在革命年代才出现的"共产主义的模式"。实际上，作为一种从日本、俄国传入中国的创作方法和研究方法，其在西方的历史相当久远，有自己漫长的源流与演进脉络。

（一）欧洲"摹仿说"传统

列宁所坚持的反映论最早可追溯到古希腊。其间最知名者，当

---

① 阿雷恩·鲍尔德温等：《文化研究导论》，陶东风等译，北京：高等教育出版社，2004 年，第 210 页。
② D. 佛克马、E. 蚁布思：《文学研究与文化参与》，俞国强译，北京：北京大学出版社，1996 年，第 115 页。

属柏拉图有关"摹仿"的阐说。柏拉图的艺术观念与"洞穴隐喻"相关。他认为,我们日常所见都只不过是真实世界在洞穴中的投影,艺术之所描绘、摹仿者,也不过是那投射到洞穴中的影子:"从荷马起,一切诗人都只是摹仿者,无论是摹仿德行,或是摹仿他们所写的一切题材,都只得到影像,并不曾抓住真理。"① 故在柏拉图看来,以摹仿为特征的艺术注定无法触及世界的本质。也因此,在理想的城邦中,艺术家或诗人并不重要,甚至是被驱逐的对象。柏拉图的学生亚里士多德对于摹仿的看法,相对少些偏激而多些科学的意味。亚里士多德认为,人和动物的重要区别在于,人类善于摹仿,艺术即从摹仿中得来:"既然诗人和画家或其他形象的制作者一样,是个摹仿者,那么,在任何时候,他都必须从以下三者中选取摹仿对象:(一)过去或当今的事,(二)传说或设想中的事,(三)应该是这样或那样的事。"② 这种说法,已经有后世"反映生活"的意思。尤其是,亚里士多德甚至还特别提出了可以摹仿"应当有的事情"。所谓"应当有",即不局限于物质性的事实,而可以考虑生活自身的逻辑——即使一件事情没有发生,但依照生活的逻辑它有可能发生,那么它也是可以书写的。在此意义上,亚里士多德其实也是在反驳柏拉图的摹仿说,认为"诗"不仅可以摹仿现实世界的外形,更可以摹仿现实世界内在的必然性与普遍性,故而他有流传久远的著名观点:"诗人的职责不在于描述已经发生的事,而在于描述可能发生的事","诗是一种比历史更富哲学性、更严肃的艺术,因为诗倾向于表现带普遍性的事,而历史却倾向于记

---

① 柏拉图:《柏拉图文艺对话集》,朱光潜译,北京:人民文学出版社,1980年,第76页。

② 亚里士多德:《诗学》,陈中梅译注,北京:商务印书馆,1996年,第177页。

载具体事件"①。

可以说,摹仿说在古希腊已有源头,不过其时还比较机械,还比较着眼于被摹仿的对象。即便亚里士多德提及"应当有的事"和"普遍性的事实",也还不是就创作主体主观的想象与必要的虚构而言的。因此,到了文艺复兴前后,莎士比亚、达·芬奇等人就提出了"镜子说"。莎士比亚在《哈姆莱特》中借主人公之口宣称演员应当"拿一面镜子去照自然",达·芬奇则借绘画对"镜子说"作了比较全面而深刻的说明:

> 画家应该独身静处,思索所见的一切,亲自斟酌,从中提取精华。他的作为应当像镜子那样,如实地反映安放在镜前的各物体的许多色彩。作到这一点,他仿佛就是第二自然……(但)那些作画时单凭实践和肉眼的判断,而不运用理性的画家,就像一面镜子,只会抄袭摆在面前的一切东西,却对它们一无所知。②

如果说莎士比亚"镜子说"尚不易与早期摹仿说划清界限的话,那么达·芬奇则强调得十分清楚。在达·芬奇看来,传统摹仿说犹如一面愚蠢的镜子,只能机械抄袭世界的表象,但真正有创造力的画家,会使用自己的"理性",真正去辨识、提炼对象中的"精华",有所选择、有所渲染或淡化,这才能认识事物、真正抵达艺术。应该说,达·芬奇的"镜子说"已经脱离早期"摹仿说"的限制,开始有了日后反映论中"艺术的真实"的意味。

---

① 亚里士多德:《诗学》,陈中梅译注,北京:商务印书馆,1996年,第81页。
② 达·芬奇:《芬奇论绘画》,戴勉编译,北京:人民美术出版社,1979年,第41页。

不过，达·芬奇谈论的毕竟是绘画艺术，与作为文字虚构的文学仍有很大不同。到了19世纪，雨果在这个话题上继续深化。他认为，对映照自然的"镜子"当有必要的区分，简单的平面镜并不足以反映自然，文学需要更为特殊的能有"集聚"作用的"镜子"：

> 我们记得好像已经有人说过这样的话：戏剧是一面反映自然的镜子。不过，如果这面镜子是一面普通的镜子，一块刻板的平面镜，那么它只能映照出事物暗淡、平板、忠实，但却毫无光彩的形象；大家知道，经过这样简单的映照，事物的色彩就失去了。戏剧应该是一面集聚物像的镜子，非但不减弱原来的颜色和光彩，而且把它们集中起来，凝聚起来，把微光变成光彩，把光彩变成光明。①

雨果此论，就是要求文学"反映自然"时不可原样照搬，而应择其有价值的部分予以凸显、予以放大。哪怕它在自然中只是"微光"，亦可通过叙事将之转换为"光彩"，转换为"光明"。显然，"镜子说"发展到雨果这里，其实已经不是"镜子"可以承担的了。聚焦、选择、转换物像，真的是"镜子"可以完成的吗？这一定会涉及创作主体的艺术创造与敏锐的辨析能力，因为只有作为主体的人才可以真正"反映自然"。反映论到此可以说是呼之欲出。

（二）马克思主义"反映论"

马克思、恩格斯皆非专门的文艺理论家，然而他们基本的哲学观念决定了他们对文艺的看法。他们所创立的历史唯物主义认为存

---

① 雨果：《论文学》，柳鸣九译，上海：上海译文出版社，1980年，第62页。

在决定意识、经济基础决定上层建筑。这与以抽象观念解释历史的黑格尔大为不同。对此,马克思自称:"我的辩证方法,从根本上来说,不仅和黑格尔的辩证方法不同,而且和它截然相反。在黑格尔看来,思维过程,即他称为观念而甚至把它变成独立主体的思维过程,是现实事物的创造主,而现实事物只是思维过程的外部表现。我的看法则相反,观念的东西不外是移入人的头脑并在人的头脑中改造过的物质的东西而已。"① 由此可见,诸如文学这类产品就更是社会生活在人们头脑中反映的产物,是作家以其特定世界观认识世界、反映世界的结果。故在马克思、恩格斯看来,文学的主要价值就在于反映世界。因此,马克思称:"现代英国的一批杰出的小说家,他们在自己的卓越的、描写生动的书籍中向世界揭示的政治和社会真理,比一切职业政客、政治家和道德家加在一起所揭示的还要多。"② 当然,与后世反映论者执拗于"历史的发展逻辑"不同,马克思、恩格斯并不认为文学只是某种历史规律机械的"故事版本",他们更多是强调是通过对世界丰富性的透视来呈现这种规律,恰如他们对"席勒化"的批评和对"莎士比亚化"的推崇,"要更多地通过剧情本身的进程使这些动机生动地、积极地,所谓自然而然地表现出来,而相反地,要使那些论证性的辩论……逐渐成为不必要的东西"③。

与此同时,与文艺理论史上强调见证现实、"诗可以观"的常见观点不同,马克思主义反映论还发现并高度重视文学的意识形态

---

① 马克思:《〈资本论〉第1卷第2版跋》,《马克思恩格斯全集》,第23卷,北京:人民出版社,1972年,第24页。
② 马克思:《英国资产阶级》,《马克思恩格斯全集》,第10卷,北京:人民出版社,1965年,第686页。
③ 恩格斯:《致斐·拉萨尔》,《马克思恩格斯全集》,第29卷,北京:人民出版社,1972年,第583页。

特征。恩格斯在致考茨基的信中说：

> 如果一部具有社会主义倾向的小说，通过对现实关系的真实描写，来打破关于这些关系的流行的传统幻想，动摇资产阶级世界的乐观主义，不可避免地引起对于现存事物的永恒性的怀疑，那么，即使作者没有直接提出任何解决办法，甚至有时并没有明确地表明自己的立场，我认为这部小说也完全完成了自己的使命。①

这非常代表马克思主义对于文学价值的理解：它是现实所谓"永恒"秩序的洞察者、陈述者与挑战者，它以不"驯服"于既有的政治经济结构为"自己的使命"，并以能动的姿态形塑主体、参与世界历史变动之中。以上两层，或可概括马克思主义反映论最为主要的特征。

（三）反映论与中国"短二十世纪"

马克思主义反映论之所以能在中国广泛传播，与中国恰逢"短二十世纪"有关。"短二十世纪"是英国马克思主义史学家霍布斯鲍姆提出的一个概念。霍氏以欧洲历史为据，将从 1914 年第一次世界大战爆发到 1991 年苏东解体的这一"极端的年代"称为"短 20 世纪"。国内学者汪晖也借用此概念讨论现代中国史，不过汪晖更强调革命对于相似历史时期的支配性作用："真正在 20 世纪与 19 世纪划出清晰分界的是帝国主义时代的内外条件所孕育的革命——

---

① 恩格斯：《致敏·考茨基》，《马克思恩格斯选集》，第 4 卷，北京：人民出版社，2012 年，第 579 页。

革命的内容、革命的主体、革命的目标、革命的形式,革命得以发生并持久化的区域、革命对于世界格局的改变。"① 显然,若以革命为标识,中国"短二十世纪"的最大特征就在于"变",因为"革命"本质上就是针对旧的"据主导地位的价值观念和神话,及其政治制度、社会结构、领导体系、政治活动和政策"的"根本性的、暴烈的国内变革"②。

以"变"为旨的中国的"短二十世纪",决定了中国文学不可逆转的"新陈代谢"。中国古典文学到了民国初年,并非完全丧失了文学自身的活力。实际上,旧体诗词直到1950年代仍是一股不可小觑的创作力量。其创作人数之众、题材之广泛、成果数量质量之佳,并不逊色于新诗(甚至优于新诗)。但是,为什么古典文学在"五四"以后大幅丧失影响力并沦为边缘的"旧体"呢?推其原因,则在于它内含的虚无主义内核,总使人悲怀逝去的岁月而难以适应国家破乱之际的现实之用。对此,鲁迅说得直截了当:"我看中国书时,总觉得就沉静下去,与实人生离开;读外国书——但除了印度——时,往往就与人生接触,想做点事。中国书虽有劝人入世的话,也多是僵尸的乐观;外国书即使是颓唐和厌世的,但却是活人的颓唐和厌世。"③ 总让人"沉静下去,与实人生离开"的古典文学,在危机时代被带有反映论色彩的西方现实主义文学快速取代,实在是势所必然。在此背景下,托尔斯泰、易卜生以及东欧弱小国家作家的作品就得到大量译介。反映论模式也开始在中国文艺

---

① 汪晖:《世纪的诞生:中国革命与政治的逻辑》,北京:生活·读书·新知三联书店,2020年,第30页。
② 亨廷顿:《变动社会中的政治秩序》,王冠华等译,北京:生活·读书·新知三联书店,1989年,第241页。
③ 鲁迅:《青年必读书》,《鲁迅全集》,第3卷,北京:人民文学出版社,2005年,第12页。

界全面登场。

按照朱立元先生的意见,反映论在中国的传播"大致可分为孕育、形成、确立、全面政治化和新生等五个阶段"①。茅盾是最早在文论中使用"反映"范畴的评论家。在《文学与人生》一文中,茅盾表示:"西洋研究文学者有一句最普通的标语:是'文学是人生的反映(reflection)',人们怎样生活,社会怎样情形,文学就把那种种反映出来。譬如人生是个杯子,文学就是杯子在镜子里的影子。所以可说'文学的背景是社会的'。'背景'就是所从发的地方。"② 当然,矛盾提出的"反映"包含作家对世界的能动性理解,甚至新的创造,而非机械的"摹仿"。为此,他对自然主义文学深表不满:"文艺之必须表现人间的现实,是无可疑议的;但自然主义者只抓住眼前的现实,以文艺为照相机,而忽略了文艺创造生活的使命,又是无疑的大缺点。……(文艺)不应该只限于反映,而应该创造的!"③ 作为当时中国首屈一指的文论家,茅盾对反映论的把握与介绍是精准的。鲁迅对文艺的看法也与反映论存在呼应关系。他在《致徐懋庸》的信中说:"文学与社会之关系,先是它敏感的描写社会,倘有力,便又一转而影响社会,使有变革。"④ 这些看法,不能说是鲁迅、茅盾特别"左倾",而是山河破碎、民生凋敝的现实迫使作家们如此期待于文学,期待文学成为社会变革的能动部分。

---

① 朱立元:《反映论文艺观崛起的文化反思》,《世纪评论》1998年第2期。
② 茅盾:《文学与人生》,《茅盾全集》,第18卷,北京:人民文学出版社,1989年,第269页。
③ 茅盾:《西洋文学通论》,《茅盾全集》,第29卷,北京:人民文学出版社,2001年,第400页。
④ 鲁迅:《致徐懋庸》,《鲁迅全集》,第12卷,北京:人民文学出版社,1981年,第302页。

不过，马克思主义反映论的系统引进与初步形成，还是得力于中国共产党的文艺理论团队。当然，与茅盾、鲁迅等左翼作家不同，共产党并无书斋式理论家，其文艺理论工作者也多是辗转于战争烽火的革命者。从上海街头到延安窑洞，他们以青春投身革命与乱离之中，故他们对于文学的理解更接近同样经过了战争"锤炼"的苏联文艺界，而未必是马克思、恩格斯。高尔基的这段论述，最能代表苏联文艺界对反映论的理解：

> 艺术底基本的使命，是要站在比现实更高的地方，从新人类的创造者——无产阶级所建树的光辉的目标的高处，来看今日的事业。所谓"站在比现实更高的地方"，并不是离开现实基础去幻想，而应该是从现实深处看出它的发展方向与发展规律。文学艺术家应该能够从目前洞察到未来的远景，他们有责任去描写出一眼不能看透的社会与历史的发展的规律，并揭露它的主要矛盾。所谓发展规律，并不是按照社会科学的概念，使人物事件的图式化、划一化，而应该在深入描写现实生活中，洞察现实的本质，从本质的描写中透视到未来的发展。①

这种社会主义现实主义反映论在 20 世纪 30—40 年代流传甚广。《大众哲学》作者艾思奇 1936 年撰文称："文学是怎样担负起它的时代任务呢？文学能担负这任务，就在于它是现实的反映。就像科学用理论反映现实一样，文学用具体形象把现实的一切动态反映出来。所谓反映，并不是零零碎碎毫无系统的陈列，而是要把现实的

---

① 转引自萧殷：《生活的真实与艺术的真实》，《文艺报》1951 年第 3 卷第 12 期。

运动、趋势、前途,也显示出来,不单只反映现实,也同时预示着将来。这就是说,正确的反映,同时也就是指示。"① 这种看法与高尔基声息相通,且已经完整具备新中国初期反映论的三条准则:反映现实,揭示现实之发展规律(运动趋势)、预示将来以引导年轻人投身眼前、当下的革命改造之中。可以说,艾思奇对"文学的任务"的阐发,代表的几乎是党的理论家的共识。

当然,马克思主义的传播在1930年代的中国存在很不相同的脉络。自由主义者、无政府主义者中也有喜谈马克思主义以自炫者。故冯雪峰特别强调文学反映论中的阶级立场:"文学的阶级性,以及对于阶级的利益,首先是因为文学是阶级的意识形态的反映。这是大家都明白的了。然而第二,又正因为这表现在对于客观的生活或真理的认识或反映上的缘故。就是,文艺作品不仅是反映着某一阶级的意识形态,它还要反映着客观的现实、客观的世界。然而,这种反映是根据着作者的意识形态、阶级的世界观的,到底要受着阶级的限制……重复的说,要真实地全面反映现实,把握客观的真理,在现在则只有站在无产阶级的阶级立场上才能做到。"② 今日读者对于"阶级性""阶级利益"等词语或有不适,但那毋宁是因为我们在"去政治化"语境中存留过久,而在冯雪峰所处的时代,是为"下等人"争取生存的权利与尊严,还是沉醉于绅士世界的"岁月静好",文学所面临的故事策略、叙述机制之设置,实在是相去甚远。故冯雪峰特别强调文学反映中的"无产阶级的阶级立场",并认为那样才能"真实地全面反映现实"。当然,这种强调在学理上并不能充分立足,因为站在任何立场都不可能"全面反

---

① 艾思奇:《新形势和文学的任务》,《文学界》1936年第1卷第2期。
② 冯雪峰:《关于"第三种文学"的倾向与理论》,《雪峰文集》,第2卷,北京:人民文学出版社,1983年,第196、198页。

映现实",然而,"无产阶级的阶级立场"有利于揭示并改变下层阶级生存处境则是确凿无疑的。如果不采取此种立场而像废名、沈从文那样讲述乡村故事,就必然如同康斯太布尔的绘画一样充满另一种意识形态,"能够同时描绘与掩盖农村生活的真实性"①。在此情形下而欲实现下层阶级的正义,那断然是不可能的。

到了延安时期,毛泽东的《在延安文艺座谈会上的讲话》(以下简称《讲话》)正式确立了反映论在根据地文艺中的主导地位。《讲话》认为,"作为观念形态的文艺作品,都是一定的社会生活在人类头脑中的反映的产物。革命的文艺,则是人民生活在革命作家头脑中反映的产物",同时又强调"文艺作品中反映出来的生活都可以而且应该比普通的实际生活更高,更强烈,更有集中性,更典型,更理想,因此就更带普遍性"②。这是对反映论系统、辩证的总结,但同时也把意识形态论设置为反映论的前提,而"把文艺反映生活的真实性置于相对次要地位","实际上已隐含着把反映论文艺观政治化的某些倾向"③。自此之后,反映论遂成为与"短二十世纪"充分契合的并被作家、艺术家广泛接受的"知识"。

三、反映论与"新的人民的文艺"

时间进入1949年,反映论作为一种普遍的文艺观念获得比较广泛的认可,但在前左翼文艺理论家内部(如胡风、冯雪峰、李何林、王淑明等)也引发不少反弹与争论。不过,由于毛泽东《在延

---

① 阿雷恩·鲍尔德温等:《文化研究导论》,陶东风等译,北京:高等教育出版社,2004年,第155页。
② 毛泽东:《在延安文艺座谈会上的讲话》,《毛泽东选集》,第3卷,北京:人民出版社,1991年,第860—861页。
③ 朱立元:《反映论文艺观崛起的文化反思》,《世纪评论》1998年第2期。

安文艺座谈会上的讲话》与新中国组织制度的直接加持,"延安版"的反映论最终在新中国的文学创作与文学研究中取得支配性位置,甚至变成冯雪峰所说的"客观的真理"。

(一)《讲话》与"新中国的文艺方向"

1949年后"新中国的文艺方向"其实在毛泽东的《在延安文艺座谈会上的讲话》中已经确定。只是在1942年毛泽东召开文艺座谈会时,目的只是在于应对大量革命知识分子奔赴延安以后必然导致的思想纷争现状。人道主义、自由主义、来自上海亭子间的马克思主义、经历苏区围剿和延安沉思的马克思主义等,在战争环境中必须最终走向"统一的思想",才能为革命队伍形成足够的凝聚力与行动力。《讲话》作为座谈会的最终凝练,为当时中国的文学如何定位自己在历史变局中的位置以及如何写作,都提供了兼具方向性与操作性的意见。

从文艺理论脉络上看,《讲话》的基本文艺观念承自马克思、恩格斯,尤其是列宁的文艺思想,但又皆针对现实的中国革命情境而发。较之过去的各种提倡,《讲话》以前所未有的清晰的论述界定了文艺在革命中的位置,即"文化的军队":

> 在我们为中国人民解放的斗争中,有各种的战线,就中也可以说有文武两个战线,这就是文化战线和军事战线。我们要战胜敌人,首先要依靠手里拿枪的军队。但是仅仅有这种军队是不够的,我们还要有文化的军队,这是团结自己、战胜敌人必不可少的一支军队。"五四"以来,这支文化军队就在中国形成,帮助了中国革命,使中国的封建文化和适应帝国主义侵略的买办文化的地盘逐渐缩小,其力量逐渐削弱。……我们今

天开会，就是要使文艺很好地成为整个革命机器的一个组成部分，作为团结人民、教育人民、打击敌人、消灭敌人的有力的武器，帮助人民同心同德地和敌人作斗争。①

"文化的军队"对于精英阶层自然不大需要，因为政商精英的联合、门阀家族之间的"团结"（如联姻），时刻都在或隐蔽或公开地进行，无需外力来"动员"。而且，由于他们居于财富与权力顶端，流行的通俗故事（如今天之《甄嬛传》《小时代》《欢乐颂》等）都会主动为他们赋魅。但处于"弱者的反抗"位置的革命就不同了：其高风险的现实令人生畏，其"穷穷联合"行为模式也不符合普通中国人的理性选择，故尤需"文化的军队"来通过戏剧、小说、电影等形式进行宣传，以期达到最终的"团结人民、教育人民"的效果。

这种此前未见的定位导致了"新的人民的文艺"的诞生，也使《白毛女》等经典文本在中国革命的现实实践中发挥了"刺刀上的文艺"的重要作用。随着新中国成立，《讲话》也顺理成章地成为新中国文艺创作的纲领性文件。按照周扬在1949年全国第一次文代会上报告中的说法是："毛主席的《在延安文艺座谈会上的讲话》规定了新中国的文艺的方向，解放区文艺工作者自觉地坚决地实践了这个方向，并以自己的全部经验证明了这个方向的完全正确，深信除此之外再没有第二个方向了，如果有，那就是错误的方向。"② 其实，在1949年，文艺界除了深受《讲话》影响的解放区

---

① 毛泽东：《在延安文艺座谈会上的讲话》，《毛泽东选集》，第3卷，北京：人民出版社，1991年，第848页。

② 周扬：《新的人民的文艺》，《周扬文集》，第1卷，北京：人民文学出版社，1984年，第513页。

文艺外，还有诸多已经形成"传统"的写作：自由主义、鸳鸯蝴蝶派、左翼写作乃至旧式文人的酬唱述怀，不一而足。周扬作此宣布之后，新中国文艺实际上进入一个以延安文艺为中心，渐次整理、收编其他异质文学传统的过程。1950年代众多文艺批判运动即是这些"收编"中出现的现象。

那么，为什么这些"收编"工作能够发生？除体制因素外，也与反映论所提供的系统创作经验和模式有关。这些经验在《讲话》中得到初步阐发，在此后文学创作尤其是文学批评实践中不但被加强、完善，形成了完整的反映论模式。在"新的人民的文艺"中，它既是创作的标准，也是文学批评的基本尺度，并表现在多个相互关联的方面。

（二）反映论模式：新的对象与主题

对于参加1949年第一次全国文代会的前国统区作家而言，其情绪不仅有因于民族解放、国家独立的喜悦，可能亦有事关写作前途的不安与迷茫。因为在这次会议上，未来新中国文艺界的实际负责人周扬还讲了这样一段话：

> 工人阶级、农民阶级和革命知识分子是人民民主专政的领导力量和基础力量，我们的作品必须着重地来反映这三个力量。解放区知识分子，经过整风和长期实际工作的锻炼，在思想、情感、作风各方面都有了根本的改变，他们已经相当地工农化了，我们的作品中应当反映他们的新的面貌。自然，文艺可以描写一切阶级、一切人物的活动，工农兵的生活和斗争也只有在与其他阶级的一定关系上才能被完全的表现出来。但是重点必须放在工农兵身上，这是没有问题的，因为工农兵群众

是解放战争与国家建设的主体的缘故。①

这段话具有极大震撼力。何故？因为在当时中国写作群体中，来自国统区的作家占据多数。他们大多出身士绅家庭，最不济也是鲁迅所说的"破落户的飘零子弟"。他们熟悉的人物也自然多属中上阶层。他们最擅长讲叙者、最能有自然之深情者，也还是知识者及其以上阶层的生活。当然，"五四"以后新文学强调人道主义，目光大范围下移，但并未完全改变这种惯性。巴金、曹禺、张爱玲等的小说，习写旧式大家族的生活。鲁迅的确写了诸多下层人物，但后世研究者却发现他从不描写农户家门以内的生活（因为实在不大熟悉）。路翎倒是写了不少类似"饥饿的郭素娥"一类蛮性的底层人物，但似乎《财主底儿女们》更适合舒展他的才情。如此种种，很难想象那些习于写身边熟悉的中上阶层人事的前国统区作家听到周扬的大会报告会感受到怎样的冲击！于是，全国文代会后不久，在上海文艺界即发生"可不可以写小资产阶级"的讨论。讨论的结果当然很不理想。

然而，周扬这段话代表了"新的人民的文艺"在对象上的规定性。其间有着反映论的坚实逻辑：既然文学以反映深具历史性的现实生活为旨，那么工农兵作为创造历史的群体，当然有资格、有必要成为文学叙述的"重点"。对此，当时与后世都存在分歧。譬如，胡风就不认可只有工农兵的生活才算"生活"的机械论观点，并提出"到处都有生活"的著名观点："在前进的人民里面前进，并不一定是走在前进的人民中间以后才有诗，前进的人民和任何具体的

---

① 周扬：《新的人民的文艺》，《周扬文集》，第 1 卷，北京：人民文学出版社，1984年，第 528—529 页。

环境也不能够是绝缘体,而是要有深沉地把握这个前进,真诚地信仰这个前进,坚决地争取这个前进的心","哪里有人民,哪里就有历史。哪里有生活,哪里就有斗争,有生活有斗争的地方,就应该也能够有诗","人民在哪里?在你底周围。诗人底前进和人民底前进是彼此相成的。起点在哪里?在你的脚下。哪里有生活,哪里就有斗争,斗争总要从此时此地前进"①。遗憾的是,胡风的反思并没有阻止反映论在此层面的政治化。事实上,由于这种对象的规定性直接导致大批负有盛名的"老作家"搁笔或出走海外。

不过,对于革命领袖毛泽东而言,这种对象的规定性其来有自。早在少年时代,毛泽东就发现中国古代文学某种为大家习焉不察的特征,"我继续读中国旧小说和故事。有一天我忽然想到,这些小说有一个特别之处,就是里面没有种地的农民。人物都是勇士、官员或者文人学士,没有农民当主角。对于这件事,我纳闷了两年,后来我就分析小说的内容。我发觉它们全部都颂扬武人,颂扬人民的统治者,而这些人是不必种地的,因为他们拥有并控制土地,并且显然是迫使农民替他们耕作的"②。以此而论,中国古代文学也是承弊甚久,新中国此举可说是大"破"大"立"。若非"新的人民的文艺"这般砸毁旧的惯例,今天我们熟悉的莫言、路遥、贾平凹、韩少功、梁晓声等几乎90%的当代优秀作家又怎会全力以赴书写中下阶层的生活且丝毫不以自己为"另类"。实际上,"五四"时期学衡派代表人物吴宓就很奇怪何以当时文人会开始关注"下流社会"。按中国传统看法,"下流社会"的生活先天地缺乏文

---

① 胡风:《给为人民而歌的歌手们——为北平各大学〈诗联丛刊〉诗人节创刊写》,《胡风全集》,第3卷,武汉:湖北人民出版社,1999年,第438—439页。
② 埃德加·斯诺:《西行漫记》,董乐山译,北京:生活·读书·新知三联书店,第109页。

学价值。但新中国彻底打碎了类似吴宓的这种古典迷思，前所未有地拓展了当代文学的题材范围，将之从士大夫的庭院羁旅、才女的闺阁情感推延到一个广阔、浩荡的世界。

分歧不必细论，"新的人民的文艺"不但对文学对象有明确表述，对相应主题也有清晰的引导。周扬在报告中提到："我们是处在这样一个充满了斗争和行动的时代，我们亲眼看见了人民中的各种英雄模范人物，他们是如此平凡，而又如此伟大，他们正凭着自己的血和汗英勇地勤恳地创造着历史的奇迹。"① 也就是说，当我们择定"人民"（工农兵）为文学主要对象后，那么主题就相应应该是、必然是他们的"斗争和行动"了。对此，冯雪峰在有关《太阳照在桑干河上》的评论中，说得更为清晰：

> 这部作品的这个现实主义的成就，主要表现在这几点上：第一，从对于人民的生活与斗争的深入的观察、体验与要求出发，对于社会能够在复杂和深广的基础上进行具体的和比较全面的分析，而排斥那从概念（不管哪一类概念）出发以及概念化的道路。第二，从写真实的生活和社会的要求出发，对社会的内在的矛盾斗争的复杂关系进行具体的分析，同时也这样的分析人的思想与行动及相互关系。②

依冯雪峰之看法，《太阳照在桑干河上》之所以具有重要的文学史意义，那是因为它在两个层面上揭示了"斗争和行动"，一是"人

---

① 周扬：《新的人民的文艺》，《周扬文集》，第1卷，北京：人民文学出版社，1984年，第516页。
② 冯雪峰：《〈太阳照在桑干河上〉在我们文学发展上的意义》，《冯雪峰全集》（五），北京：人民文学出版社，2016年，第386—387页。

民的生活与斗争",二是"社会的内在的矛盾斗争"。这正是马克思主义反映论的基本看法:矛盾是世界运行的基本规律,而人民可以通过斗争推动世界的运行。而文学最有价值之处,当然在于能反映此种生活及其内在的规律。由此,冲突、矛盾和斗争,构成了"新的人民的文艺"的主题关键词。当然,这种冲突是事关历史演进的意义重大的冲突,是历史正动力量与反动力量之间的复杂"搏杀",是旧时代的落幕与新时代的冉冉升起。即是说,并非所有矛盾都足以构成这种"有意义"的冲突。比如,今日大众影视之乐于演绎的后宫争斗或职场"政治"就不属于"新的人民的文艺"所认可的"冲突",因为它们关乎欲望(权谋、情色等),却不关乎"大历史",尤其不关乎马克思主义所理解的历史总体性。当然,也因此,今日知识界并不喜欢当年的"历史神话"或"斗争哲学",而当年"新的人民的文艺"也对琐碎的"无冲突论"保持着深深警惕。

(三)反映论模式:典型人物

1949年后,反映论影响下的"新的人民的文艺"对于人物刻画也形成了具体的规范。其直接表现即是要求刻画"典型人物"。"典型人物"是马克思主义着力提倡的概念。那么,何为"典型环境中的典型人物"?对此,萧殷有详尽解释:

> 所谓"典型环境中的典型性格",它的含义,一方面要求通过典型的性格去反映现实中的矛盾及其发展的典型状态,另一方面,又要求作家在现实矛盾与发展的主要状态中去把握人物性格。凡是愈能反映出社会上最主要最有代表性的、愈能反映出社会矛盾发展状态下所形成的性格,就愈是典型的、真实

的。否则，离开主要的社会情势影响的性格，都不能算是典型的。①

这显然是反映论视野下的人物概念，包含三层意思：(1) 人物不能脱离其环境而存在，人物不仅是其"典型环境"的产物，而且其心理、性格也必须能反映这一环境；(2) 所谓"典型环境"，自然不是如摄像机般镜头对周边环境实录、照收，依马克思主义之见解，迄今为止所有人类历史都是阶级斗争的历史，那么其"典型环境"就须是能反映出这种历史发展规律及其矛盾、斗争的环境；(3) 人物亦应能与环境内在的"社会矛盾发展状态"呈互动关系，既是此种社会矛盾状态的生成物，亦以其"新"或"旧"构成这种矛盾，进而在矛盾之运动与变化中推动社会历史发展。要言之，"典型人物"必是"历史的人"。他们必勾连着人类进步历程中的光明与黑暗、新与旧、文明与野蛮，乃至进步与反动、革命与反革命之冲突，而不仅是性格生动、饱满之类可以概括。以此观之，巴金《家》中的新旧人物庶几近于"典型人物"，张爱玲笔下的人物则很难说与"典型"有何干系。类似范柳原、佟振保一类的人物是"新"还是"旧"？其实都不是，他们只是按照那些似乎永远不变的欲望规则活在这个世界里。用哲学家爱尔维修的话说，实皆"自爱"之人物："自爱，或者对自己的爱，无非是自然铭刻在我们心里的感情。这种感情，按照着鼓动人的各种爱好和欲望，可以在每一个人身转化为罪过，或者转化为美德。"② 用张爱玲自己的话说，则是些"不彻底的人物"。但"新的人民的文艺"钟爱的却是"彻

---

① 萧殷：《生活的真实与艺术的真实》，《文艺报》1951 年 3 卷 12 期。
② 北京大学哲学系编译：《十八世纪法国哲学》，北京：商务印书馆，1979 年，第 452 页。

底的人物"：彻底"新"或彻底"旧"、彻底"先进"或彻底"落后"的人物。当然，即便同受马克思主义反映论的影响，不同文化背景下"典型"的"彻底"的人物其实仍大有差异。譬如，苏联小说《钢铁是怎样炼成的》《静静的顿河》两部小说中革命女性在性关系方面的热情、主动与率真，就与儒家文化影响下的中国革命小说中的女性颇有差异。后者基本上是被动的，男性也不怎么主动。这意味着，1949年后"新的人民的文艺"的典型人物塑造，不仅受反映论的直接影响，也多有中国自身文化环境的濡染与限制。

1. 正面人物。又可称为"新英雄人物"。1952—1954年冯雪峰主编《文艺报》期间，曾组织过后来给他带来罪名的"新英雄人物讨论"，意图纠正其时正面人物塑造的偏缺。但这种自我纠偏未能阻止"新英雄人物"讲述"成规"的形成。后者涉及三个不同层面。（1）道德纯化。苏联小说在性书写方面的直率，根源在于俄罗斯文化与汉文化道德观念的差异。比较起来，"新的人民的文艺"在道德观念方面保守、执重，基本遵循古代通俗文学"好则好到底"的方法。具言之，即是对"新英雄人物"予以道德提纯，不太允许刻画其缺点。这种提纯，很难为严肃的作者所接受，也不大符合现实——工人、农民、战士人数以亿万计，其间有缺点之人乃至犯罪之人皆为常例。那么何以要不尊重现实而予以"提纯"呢？对此，周扬有专门的解释：

> 中国新文化的最伟大的启蒙主义者鲁迅曾经痛切的鞭挞了我们民族的所谓"国民性"，这种"国民性"正是帝国主义、封建主义在中国长期统治在人民身上所造成的一种落后精神状态。他批判了描写了中国人民性格的这个消极的、阴暗的、悲惨的方面，期望一种新的国民性的诞生。现在中国人民经过了

> 三十年的斗争，已经开始挣脱了帝国主义、封建主义所加在我们身上的精神枷锁，发展了中国民族固有的勤劳勇敢及其他一切的优良品性，新的国民性正在形成之中，我们的作品就反映着与推进着新的国民性的成长的过程。①

周扬的论证有过人的技巧。他之所论，其实是要与"死去的阿Q时代"告别，要与鲁迅所代表的国民性批判传统相剥离。但他不说"告别"，而是以继承另一个"期待新的国民性"的鲁迅的姿态出现。他也知道现实中工农兵中固然有英雄，但愚昧、自私、泥陷于欲望之辈更是不可胜数，但他说此皆"外力"（帝国主义/封建主义）所致。既如此，随着帝国主义、封建主义的消灭，这些缺点注定不复存在。由此，他顺理成章地宣布："对于他们，这些世界历史的真正主人，我们除了以全副的热情去歌颂去表扬之外，还能有什么别的表示呢？"② 应该说，周扬的论述并非没有漏洞，但除了来自冯雪峰、胡风等零碎或私下非议外，公开反对者甚少。由此，道德提纯就成为"新英雄人物"讲述的不易之则："在创造英雄人物的时候，有意识地舍弃实际英雄人物身上一些非本质的缺点，是完全允许和必要的。那种以为不写缺点就会失去英雄人物真实性的看法，固然是完全错误的，而那种以为实际的英雄人物有多少优点多少缺点就必须无选择地照样描写，也不是正确的。"③ 当然，也不是完全不写缺点，而是可以有限度地写"非本质的缺点"。何为"非本质的缺点"？譬如，《李双双小传》中的喜旺爱面子，喜欢在公众

---

① 周扬：《新的人民的文艺》，《周扬文集》，第 1 卷，北京：人民文学出版社，1984 年，第 517—518 页。

② 同上书，第 516 页。

③ 邵荃麟：《沿着社会主义现实主义的方向前进》，《人民文学》1953 年第 11 期。

场合虚张男人的威风,即属男性常见的"非本质的缺点";而《邪不压正》中以权力要挟女孩的村支书小旦的缺点,就涉及"本质"问题而不宜书写("赵树理方向"的落幕与此有关)。(2)本质化。如果说"纯化"系就道德层面而言,"本质化"则针对思想,即要求"新英雄人物"必须具有特定的阶级本质内涵。客观而言,被命名为"工农兵"和"人民"的底层民众,人数亿万,其间作为"一切行动的最有势力的泉源"的"个别兴趣和自私欲望的满足的目的"① 异质而芜杂,每一个体的现实经历、利益诉求与价值选择都可能离散而不彼此相属,但《讲话》以后"新的人民的文艺"的使命恰是结构性的:"为了反对西方的侵犯,非西方必须团结组成国民。西方以外的异质性可以被组织成一种对西方的顽固抵抗。一个国民可以采用异质性来反对西方,但是在该国民中,同质性必须占优势地位。如果不建立黑格尔所称的'普遍同质领域'(universal homogenous sphere),就成不了国民。"② 这仅是就民族拯救而言,"阶级解放"亦有类似的结构性要求,1949年后还须兼顾政权合法性论证之考量。这意味着,文学必须从亿万"乌合之众"中"创造"出符合民族/阶级/政权三重诉求的同质化"国民整体"。对此,李杨表示:

> 按照现代的逻辑,非现代国家如果试图变成"现代"国家的话,它的首要任务就是叙事,即把处于自然状态的社会组织到一个按照"我们"与"他们"的划分有序、层次分明的现代话语中去,在中国,这个话语表现为"阶级"话语,"中国"

---

① 黑格尔:《历史哲学》,王造时译,上海:上海书店出版社,2006年,第19页。
② 酒井直树:《现代性与其批判:普遍主义和特殊主义的问题》,《后殖民理论与文化批评》,张京媛编,北京:北京大学出版社,1999年,第408页。

的本质就是从"我们"阶级中生长起来。①

而主要由底层民众承担的"新英雄人物"形象，正是从"我们"通向"中国"的中介。他们需要具备的抽象本质，兼具个人主体与国家主体生成的双重意义。那么，"新英雄人物"该具有怎样的抽象本质呢？邵荃麟说："当作家从现实生活中观察、体验、分析、研究了各种各样英雄人物，进入到创作的过程的时候，他一定要经过概括和集中。他凸显出其人物的某些方面，而舍弃其另一些方面。他所凸出的东西，一定是属于最充分最尖锐地足以表现人物的社会本质的东西；他所舍弃的，一定是属于非本质的，和主题无关的不必要的东西。而在同时，作者一定是注入了他自己对于人物的热爱和理想，即是日丹诺夫同志说的'通过他的人物不仅表现今天，而且展望到明天，不是繁琐的、死板的、不是简单地描写"客观的现实"，而是要从革命的发展中去描写。'"② 这包括两层意思：(1) 文学表现"新英雄人物"须凸显其特有的社会本质，如作为农民的被剥削处境及其阶级意识、反抗意志，等等。(2)"本质"部分来自生活，但必有部分并不源自人物，而另取自作家的"热爱和理想"。比如，普通中国农民可能的确反对欺压他的乡绅、赞成土地改革，但土改之后他的梦想可能恰恰是成为他曾经反对的乡绅。即是说，他们其实只是反对自己在封建土地制度之下自己的位置，而非反对这一制度本身。在此情形下，心怀工业化之国家战略的新中国领导人不可能按照农民的"小农"梦想制定国家政策，作家也不可能将农民的"地主梦"作为构造"本质"的方向。因而，作家

---

① 李杨：《抗争宿命之路："社会主义现实主义"（1942—1976）研究》，长春：时代文艺出版社，1993年，第38页。

② 邵荃麟：《沿着社会主义现实主义的方向前进》，《人民文学》1953年第11期。

自身的"热情和理想"(往往与"中国式现代化"有关)必渗透其中,成为正面"典型"的重要内面。

2. 反面人物。在现当代文学史上,曾出现过四类反面人物叙述——他者化、正剧化、喜剧化、悲剧化。最后一类由于挑战伦理底线(如莎剧《麦克白》、现代话剧《雷雨》皆以谋杀、乱伦之"坏人"为悲剧主人公),在高度纯化的革命道德环境中缺乏必要的接受土壤。故在1949—1976年间存在的是前三类叙述类型。不过,在许多人心目中它们皆系一类,即那种丑陋、邪恶一望即知的坏人(实为他者化类型)。此类反面人物在"新的人民的文艺"中的确常见,但并非后者所特有,其实是在民间故事、美国大片中都十分常见的"他性"建构现象。用安·杜西尔之说法,可称为"看不见的人":

> 在1950年代的二战的影子下成长的孩子们自然想玩战争的游戏,这其中包括我的两个黑人兄弟和我自己。我们模仿从收音机听来的和从我们家崭新的落地式摩托罗拉黑白电视机里看来的事情。在那些战争游戏里,人人都想当盟军,那是些大无畏的,所向披靡的白人男英雄,他们使民主在世界上不受威胁,而且再次把我们从黄祸中拯救出来。当然,谁也不想扮演敌人——敌人往往不是德国人或意大利人,而是日本人。因此,敌人成了看不见的人,更恰当地说,一直是看不见的人。①

这种"看不见的人",既指对方身体、面目无法得到清晰呈现,更

---

① 安·杜西尔:《染料和玩具娃娃:芭比和差异销售规则》,《文化研究读本》,罗钢、刘象愚编,北京:中国社会科学出版社,2000年,第173页。

指他们被异己文化逻辑所生产、所支配。即是说,他们在作品中出现,未必是按自身"情理"展开,而仅是正面人物需要对立面的结果。此种"对立面"塑造并不以反面人物的自我逻辑为依据,而以正面人物塑造的需要为依据。恰如阿·默哈默德所言:"土著人只能充当欧洲人将其自我的消极部分投射于其身上的接受器",被殖民者只是殖民者的"倒置的自我表象"①。比如,若需要刻画下层阶级悲惨、反抗的"成长"之途,就需有地主、资本家作为"对立面"出现。他们不但形貌丑陋,且几无例外地出现反伦理行为(如黄世仁、冯老兰等)。当然,在离民国尚不为远的时代,读者对此其实比较接受,但随着自由主义兴起、民国开始被中产阶级怀念,这类人物就在叛逆性青年中特别遭到抵触。网上甚至出现诸多"反舆论",譬如有人发布短视频称现实中的黄世仁是大善人、杨白劳才是挥霍家产的浪荡公子,云云。其实黄世仁、杨白劳皆艺术虚构人物,并无原型,"现实中的黄世仁"又从何谈起呢?不过这类"反舆论"的出现,多少说明他者化反面人物叙述的确存在局限。虽然此种"他者"作为大众文化生产不可或缺的功能角色会长久存在,但其有效性与具体历史语境存在高度的"对话"关系。

不过,"他者"型反面人物叙述的问题堪称一目了然,有艺术能力的作家也有诸多不愿堕入其中者。在《太阳照在桑干河上》中,钱文贵既无欺男霸女之恶行,反而还送儿子参加八路军、将女儿嫁给村干部。其最大特点是善用手腕、恩威并济,长于经营人脉,结果将自己从破落户变成了暖水屯真正的话事人。这个人物很不简单,但不少研究者将此人物混同于他者型人物,不免辜负了丁

---

① 阿布都·R. 简·默哈默:《殖民主义文学中的种族差异的作用》,《后殖民理论与文化批评》,张京媛编,北京:北京大学出版社,1999年,第201页。

玲敏锐的洞察力。《艳阳天》中的反面人物马之悦给人印象更为深刻。他是乡村"权力的游戏"中游刃有余的实用主义者。从表面看，他勇敢抗日、积极土改但后来又反对集体化，似是一位蜕化的"老干部"，但究其内心实则从未变化：怎样做对争夺权力有利他就怎么做。他的信仰就是权力。对此人物的内心，小说刻画相当深入。譬如，浩然如此描写马之悦自感受到新任支书萧长春排挤时的落寞心情：

> 他的两眼有些潮湿了。他现在才感到为人处世的真正难处。想安生，就像韩百安那样，一生一世窝窝囊囊，受人摆布；有他不多，没他不少，潦潦草草地过一辈子；你要想出头露面，有所追求，就得经历千辛万险，就得遭受各种各样的折磨，就得花尽心血，绞尽脑汁，可是又忽东忽西，自己也看不到前途是什么样子。唉，算了吧，都五十岁的人了，儿子中学一毕业，也是自己的帮手，也能养活自己了；放着安定的日子不过，何苦奔波这个呢！人世间不过是这样乱七八糟。不过是你讹我诈，你争我夺，讹诈一遭儿，争夺一遭儿，全是空的。①

这个东山坞政治舞台的"狠角色"竟突然陷入痛苦和空虚。可见，《艳阳天》虽大体上把他写成"坏人"，但并未回避其真实内心。此人物颇接近日后的赵炳（《古船》）、呼天成（《羊的门》），极能见出此小说深描乡村社会的能力。显然，此一类型反面人物并非被褫夺了自我逻辑的"他者"，而有着自己充分、有力的情理，极符合当年瞿秋白对反面人物叙述的期待："把帝国主义者，地主，绅士，

---

① 浩然：《艳阳天》，第1卷，下，北京：人民文学出版社，1964年，第543页。

资本家……一个个的规定出脸谱来","反革命的一定是只野兽,只要升官发财,只要吃鸦片讨小老婆……生活不这么简单!""反革命的人,一样会有自己的理想,自己的道德。"① 此类反面人物类型,可名之为"正剧化叙述"。

但还有一类特殊的反面人物叙述类型。比如《沙家浜》中的"胡司令",形貌粗短,讲义气,心眼不多,总被阿庆嫂撺怂、利用,憨厚之余还兼有点可爱。其情形,颇似于《西游记》诸多又傻又笨又可爱的妖怪。但据"常熟沙家浜纪念馆"现藏资料看,《沙家浜》及其前身《芦荡火种》叙说如此"胡司令",实乃有意识的艺术虚构。其实胡之原型胡肇汉,身形瘦削,精明阴狠,屠杀我地下党及新四军战士颇多,与《沙家浜》所叙相去极远。甚至可以说,《沙家浜》其实有"美化敌人"之嫌。可能正是因为要避开这一危险的嫌疑,相关编剧(文牧、汪曾祺等)从未承认胡司令有现实原型。那么编剧为何要做如此改写呢?这与潜存在《西游记》等通俗小说中的叙事传统有关。从现代人眼光看,唐僧师徒西天取经,一路历经九九八十一难,遭逢无数生死关头,屡屡陷入神魔不两立的困境。然而,倘真以此眼光"读解"《西游记》必是"失之毫厘,差之千里"。实则在此小说中从未有过《红岩》那种生死考验,各路神魔往往都能死而复生,也没有《红灯记》中那种忠诚与背叛的痛苦,神魔看似对立两方,但双方究竟有何观念之异,作者、读者可能都不甚在意。对此,林庚读法堪称精准:

(孙悟空)总是这样一种即兴式的游玩的态度,他所以永远那样轻松自如,胜任愉快,正因为他将这一切出生入死的经

---

① 史铁儿(瞿秋白):《普洛大众文艺的现实问题》,《文学》1932年1卷1期。

历都看作是一场有趣的游戏而已……在游戏的过程中，生而复死，死而复生，也全凭一时的需要和兴致……孙悟空与妖魔以及天界诸神之间所展开的角逐与格斗，常常就正带着这种游戏的意味。①

"游戏"，实是中国通俗小说的一大法门。孙悟空与各路妖魔鬼怪之间的格斗，本质上就是被作者写成游戏以娱读者（听众、观众）之心，《三国演义》中吕布与三英、马超与许诸、张飞与马超之非凡格斗又何尝不是如此？以此类推，诸葛亮与周瑜、司马懿之较量又何尝不是"游戏"？这种游戏，在古代通俗文艺中可名之为"斗"。"斗"之种类，有"斗勇"亦有"斗智"。如此"斗"之游戏设置，构成古代演义小说、家将小说的叙事密码。"武斗"之波澜起伏，"文斗"之机关穷尽，皆可生成无限趣味。《沙家浜》尽管属于"新的人民的文艺"、讲述江南军民抗日故事，然而它之能流传至今，与抗日有一定关系，但更大关系却在于敌我之间的"斗"的精彩绝伦。《沙家浜》流传最广的一场戏即为《智斗》。而"胡司令"之所以呈现为这种形象，即因"斗"对反面人物的喜剧化需要。试想，假如反面人物都如电视剧《破冰行动》中毒枭那般阴沉、不苟言笑、全无"童心"，"斗"又如何能产生林庚所言"有趣"呢？在《沙家浜》中，胡司令与刁参谋长其实可以理解为原型胡肇汉的"分身"，共同形成了与阿庆嫂等斗智斗勇的"反方"/"魔方"。刁德一狡诈、狠毒，自然无半点"童心"，那"童心"就只能配置在"胡司令"身上，其憨笨特点即由此而来。

这类反面人物，很具"中国作风与中国气派"，可称之为喜剧

---

① 林庚：《西游记漫话》，北京：人民文学出版社，2002年，第100—101页。

化类型。20世纪50—70年代文学中的土匪、日本兵或汉奸往往出现此类形象,其中最为观众所熟知者乃《林海雪原》中"小炉匠"、定河道人等土匪。可以说,与正剧化反面人物一样,这类反面人物也创造了特定时代的文学经典形象,皆非"他者化"可以概括。当然,即使"他者化叙述"亦非全无是处。既然它们在今天美国大片中仍不可或缺,那就表明其必有自己特殊的文化功能。是何功能呢?实乃文化建构不可或缺的中介功能,恰如凯尔纳所言:"媒体形象有助于塑造某种文化和社会对整个世界的看法及其最深刻的价值观:什么是好的或坏的,什么是积极的或消极的,以及什么是道德的或邪恶的。媒体故事提供了象征、神话以及个体藉以构建一种共享文化的资源,而通过对这种资源的占有,人们就使自己嵌入到文化之中了。"[1]

(四) 反映论与社会主义实践

以上,简约勾勒了反映论影响下"新的人民的文艺"在人物叙述或对象、主题方面的"潜在的约定"。当然,反映论的影响还涉及社会再现、故事结构、文化建构等方面,在此不再赘述。然而,今日如何评价反映论却是棘手问题。依照历史化原则,对任何对象的分析与理解都须置诸它所产生的具体历史语境加以衡断。从延安而来的"新的人民的文艺",注定了不是与现实的民众生存及其灵魂无关的"纯文学"。作为"弱者的武器"之一,它必须突破中国文学中以士大夫为中心的古老习惯,而深入民众的生存处境,并将其处境、声音与对世界的感受呈现给外部世界。这其实也是第三世

---

[1] 道格拉斯·凯尔纳:《媒体文化——介于现代与后现代之间的文化研究、认同性与政治》,北京:商务印书馆,2004年,第1页。

界文学的普遍选择——讲述少数者的痛苦,"需要首先理解成一种生存的策略","更确切地说,文化实践是第三世界与少数者民众经济与政治斗争中最本质的一个因素",毛泽东的文化实践正是如此,因为"少数者集团只有得到文化认可才能取得物质的生存"①。甚至,在美国等发达国家,感觉自身权利未能得到充分尊重和保障的少数群体也在努力讲述自己的故事:"黑人史、妇女史、女权主义史、同性恋史,所有这些历史在1980年代的美国方兴未艾,都在开始从事一种初步的重建工作,希望能重建有关他们各自所属之特殊团体的'遗失的'(lost)历史事实,甚或被刻意压抑了的历史事实——这些过去一直是'隐藏的历史'(hidden from history),现在正露出庐山真面(becoming visible)。"②

即此而论,"新的人民的文艺"在中国革命与建设中都起到了不可替代的作用,如《白毛女》《红色娘子军》所凝聚的阶级认同,《黄河大合唱》《白洋淀纪事》《英雄儿女》《上甘岭》所创造的民族认同,《创业史》《李双双小传》所形构的社会主义新文化。这些作品并不仅止于讲述故事,同时亦是活生生的现实实践力量。或可挪用玛格丽特·麦克米伦的一段话作为总结:

> 它创造集体记忆,以此来帮助民族共同体建立自己的国家。无论是对民族伟大成就的集体纪念,还是对失败的共同缅怀,这些都孕育并支撑了民族国家的发展。一个民族可以被追溯的历史越久远,这个民族似乎就越稳固、越持久,它所主张

---

① 阿卜杜勒·詹·穆罕默德、戴维·洛依德:《走向少数者话语理论》,《后殖民主义文化理论》,罗钢、刘象愚编,北京:中国社会科学出版社,1999年,第360页。
② 理查德·艾文斯:《捍卫历史》,张仲民、潘玮琳、章可译,桂林:广西师范大学出版社,2009年,第195页。

建立的民族国家也就越有价值。①

当然，反映论对"新的人民的文艺"的深度介入，并不止于在民族认同层面发生作用，阶级、文化、国家等层面同样存在相关联的"集体记忆"。其介入持久而广泛。不过，后世之人对这些介入的看法未必一致，甚至可能存在剧烈的分歧与冲突。

四、遭遇"八十年代"

由于中国"短二十世纪"的需要，反映论被引入中国文学并成为与革命孪生的长达四五十年的"主导概念"。然而革命所涉纷繁，其过程展开、实践效果未必尽如承诺，恰如汉娜·阿伦特所言："解放和自由在任何历史情境下都难解难分，这并不意味着解放和自由是一样的，也不意味着作为解放的结果赢来的这些自由，就道出了自由的全部故事。"② 故随着革命年代的逝去，尤其随着知识分子重返话语中心，反映论自1980年代中期即开始遭到全面的检讨与清理。在最激烈的批评者看来，反映论即祸乱之源，一切文学之弊皆因它而起。

（一）从反映论到"庸俗社会学"

周扬、冯雪峰、萧殷等新中国文艺家对反映论的运用和强调，可能让人误解：似乎文学最紧要者乃是描写能体现内在历史变迁的社会生活，能见证社会制度。但刘纳教授写过一篇论文，叫做《写

---

① 玛格丽特·麦克米伦：《历史的运用与滥用》，孙唯瀚译，桂林：广西师范大学出版社，2021年，第107页。
② 汉娜·阿伦特：《论革命》，陈周旺译，南京：译林出版社，2007年，第23页。

得怎样——关于作品的文学评价〉,大约是为《创业史》鸣不平的。她提出了文学最为关键的问题:写得怎样?在她看来,"写什么"(反映论所看重者)诚然重要,"怎么写"(先锋派以此自炫)当然也重要,但文学之所以成其为文学,根本仍然在于"写得怎样"。那么,何为"写得怎样"?南帆有段话讲得极为精彩:"一个相同的故事,五十个作家可以迅速地写出它的梗概,只有一个作家有能力想象出合情合理乃至生精彩的日常细节","这些细节是日常生活的实体。一个人的肖像,脸上的表情,走路的步态,硬座火车车厢里的气息,树叶在微风之中打着转落到地面,灶台上的饭锅里溢出了土豆的香味"①。南帆、刘纳所言,实为审美问题。而此问题在"新的人民的文艺"中往往被人忘却,似乎只要写了"重大题材",只要考虑到中国现代史之内在演变规律,其文学价值就自然成立。这种观念,真正热爱写作者并不认可。孙犁在 1950 年代初期主编《天津日报》"文艺周刊"时,频频刊发文章讨论小说细节、语言、意境诸问题,并不认为一写"工农兵"就能成为"作品"。但与此前时代文学主要限于高素养小众读者不同,新中国文学读者主要是以几何指数增加的中学毕业生,而主流报刊亦愿以"政治性"而非"艺术性"为"政治正确"。多重因素交织,便会出现从反映论向"庸俗社会学"的滑落。对此,王志耕解释说:

> 马克思主义并不否认文学艺术的现实反映功能,但与此同时,我们也应明确,文学艺术是一种特殊的文化现象,它必然有自身的发生、发展与实现规律,它并不必然地与经济现实、政治现实发生同构的关系。反过来,如果放弃了文学艺术的审

---

① 南帆:《文学、现代性与日常生活》,《当代作家评论》2012 年第 5 期。

美特性，而将其等同于社会经济生活的直接产物，并要求成为特定阶级的工具，便会使我们对文学艺术的理解滑入庸俗化的轨道。①

然而，"滑入庸俗化的轨道"是 20 世纪 50—70 年代文学尤其文学研究的常见现象。除了忘却文学究其根本在于审美之外，"庸俗社会学"还把活生生的个人当成了社会的附庸。1957 年，钱谷融即批评说："文艺的对象，文学的题材，应该是人，应该是时时在行动中的人，应该是处在各种各样复杂的社会关系中的人……（但）季摩菲耶夫在《文学原理》中这样说：'人的描写是艺术家反映整体现实所使用的工具'。这就是说，艺术家的目的，艺术家的任务，是在反映'整体现实'，他之所以要描写人，不过是为了达到他要反映'整体现实'的目的，完成他要反映'整体现实'的任务罢了。这样，人在作品中，就只居于从属的地位……（作家）笔下在描画着人，但心目中所想的，所注意的，却是所谓'整体现实'，那么这个人又怎么能成为活生生的、有血有肉的、有着自己的真正的个性的人呢？"② 与此同时，"庸俗社会学"还把丰富芜杂的社会直接"简化"，看成两个阶级黑白分明的斗争。对此，赖干坚讽之为反映论的"中国特点"："文艺与社会生活的关系集中表现为文艺与政治斗争的关系；文艺主体对时代所属阶级的依赖性变为对政治斗争和政策的依从；文艺对生活的反映和评价成为对各个生活领域中的政治斗争、思想斗争和反映，并按现时推行的政策的观点加以评价。"③ 这类"中国特点"在 1980 年代思想解放浪潮中势必遭到

---

① 王志耕：《马克思主义与庸俗社会学的对话》，《文化与诗学》2010 年第 1 期。
② 钱谷融：《论"文学是人学"》，《文艺月报》1957 年 5 月号。
③ 赖干坚：《文艺本体论对反映论的碰撞与渗透》，《文艺研究》1989 年第 2 期.

挑战和解构。

（二）来自表现论的对抗

"庸俗社会学"不但将"人"视作"整体现实"的工具，而且还假设所有个人都是"整体现实"的信奉者，是尼采所谓"历史的人"。然而，身历 20 世纪 60—70 年代中国现实者，其知识结构、信仰体系很可能已发生变化。北岛的"我不相信"即代表新一代人与"整体现实"的破裂性关系。故进入 1980 年代，当这一代人起而对抗反映论时，最初迸发的声音不是调校反映论使之在意识形态与审美之间形成有效平衡，而是直接放弃反映论，以锐利姿态转变方向。

这种剧烈转向主要出现在"朦胧诗"论争中。在与传统诗歌界的争论中，后来被称为"朦胧诗"的诗人与诗评家们显示了与传统决裂的猛烈姿态。孙绍振明确宣称朦胧诗人对于"历史的人"的告别："他们不屑于作时代精神的号筒，也不屑于表现自我感情世界以外的丰功伟绩"，"不是直接去赞美生活，而是追求生活溶解在心灵中的秘密"[①]。诗人高伐林则以从反映论到表现论的转移概括了这场争论："争论的实质是什么？我认为，实质是坚持'文艺是社会生活的形象反映'（简称'反映论'）还是坚持'文艺是人类情感的表现'（简称'表现论'）？""长期以来，诗人们以'反映论'为指导进行创作，越写越感到路子窄。……越来越多的诗歌作者痛感路窄，于是尽管不一定明确意识到，却实际上把自己的诗歌美学观的基点从'反映论'移到了'表现论'"[②]。对此，徐敬亚无疑深表

[①] 孙绍振：《新的美学原则在崛起》，《诗刊》1981 年第 3 期。
[②] 高伐林：《武汉来信》，《诗探索》1981 年第 2 期。

认同，但他更精准地点明了反映论与表现论的区别：

> 在六十年代，诗就这样成了"镜子"，成了一味映照外在世界的镜子，而八十年代的青年诗人说："诗是一面镜子，能够让人照见自己"，"诗是诗人心灵的历史"、"诗人创造的是自己的世界"——这是新的诗歌宣言！代表了整个新诗人的艺术主张。①

由此，表现论成为新一代作家、诗人对抗反映论的重要武器。马克思对资本主义社会的一种描述——"一切坚固的东西都烟消云散了"——对于部分感受敏锐、渴望挣脱现在的年轻人来说，变成对社会主义的切身感受。如果说曾经信仰之物不再值得信仰，生活也不再让人相信存在什么"历史发展的必然趋势"，那么"反映生活"便成了无根之木。因此，"自我表现"取代"反映生活"，逐渐成为1980年代文学批评新的关键词。

（三）来自主体论的"拨乱反正"

较之表现论的尖锐对立，来自主体论的批评还是包括较多的与反映论"对话"的成分，有"修补"、提升之意而非彻底的颠覆与置换。主体论提出者主要为李泽厚、刘再复。在文学领域，则以刘再复为重要提倡者与阐释者。在2010年的一次采访中，刘再复回忆起当年倡导主体论的缘起，明确指认为针对反映论而发：

---

① 徐敬亚：《崛起的诗群——评我国诗歌的现代倾向》，《当代文艺思潮》1983年第1期。

以往我们从苏联那里搬来的一套文学理论，其哲学基点是"反映论"，我的"主体论"的确是针对它而发的，可以说，我的理论动机是想用"主体论"的哲学基点取代"反映论"的哲学基点。……我批评的"反映论"是从苏联那里搬过来的并在20世纪下半叶的"语境"下发展成极为片面、极为机械的"反映论"。这种"反映论"，也被称为社会主义现实主义。这不是一般的创作方法论，而是创作的哲学总纲和政治意识形态原则。①

不过，刘再复的"针对"仍是从马克思主义出发，但不是那个被庸俗化的马克思，而是把"人"看作历史主体与实践主体的马克思。在《论文学的主体性》的著名长文中，刘再复从人是"目的王国的成员"而非"工具王国的成员"的思想出发，批评反映论在20世纪50—70年代的长期主导地位导致了文学对象主体性的失落。依刘再复之见，这种失落表现在三个层面。

（1）"环境决定论"与人物自身逻辑的消失。马克思主义重视政治经济基础，重视环境对于个体的影响与塑造，"典型环境中的典型人物"即透示此意。但刘再复认为，这种重视具有机械决定论色彩，不能准确揭示二者之错综复杂的关联："环境与人的关系，实际上并不是一种单向的因果关系，而是对立统一的辩证运动，一方面人的性格、人的情感是环境的产物，但是典型性格也不只是简单地被典型环境这种单一原因所决定的。从主体的角度来考虑问题，也可以说，时代是人创造的，环境是依靠人调节的。人对环境

---

① 刘再复、黄平：《回望八十年代——刘再复教授访谈录》，《现代中文学刊》2010年第5期。

具有巨大的制约和支配的力量。以往我们对于人的本质,更多地看到它被客观世界本身的规律所制约、所决定的一面",但"人的本质在很大的程度上是'自主'的,不是'他主'的——环境既作用于我,我也作用于环境,客观世界既影响我,我也影响客观世界。因此,人的性格也是人的自我创造过程,每个人都有性格自身的历史"①。显然,社会主义文学在此问题上多有不尽如人意之处,似乎"历史潮流,浩浩荡荡,顺之者昌,逆之者亡",个体面对大的历史环境,除了认知、接受、皈依之外,除了沦为历史的工具之外,难以有其他生命的可能性,难以表现出独属于"人"的怀疑意识、创造意识与自我实现意识。

(2) 本质主义之遮蔽。反映论坚信现实生活隐藏着某种抽象本质,并以捕捉、呈现此种本质为文学之旨归。具体到人物形构,便是要求"典型人物"可以体现某种抽象本质(尤其是阶级本质)、完全为历史时间所笼罩。这种着重本质揭示的人物刻画方法当然有利于"典型"形象的生成,但人性何其丰富、幽深,一个作家写作时若总是想起"帝国主义者"或"被剥削者",那么他(她)所刻画的人物很可能出现主体性丧失的难堪情形:

> 最明显的表现,是用阶级性来淹没人的主体性,把人视为阶级的一个符号,把人规定为阶级机器上的螺丝钉,要求人完全适应阶级斗争,服从阶级斗争,一切个性消融于阶级观念之中。这样,在作家的笔下,人就完全失去主动性,失去人所以成为人的价值。我国封建社会要求人"非礼勿视,非礼勿听,非礼勿言,非礼勿动",就是把"礼"当成一种不可变易的规

---

① 刘再复:《论文学的主体性》,《文学评论》1985年第6期。

范,一切以"礼"为转移,一切以"礼"为依归,"礼"成了一条公律,人的一切思想和行为被全部纳入"礼"的固定模式中,因此,人的个性也被消灭了。在我国古代的道德家眼中,人是"礼"的附属物,而在当代的某些文学评论家眼中,人则是阶级机器的附属物。①

显然,如果"典型人物"发展到"非阶级"而"勿视""勿听""勿动"的程度,必然会失掉私我的时间与空间,也就不可能达成社会主义现实主义对于共性与个性、普遍性与特殊性相统一的期待。

(3)外部与内面。反映论对现实及其历史必然性的执着,极易导致文学重心的偏移。刘再复说:"人的外部行为,外部活动,即人表面的,他人可感知的生活,是人的精神世界的外化。作家当然应当表现人的外部行为,这些外部行为,集合为社会事件,构成作品的情节,于是,作品展示出战争,革命,政治运动,改革运动等情节。但真正优秀的文学作品应该通过这种外部事件去表现人,而不是通过人去表现外部事件。即不是通过人去表现战争,表现改革,而是通过战争,通过改革等外部行为去表现人,表现人的命运和人的情感。而我们过去有不少作品恰恰是通过人去表现社会事件,因此,在解决各种问题的场面中,我们看到人在忙碌,在搏斗,却看不到人的命运和人的极其丰富的内心世界,此时人的精神主体性已被淹没于外部现象之中。"② 的确,是以外部事件服从于人,还是以人服从于外部事件,显然是文学书写中的绝大问题。《平凡的世界》之所以能够在无数读者心中"立"住,是因为路遥

---

① 刘再复:《论文学的主体性》,《文学评论》1985 年第 6 期。
② 同上。

通过时代而写"人",而当少安、润叶、少平、晓霞、郝红梅等一系列人物能真正"活着"的时候,时代(也可谓"大写的历史")也随之矗立起来。比较起来,《保卫延安》着力通过"人"来刻画时代,但因未能真正深入"人"的命运,结果"时代"也未能充分呈现。后者可谓是反映论运用不够恰切的例证。无独有偶,米兰·昆德拉也表达过类似意思:"如果说大写的历史让他(按:小说家)着迷,那是它正如一盏聚光灯,围绕着人类的存在而转,并将光投射在上面,投射到意想不到的可能性上,这些可能性在和平年代,当大写的历史静止的时候,并不成为现实,一直都不为人所见,不为人所知。"[1] 应该说,小说家未必不可以兼做历史学家,但"大写的历史"存在的价值并不在其本身,而在于它可以照亮过去不为人见的"人类的存在",小说家若因表现"大写的历史"而疏忽了"人类的存在",则不免失却文学之"本义"。

以上三层所述,实皆批评反映论所导致的主体性之失落。不过,从21世纪以来文学的疲弱气象反观1980年代的主体性理论,很难不为当时其乐观想象略感几分苦涩:似乎一推翻反映论,当代文学即会迎来创作的"黄金时代"。结果其实并未如此。但在1980年代,由主体论发起的针对反映论的"战役"几乎全线告捷。尽管有官方介入,但"输者为赢"的规则仍使主体论获得广泛的声誉与传播。当然,当年参与"围剿"反映论之役者,并不止于主体论、表现论,本体论实亦参与其中。1985年后,随着先锋作家普遍转向西方现代派,形式主义批评亦随之兴起——要求文学研究回到审美/叙事形式本身,要求以"怎么写"代替"写什么",当然是对反映论的"釜底抽薪"之举。不过,无论本体论还是表现论,其背后勾

---

[1] 昆德拉:《帷幕》,董强译,上海:上海译文出版社,2006年,第87—88页。

连的皆为西方现代主义文学及其批评范式，与马克思主义相去较远。因此，尽管刘再复多有援取马克思主义资源，但进入1990年代以后，反映论就彻底失去曾经的主导地位，甚至连马克思、恩格斯都很少被人提及了。

五、今天如何面对反映论模式

时光流逝，作为一种早已"过时"的研究模式，反映论已不再是新生代学者主动援借的研究资源。但"过时"未必无效，我们自己也并非处在一个事事"正确"的时代。就反映论的转换与借鉴而言，有两点或可记取。

（一）"沉淀"为基本研究记忆的反映论

的确，反映论在"新的人民的文艺"后期深陷庸俗社会学泥潭，其黑白分明的阶级对立图景、没完没了的进步人物与落后人物之纠葛，以及一目了然的故事进程，都使人倦怠。兼之先后受到表现论、主体论、本体论"狙击"，其在文学研究中的合法性基本瓦解。但这并不意味着反映论彻底消失。反映论与其说消失了，不如说已"沉淀"到我们记忆深处，化成我们理解文学的基本视野。所以如此说，有两层因由。（1）反映论比较切近中国文学传统。其实，早期儒家诗论即有"兴观群怨"之说。《论语·阳货》篇曰："子曰：小子何莫学夫《诗》？《诗》可以兴，可以观，可以群，可以怨。迩之事父，远之事君，多识于鸟兽草木之名。"其所谓"观"，即是认为诗歌理当真实反映当时社会的政治和道德风尚状况，以使人知政治得失与风俗之盛衰。当然，这并非说《诗》"可以观"与反映论高度相似，二者之区别在于反映论所强调的"生活"具有内在的总体性、有其"本质的真实"的限定。但即便我们今天不再相信生活的整体"本质",然而还是有一定"自然的要求",希望能从文学中"观"出时代与人心。这构成反映论沉淀下来的心理基础。(2)反映论之坠入"庸俗社会学",与其说因为它过于强调意识形态,不如说因为它过于疏忽审美。故自1980年代以来一直有学者试图修正反映论,使之兼顾二者。其中,"审美意识形态"的提法广有影响。钱中文先生表示:

> 从一方面来说,认识论、反映论这类观念,在过去几十年里确实有被滥用的现象。这是在对文学急功近利的思想指导下进行简单化的解释的结果。从另一方面来说,绝对排斥认识论、反映论、意识形态等观念在文学理论中的使用,也是一种极端偏颇的表现。……从社会文化系统来观察文学,从审美的哲学的观点出发,把文学视为一种审美文化,一种审美意识形态,把文学的第一层次的本质特征界定为意识形态性,是比较合适的……文学的根本特性就在于审美的意识形态性。①

显然,较之"重写文学史"思潮所主张的"纯文学"等观念,审美意识形态论无疑更有利于理解文学与社会之交互关系。这意味着,反映论在今天的文学研究中仍可适当予以鉴取,只是应将其所认定的"生活"适当疏离"政治""本质"、敞开生活的多重面相,同时,又将文学之于人心、"情理"、细节、语言等的把握能力作为文学"反映生活"的前置条件。倘以此观之,《边城》《白鹿原》等对民国社会的认识与反映不尽符合当时乡村社会的真实面相,但其于

---

① 钱中文:《论文学观念的系统性特征》,《文艺研究》1987年第6期。

意境、性格、细节的处理能力，有效地"弥补"了反映层面的缺欠。可以说，经过调校的反映论仍可以帮助我们思考今天复杂的叙事实践与文化生产。

(二) 拓展：从"反映论"到"反应论"

审美意识形态论对马克思主义反映论的调校与提升，系着眼于文本自身的内在构成。若着眼于文本与社会之实践性关系，则还可另做拓展。中国现当代文学不仅是"短二十世纪"的产物，更希望以文学为"武器"参与时代变革之中，以之重塑人心与社会，恰如刘禾所言："（中国）现代文学一方面不能不是民族国家的产物，另一方面，又不能不是替民族国家生产主导意识形态的重要基地。"① 对此，即便是能动的反映论，其实亦未必是最恰当的理解角度。马克思、恩格斯虽发现了文学的意识形态功能，但仍侧重于文学对于社会政治状态的准确揭示，对其能动性、介入性的强调相对偏弱。因此，西方马克思主义者杰姆逊另行提出了"反应论"概念，以求拓展反映论：

> 把现实主义当成是生活的真实描写是错误的，唯一能恢复对现实的正确的方法，是将现实主义看成是一种行为，一次实践，是发现并且创造出现实感的一种方法。如果一位作家只是很被动地、很机械地"向自然举起一面镜子"，摹仿现实中发生的一切，那将是很枯燥无味的，同时也歪曲了现实主义。……现实主义是一种征服，既是对方法的征服，以期感受

---

① 刘禾：《文本、批评与民族国家文学》，《批评空间的开创》，王晓明编，北京：东方出版社，1998年，第297页。

到现实的复杂性和丰富性，也是对现实的征服，是主动性的。①

显然，这种反应论不再是认识论层面上通过文学认识现实的问题，而指向实践论范围："文学或审美行为总是拥有与现实的能动关系。然而，为了做到这一点，它不能简单的允许'现实'惰性地保存自身的存在"，"相反，它必须把现实拉入自身的结构中"②。以此眼光重新理解当代文学（尤其其中左翼-社会主义文学），当有别开生面之感。反应论的实质，是把文学看成一种在多重力量关系中发生、运作的话语实践。它来源于现实多重力量的博弈，并在此"合力"作为形成特定话语，然而其话语并非完全"顺从"于这种话语角力，而是作家也希望借此话语反过来介入、参与复杂社会力量的博弈。这种"重铸"反映论的角度，可以说与文化研究颇多仿佛，与近年学界兴起的"社会史视野"也有声息相通之处。

推荐阅读

列宁：《列夫·托尔斯泰是俄国革命的镜子》

毛泽东：《在延安文艺座谈会上的讲话》

钱谷融：《论"文学是人学"》

刘再复：《论文学的主体性》

钱中文：《论文学审美意识形态的逻辑起点及其历史生成》

---

① 杰姆逊：《后现代主义与文化理论》，唐小兵译，北京：北京大学出版社，1997年，第244—245页。

② 杰姆逊：《政治无意识》，王逢振、陈永国译，北京：中国社会科学出版社，1997年，第69页。

第二讲

"重写文学史"思潮

一、"重写"的学术渊源

近人梁启超在其《清代学术概论》中曾如此谈论"时代思潮"之起落:

> 凡时代思潮,无不由"继续的群众运动"而成。……其中必有一种或数种之共通观念焉,同根据之为思想之出发点。此种观念之势力,初时本甚微弱,愈运动则愈扩大,久之则成为一种权威。此观念者,在其时代中,俨然现"宗教之色彩"。一部分人,以宣传捍卫为己任,常以极纯洁之牺牲的精神赴之。及其权威渐立,则在社会上成为一种共公之好尚,忘其所以然,而共以此为嗜。若此者,今之译语,谓之"流行";古之成语,则曰"风气"。风气者,一时之信仰也,人鲜敢婴之,亦不乐婴之,其性质几比宗教矣。[①]

兴起于20世纪80年代末的"重写文学史"思潮在此后三十余年里所经历的历程,与梁启超所言颇为仿佛:一度洛阳纸贵,终成"共公之好尚""一时之信仰"。不过最近十年,青年一代的学者也开始

---

① 梁启超:《清代学术概论》,北京:东方出版社,1996年,第1—2页。

对之有所反思与怀疑。然而即便如此，作为"风气"，"重写"仍在一般文化人中被广泛接受。

多数人在最初接触1988—1989年王晓明、陈思和主持的"重写文学史"专栏时，都会有震惊、喜悦的感受，尤其青年学生与学者，会对那些猛烈批评《创业史》《子夜》以及丁玲、赵树理等的文章颇有醍醐灌顶之感。这并不奇怪。毕竟年少时代，又有谁不是希望一脚踢翻些"坛坛罐罐"呢？不过，时间稍久，就不难发现"重写文学史"的观点之用力过猛之处。他们所批评的几位作家，并不完全如"重写"所论。譬如，《子夜》的确给人印象不佳，能够读完其实都需要一定毅力（这其实与茅盾拒绝使用"善善恶恶"的通俗小说技法、读者不能完成情感代入有关），但《太阳照在桑干河上》散兵线式的文字美感，《创业史》对于乡村社会关系与个体心理的深描，其实都超过了此前所有有关中国农村的小说（包括鲁迅、沈从文等大作家的小说）。即便很快获得茅盾文学奖的《白鹿原》，其处理语言、心理和细节的能力也并未超过《创业史》。以此而论，一些具有代表性的"重写"观念其实并不大容易为人长期接受：

> 《创业史》以狭隘的阶级分析理论配置各式人物。这种理论之所以狭隘，在于它是以简单的、机械的经济决定论为前提的。而政治理论的局限引进到文学创作中，就更使这种局限性趋于严重。虽然柳青也写出了各阶级、阶层人物政治面貌的多样性、差别性，但尺度的单一，决定了所衡量对象的单一。《创业史》中的人物，始终没有脱离"左、中、右"的三分法和"主导倾向"与"非主导倾向"的二分法，以阶级分析配置人物为起点，把人物之间矛盾线索的安排建立在阶级矛盾、阶

层矛盾的哲学基础上,使作品的情节展开,从根本上失去了偶然性和独特性。一切都是经过精心设计的。惨淡经营的多样化或差别化,并未脱离文学形式对政治运动直接模拟的藩篱,根本上还是人物性格的单一化、人物配置的类型化或情节安排的程式化。①

今日学界对于"阶级"众皆鄙之,实则"阶级"对于经济要素的强调,恰恰抓住了乡村生活的主要问题,甚至是人类生活的根底。爱尔维修说:"无论在任何时候,任何地方,无论在道德问题上,还是在认识问题上,都是个人利益支配着个人的判断,公共利益支配着各个国家的判断。"② 此间所谓"利益",当然不止于经济,在《创业史》中郭振山对于"在党"的在意,梁大老汉对于梁生宝春节是否上门拜年的敏感,改霞对于梁生宝的倾心喜爱,也都不止于经济。但对于一个在求温饱而不易得的社会,经济被凸显为"决定性"要素也说不上是"局限",又何尝不是我们对现实的尊重?在农村度过童年、少年时代的人,目睹周边农民在婚恋、求学、人情往来等大事上很少不以经济为"决定性"考量的事实,必然容易理解"利益"的决定性。萧红所叹"在乡村,永久不晓得,永久体验不到灵魂,只有物质来充实他们",其实也道尽了乡村生活的大部分真实。《创业史》对农民生存及其"信仰"描绘的精确,可给人难以磨灭的印象,非"重写"冲击可以轻易毁损。

不过,今天学界所谈论的"重写文学史"有狭义、广义之分。

---

① 宋炳辉:《"柳青现象"的启示——重评长篇小说〈创业史〉》,《上海文论》1988年第4期。

② 北京大学哲学系编译:《十八世纪法国哲学》,北京:商务印书馆,1979年,第458页。

狭义者系指陈思和、王晓明在《上海文论》组织的专栏,始于1988年第4期,终于1989年第6期,共计9期,历时一年半。期间发表重评左翼-社会主义文学作品、思潮和现象的文章数十篇,引起广泛关注,也引发一定争论。广义的"重写文学史"则指当时许多报刊都在发起的"重写"专栏。譬如,《文学评论》的"行进中的沉思"专栏(1988年第2期起)、《文艺报》的"中国作家的历史道路和现状研究"专栏(1989年1月21日起),《中国现代文学研究丛刊》的"名著重读"专栏,等等。这些专栏大都有和《上海文论》"南北呼应"之意,基本上都发端于1988年下半年,在1989年下半年相继停止。这些专栏在1990年代以后遂外溢为现当代文学研究领域比较普遍的文学思潮(古代文学研究也受波及)。作为当代文学研究代表性方法的"重写文学史",主要是指广义而言。

声势浩大的"重写文学史"思潮的发生,当然不是偶然的。1976年以后,中国社会各种政治力量、思想力量发生重组,主流话语酝酿变更。如此语境剧变,必然导致各个领域重写、改写的发生。恰如理查德·艾文斯所言:"如果所谓'发现'多少会取决于受自身时代语境影响的历史学家之意图和设想,那么我们就明白,每一个新的时代都要对先前所有时代的历史重新写过。"[1] 在1980年代初期,由前延安知识分子(以周扬、王若水等为代表)推动的思想解放运动发生,一时引人瞩目。但思想解放的目的是回到原初的马克思主义(如"人道主义的马克思主义"),恢复被"极左"政治破坏的社会主义现实主义文学。但是,这种革命重建工作是否能够赢得青年知识分子的广泛认可呢?其间多少有些裂缝。因此,

---

[1] 理查德·艾文斯:《捍卫历史》,张仲民、潘玮琳、章可译,桂林:广西师范大学出版社,2009年,第32—33页。

在 1980 年代，一场后来被命名为"新启蒙主义"的思想运动也在悄然萌发，并从京沪向外扩展。二者取向其实有异。在文学研究领域，"新启蒙"的直接表现即重新评价现代文学的冲动的出现："早在 1982 年、1983 年，许多人就开始讨论这个问题了，当时有非常多的私下交流。记得 1983 年秋天，我和钱理群在北大未名湖散步，当时就听他说过这个想法。所以，这个事情不是哪一个人或哪几个人发动的，是那个时候许多学者的共识。"①

此可谓"重写"之背景，也即梁启超所言"其中必有一种或数种之共通观念"。不过，"重写"的最初开始却并不在于 1988 年的《上海文论》专栏。按照王晓明在专栏"主持人的话"中的回忆，其动因还在于当时北京大学的几位学者：

> 今年 8 月，我和陈思和一起去镜泊湖参加一个中国文学史的讨论会，不少同行一见面就说，"你们那个专栏开了个好头，可一定要坚持下去啊"，听着朋友们的热情鼓励，我不由得想起了三年前的暮春季节，在北京万寿寺召开的中国现代文学创新座谈会。倘说在今天"重写文学史"的努力已经汇成了一股相当有力的潮流，这股潮流的源头，却是在那个座谈会上初步形成的。正是在那个会议上，我们第一次看清了打破文学史研究的既成格局的重要意义，也正是在那个充当会场的大殿里，陈平原第一次宣读了他和钱理群、黄子平酝酿已久的关于"二十世纪中国文学"的基本设想。②

---

① 李世涛：《从"重写文学史"到"人文精神讨论"——王晓明先生访谈录》，《当代文坛》2007 年第 5 期。

② 陈思和、王晓明：《主持人的话》，《上海文论》1988 年第 6 期。

王晓明提到的陈平原宣读的论文,即是后来发表在1985年第5期《文学评论》杂志上的长文《论"20世纪中国文学"》。这篇论文的宣读与发表,可说开启了改革开放时代的现当代文学研究。不过,在当时传播最广泛的倒未必是这篇论文,而是其"副产品",即由钱理群、黄子平、陈平原共同署名的连续发表于《读书》杂志的六篇"三人谈"(我所读的是后来出版的小册子《"二十世纪中国文学"三人谈》)。"三人谈"风格灵活,思想火花频频可见,对当时全国的现当代文学研究者都产生了强烈震撼。

当然,从思想史角度看,这更像是一个契机。对此,王晓明曾以一个形象的比喻来形容"二十世纪中国文学"论所引发的强烈共鸣:"各种各样的新的学术思想,就好像是早春时候江中的暖流,在冰层下面到处冲撞,只要有谁率先融塌一个缺口,四近的暖流就都会聚集过来,迅速地分割和吞没周围的冰层。"① 而且,期间也有李泽厚发表于1986年8月《走向未来》创刊号的《启蒙与救亡的双重变奏》一文所造成的思想冲击。李泽厚的论述逻辑,是以"启蒙"视角为本位来反思、批判"救亡",他所理解的"救亡"因此就指"以农民为主力的革命战争"。在李泽厚看来,20世纪中国发生的"救亡压倒启蒙"究其实质就是"具有长久传统的农民小生产者的意识形态和心理结构,不但挤走了原有一点可怜的民主和启蒙观念,而且这种农民意识和传统文化心理结构还自觉不自觉地渗进了刚学来的马克思主义思想中"②。由此,李泽厚认为随着救亡意识形态形成,"封建主义"其实在马克思主义内部形成"复辟"之势:

---

① 王晓明:《从万寿寺到镜泊湖》,《刺丛里的求索》,上海:上海远东出版社,1995年,第242—243页。
② 李泽厚:《启蒙与救亡的双重变奏》,《中国现代思想史论》,北京:东方出版社,1987年,第35页。

> 随着这场"实质上是农民革命"的巨大胜利,在马克思主义的社会主义或无产阶级集体主义的名义下,被自觉不自觉地在整个社会以及知识者中蔓延开来,统治了人们的生活和意识。以"批判资产阶级小资产阶级个人主义"为特征之一的整风或思想改造运动,在革命建设时期曾大获实效;在和平建设时期的一再进行,就反而阻碍或放松了比对资本主义更落后的封建主义的警惕和反对。特别从五十年代中后期到"文化大革命",封建主义越来越凶猛地假借着社会主义的名义,高扬虚伪的道德旗帜,大讲牺牲精神,宣称"个人主义乃万恶之源",要求人人"斗私批修"做尧舜,这便最终把中国意识推到封建传统全面复活的绝境。①

所谓"封建传统全面复活",导致的不仅是五四个性解放思想的湮没,实际上也包括社会主义思想与实践的双重困境。应该说,李泽厚的"救亡压倒启蒙"论比北大三位学者的"二十世纪中国文学"论所涉范围更广、态度也更猛烈。这些思想共同构成了"重写文学史"的理论背景。于是,"重写文学史"正式走上历史前台:"'重写文学史'这个词最初出现在1987年,当时《上海文论》要设个新栏目,那时的编辑部主任毛时安找陈思和与我聊,就想到了'重写文学史'——我记不清这个词当时是谁想出来的了,就决定用这个词来作为新栏目的名称。这个其实不重要,重要的是事情本身。"②

---

① 李泽厚:《启蒙与救亡的双重变奏》,《中国现代思想史论》,北京:东方出版社,1987年,第36页。

② 李世涛:《从"重写文学史"到"人文精神讨论"——王晓明先生访谈录》,《当代文坛》2007年第5期。

此外，也如王晓明所言，"重写文学史"的发轫，也离不开老一辈知识分子的支持："虽然看起来是我们这一辈人在出头，发文章啊，主持专栏啊，背后其实有很多前辈学者的支持，如北京的王瑶先生，上海的我的导师钱谷融先生，他们的支持是很重要的。我们都是他们的学生，而'重写'包含了对老一辈的研究成果的重新审视，例如对王瑶的《新文学史稿》，唐弢、严家炎的《中国现代文学史》等文学史著作的重新评价。如果他们那儿有阻力的话，情况就会不同。可他们却积极支持，在背后推动这个事情，这一点非常重要。"① 不过，明眼人可以看出，在此支持者脉络中并没有前延安理论家的身影。这多少意味着，这场"重写"运动是由学院派知识分子精心策动的一场思想大变动，它与主导中国思想界达四十余年之久的革命之间出现了明显的疏离与"裂缝"。

二、"换剧本"与范式转换

（一）所谓"换剧本"问题

无论是"二十世纪中国文学"论还是"重写文学史"专栏，之所以能在现当代研究界产生巨大的冲击效应，当然并不在于"重写"这样富于挑战性的字眼。1980年代思想风发，比这更夺眼球的概念多了去了。其中最关键者，实在于学界苦"阶级论"久矣。尤其与革命缺乏血肉关系、新近从大学毕业的学院派青年知识分子，也无兴趣像周扬、陈涌那样在马克思主义既定范畴内做些"修修补补"的工作。他们意气风发，更希望直接"翻掀桌子"、另起炉灶。

---

① 李世涛：《从"重写文学史"到"人文精神讨论"——王晓明先生访谈录》，《当代文坛》2007年第5期。

这种代际差异、经历差异,在"三人谈"里体现得比较明显。在谈话中,陈平原对现代文学史研究现状很感不满:"我们的现代文学史研究也面临这种状况:最明显的一个特征就是,作家越讲越多,越讲越细。唐代文学三百年,我们才讲多少位作家?当然年代越近,筛选越不易。可是三十年的现代文学,拼命挖出不少作家来谈,总体轮廓反而模糊了。在原有的模式里,大作家已经谈得差不多了,只好'博览旁搜',以量取胜。你看勃兰兑斯的《十九世纪文学主流》谈的作家很少,但历史线索很清楚。"① 对此不满,黄子平深有同感,并径直提出另一个问题:

> 用材料的丰富能不能补救理论的困乏呢?如果涉及的是换剧本的问题,那么只是换演员、描布景、加音乐,恐怕都无济于事。②

黄子平提出的"换剧本"问题,形象地揭示出 1980 年代"重写文学史"的实质。其实,在 50—70 年代,"剧本"一直以马克思主义反映论为纲,且一直掌握在延安理论家手中。然而时移事易,随着新一代国家领导人"拨乱反正",有意放松政治对于文艺、学术的约束,学院派知识分子在有机会在一个言论相对松动的环境中快速崛起。换上"新剧本"——准确地说,是知识分子自己喜欢的"剧本"——正是发生在 1980 年代深处的学术故事。

发生在现代文学研究领域的"换剧本"故事,不过是 1980 年代中国社会话语主导权重新组合、迁移的一个具体场景。在倡导者

---

① 陈平原、钱理群、黄子平:《"二十世纪中国文学"三人谈·缘起》,《读书》1985 年第 10 期。
② 同上。

看来，这是迟到的勇敢的突破，甚至是对"文学史真相"更为切近的抵达。然而事后观之，这种斩钉截铁的"换剧本"多少让人想起理查德·艾文斯的说法："当我们面对历史记录的时候，我们在这个记录本身中，是无法找到选取某种意义建构方式的理由……我们可以在不违背论据的规则和批判的标准前提下，来说出很多同样看似合理的、也可供选择的，甚至是相互龃龉的故事。"① 其实，作家仍是那些作家、作品仍是那些作品，但热情、自信的变革者们显然是要讲述另外一个更具"真理性"的故事了。

不过，从"二十世纪中国"论到"重写文学史"思潮，从北京到上海，变革者们提供的新"剧本"其实并不完全相同。对此，杨庆祥指出："（'二十世纪文学'论）试图从'文化角度'去重新整合20世纪文学史。正如当时的研究者所指出的，'文化的角度'固然可以从一定程度上矫正前此文学史的'政治性'，但是因为过于宽泛而显得不易操作。相对而言，陈思和等人提出的一系列原则如'审美性'、'个性化的研究'等等则显得比较清晰和有'颠覆性'，相对而言也更具有实际操作性。从这个意义上说，从北京到上海的位移同时也意味着'文学史'的'重写'在理论模式和研究方法上的'突破'。"②

（二）范式转换：从革命到现代化

应该说，"换剧本"问题并非1985年所独有。1917年的《新青年》，1949年的全国第一次文代会，实质上都提出了类似问题。尤

---

① 理查德·艾文斯：《捍卫历史》，张仲民、潘玮琳、章可译，桂林：广西师范大学出版社，2009年，第100页。
② 杨庆祥：《审美原则、叙事体式和文学史的"权力"——再谈"重写文学史"》，《文艺研究》2008年第4期。

其1949年发生的"新的人民的文艺"对"人的文学"的取代,至今仍在现当代文学研究界有着遥远的回响。那么,在1985年黄子平等想在沿习已久的"新的人民的文艺"之外换上怎样的新"剧本"呢?对此,三位学者有一段屡被引述的阐释:

> 所谓"二十世纪中国文学",就是由上世纪末本世纪初开始的至今仍在继续的一个文学进程,一个由古代中国文学向现代中国文学转变、过渡并最终完成的进程,一个中国文学走向并汇入"世界文学"总体格局的进程,一个在东西方文化的大撞击、大交流中从文学方面(与政治、道德等诸多方面一道)形成现代民族意识(包括审美意识)的进程,一个通过语言的艺术来折射并表现古老的中华民族及其灵魂在新旧嬗替的大时代中获得新生并崛起的进程。……目前的基本构想大致有这样一些内容:走向"世界文学"的中国文学;以"改造民族的灵魂"为总主题的文学;以"悲凉"为基本核心的现代美感特征;由文学语言结构表现出来的艺术思维的现代化进程;最后,由这一概念涉及的文学史研究的方法论问题。①

不难看出,新"剧本"不再以"阶级"为关键词,也不再强调文学对现代中国进程的真实反映。代替阶级、政治的,是此前时代疏于谈论的"文化"。"文化"由之上升为新的时代关键词:"东西方文化的大撞击、大交流"的背景,"古老的中华民族及其灵魂"的更新等。马克思主义政治经济学视野作为食之无味、弃之也不可惜的

---

① 黄子平、陈平原、钱理群:《论"二十世纪中国文学"》,《文学评论》1985年第5期。

陈腐体系，在此就被不声不响地丢弃在文学史研究之外了。

如此弃取、重置的过程，按照贺桂梅教授的看法，正是1980年代"文化热"的直接表现："由'二十世纪中国文学'所代表的新的知识范式，正是八十年代中期的主流话语形态。事实上，就'二十世纪中国文学'的论述方式及其在当时的影响来看，它与知识界的'文化热'有着直接的关联：三位作者是以甘阳为代表的学术群体'文化：中国与世界'编委会的重要成员，而其论述也正是'文化热'的重要构成部分。"① 而"文化热"的背后，又是流行于美国六七十年代的"现代化理论"。对此，陈平原后来在回顾中也坦率承认："光打通近代、现代、当代还不够，关键是背后的文化理想。说白了，就是用'现代化叙事'来取代此前一直沿用的阶级斗争眼光。"② 这当然是剧烈的范式转换。从革命到现代化，不仅意味着"新的人民的文艺"的结束，也意味着一种带着强烈八十年代色彩的单一的现代化想象的浮现。

其实，依今天眼光看，所谓"现代化"并无单一标准。从1949年开始，中国的工业化过程既无法复制欧美发达国家的经验，又不愿走第三世界国家常见的依附发展之路，故只能采取国家资本主义和社会主义市场方式相继进行。这是中华民族在百年陆沉之后"逆天改命"的壮举。现在学界已以"中国道路"为名对之展开研究。不过，在1980年代，黄子平等不可能预见到三十年后中国的强势崛起，同时也与多数知识分子一样，把此前三十年看成一段不堪回首、急需告别的历史。在这一代知识分子心目中，现代化就是西方化，即是以美国发展模式作为普适标准衡量、解释其他国家与地

---

① 贺桂梅：《重读"二十世纪中国文学"》，《当代作家评论》2008年第4期。
② 查建英主编：《八十年代访谈录》，北京：生活·读书·新知三联书店，2006年，第128页。

区。对此，有论者指出：

> 差不多整个1980年代，中国的知识分子或学术界（人文学术界），绝大多数人都相信，存在着一个历史不断进步的规律，而这个规律在当时中国社会的体现，就是现代化。从1970年代晚期的思想解放运动，到1987年那部震动全国的电视系列片（按：《河殇》）——该电视系列片的基本主题就是：中国应该抛弃以大陆为中心的"黄色文明"，走向蓝色的海洋文明，也就是说，中国应该走西方的道路。绝大多数知识分子一直是在为现代化摇旗呐喊的，大家都认定这是不可抗拒的历史潮流，是历史发展的正确方向。①

对现代化问题缺乏深入研究的文学研究者更是容易泥陷其中。于是，资产阶级以"自由"为名的故事也在此"美国梦"的潜移默化下变成大学教授、作家内心关于人性的理想版本。黄子平等"换剧本"之所以能在当年发生震撼性影响，与这种普遍社会心理有莫大关系。

不过，京沪两地的"重写"提倡者所秉持的现代化想象其实仍有微妙差异。北京靠近中央，学者"天然"有大局感，进而也能对为政之艰难持更多理解成分。故北京学者提出的"二十世纪中国文学"论，虽不再使用"新的人民的文艺"剧本，但对革命倒并无彻底驱之而后快的潜在心理，而更似是希望将革命吸收、融冶在现代化模式之中。这明显体现在他们对20世纪中国文学"改造民族的

---

① 李世涛：《从"重写文学史"到"人文精神讨论"——王晓明先生访谈录》，《当代文坛》2007年第5期。

灵魂"这一总主题"两个相反相成的分主题"的阐解中。除了"否定的方向"即"以鲁迅式的批判精神,在文学中实施'文明批评'和'社会批评'"之外,他们还提出一个用以"收容"左翼-社会主义脉络的"肯定的方向":

> 另一个是沿着肯定的方向,以满腔的热忱挖掘"中国人的脊梁",呼唤一代新人的出现,或者塑造出理想化的英雄来作为全社会效法的楷模。如果说,在第一个分主题中,诞生了不朽的形象阿Q及其"精神胜利法",其艺术生命力和艺术魅力持久不衰,说明了对民族性格的挖掘在否定的方向上达到了难以企及的深度;那么,在第二个分主题中,理想人物却层出不穷,变幻不已,有时是激进而冷峻的革命者,有时却是野性的淳朴或古道侠肠,有时却又回到了"忠孝双全"或"温良恭俭让",有时则是不食人间烟火的"高、大、全"。这显示了探讨的多样性和阶段性,显示了在不同的文化背景和社会历史背景左右下对"理想人性"的不同理解。①

其中,第一个分主题自然是"五四"以来的国民性批判,第二个分主题则明显涵括了左翼-社会主义文学的"国民性重建"主题。不知黄子平、陈平原、钱理群三位学者在商讨此文时是否重读了周扬的《新的人民的文艺》,但应该说,这种兼顾"否定的方面"与"肯定的方面"的"剧本"设计与周扬当初"新的国民性正在形成之中"的说法其实颇有呼应之处。

---

① 黄子平、陈平原、钱理群:《论"二十世纪中国文学"》,《文学评论》1985年第5期。

不过，这种兼容性"剧本"是回应1980年代时松时紧的政治环境而有意为之的策略还是提倡者真实的考虑，局外者不易确定，但从钱理群日后对"毛泽东时代"的重视看，从陈平原对左翼文学的"同情之理解"看，真诚的成分无疑是存在的。然而，上海学者却大为不同。或因上海近商，学者于政治时有疏离诉求，他们的观点就比北京学者简截、明快多了。《上海文论》刊发的"重写文学史"文章，无论是宋炳辉批评《创业史》还是董大中讽刺赵树理，都有对反映论及"新的人民的文艺""灭此朝食"的气概。简单、锋利、"大破大立"向来是大众传播的利好条件，"重写文学史"最终在上海得成大势，秘诀或亦在此。显然，在《上海文论》"摧枯拉朽"式的批评中，其现代化模式并不兼容革命，甚至以排斥革命为突出特征。代表性表述，可参照陈思和日后有关《中国当代文学史教程》相关问题的说明：

> 这些作品在当时都是图解国家意识形态的作品，如果作家没有民间立场和民间审美形态，那写出来的只是一部图解政策的宣传品，它的宣传时效过去了，我们就应该把它们遗忘掉，不值得在文学史上谈它们。如果我们从小说所歌颂的大跃进办食堂等内容上肯定了《李双双》，那么，同样是河南作家，我们如何来理解今天的作家如张一弓、刘震云、阎连科等人写作的农村图景的真实性呢？学生就会问老师，到底哪一个河南农村图景是现实主义的？所以，只有充分揭露了50—70年代的文学创作在反映现实面前的虚伪性和伪现实主义，才能让学生更好地理解中国的现实和中国今天的文学创作的真正意义。时代、社会以及生活的发展可能是充满矛盾的，但我们叙述文学史的立场不能自相矛盾，不能迁就历史上错误的观念，否则就

不能说服学生。①

时隔八年,在接受杨庆祥采访时,他又表达了类似看法:"当时想法也很简单,就是想恢复历史真相,因为当时研究当代文学的一些老师把现代文学的研究方法拿来看当代,要树立大师,把一些作家吹得很高,但是事实上,这些作家的作品里面都有很大的时代局限,显然这样写出来的文学史禁不起考验。比如说新中国的农村题材小说,当时家庭联产承包责任制已经证明了以前的农村政策是不对的,实践是检验真理的唯一标准,那么,为什么还在吹捧明明是错误的政策?"② 这类坚定不移的看法,当然容易引起争议。记得北京大学李杨教授在与洪子诚先生的通信中就曾表示过不同意见。的确,接近政治未必就是原罪。假如"政治"只是勾心斗角、株连无辜,那肯定此种政治的作品自然十分可疑。但假如政治是底层民众争生存的斗争呢,假如是一个民族逆天改命要杀入世界工业强国之林呢?文学表现这些,恐怕难说就是"原罪"。关于工业化以及为提取农业剩余而生的农村集体化是正确的抉择还是"错误的政策",现在经济学界其实已有许多与八十年代很不相同的研究,很可参考。更重要的是,即便作品所秉持的政治观念在后世被认为不太适宜,也并不完全妨碍优秀作品的诞生。《三国演义》之正统观与皇权观,《静静的顿河》与《日瓦戈医生》更是彼此立场相左,这些都未妨碍它们进入"文学史的圣殿"。

如此种种"不同意见",并不构成对"重写文学史"坚守者信念的干扰。拒绝兼容革命,凸显知识者的独立判断与内心操守,至

---

① 陈思和:《编写当代文学史的几个问题》,《郑州大学学报》2001年第2期。
② 杨庆祥:《知识分子精神与"重写文学史"——陈思和访谈录》,《当代文坛》2009年第5期。

今仍是不少"重写"倡导者的基本立场。比如,董健、丁帆、王彬彬三位教授在有关《中国当代史新稿》编史原则的说明中表示:

> ("革命样板戏")本是特定历史时期文学艺术反现代、反人类、贫困化和一元化的标识,随着"文革"的结束与现代性文化思想的重新起步,它被否定是很自然的事。……所谓"红色经典",是一个非常缺乏学理性的概念,其要害是抽掉文学艺术的全人类共通的审美价值观,以"革命"和"政治"取代艺术,使某些只具有短暂的政治实用意义的作品再次进入经典的历史序列中。①

由此可见,这种拒绝承认革命政治有任何"现代"内涵的"剧本"设计直到今天仍有强大生命力。当然,来自蔡翔、汪晖、戴锦华、罗岗、贺桂梅等学者有关"反现代的现代性"与"人民文艺"的表述,也清晰见证了当今学界研究范式正面临新的不确定与调整。

(三)"纯文学"的兴起

"重写文学史"思潮以现代化范式取代革命范式,造成了近40年来研究史上最大的"换剧本"事件。不过,现代化模式本身源于社会科学领域,文学领域的现代化究竟如何呈现,还是一个有待具体落地的问题。从事后看,提倡者们对此问题不仅重视,而且比较急切:"我认为,不要企图建立包罗万象的文学史,选取一个维度就能获得一部历史……可是既然诉诸行动,就应该摆脱无休止的深

---

① 董健、丁帆、王彬彬:《何为文学,如何治史?——1949年以来的文学史重考》,《扬子江评论》2015年第1期。

思熟虑。哈姆雷特什么都不缺，就缺把利剑刺向国王的力量。"① 但提出具体操作方法的，仍是上海学者。陈思和、王晓明在"重写文学史"专栏发刊词里写道："重写文学史……它决非仅仅是单纯编年式的史的材料罗列，也包含了审美层次上的对文学作品的阐发批评。"② 这其实已将"换剧本"最终落实为以审美原则为新的文学史叙述原则。依杨庆祥之看法，这种落地的结果是多方合力的产物："一方面，它是'当代文学'全部历史生成的结果，如李杨所言，没有'十七年文学'与'文革文学'，何来80年代文学？也就是说，没有'十七年文学'、'文革文学'对'语言'、'形式'的过度'排斥'，也就没有80年代文学对'纯文学'、对'审美主义'的极端追捧；另一方面，它是80年代话语方式生成的产物，可以说，只有在80年代那种二元对立的话语模式中，'审美原则'才会成为一种'片面'但是又'深刻'的理论方法得到研究者的青睐。"③

应该说，以审美原则为纲为现当代文学史编写"新剧本"，几乎符合所有人内心朴素的期待。其实，"人的文学"也好，"新的人民的文艺"也好，文学之成为文学，既取决于其对个体生存或族群境况观察的深度，更取决于其在审美层次上的完成度。孙犁的《山地回忆》、汪曾祺的《受戒》，能说有多么深刻的思想？但其语言之纯粹、意境之深永，足以造就优美之作。因此，"重写文学史"所提供的"新剧本"尽管不无可议之处，但还是令人充满期待。作为"重写文学史"思潮最为突出的代表性成果，陈思和主编的《中国

---

① 李劼、黄子平：《文学史框架及其他》，《北京文学》1988年第7期。
② 陈思和、王晓明：《主持人的话》，《上海文论》1988年第6期。
③ 杨庆祥：《审美原则、叙事体式和文学史的"权力"——再谈"重写文学史"》，《文艺研究》2008年第4期。

当代文学史教程》令人耳目一新，成为改革开放时代影响最为卓著的几部当代文学史教材之一。这部文学史给人印象最深刻的是，它把历史中的个人尤其是那些与主流不能融合、无法把控自己命运的孤独的个人，置放在突出的位置。如第1章第4节"潜在写作的开端：五月卅下十点北平宿舍"，所叙为1949年5月30日的沈从文日记。日记严格讲来并不属于文学，但此节仍给人带来比较强烈的震撼。在这一节中，编者从审美出发，细致分析了这则日记里的声音、情绪和语言的节奏感，并实录了部分日记中的文字："我似乎完全孤立人间，我似乎和一个群的哀乐全隔绝了"，"我却静止而悲悯的望见一切，自己却无份，凡事无份"，编者认为"这些文字比当时公开发表的作品更加真实和美丽"，并愤然说："读完这篇手记，一个善良而怯懦的灵魂仿佛透明似的毕现在读者的眼前。人们忍不住想问：一个新的伟大时代的到来，难道不能容忍这样一颗微弱而美好的生命的存在吗？"[1] 这段掷地有声的控诉（于此可见"重写文学史"未必真的限于"纯文学"），虽然有人为剔除沈从文拒绝巴金劝告长期依附胡适等"学阀"人物、在优势国民党军猛攻解放区的同时猛批解放区文艺为"集团文艺"等事实的嫌疑，甚至有"误导"对历史复杂性了解不大充分的学生的嫌疑，但它以悲悯眼光凝视那些被激荡时代抛出轨道的个体，仍然是此前文学史（甚至是此前文学）所欠缺的珍贵品质。可以说，相对于着重于"时代真实"之刻画的反映论模式，在《中国当代文学史教程》中落地、赋形的"新剧本"，更能有效地为读者召唤被以往文学史叙述"隐藏"了的历史，也更多地切近了叙事、语言、意境等以往被边缘化了的

---

[1] 陈思和主编：《中国当代文学史教程》，上海：复旦大学出版社，1999年，第29页。

文学要素。当然，这并不是说，"重写文学史"由此刺破了"真实的谎言"而给我们带来了久违的真正的真相。

三、学界之于"重写"的反思

从北京到上海，继而播及全国，"重写文学史"思潮影响之广、之深，在70余年当代文学研究流变中仅次于反映论。然而较之反映论在部分学者心目中差不多已沦为"反面案例"不同，"重写文学史"虽不能摆脱争议，但作为研究史上重要的"翻转时刻"，其学术史意义并未受到怀疑。那么，有关"重写"又出现了怎样的具体争议与反思呢？

（一）"去政治化"的政治

最直接的争议源自"重写"的基本立场。这种立场最初未见得明确，但随着1990年代后期知识界的分裂而或主动或被动地明确化了。那么，是怎样的立场呢？陈思和教授在《中国当代文学史教程》（以下简称《教程》）"前言"中表述得比较明确。"前言"认为"中国20世纪文学史的构成""具有三个层面"，首先是"以现代汉语来表达现代中国人的感情及其审美精神的文学"，这无疑是准确的，但接下来阐释的另外两个层面似乎才是《教程》内在的原动力——否则，《教程》不可能弃曾被公认为社会主义现实主义小说最高成就的《创业史》于不顾而讲起沈从文的一则日记。"前言"对另两个层面是这么说的：

> 其次，中国20世纪文学史深刻反映了中国知识分子感应着时代变迁而激起的追求、奋斗和反思等精神需求，整个文学

史的演变过程，除了美好的文学作品以外，还是一部可歌可泣的知识分子的梦想史、奋斗史和血泪史。……最后，中国20世纪文学史在本世纪所产生的历史意义不是孤立的，它是在中国由古典向现代转型的宏大社会历史背景下发生的，它与其他现代人文学科一起承担了知识分子人文传统重铸的责任和使命。①

可能在许多人读来，这段阐述深可共鸣。的确，"五四"以来，一代代知识分子承续"忧以天下，乐以天下"的古儒情怀，构成了鲁迅所言的"中国的脊梁"，文学以他们为题材或以他们的精神与梦想为内在精神似乎也是非常自然之事。但如果跳出知识分子的圈子，我们不难发现，知识分子其实是一个比较小的群体，占人口比例不足5%，在此之外还有比知识分子广阔得多的生活世界和生存境遇。在此情形下，如果文学主要以知识分子这一小群体为对象，或主要反映其"梦想史、奋斗史和血泪史"，给人感觉就相当局促。譬如，中国古代士大夫生活中悲秋、伤别、怨不遇、出世等内容，几乎构成了古诗词的大部。其间当然能涌现璀灿篇章，但两三千年都一直这么写下来，格局终究有所不足。"新文学"以来，尤其是《在延安文艺座谈会上的讲话》以来，文学最有价值的变化之一就在于"撞毁"知识者经验与视野的漫长限制，而接通了广阔、浩大的世界。虽然至今中国当代文学也未出现《静静的顿河》这种伟大作品，但突破知识分子生活、通向广阔世界的道路已然开启，未来颇可期待。

当然，尽管知识分子立场颇多局促，但"重写"的出现及其赢

---

① 陈思和主编：《中国当代文学史教程》，上海：复旦大学出版社，1999年，第3页。

得广泛响应自有其学术因缘。中国士大夫在王朝统治时期，即有与皇权分治天下的传统，甚至因持有历史阐释权（"道统"）而有吞吐宇宙之自负。民国以降，军阀混战，缺乏强有力的中央政府，更为一批文化巨子的出现提供了社会的和文化的空间。唯独到了延安时期及随后的社会主义时代，形势发生剧变。知识分子发现革命自身已有系统的"道统"阐释，已无需知识分子前来"立法"。如果说在"五四"时代知识分子是"立法者"，那么现在则只能充当传播者，且被认为是"可靠性"有待提高的传播者（须"思想改造"）和传播技艺有待提高的传播者（须落实"中国作风和中国气派"）。前后身份、话语权力与社会形象反差极大。而且，这一逆转竟长达三十余年，期间众多知识分子还遭受了此前时代较少经受的人生挫折甚至悲剧，如沈从文，如胡风。爱尔维修说："肉体的感受性和记忆是产生我们一切观念的原因。"① 不难想象，过于长久的边缘身份，太过伤痛的群体记忆，会使知识分子阶层到达怎样的积郁于中、长歌当哭的程度。对他们来说，把文学视为知识分子的自我表达，自然是合情合理之事。

不过，理解归理解，但文学及其牵连的历史如此广搏，其间命运与境遇如此纷杂，仅以知识分子视角甚或知识分子利益书写文学史（乃至普遍的历史），必然会有所偏失。陈寅恪有一段学术见解，虽与"重写文学史"并无关系，但确实能引人深思：

> 凡著中国古代哲学史者，其对于古人之学说，应具了解之同情，方可下笔。……吾人今日可依据之材料，仅为当时所遗

---

① 北京大学哲学系编译：《十八世纪法国哲学》，北京：商务印书馆，1979年，第433页。

存最小之一部，欲借此残余断片，以窥测其全部结构，必须备艺术家欣赏古代绘画雕刻之眼光及精神，然后古人立说之用意与对象，始可以真了解。所谓真了解者，必神游冥想，与立说之古人，处于同一境界，而对于其持论所以不得不如是之苦心孤诣，表一种之同情，始能批评其学说之是非得失，而无隔阂肤廓之论。①

这说的是今人对于古人"所处之环境，所受之背景"易有隔阂，是就古今演变而言，但就跨阶层理解而言，是不是也存在这一问题呢？中国社会，阶层构成复杂，不同阶层、族群所经历之历史、所感受之生存处境相去甚远，知识分子在其中占比不足5％。仅以5％的视野去理解历史、裁断是非，不免太过困难（甚至多少有些危险）。当然，在知识分子圈里，基本上没有人觉得这是一个问题。恰恰相反，知识分子习惯于将自己所属的阶层界定为普遍理性与人类良心的代表。但"知识分子"其实是一个本质化的概念，很容易让人从"知识"的角度去理解、想象这一阶层，然而知识分子作为"人"同样是"一切社会关系的总和"，权力、金钱、名声乃至食与色，都可能构成这一阶层个体人生的生存逻辑，其重要性，如果说不高于"知识"的话，可能往往也不低于"知识"。尤其知识分子若期望光大家族、荫庇子孙，那就很有可能依附于权力、资本，或以自身"知识"跻身权力、资本之列。近年屡屡爆发的院士案件，即是明证。无论哪种，知识分子真的要做到萨义德所说的——"（知识分子）总是关系着、而且应该是社会里正在进行的经验中的

---

① 陈寅恪：《冯友兰〈中国哲学史〉上册审查报告》，《陈寅恪集·金明馆丛稿二编》，陈美延编，北京：生活·读书·新知三联书店，2001年，第279页。

有机部分：代表着穷人、下层社会、没有声音的人、没有代表的人、无权无势的人"①——其实是相当不容易的。即便是自远于权力、资本的人文知识分子，也很难摆脱经验、利益与视野的限制。譬如，在对"前三十年"的史述中，即存在深深的知识分子"成见"。其实，"前三十年"社会主义史主要不是在政权与知识分子的关系上展开的，但学界却以知识阶层特定的历史经验与现实认知作为依据，"构造"了这段历史，也使之变得不堪回首。这种讲述当然有大量确凿的事实证据，但"前三十年"真的只是"不堪回首"吗？如此理解，无疑会与社会主义自身的逻辑"擦肩而过"。"前三十年"的中国以及更早的革命年代，至少包含两层追求：（1）革命知识分子帮助下层民众争取正义与权益的社会运动；（2）后发国家摆脱被奴役地位的现代化实践。因此可以说，1949年后成立的新政权，与封建专制政权存在绝然区别，它是致力于国富民强的"发展性政权"，其两重诉求皆未完全达成预期的目标，但又确实取得了巨大的历史贡献，当然同时也存在因方法失误而导致的沉痛的历史教训。如此种种纠葛、错杂的历史，如果单纯地以知识分子的视野去理解、去呈现，必然会出现比较严重的遮蔽与扭曲。

当然，这种知识分子视野的限制与遮蔽或是有意为之，或是趋随时代"大势"无意而成之，但其结果并无大异，皆使李泽厚所言"封建传统全面复活"转变为文字的现实，恰如汪晖所言："'新启蒙'的政治批判（国家批判）采用了一种隐喻的方式，即把改革前的中国社会主义的现代化实践比喻为封建主义传统，从而回避了这个历史实践的现代内容。"② 这可谓是20世纪中国最令人心痛的吊

---

① 爱德华·萨义德：《知识分子论》，单德兴译，北京：生活·读书·新知三联书店，2002年，第95页。

② 汪晖：《当代中国的思想状况和现代性问题》，《天涯》1997年第5期。

诡。无论是出自合理的历史伤痛,还是争夺话语权的策略之举,这种错位式的历史叙述都构成了当代文化中的"去政治化的政治",其间革命必然沦为被否定和被遗忘的对象:

> (中国革命)概括言之有三点:第一,以土地革命为中心,建构农民的阶级主体性,并以此为基础,形成工农联盟和统一战线,进而为现代中国政治奠定基础;第二,以革命建国为方略,通过对传统政治结构和社会关系的改造,将中国建立为一个主权的共和国家,进而为乡土中国的工业化和现代化提供政治保障;第三,阶级政治的形成和革命建国的目标既召唤着现代政党的产生,又以现代政党政治的成熟为前提。……随着这个革命世纪的终结,法国革命也与俄国革命一道作为"激进主义"的滥觞成为批判和否定的对象。……"去革命过程"就必然表现为工农阶级主体性的取消、国家及其主权形态的转变和政党政治的衰落等等。①

"工农阶级主体性"可以说是左翼-社会主义文艺孜孜以求之事,然而"去政治化的政治"恰恰以埋葬这种诉求为特征。由此不难想见,尽管质疑革命、否定革命可以纾解部分知识分子的内心积郁,然而在学术上,"重写"思潮注定难以自洽,也难以有效处理复杂、纠葛的20世纪中国文学史事实。

亦因此故,贺桂梅提出了一种与众不同的看法——如果"二十世纪中国文学"的"文化的视角"是一种新"剧本"的话,那么在

---

① 汪晖:《去政治化的政治、霸权的多重构成与六十年代的消逝》,《开放时代》2007年第2期。

她看来，它并不见得比老"剧本"（新民主主义论）更具有效性。何以如此？因为新民主主义内含着革命的三分结构，而非"二十世纪中国文学"论的传统/现代之二分结构，故它更能有效切入"世界"的复杂面相："毛泽东也是在一种'世界'视野当中展开论述的。不过，与'二十世纪中国文学'在'现代'与'传统'的二元结构中切分'世界'/'中国'的做法不同，毛泽东固然重视以'外国资本主义侵略中国'而带来'资本主义因素'这一现代时间，但他更重视的是这一现代时间内部的反动，即'因为第一次帝国主义世界大战和第一次胜利的社会主义十月革命，改变了整个世界历史的方向，划分了整个世界历史的时代'。"① 显然，在毛泽东的论述框架里，社会主义作为资本主义现代性的一种"反动"得到了重视，"二十世纪中国文学"之论述框架则缺乏这种深刻的洞察力，因而也不能恰当安置与资本主义现代性不能契合的文学。可见，"重写"提供的新"剧本"未必能较老"剧本"更能处理历史中的复杂。

（二）拒绝"看见"左翼-社会主义传统

"重写"思潮的"去政治化的政治"，最突出的表现即在于文学史叙述上。此即在学界屡遭质疑而在一般读书界有持久响应的"断裂论"。早在 2002 年，李杨即在与洪子诚先生的通信中直言不讳地说："80 年代的文学史叙述方式以一种著名的'断裂论'结构中国现当代文学史，即所谓左翼文学开创、到文革文学发展到顶峰的'政治化文学'中断了'五四文学'的'纯文学'传统，文革后的'新时期文学'接续了'五四文学'，使文学回到了'文学'自身。

---

① 贺桂梅：《重读"二十世纪中国文学"》，《当代作家评论》2008 年第 4 期。

这一模式在'现代文学'中的实现，是'五四文学'（启蒙文学）主体地位的重新确立以及左翼文学、延安文学的边缘化，表现在'当代文学'中，则是'新时期文学'的主体地位的确立以及'50—70年代文学'的边缘化。'50—70年代的中国文学'被逐步排除在'现代文学'之外，甚至在一些更为激烈的'断裂论'中被置入文学/非文学（政治）、启蒙/救亡乃至现代/传统等类型化的二元对立中加以确认。"① 显然，对于愿意正视中国现代历史及其文化的复杂性的学者来说，"断裂论"至少是矫枉过正的短期盲视，甚至是别具用心的意识形态运作。关于后者，旷新年另有一个估计很难为"重写"提倡者接受的说法："'20世纪中国文学'的提出是要把一个资产阶级现代性的叙事硬套在中国现代的历史发展上，用资产阶级现代性来驯服中国现代历史，这种文学史的故事具有明显的意识形态的预设和虚构性。"② 这样带有"阶级"色彩的批评，大约是钱理群、黄子平、陈平原、王晓明、陈思和等"重写"践行者怎么也未料到的。但随着近年"对'告别革命'的告别"的思想潮流的出现，"重写"在学术方法上的可议之处还是不可避免地暴露出来。无论双方能否取得最低限度的共识，但"重写"显然不能还左翼-社会主义文艺以"本来面目"，且其辩解的合法性也在日渐流失。而"本来面目"，是当年胡适在"整理国故"时反复诫导的：

　　整理国故，必须以汉还汉，以魏晋还魏晋，以唐还唐，以

---

① 李杨、洪子诚：《当代文学史写作及相关问题的通信》，《文学评论》2002年第3期。
② 旷新年：《"重写文学史"的终结和中国现代文学研究转型》，《南方文坛》2003年第1期。

宋还宋,以明还明,以清还清;以古文还古文家,以今文还今文家;以程朱还程朱,以陆王还陆王……各还他一个本来面目,然后评判各代各家各人的义理的是非。①

应该说,"重写文学史"不但未能做到"以汉还汉,以魏晋还魏晋",甚至它本身也从未存有此念。在挥斥方遒的"八十年代",人们对自己怎么想的重视远远超过对对象"本来面目"的关注。以后设视角观之,所谓"重写",本质就是以"人的文学"裁断"人民的文学"、以启蒙指责革命。其结果不言而喻——尽管在中国现代史上革命是承启蒙之弊而起、"人民的文学"是为纠"人的文学"之偏而发,但当后世满怀叛逆激情的研究者重新向"启蒙""人的文学"认祖归宗时,左翼-社会主义革命及其文艺必然失其"义理"与声音。

当然,对此问题,早在"重写"提出之初即被国内外"老派"学者在现象层面提出过。1990年代后期,钱理群在回顾当初提出"二十世纪中国文学"概念时王瑶先生的质疑:"你们讲二十世纪为什么不讲殖民帝国的瓦解,第三世界的兴起,不讲(或少讲,或只从消极方面讲)马克思主义,共产主义运动,俄国与俄国的影响?"② 实际上,在1986年北大组织的讨论中,日本学者丸山升就明确表示:"二十世纪文学"的"中心问题"应当是"社会主义",但在"二十世纪中国文学"论中,这一"中心问题"却恰恰没有出现③。不过,这些前辈的顾虑并没有影响当时年轻的学术后进发起学术"革命"的热情。由此,排斥左翼-社会主义文艺变成此后

---

① 胡适:《胡适文存二集》,合肥:黄山书社,1996年,第6页。
② 钱理群:《矛盾与困惑中的写作》,《文学评论》1999年第1期。
③ 孙玉石等:《世界文学·中国文学·日本文学》,《当代作家评论》1989年第3期。

"重写文学史"的具体实践,也通过学术出版、大学教育、舆论空间而转变为改革开放时代的"公共知识"。

那么,对李杨、旷新年以及更年轻的学者们的批评,当年"重写文学史"的发动者今天又是如何看待的呢?陈思和、丁帆等教授似乎仍在坚持初衷,呼唤"人的文学",但另一位重要当事人王晓明在接受采访时曾这样说:

> 我对"重写文学史"的反思是,整个 1980 年代,知识分子程度不同地都有一种对现代化的幻觉,当时一部电视系列片中所谓黄色和蓝色文明的区分,表达了大家那时普遍的想法,而很少有人对此有过怀疑。"重写文学史"也是在这个大的思想背景中发生的,对现代化——具体到文学,就是文学的现代化、西方化——的向往同样成为我们想象什么是好的文学的主要参照,所谓"重写",很大程度上就是依据了这个标准,而现在来看,恰恰是这个标准成了问题。这是最主要的一点。①

这就有些"悔其少作"的意思了。实则进入 21 世纪后,王晓明的研究领域及研究观点都发生了较大转移,开始游离出知识分子圈子并关心当代中国现实中的底层以及那些被遗忘在时代浪潮之外的人们。以局外人的观感,这是令人尊敬的转向——他业已告别"重写文学史",而转而与当代中国正在席卷而来的"新现实""新意识形态"正面遭遇并搏斗。也许,这会让他失掉一些旧日的朋友,但就

---

① 李世涛:《从"重写文学史"到"人文精神讨论"——王晓明先生访谈录》,《当代文坛》2007 年第 1 期。

他自己而言，至少是与那个心怀"无穷的远方，无数的人们"的人更接近了。

四、今天如何"重写"

（一）重估"重写"之价值

"重写文学史"无疑是改革开放以来当代文学研究领域最大的一次"地震"，此后出现的各种研究方法的冲击效应皆不能与之相提并论。尽管 21 世纪以来学界对其偏失之处多有反思，但这并不意味着它在学术史上的"革命"意义受到影响，也不意味着它不再有现实的资源价值。实际上，即使对于批评者而言，"重写"仍具有现实的不可或缺的"对话"价值。

其重要价值之一，即在于说出传统左翼-社会主义文艺批判性力量业已丧失的真相。应该说，对于一种兴起于三十余年前的研究方法，要找寻其破绽当然没有困难。尤其是随着"80 后"学者的登场以及自媒体的兴盛，从 1980 年代开始活跃于学术界的"新启蒙"一代逐渐面临谢幕的终局，"重写"影响力的衰减亦是必然之事。不过，作为一种曾产生强烈辐射力量的研究思潮，其学术史价值仍值得我们认真总结并记取。"重写"最初之所以能引发学术"地震"，在于它突然丢开我们熟悉的语言，说出了许多人不敢说的"皇帝未穿衣服"的真相。的确，最初出现在《上海文论》"重写文学史"栏目的一些文章在学理层面未必能够成立，"虽然都声称是基于作品而做出的分析，个别文章也不乏亮点和精彩之处，但实事求是地讲，这些文章从整体上具有他们所批判的'主题先行'的特征，缺乏比较坚实的文本基础和较为全面、客观的审视，从而在学术性上打了折扣，所做分析与所得出的结论并不令人信服"①，但它们的确打开了左翼-社会主义文艺曾被人（如1950年代中期刘绍棠等）言及但终于未能深谈的另外一面。对此，陈思和教授在多年后仍尖锐指出，20世纪50—70年代"最直接的一个问题就是作家有没有良知的问题。你到底是跟着政策走还是根据底层的百姓的实际状况走呢？其实当时作家是很清楚那些情况的，他们不是不知道当时农民的生存状况，是不敢说真话，还要昧着良心说假话来欺骗读者。所以这个时候根本谈不上什么真实，谈不上什么良知"②。这是落地有声的批评。实际上，在当年，文学应该面对的不仅是"三年自然灾害"这类极端事件，还有更为普遍、日常的新的不平等。表现于旧精英阶层，即是"地主和富农构成了集体秩序中地位最低的一个新的社会阶层"，"这些阶级敌人和其他被视为'坏分子'的人在政治运动中将不断成为替罪羊和攻击对象"③。表现于"翻身"后的农民，则是此前不曾有过的景象：

> （户口制度）在城市和农村之间划出一条鸿沟，将农民禁锢在自己所属的村庄，同时切断了大部分仅存的村与村、城市与农村之间的交流。政府还继续抽取农村的剩余将其转移给城市工业，其手段主要包括农民按照政府规定的低价义务出售粮食，其次是通过税收……农村剩余向工业和城市的转移，再加上政府对各类别工人的补贴，是导致地域性不平等结构不断扩

---

① 陈越：《"审美性"的偏至与"主体性"的虚妄——关于"重写文学史"的再思考》，《文艺理论与批评》2016年第2期。

② 杨庆祥：《知识分子精神与"重写文学史"——陈思和访谈录》，《当代文坛》2009年第5期。

③ 李静君、马克·塞尔登：《中国持久的不平等：革命的遗留问题与改革的陷阱（上）》，张庆红译，《国外理论动态》2011年第9期。

大的根源，城乡分割是其最显著的表现，但绝不是唯一的表现。①

这种城乡不平等一直延续到改革开放年代。甚至，由于改革开放年代的"包产到户"政策的实施，集体呈解体之势，曾在1970年代出现在农村里的简陋的插秧机、脱粒机也从农田里消失了，结果干农活就成为人世间最繁重、最可怕的劳作。兼之1980年代中后期"包产到户"的短期效应释放完毕、农村收入停滞，"生为农民"几乎是中国人最为绝望的阶级处境。《人生》《平凡的世界》之所以取得如此广泛、持久的影响力，就在于路遥真诚地面对了几代新中国农民最为疼痛、无言的人生。然而在此之前，即便优秀如柳青、李準、浩然者，都没有直面这样新的在新中国制度下出现的"惨淡的人生"。这样漫长的苦难的冲击力，其力度并不弱于极端的灾害，但50—70年代的作家对此的确是失语的。陈思和的批评，对社会主义文艺可谓是"降维"打击。今天研究社会主义文艺，必须直面"重写"有关"良知"的质问，寻觅其中的曲折以及可以引以为戒之处。

"重写"更重要的学术价值，则在于重建知识分子之"学统"。其实，对于左翼-社会主义文艺研究的助益，可能"重写"论者自己并不看重。因为在部分学者看来，左翼-社会主义文艺连"文学"都未必算得上，其研究必要性也就不存在了。而"重写"真正令与于其事者动心之处，则只是在于"学统"的赓续与重建。知识分子"学统"是个勾连甚多的话题。在1990年代末，但凡读书人，都应

---

① 李静君、马克·塞尔登：《中国持久的不平等：革命的遗留问题与改革的陷阱（上）》，张庆红译，《国外理论动态》2011年第9期。

该读过或至少听说过一本书——《陈寅恪的最后20年》。陈寅恪专治隋唐史,其学未必广为人知,但他关于学术独立的言论,在20世纪八九十年代知识界流传甚广。在《清华大学王观堂先生纪念碑铭》中,他说:"士之读书治学,盖将以脱心志于俗谛之桎梏,真理因得以发扬。思想而不自由,毋宁死耳。斯古今仁圣所同殉之精义,夫岂庸鄙之敢望。先生以一死见其独立自由之意志,非所论于一人之恩怨,一姓之兴亡","先生之著述,或有时而不章。先生之学说,或有时而可商。惟此独立之精神,自由之思想,历千万祀,与天壤而同久,共三光而永光"①。这段表述,不能不勾起新时期无数知识分子久远的文化记忆。依余英时之见解,在历史上儒家士大夫即有其"道统"的存在:

> 一方面中国的"道"以人间秩序为中心,直接与政治权威打交道;另一方面,"道"又不具备任何客观的外在形式,"弘道"的担子完全落到了知识分子个人的身上。在"势"的重大压力之下,知识分子只有转而走"内圣"一条路,以自己的内在道德修养来作"道"的保证。所以"中庸"说"修身则道立"。儒家因此而发现了一个独立自足的道德天地,固是事实。②

遗憾的是,在革命的"二十世纪",知识分子不但失掉了传统的"士"的体制优势,且自身身份也变得暧昧不明,随时都有沦入被改造、被革命境地的危险。于是,"弘道"难以保证,所谓"独立

---

① 陈寅恪:《清华大学王观堂先生纪念碑铭》,《金明馆丛稿二编》,北京:生活·读书·新知三联书店,2001年版,第246页。
② 余英时:《士与中国文化》,上海:上海人民出版社,2003年,第113页。

之精神，自由之思想"就更是弦断音绝。

可以说，在新时期诸多知识分子的内心里，都潜藏着一个与政治割袍断义、重建独立"学统"的夙愿。陈寅恪、顾准、王小波等知识分子被建构为"自由主义知识分子"并跻身大众文化偶像即是其症候性表现。连中山大学也受其波及。大约在2004年左右，坐落在中山大学中区风景优美的林木间的"计划生育处"悄然迁走，门口则换上了饶宗颐先生新书的"陈寅恪旧居"匾额。不久，一尊陈先生的坐姿铜像亦悄然出现。又不久，这里即成为无数学者、作家、青年学子瞻仰、流连之地。这可谓是知识界重建"学统"的具体一幕。"重写文学史"思潮则是此种重建在现当代文学研究领域的表现。基于此，我们也就能够理解为什么直到今日仍有许多学者坚守"重写"立场并对质疑"重写"者报以不屑与之为伍的态度。此间重要的不是"重写"在学理上是否充分自洽，而是在日趋复杂的现实环境中一个知识分子的道德操守问题。尤其在当代中国复杂多变的环境中，道德操守是极为突出的问题。大约在1990年代，王彬彬教授曾发表一篇名为《过于聪明的中国作家》的辛辣文章。王文往往多有争议，但争议中却时有精彩之论。譬如，何为"过于聪明"，他指出："语云：'识时务者为俊杰。'中国当代文坛上，颇不乏这类极善于识时务的俊杰。这些人，为人为文，都那样善于把握分寸；一举手一投足，都那样恰到好处。他们知道什么时候该前进，什么时候应后退；什么时候该发言，什么时候应沉默。他们知道什么时候说话应多加谨慎，什么时候说话不妨稍加放肆。他们知道什么时候既应说话又应顾左右而言他，什么时候既应说话又应单刀直入，痛快淋漓。他们知道怎样以最小的代价换取最大的收获，怎样以最小的牺牲换取最大的报偿。"① 这番评论可谓一针见血，直指文坛/学界乱象。可以说，在今天重建"学统"的工作具有强烈的现实意义。因此，"重写"既勾连着中国知识分子遥远的文化血脉，又与当下现实呼吸与共，其间轻重实非一种文学研究方法可以概括。

不过，对于这种"去政治化"的学统重建，杨庆祥受布迪厄启发，尚有另外一种措辞比较曲折的看法：

> 在布迪厄看来，这种"自主性"（按：指文化场域的"自主性"）并不是不与政治和经济发生关系，恰恰相反的是，必须是在对这两者的"双重拒绝"中才可能有"自主性"的生成，"拒绝"是一种更深层的内在联系。我正是在这个意义上来理解80年代整个中国人文社科领域的"去政治化"趋向，"去政治化"并不是要完全"无政治化"，而是要调整和理顺文学与政治、学术与政治之间的关系，因此，我们不能简单地理解80年代"重写文学史"对"自主性"的追求，正如布迪厄所指出的："知识分子是双维的人……他们远非人们通常想象的那样，处于寻求自主（表现了所谓'纯粹的'科学或文学的特点）和寻求政治效用的矛盾之中，而是通过增加他们的自主性（并由此特别增加他们对权力的批评自由），增加他们政治行动的效用……"②

为不掠美，此处将杨文与布迪厄原话一并录下。由此可见，对"重

---

① 王彬彬：《过于聪明的中国作家》，《文艺争鸣》1994年第6期。
② 杨庆祥：《审美原则、叙事体式和文学史的"权力"——再谈"重写文学史"》，《文艺研究》2008年第4期。

写"的评价还须在学术领域之外做更具纵深性的讨论。不过,对此,"圈外人"难以有深见肺腑的了解,这里就不再展开了。

(二) 看见更多的"人"

"重写"无疑是一种既有学术贡献又存在学理缺陷的研究方法,对其最为适宜的面对方式是扬其所长、避其所短。当然,这就要求对其所"短"应有精准认识,方能达成继承、学习的目的。那么,"重写"诸种学理偏缺背后的根源在哪里?不妨从宋炳辉教授当年对于柳青的一段分析说起:

> 这次改动是柳青同志在粉碎"四人帮"以后的1976—1977年间进行的。那时党中央对刘少奇同志的冤案虽尚未平反,但"文化大革命"必须否定的总趋势,却是连一般的知识分子也隐约的感受到了。可惜的是,像柳青同志这样的著名作家,却连这样一点敏感也失去了。就在黎明已经来临,在已出现了为刘少奇同志平反的可能性的时候,他却显得毫无判断力和预见性,紧赶慢赶地终于搭上了批判刘少奇的"末班车",这令人惋惜,更令人痛心。①

显然,在宋炳辉看来,柳青是个"跟跟派"且比较低能,其所作所为令后人叹息(当然不是以之为耻)。其实,假如柳青活得再久一些,看到年轻人这样理解他,那该会有怎样无言的寂寞啊。当然,在1980年代,关于柳青的资料还比较匮乏,当时研究者有此看法

---

① 宋炳辉:《"柳青现象"的启示——重评长篇小说〈创业史〉》,《上海文论》1988年第4期。

亦在情理之中。从现今出版的《柳青传》《柳青年谱》等著作看，柳青处事待物比较"固执"，有自己的原则，不大会因环境变化而改变看法。他的原则是什么？即"受苦人"的利益。在柳青看来，即便有些"受苦人"目光短浅或对自己估计过高（如认为自己单干大概率会变成富人），但从中国历史看，私有小农经济必然无法摆脱历代王朝都在反复上演的"富者田连仟陌，贫者无立锥之地"的兼并"顽疾"。陕西此地，地瘠民困，若袭旧制，其绝大多数"受苦人"（如梁三老汉等只知"受苦"不懂人事经营的农民）很可能重蹈历代流民之覆辙。比较起来，集体化虽对少数"能人"有所限制，但对多数"受苦人"来说绝对是可以尝试、充满可能性的新路。当然，今日研究者可能以1980年代农村联产承包责任制改革否定1950年代集体化，但这并非有力的证据。一则联产承包责任制并非私有小农经济，二则集体化之低效固然与农民劳动积极性不高有关，但其后还牵连着国家通过公社体制对农村实行的高强度"自我剥削"政策，而此种"低消费、高积累"经济政策又牵连着中国重返世界的最大国家战略——工业化。这其间"大仁政"与"小仁政"之错综复杂关系，"一代人吃了几代人的苦"之悲壮事实，倘若展开，自是争议纷纭的问题，但可以肯定的是，它很难以三言两句一笔勾销！更重要的是，柳青对集体化的支持并非因于他趋随政策。在他看来，单干/私有制无论在历史上还是现实中都有害于"受苦人"整体，故对于持单干政策者他始终不支持。故无论是挨过毛泽东批评的国家主席刘少奇，还是后来即将"平反"、其支持者可能接掌最高权力的刘少奇，他都不认可，都在小说中予以批评。这并非"毫无判断力和预见性"，而是严肃的思考和深沉的责任感，也可说是从革命中磨砺出来的知识分子"风骨"。

当然，这种看法可能也为不少学者所反对。对此，不必过多争辩，因为观念差异有时并非因于论证过程科学与否，而涉及难以改易的底层逻辑——部分"重写"论者之所以对自己的观点笃信不疑且多少有些"真理守护者"姿态，是因为他们与柳青不同，往往会不自觉地忘却黄土高原上那些无边无际的"受苦人"。当然，这不是说这些优秀学者不会对不幸者抱以同情、缺乏基本的人道主义，而是说他们考虑问题时，习惯于紧紧围绕着一个"假想敌"展开：一个利维坦式的怪物，一个让个体喘不过气的国家机器。这样一种类似于《一九八四》的体制/个人的紧张对立，以及与暴政/恶政相斗争的道德激情，会弥漫他们整个的思维，让他们进而忘却在此之外还有更为广阔的"受苦"人群。一个作家或知识分子，倘若心念"受苦人"的现在与未来，从其境遇及需要出发，那么他对体制/国家的看法就不可能只是阿伦特所说的"从未爱过任何一个民族，任何一个集体"。恰恰相反，国家/集体很多时候还是"受苦人"获得基本生存空间的有力依赖。中国历代王朝多有抑制兼并之努力（虽然最后皆未成功），新中国更以"人民（尤其下层民众）至上"作为自己治国理政的合法性来源。

不过，知识分子若眼中没有"受苦人"，或仅把他们视作不足与谋的"乌合之众"，就会比较容易接受冷战结束以后在西方重新登临"铁王座"的新自由主义。这种思想发端于亚当·斯密的古典主义经济学，在20世纪则以哈耶克的经济学思想为代表。这类思想反对政府干预，主张自由放任经济，认为"自发秩序"为社会最优选择。其极端者，会形成"逢体制必反"的愤青思维。然而，政府真的仅是一种"恶"吗？"自发秩序"真的完美吗？朝廷失去权威，豪强坐大，土地兼并，饥民四起，生灵涂炭，不就是导致历代王朝覆灭的"自发"景象吗？实际上，今日知识界流行的以政府为恶的思想，其底层逻辑实为精英本位，是"少数人自由"的结果。

对此，甘阳曾有论述："今日许多知识分子对自由主义的高谈阔论，主要谈的是老板的自由加知识人的自由，亦即是富人的自由、强人的自由、能人的自由，与此同时，则闭口不谈自由主义权利理论的出发点是所有人的权利，而且，为此要特别强调那些无力保护自己的人的权利：弱者的权利、不幸者的权利、穷人的权利、雇工的权利、无知识者的权利。"①

以精英为本位，是中国士大夫文化一直有之的特色，1980年代以来，在知识界重新崛起并竞逐话语权的过程中，这一思维特征再度回归并凸显。"重写文学史"思潮与此关系颇深。从今日眼光看，"重写文学史"提倡的"人的文学"从理论上讲并无不妥，但为什么过去、现在都一直有"人民文学"的提倡呢？这并不可以用后者喜欢攀援政治来解释，而与"人的文学"在实践中的自身缺陷有关。因为"人的文学"所论之"人"实皆抽象之人，较少正视个体所置身的经济处境和制度环境（如废名、沈从文笔下诗意的个人），然而生活中的人都是马克思所说的"现实的个人"，抽象言之并不能切中真实的个体境遇。比如，即便在民主制度下个人有比较充分的言论自由，但如果遭遇战火纷飞或买不起地、买不起房的现实，必然充满饥饿与屈辱，自由又能有多少珍贵可谈？这就是说，如果从"现实的人"的角度出发，"人的文学"就不免显得虚浮。今日讨论或重续"人的文学"，则应放宽视界、兼容更多的"人"。如果不能像柳青那样以"受苦人"为主要衡量标准，至少也应兼顾"受苦人"的声音与利益。

此外，坚持或重建"作品"与"世界"的关系，也是我们今天面对"重写"思潮应该考虑到的。或许因为有太强烈的"去政治

---

① 甘阳、王钦：《自由主义：贵族的还是平民的？》，《读书》1999年第1期。

化"诉求,"重写文学史"策略性地选择了审美作为新的文学研究与文学史撰写的原则。相对于业已固化的反映论模式,这当然是可取的选择,但它明显地偏离了文学作为一种话语实践的事实。无论是小说家鲁迅、巴金,还是诗人艾青、田间,抑或是 1980 年代的"伤痕小说",其写作的缘起,讲述故事的方式,或其修改、出版、改编的过程,无不与历史语境深相勾连。即便是沈从文这样的"纯文学"作家,其湘西小说也与北平这座城市构成一定的互动生成关系。以此观照,"重写文学史"的一些重要成果(如《中国当代文学史教程》)其实存在"作品"与"世界"相疏离的不足,也较少考虑文学史之"史"的维度。对此,陈思和教授自己也有反思。在 2007 年的一篇文章中,他表示《中国当代文学史教程》只能属于第一种形态的文学史,即优秀文学作品研究,离他认可的"理想的文学史研究"还有相当距离①。

进入 21 世纪以后,后现代主义开始进入文学研究,这种过度强调"历史"的建构性与叙述性的研究倾向无疑会进一步拉开"作品"与"世界"的距离。对此,连一向谨慎的洪子诚先生也表示了疑虑:

> 我们不能够因为强调历史的"叙事性",而否认文本之外的现实的存在,认为"文本"就是一切,"话语"就是一切,文本之外的现实是我们虚构、想象出来的。……在中国的近现代史中,也有一系列的经典事件,一系列的重要历史事件。它们不是文本所构造出来的,不是只存在于文本之中。"这些事

---

① 杨庆祥:《审美原则、叙事体式和文学史的"权力"——再谈"重写文学史"》,《文艺研究》2008 年第 4 期。

实要求我们做出道义上的反应,因为把它们作为事实来陈述,本身就是一种处在道德责任中的行动"……跟外在世界断绝关系的那种"解构式"的理论游戏,有时确实很有趣,很有"穿透力"很犀利;但有时又可能是"道德上无责任感的表现"。对于后面这种情况,是需要我们警惕的。①

当然,洪先生提及的"道德责任"在不同的人读来可能会有完全不同的理解与想象,但在研究中恢复/重建文本与历史、"作品"与"世界"原本就存在的联系,是我们今天学习、调整"重写"之方法、路径必须处理的。

推荐阅读

李泽厚:《启蒙与救亡的双重变奏》

黄子平、陈平原、钱理群:《论"二十世纪中国文学"》

宋炳辉:《"柳青现象"的启示——重评长篇小说〈创业史〉》

李杨、洪子诚:《当代文学史写作及相关问题的通信》

杨庆祥:《审美原则、叙事体式和文学史的"权力"——再谈"重写文学史"》

---

① 洪子诚:《问题与方法:中国当代文学史研究讲稿》,北京:生活·读书·新知三联书店,2002年,第43—44页。

第三讲

"新方法论热"

一、何谓"新方法论热"

（一）作为西方文论热的"新方法热"

众所周知，1985 年，学术界曾有一个引人瞩目的"方法论热"。据亲与其事的朱立元先生回忆："这场文艺学的方法论讨论最初是从借鉴'老三论'（信息论、系统论、控制论）、'新三论'（突变论、协同论、耗散结构论）等为核心的自然科学方法论开始的，重点研讨自然科学方法论如何运用于文艺美学研究以及二者如何结合的问题。"[①] 不过到 1990 年代中后期，"老三论"也好，"新三论"也好，都已很少有人提及。就此后的现当代文学研究而言，研究生们之间讨论的，都是心理分析、神话原型批评、女性主义、新历史主义、俄国形式主义、叙事学之类。进入 21 世纪以后，福柯、拉康、齐泽克、阿甘本的书也陆续风行。此处提出"新方法论热"，即是针对后一情形而言，实即指广义上的西方文论热。为与 1985 年的"方法论热"有所区别，故名"新方法论热"。

不过，对西方文论的青睐与学习在整个 20 世纪中国的文学研究乃至文学创作中都是常态。傅斯年在评论王国维《宋元戏曲史》时曾感慨地说：

[①] 朱立元：《我记忆中的 1985 年"方法论热"》，《文艺争鸣》2018 年第 12 期。

> 研治中国文学,而不解外国文学;撰述中国文学史,而未读外国文学史,将永无得真之一日。以旧法著中国文学史,为文人列传可也,为类书可也,为杂抄可也,为辛文房"唐才子传体"可也,或变黄全二君"学案体"为"文案体"可也,或竟成《世说新语》可也,欲为近代科学的文学史,不可也。①

傅斯年所言尚是了解外国文学与外国文学史,然而其背后则是西方人的理论视野与文学史阐释框架。但实际上,从"五四"开始,百年来国人一直对西方文艺理论有强烈兴趣,"我们接纳了西方五花八门的文学理论和文艺思潮,先是浪漫主义的盛行,继而是现实主义的主导,随后是自然主义、唯美主义、意象派、象征主义、表现主义、未来主义、意识流等蜂拥而至。1949 年以后苏联文学理论改造了五四以来已然初步形成的文学理论与批评话语系统,再到 20 世纪 80 年代和世纪之交理论热对西方文论的进一步吸纳,进而形成了我国文学研究理论的当今现状。由此观之,近百年来我国的文学研究事业几乎是在西方理论的影响下成长起来的。"② 此说并无夸张,其实是据实而言。迄至今日,对西方文论的熟悉、转换与运用,几乎成了现当代文学研究者的基本功。即便是倡扬史料工作的学者,也往往有相当扎实的西方理论功底,如从事现代文学研究的解志熙教授和从事当代文学史研究的程光炜教授。至于原本即是西方美学、哲学"发烧友"而改治现当代文学的学者(如陈晓明、郜元宝等),其西学功底就更不必讲了。

---

① 孟真:《王国维之宋元戏曲史》,《新潮》第 1 卷第 1 号,1919 年 1 月 1 日。
② 蒋承勇:《"理论热"后理论的呼唤——现当代西方文论中国接受之再反思》,《浙江大学学报》2018 年第 1 期。

有鉴于此,尽管西方文论并不属于现当代文学学科,但仍有必要结合当代文学的研究需要,专做讲述。

(二)"影响的焦虑"

不过,有一个现象亦需说明,就是最近十数年的"新方法论热"似乎主要存在于研究生和青年学者中间,而在学界尤其在资历较深的学者中间,对西方文论的运用渐有质疑甚至持抵触态度。比如,温儒敏教授就为西方文论对于现当代研究的"入侵"而颇感忧虑,认为这是偏离文学"自己的园地"的得不偿失之举:

> 我们曾经费劲地为文学研究的"减负"鼓呼,希望减轻长期以来受到主流意识形态过分"重视"的沉重"负担",让文学回归文学。十多年过去了,现代文学学科成熟起来了,不料又出现新的情况。我们这个学科似乎又在增加负重。……且看当今流行的结构主义、符号学、知识考古学、女权主义、后精神分析学,以及新马克思主义和"新左派"理论,等等,几乎都是由文学出身的学者在那里发难与鼓吹,并雄心勃勃地向政治、经济、文化等广漠的领地挺进,文学只不过是他们一块小小的试验田或敲门砖。这真是"哲学的贫困"!对于现代文学学科而言,领地拓展了,本属"自己的园地"会不会反而荒芜了呢?[①]

这可谓有的放矢之批评。不过在现当代文学研究界,这已算是比较温和的了,部分前辈学者甚至对青年学者论文中引用西方文论的现

---

① 温儒敏:《谈谈困扰现代文学研究的几个问题》,《文学评论》2007年第2期。

象也多有不满，认为是缺乏独立思考、挟洋自重、"食洋不化"之表现。

在文艺学界，则亦另有不同的对于"新方法论热"的怀疑。有的是因为自己对某一西方理论有专精而特别不待见贸然来与这理论"套近乎"的现当代文学研究者，更多的则是忧虑中国文论没有自己的声音。在这方面，中国社会科学院张江副院长即提出"强制阐释"的概念。所谓"强制阐释"涉及两层，一是西方文论自身将文学场域以外的理论不恰当地引入文学阐释话语之中，致使文学理论的本体特征难以彰显，二是中国学者对西方文论的机械套用、以讹传讹，既放大了西方文论的本体性缺陷，又导致"中国文论失语症"的普遍发生：

> "当代西方文论热"在中国已经风行三十余年。三十年间，当代西方文论在中国获得极大推崇，俨然成为众多理论家、批评家顶礼膜拜的金科玉律。一些人，言必称欧美，开口德里达，闭口后现代。甚至一些西方文论中的非主流思潮，引介到国内后也被过度夸大，受到热捧。在批评界，当代西方文论影响更为深远。翻检时下的批评文章，小到具体的概念、名词、术语，大到文艺批评切入的角度、阐释的方法、立论的逻辑，乃至文艺观念、文化立场、审美取向等，大多是西方的舶来品。中国批评家已经习惯于驾轻就熟地操持一整套西方话语，游刃有余地运用一系列西方评判标准。由此造成了一种奇怪的现象：一部作品好不好，中国自己的读者和观众没有发言权，中国的批评家说的也不算，而是要用西方的评判标准来衡量。[①]

---

① 张江：《当代西方文论：问题和局限》，《文艺研究》2012年第10期。

张江原是宣传部门的重要领导，并不从事学术研究工作，但可能正因"旁观者清"，他的批评才更能切中要害。"强制阐释"之论，一段时间产生重要影响。这些质疑与批评当然很有道理。实则在20世纪80—90年代，西方理论界自身也有过与"强制阐释"类似的对"泛理论"和"理论过剩"现象的自我反思，比如《反抗理论》（米切尔）、《理论的限度》（卡维纳）、《对理论的抵制》（保罗·德曼）、《理论之后》（伊格尔顿）等著作，都对理论与文本脱节、文学理论"不再文学"等现象提出过批评。

可以说，"影响的焦虑"普遍存在于当代中西文学研究之中，虽然焦虑的具体内容颇有不同。那么，作为最初接触学术的学生，又该如何面对并学习西方文论吗？应该说，在当今全球化时代，西方文论尤其是20世纪西方文论对于现当代文学研究，具有不可取代的资源意义。就当代文学研究而言，不去有意识地接触西方文论、不了解后现代状态下整个世界学术视野与方法的变化，是很难深入当代文学研究的。的确，西方文论来自欧美世界对于其自身问题的思考，与我们有中外之别，但中国古代文论与我们也有古今之别啊，如果古今之别可以突破，中外之别当然也应该有信心突破。故对西方文论的学习宜持乐观之态度。不过，对西方文论的学习、运用的确存在具体观点袭用和思维方式化用的重要区别，后者才是更为适宜的借鉴之道，但不经历邯郸学步的阶段又怎能有机会臻于化境呢？故而今日学习、借鉴西方文论，更宜以"平常心"待之。

不过，近三十年来，深深介入现当代文学的西方文论不少于20种，对其细致的脉络梳理，属于文艺理论专业的任务，此处仅选择三种影响较大、与现当代文学研究契合度较高的理论略作陈说。

二、叙事学

（一）叙事学的脉络

自 1990 年代起，西方叙事学即在国内学术界如日中天，热奈特、普洛普、罗兰·巴特、托多洛夫、格雷马斯等名字在学生中都是耳熟能详。何为"叙事"？华莱士·马丁曾如此解释："世界的新闻以从不同视点讲述的'故事'的形式来到我们面前。全球戏剧每日每时都在展开，并分裂成众多的故事线索。这些故事只有当我们从某一特定角度——从美国的（或苏联的，或尼日利亚的）、民主的（或共和的，或君主制的，或马克思主义的）、基督教的（或天主教的，或犹太的，或穆斯林的）角度理解时，才能被重新统一起来。在这些不同观点的每一个的后面都有一部历史，以及一个对于未来的希望。……如果我们通过从一个不同的视点来解释这个故事中的各种事件而修改这个故事，那么故事可能就会发生很大变化。这就是为什么叙事——当其被作为文学来研究时被认为是一种娱乐形式——在被具体实现在报纸、传记和历史中时成为一个战场的原因。"[①] 这种解释切近现实，易于理解，不过已是一种带有后经典叙事学视野的"叙事"概念，比较强调文本与语境、形式与意识形态之关联，与比较早期的侧重于封闭性文本分析的经典叙事学存在较大区别。

经典叙事学发轫于结构主义。当然，尚未达到"学"的形态的叙事研究在中西皆古已有之。亚里士多德的《诗学》，金圣叹、张

---

① 华莱士·马丁：《当代叙事学》，伍晓明译，北京：北京大学出版社，1990 年，第 1—2 页。

竹坡等的小说评点研究，皆已涉及叙事之法。不过，在采用结构主义研究方法之前，有关叙事的研究尚未成为独立之学，而更多从属于文学批评或文学修辞学。经典叙事学是叙事成其为"学"的开始。它最早出现在结构主义大本营法国，诞生的标志则是1966年巴黎《交际》杂志第8期刊出的《符号学研究——叙事作品结构分析》专刊。"叙事学"作为一个专门术语，则是法国结构主义作家托多洛夫于1969年提出来的。此后，叙事学由法国向其他国家蔓延，出现了较多有代表性的叙事理论。比如，托多洛夫的《〈十日谈〉的语法》主要讨论叙事时间、叙事体态与叙事语式等问题；热奈特的《叙事话语与新叙事话语》用力于话语叙事学、着力于"话语"的层次分析；普洛普的《故事形态学》则集中于功能叙事学，以俄罗斯民间故事为基础分析故事的结构要素及其组合规律；查特曼的《故事与话语》对叙事交流活动着重分析，将叙事文本分解为隐含作者、叙述者、受述者和隐含读者。此外，巴赫金在《陀思妥也夫斯基诗学问题》中提出的复调理论也被认为是对叙事学的有效拓展。

目前，在现当代文学研究界影响最大者即是此类结构主义叙事学，几乎所有现当代文学研究者都不同程度地接触过此种叙事学。不过，尽管广受欢迎，但结构主义叙事仍存在让人难以释解的困惑。其中之一，即是它更像科学研究而非文学研究。对此，南帆有精辟的分析：

> 结构主义叙事学的一个显眼的特征是，剔除种种具体的场景、人物和细节，抽象出沉淀的语言结构骨架。究竟是"一个国王送给英雄一只鹰""一个老人送给孩子一匹马"还是"一个公主送给王子一枚戒指"并不重要，重要的是一个角色将某

种具有一定魔力的物品送给另一个角色。更为抽象的意义上，人们看到的是由名词、动词按照语法组成的一个标准句式，横组合与纵组合潜在地控制了叙事的长度或者节奏。叙事学的初步工作即是将情节的丰富内容还原为各种话语单元，例如意义层、叙述层、转喻、内心独白、自由联想、间接引语等等。他们认为，那种具有心理深度或者社会意义的人物是一种过时的神话……必须承认，结构主义叙事学的研究让人耳目一新。尽管如此，这个问题始终萦绕于众多陌生的术语背后——结构主义叙事学的目的何在？叙述话语的全面解剖让人联想到医学院里的生理挂图。①

应该指出，这种"科学主义的幽灵"与文学研究固有的审美倾向并不一致。困惑之二是，结构主义叙事学犹如执显微镜而入于文本内部，能入而不能出，几乎把文本之外的作家与"世界"忘得干干净净。当然，这也是有意为之的远离与剔除，但如此处理，就背离了文学研究中的"知人论世"的朴素道理，尤其脱离了文学（尤其是中国现当代文学）与历史语境之间互为生产要素这一不可忽略的事实。

正因此故，在 1990 年代以后的西方叙事学界出现了"后经典叙事学"的转向，目前国内引入的比较有代表性的著作是《新叙事学》《后现代叙事学》等。按照申丹等在《英美小说叙事理论研究》"绪论"中的看法，后经典叙事学相对于经典叙事学至少出现了五个方面的研究重心的转移：（1）从作品本身转到了读者与文本的交互作用。后经典叙事学家认为叙事作品的阐释有规律可循，并在承

---

① 南帆：《讲个故事吧——情节的叙事与解读》，《东南学术》2018 年第 4 期。

认文本本身结构特征的基础上,着力探讨文本结构如何引起了规约性的读者反应;(2)从符合规约的文学现象转向偏离规约的文学现象,从文学叙事转向文学之外的叙事;(3)从单一的叙事学研究转向跨学科的叙事学研究,更加注重借鉴其他学科和领域的方法与概念;(4)从共时叙事结构研究转向历时叙事结构研究,开始关注社会历史语境如何影响或介入叙事结构的发展;(5)从关注形式结构转为关注形式结构与意识形态之关联,不过对结构本身的稳定性并没有提出挑战。当然,尽管有如此重要的转向,但叙事学的一些基本概念并未发生大的变化。

(二)叙事学的主要概念

1. 故事、情节与话语。西方叙事学概念纷繁,且不同叙事学家对相似概念的使用未必一致,兼之译入中国后与我们习用的一些概念也时有纠缠,故讨论叙事学可能陷入概念迷林。在这些概念中,故事、话语和情节是值得厘清并借鉴的。

1966年,托多洛夫提出以"故事""话语"两个概念来区分叙事作品的素材及其形式加工。这一区分得到了西摩·查特曼1978年出版的《故事与话语》一书的响应。不过,将作品素材或实际发生的事实称为"故事",与中国人习惯用法其实不大吻合:我们一般谈论"故事",指的已经是经过别人口述出来或写在书上的"成品",其中业已包含特定的话语处理,不可能再是原初的事实状态。故西方叙事学中的"故事"概念其实更接近中国古代文论中的"本事"概念。当然,在介绍西方叙事学时我们仍需尊重其既有概念体系,把"故事"理解为实际发生之事。那么,故事、话语既可被如此清晰地区分,那么,"情节"又是何意呢?对此,福斯特有一段被反复援引的界定:

> 我们该给情节下定义了。我们曾给故事下过这样的定义：它是按照时间顺序来叙述事件的。情节同样要叙述事件，只不过特别强调因果关系罢了。如"国王死了，不久王后也死去"便是故事；而"国王死了，不久王后也因也伤心而死"则是情节。虽然情节中也有时间顺序，但却被因果关系所掩盖。……对于王后已死这件事，如果我们再问"以后呢"便是故事，要是问"什么原因？"则是情节。这就是小说中故事与情节的基本区别。①

依福斯特的界定，"故事"与"情节"非常接近，区别仅在于"故事"是客观、自然的事实，"情节"则是输入了特定因果关系的事实。这很好理解。白蛇的故事在中国流传千载，但不同时代为此传说输入的内在因果关系其实大有不同。或是佛家之"色戒"，或是民间之情缘，或是同性情谊，或是自我意识的生成，各因不同因果关系的重组而成为完全不同的作品。显然，据此而论，"情节"就应当是话语运作的重要部分，话语包括情节但不限于情节。查特曼即明确持此见解。他认为，在结构主义"故事""话语"的区分中，情节属于"话语"层次，它是在话语层面上对故事事实的重新组合，"情节——即'作为话语的故事'——存在于超出任何具体形式（任何一部特定的电影、小说等）的一个更一般的层次上，其呈现的顺序不必与故事的自然逻辑顺序相同。其功能在于强调或弱化特定的故事—事件，在于解释其中的一些而将另外一些留待推测，

---

① E. M. 福斯特：《小说面面观》，苏炳文译，广州：花城出版社，1984年，第75—76页。

在于展示或者讲述、评论或者保持沉默,聚焦于某事件和人物的这个或那个侧面"①。显然,是"情节"赋予了叙事完整性,也是情节之因果关系决定了叙事对原始素材的取舍与创造。可以说,这种对于情节的理解有效地拓展了叙事学研究的空间。

当然,结构主义叙事学对"情节"的理解与传统批评(如现实主义文论)相去较远。传统情节观以作家为中心,将情节视为作家塑造人物、反映社会的重要中介,恰如申丹所言:"(传统批评家)特别注重情节发展过程中的审美和心理效果,关注单个情节的独特性(而非不同叙事作品共有的情节结构),着力于探讨情节展开过程是否丰富新颖、曲折动人,是否能引起悬念和好奇心、富于戏剧性,事件对人物塑造起何作用,冲突有何特点等等。"② 但结构主义对作家则无兴趣,它讨论文本时有意切断文本与作家的精神关联。因此,较之传统情节观偏重于叙事表层内容,结构主义"情节"探究的是文本深层事件之间的逻辑关系及其组合原则。可以说,如果话语运作涉及诸多层面的话,那么因果机制必是其中最为关键的环节。显然,情节机制往往与作品所在时代各种竞争性的意识形态有关,这意味着"情节"天然地携有动摇结构主义之封闭性的力量。

2. 视角、人称与意识形态。何为"视角"?指的是叙事作品从何角度去进行观察和讲述。同样一件事件,从不同角度予以讲述,可能会呈现同中有异的"真相",并因此衍生颇有差异的伦理意义。譬如在日本电影《罗生门》中,武士与妻子路过荒山遭遇不测,武士被杀,妻子被侮辱。应该说,真相只有一个,但最后到案的强盗、妻子以及借武士亡魂来做证的女巫为减轻自己的罪恶,所述

---

① 西摩·查特曼:《故事与话语》,徐强译,北京:中国人民大学出版社,第28页。
② 申丹:《叙述学与小说文体学研究》,北京:北京大学出版社,1998年,第50页。

"真相"各各不同,扑朔难辨。这部电影揭示了一个道理:这个世界只有事实,没有真实,叙述者越多、引入视角越有差异,我们离真实的距离就越远。可见,视角在叙事中具有举足轻重的关键功能,故叙事学对之有深切关注与讨论。对此讨论最多的是结构主义叙事学家。不过,不同学者使用的概念不尽相同。或可以全知视角、内视角、外视角为主予以介绍。

(1) 全知视角。这种视角又称"上帝视角",即指在叙事中叙述者大于所有人物,比每一个小说中的人物都知道得更多,全知全觉,可以在不同的人物和事件中自由切换,正如韦勒克、沃伦所说:"他可以用第三人称写作,作一个'全知全能'的作家。这无疑是传统的和'自然的'叙述模式。作者出现在他的作品的旁边,就像一个演讲者伴随着幻灯片或纪录片进行讲解一样。"[①] 这种叙事往往采取第三人称叙述,其中叙述者与人物并不处于同一世界,是异故事的叙述者。叙述者可以从不同角度讲述故事,也可出现在完全不同的空间,并深入完全不同的人物内心。因为这种可以自由游移、无所不在的视点变化,此种叙述也被称为"无焦点叙述",中国的四大古典名著,欧洲的传统现实主义作品,往往采取此种全知视角。尤其史诗性作品,力图全景式捕捉现实生活并欲在岁月自然演进中呈现社会变迁与命运境遇,就更青睐这种可以超越一切,将过去、现在、未来尽收眼中的视角。在这种全知视角下,"真实性"就成了读者与作者之间心照不宣的契约:"读者无条件地信任并听从作者的安排,无一例外地与主人公站在同一立场,全身心地投入小说境界,在阅读中不断地向主人公、向叙述者、向隐含作者、向

---

① 韦勒克、沃伦:《文学原理》,刘象愚等译,北京:生活·读书·新知三联书店,1984年,第251页。

作者靠拢，最终实现传统叙事移情教化的功能，也实现文学建构主体身份的功能。"①

（2）内视角。内视角是限知视角之一种，它聚焦于人物内心，亦可称为"内焦点叙事"。这种视角的最大特征是叙述者＝人物，与全知视角无所不知大为不同的是，内视角是借助某个人物的感觉系统，借助其眼睛、耳朵、鼻子等去感知这个世界。因而叙述者会知人物之所知，而不知其所不知。在人称选择上，内视角比较自由，可用第一人称，也可用第三人称，偶尔也有采用第二人称者（如书信体小说）。采取内视角，最大的优点是代入感强，能很快取得读者信任，使之相信叙述者讲述的一切并形成共情效果。第一人称叙述如此，甚至第三人称叙述亦是如此。譬如，在张承志的《北方的河》中：

> 他一直望着那条在下面闪闪发光的河，那河近在眼底，河谷和两侧的千沟万壑象一览无余的庞大沙盘，汽车在呜呜吼着爬坡，紧靠着倾斜的东厢板，就象面临着深渊。他翻着地图，望着河谷和高原，觉得自己同时在看两份比例悬殊的地图，这山谷好深啊，他想，真不能想象这样的峡谷是被雨水切割出来的。

读者读到此处，对"他"的职业、年龄、经历几乎还一无所知，但却能一下子拉近与"他"的距离，对之产生一定的情感认同。与此同时，正因为受限于人物的视听，叙述者所知有限，故事就会出现

---

① 李丹：《叙述视角与意识形态——兼论后现代元小说的叙述视角》，《江西社会科学》2010年第2期。

很多奇怪、难解之处，因而激起读者更多的好奇心，进而获得深具勘探意味的阅读魅力。当然，这种阅读魅力相对于文学修养较好的现代读者才算有效。对于中国古代戏曲爱好者而言，未知、留白过多的叙事恐怕也使人难有耐心沉浸其中。同时，对于嗜爱史诗性作品的读者而言，限知性的内视角难以容纳广阔的社会事象，难以兼顾纷杂的人生境遇与喧哗的众声，其容量与格局就不能不说有些狭小。

（3）外视角。外视角是另一种限知视角，其最大特点是叙述不进入人物内心，哪怕是主角内心也持慎入态度，故而亦称"外焦点叙事"。其间叙述者＜人物。这种外视角与全知视角迥然相反，不但不是无所不知，而且知道的比人物还少。如此叙事往往深受学者（专业读者）青睐，因为易于从中提取话题和材料，然而多数读者可能会对之感到厌倦或畏惧。比如福克纳的《喧哗与骚动》，讲述美国南方没落地主康普生一家的家族悲剧，其中以三子班吉展开的叙述即以外视角展开。班吉低智，缺乏必要的逻辑思考能力，故叙述者随着班吉的视野，有如一架摄像机，摄录到许多客观景象却不能有效辨识、理解，让读者阅读起来非常费力。譬如在小说的开头，作家写道：

透过栅栏，穿过攀绕的花枝的空挡，我看见他们在打球。他们朝插着小旗的地方走过来。我顺着栅栏朝前走。勒斯特在那棵开花的树旁草地里找东西。他们把小旗拔出来，打球了。接着他们又把小旗插回去，来到高地上。这人打了一下，另外那人也打了一下。他们接着朝前走，我也顺着栅栏朝前走。勒斯特离开了那棵开花的树，我们沿着栅栏一起走。这时候他们站住了，我们也站住了。我透过栅栏张望，勒斯特在草丛里找东西。

"球在这儿,开弟。"那人打了一下。他们穿过草地往远处走去。我贴紧栅栏,瞧着他们走开。①

显然,在这种纯客观的、外部的视角下,叙述者不能充分识别视角中呈现的事物(更别提其内在关系与意义),读者就更难识别,因而读起来特别需要消耗智力,读者自然就难以感其所感、情动于中。在此意义上,敢于采用外视角的作家,也往往是敢于轻视读者、尊重自己内心的冒险者。

以上外视角、内视角、全知视角三种视角,皆出于结构主义批评家。但明眼人不难看出,视角问题其实无法封闭在文本"结构"之内予以讨论,它必然涉及作者、世界以及读者。即是说,不同视角必然涉及作者想呈现世界的哪些部分给读者看和不想呈现世界的哪些部分给读者看,以及读者能从叙事中看到什么与其最终对故事中人物与行为的伦理反应。这就意味着,视角问题涉及"可见"与"不可见"之设定,远非单纯的形式表达问题,它必然深深勾连着意识形态。

那么,视角与意识形态的勾连是如何发生的呢?依布斯在《小说修辞学》中的看法,怎么运用小说视角是作者的权力,而视角可以有效唤起读者同情心,尤其内视角的运用,特别利于读者深入了解人物内心的曲折幽深。了解愈多,愈易生出同情。在该书中,布斯特别以简·奥斯丁小说《爱玛》为例做了分析。在小说中,爱玛多次为孤女哈丽埃特安排恋爱,看似关爱实则多有偏执、自私,但奥斯丁以爱玛为视角人物,读者阅读小说,实际上也是随着爱玛的

---

① 福克纳:《喧哗与骚动》,李文俊译,上海:上海译文出版社,1984年,第1页。

眼睛和大脑而感知小说中的世界，逐渐也与爱玛拉近了距离，对她产生情感认同，进而疏忽其客观实存的性格缺点。这是内视角对于同情的创造，恰如布斯所言："持续不断的内心活动将引导读者希望带他旅行的人物得到好运，而完全不管他所暴露的那些品质。"① 布斯的研究深入、贴切，故马克·柯里称赞他的探索"是一种新的系统性的叙事学的开端，似乎要向人们宣称，故事能以人们从前不懂的方式控制我们，以制造我们的道德人格"②。

不过，在布斯看来，文学通过视角创造的读者同情未必就会趋于意识形态。比较起来，阿尔都塞就更向前跨了一步，认为小说视角既然能够创造同情，也就完全可能产生认同与主体立场。在阿尔都塞看来，文学从属于审美，而审美为"意识形态国家机器"之一种，其功能即在于为读者制造一种个人与他所置身的现实环境的想象性关系。假如读者置身于这想象性关系并以之为真实并为之而做出相应的行为反应时，那么他就有可能被询唤为一种意识形态主体。显然，阿尔都塞与布斯在读者控制问题上存在较大差异：

> 假如布斯表明小说控制了读者的立场，而这个立场又决定了同情的问题的话，那么，阿尔都塞的马克思主义就只增加了这么一点，即小说通过控制读者的立场，使得读者不仅能够同情，而且与某种主体立场完全一致并因此而具有主体立场和社会角色。③

---

① W. C. 布斯：《小说修辞学》，华明、胡苏晓、周宪译，北京：北京大学出版社，1987 年，第 275 页。
② 马克·柯里：《后现代叙事理论》，宁一中译，北京：北京大学出版社，2003 年，第 22 页。
③ 同上书，第 33 页。

显然，布斯所说"同情"普遍存在（外视角较难建构同情，但使用外视角的作品也较为少见），不过读者是否会因为同情的存在就会在现实中被文本潜藏的意识形态俘获并被召唤为相应意识形态主体就有些不能确定了。阿尔都塞的意识形态询唤理论更多是在概率意义上成立。此外，假如文学可以通过视角创造同情进而创造主体认同的话，那么它所传递的意识形态就绝不止于阿尔都塞念兹在兹的国家意识形态。比如，在中国当代文学中，《白鹿原》传递的文化保守主义、《古船》传递的自由主义都很入人心，但它们的意识形态与国家意识形态并无亲近关联。相反，有些时候，有许多文艺作品从国家意识形态出发，将之赋予视角人物，但读者（观众）未必产生同情，此时国家意识形态就会陷入令人尴尬的"空转"状态。故视角与意识形态的勾连有其自身需要辨析的复杂性。

3. 作者与隐含作者。"隐含作者"并非一个很有意思的概念，至少不如视角、情节等更具实践价值。但近年现当代文学研究论文频频使用此概念，故也有必要谈一谈其具体所指。此概念是布斯在《小说修辞学》中提出来的，比结构主义叙事学的兴起还要早上几年。它的提出，缘于当时美国特殊的文学批评背景，其时"正值研究作者生平、社会语境等因素的'外在批评'衰落，而关注文本自身的'内在批评'极盛之时，在这样的氛围中，若对文本外的作者加以强调，无疑是逆历史潮流而动。于是，'隐含作者'这一概念就应运而生了"[①]。在此背景下出现的"隐含作者"概念，一方面顺应"新批评"将文本与作者隔离开来的"大势"，另一方面也不愿意完全否定作者的介入性，仍希望将作者纳入研究范围。在布斯看

[①] 申丹：《何为"隐含作者"？》，《北京大学学报》2008年第2期。

来，作家在写作时存在一个深入介入文本创造的"第二自我"，这个"第二自我"与作家本人并不完全相同，"我们把他看作真人的一个理想的、文学的、创造出来的替身；他是他自己选择的东西的总和"①。故对研究者而言，需要将作者与隐含作者区别开来，"只有依赖于对作者和他的隐含形象的区分，我们才能避免空洞无味地谈论作者的'忠实'或'严肃'这类特点"②。所谓"无意义、无法证实的讨论"大约是指社会历史批评，今天我们未必需要认同此种看法，但布斯关于隐含作者的研究价值的认定值得注意："我们对隐含作者的感觉，不仅包含所有人物的每一点行动和受难中可以推断出的意义，而且还包括它们的道德和情感内容。简言之，它包括对一部完成的艺术整体的直觉理解；这个隐含作者信奉的主要价值，不论它的创造者在真实生活中属于何种党派，都是由全部形式表达的一切。"③ 应该说，作品"整体形式"所包含的道德/情感价值当然与作家有关，但一定要将这个作家理解为一个与"实际生活"中的作家毫无关联的隐含作家，确实比较费解，似乎多此一举，其实也难以操作。故评论家李建军认为布斯的隐含作者概念缺乏足够的实践价值：

> 从中国传统文论的立场来看，布斯关于"隐含作者"的观点不仅不可接受，而且无法理解。中国文论强调作者的器识、人格、道德在创作中的决定意义和先导作用，强调文和人的一致与和谐，而在文学批评上，则要求沿波讨源知人论世。……

---

① W. C. 布斯：《小说修辞学》，华明、胡苏晓、周宪译，北京：北京大学出版社，1987年，第84页。
② 同上。
③ 同上书，第83页。

> 张竹坡说:"作《金瓶梅》者,必曾于患难穷愁,人情世故,一一经历过,入世最深,方能为众脚色摹神也。"……无论从小说修辞的基本观念来看,还是从中国小说的实践和理论来看,在小说中都存在一个真实的作者形象,他决定着作品的基调和基本性质,他不仅把小说内部的各种因素整合为具有内在统一性与和谐性的整体,而且还通过各种方式显现自己的气质、性格和价值观,从而使自己也成为小说整体形象中的一个有机的组成部分。①

这是很有识见的判断。可以说,"隐含作者"基本是一个难以立足的权宜性的概念。当然,如果一定要使用此概念,则最好仍然将它视作真实作者的一部分来处理,"如果我们想让'隐含作者'这个概念成为一个有用的概念,我们就必须把它当作真实作者在小说中表现出来的自我形象的一部分","只有当真实的作者以真实和真诚的态度来创作,他才能使自己的小说具有积极的肯定的性质,才能把真实的自己延展到作品中,显化为真实的自我形象——'隐含作者',并最终赢得读者的信任,而在两者之间建立起一种和谐的契合性交流关系"②。这样的理解,其实很接近弗洛伊德的精神分析概念。如果将真实作家视为"自我",那么出现在作品中的"第二自我",可能是代表良知和内在判断的"超我",亦可能是代表本能欲望的"本我"。以此分析,就颇能厘清其间纠葛关联。不过,倘如此,直接使用这类心理动力学概念就可以了,又何必用"隐含作者"呢?

---

① 李建军:《论小说作者与隐含作者》,《中国人民大学学报》2000 年第 3 期。
② 同上。

不过，结构主义叙事学兴起以后，这种以文本为中心、将真实作者及其相关历史语境信息隔绝在外的概念颇为欢迎。查特曼在《故事与话语》一书中曾提出一种叙事交流图，即被叙事研究界广为采纳、影响广泛：

叙事文本

真实作者……隐含作者──叙述者──受述者──隐含读者……真实读者

显然，这一叙事交流图涉及概念颇多，不但有"隐含作者"，且有"隐含读者"，如果使用这一图式展开叙事分析，必然会使哪怕一篇简单的小说的分析都能呈现异常繁复的非沉浸于此者难以深入的样貌。当然，这既会构成一些研究者敬而远之的理由，也可成为另一些研究者乐于使用的原因。

（三）中国叙事学

叙事学概念当然不止以上三类，此外叙事时间、叙事结构等等，亦是重要概念，对此不再多作介绍。实际上，国内学者在此方面多有绍介之作，如徐岱《小说叙事学》、赵毅衡《苦恼的叙述者》等都是很好的参考著作。不过，国内叙事学还面临更为重要的问题，即"中国叙事学"的建构问题。对于中国学界而言，重要的不仅是译介西方叙事学成果，而且是以之为基础，结合中国古代叙事思想，形成中国自己有关中国文学叙事传统的研究。在此方面，国内学者已有人涉足于此。主要用力于西方叙事学理论译介与研究的傅修延、赵毅衡、申丹、龙迪勇等学者自不必论，就是在中国文学叙事研究方面也出现一些研究，虽数量不多，但也有颇可称道者。如陈平原的博士论文《论中国小说叙述模式的转变》，借用托多洛夫有关叙事时间、叙事角度、叙事结构的分析模式，研究晚清民国之际中国小说的演变;又如杨义的《中国叙事学》"从中西思维方式和叙事手法的差异入手","沿着'还原—参照—贯通—融合'的思路,力图'建立具有中国特色的、又充分现代化的叙事学体系',以期与'现代世界进行充实的、有深度的对话'。全书立足于中国的叙事传统和文化成规,'从史学文化的角度切入叙事分析',极少搬用西方的术语和形式方法,隐然有自成一家之气势"①。

目前杨义、陈平原两位学者的著述,可说是"中国叙事学"领域最受瞩目的成果,但在此之外,浦安迪的《中国叙事学》、林岗的《明清小说评点研究》和高小康的《市民、士人与故事》,都是很值得分享的著作。浦安迪主要关注明清小说"奇书文体",以时间性概括西方叙事传统,以空间性概括中国叙事传统(呈现为"神话—史文—明清奇书文体"之发展脉络),并对奇书文体的结构、修辞、寓意展开分析。其于奇书的结构的分析,很有识见:"百回"定型,"十回"一变,高潮常在 2/3 或一半处出现,前聚后散,前盛后衰,冷热交替映衬,等等。林岗的《明清小说评点研究》承浦安迪而下,但更注意考察张竹坡、金圣叹、毛宗岗等古人的评点理论,从中提炼事关结构、肌理和修辞的"中国小说学",视野开阔,很能给人启发。高小康的研究着眼于文本与世界之关联,依他之见,士大夫意识形态长期主导着故事的生产,《世说新语》出于门阀时代,其间士人几乎不与外界勾连,超脱于与其他阶层的社会关系,但到了唐传奇和宋元话本小说,商人价值观开始渗透其中,如《柳毅传书》中士人的奇遇与命运逆变,寄寓的其实是商贾阶层的

---

① 江守义:《"热"学与"冷"建——叙事学在中国的境遇》,《文艺理论研究》2000年第1期。

世界观，而明清之际才子佳人小说，映射的则是士人在市井社会中渐趋边缘的事实，所谓"才子""佳人"实皆士人性幻想与白日梦的替代性虚构，一部中国小说史，也可说是士人与市民—商人阶层地位的移动与转换。这些研究，都是西方叙事学"中国化"过程中深富开拓性的研究。

不过总的说来，较之西方叙事学理论的译介与借用，目前"中国叙事学"研究还是偏于薄弱。推其原因，则与叙事学理论偏于形式主义，不大能触及活的人的灵魂，与中国讲究"知人论世"传统相去较远有关。这的确是经典叙事学之大弊，但"后经典叙事学"对此倒有一定程度的解决。因此，怎样将叙事学恰当运用于当代文学研究之中，既有一定的挑战，但也非常值得期待。

三、后殖民理论

（一）后殖民理论脉络

在"新方法论热"所涉及的诸种西方文论中，后殖民理论一直深受中国学人欢迎。虽然斯皮瓦克、霍米·巴巴读起来颇为晦涩，但萨义德、博埃默、法农、罗伯特·杨等学者的论述，仍能给人持久的启发。当然，后殖民理论本身是研究宗主国与原殖民地国家之间文化关系的，而中国从未真正成为西方国家的殖民地，此种理论又如何能有"启发"价值呢？这无疑是尖锐的质问，但香港学者周蕾有过这么一个观点：

> 在西方近代帝国主义历史上，中国人从未完全被一个外国殖民强国所控制，但是，这种外来"敌人"的缺席，并未使中国人民所遭受的压迫比其他"第三世界"人民少；中国人民历

来最主要的殖民者是他们自己的政府。①

她的意思是说，殖民问题的核心在于不平等的权力关系，而在中国，其政府与人民之间也存在着类似的支配/被支配之权力关系。这是可以立足的见解——后殖民理论主要研究不同国家、族群之间的不平等权力关系（它们实为福柯权力理论的回响），而权力与权力关系又何曾限于国际关系？它们无处不在，弥漫于我们生活的周边。读后殖民理论能让人屡有收益，原因即在于此。

不过论其兴起，后殖民理论则直接与20世纪40—60年代风起云涌的殖民地独立运动有关。随着欧美殖民地纷纷独立为国家，其国内精英需要重新反思、清理殖民地文化的构成及殖民主义的影响。后殖民理论发端于此，其影响最大的学者，如有"后殖民三剑客"之称的萨义德、斯皮瓦克、霍米·巴巴，都来自原殖民地国家或第三世界国家。正因如此，后殖民理论具有鲜明的现实性与及物品格。与英美新批评驱逐社会历史、把目光锁定/封闭在文本形式不同，后殖民理论却直接发端于第三世界或殖民地政治反抗的现实经验："后殖民主义文化批判就是要重新检视这段历史，尤其是从受殖民之苦的人的角度来检视，同时也要理清它对当代社会和文化的冲击。这就是为什么后殖民理论往往混合了过去与现在，为何它需要藉着掌握过去来研究现在各式各样积极性的转变。"② 可以说，其理论来源，处处有着"全世界受苦的人"的生存烙印与反抗冲动，对于那些生长于贫穷时代的中国、又比较关注历史变迁的研究者来说，能从中感到深切的共鸣，就自然是在情理之中了。

---

① 周蕾：《写在家国以外》，香港：牛津大学出版社，1995年，第12页。
② 章辉：《后殖民理论与当代中国文化批评》，《文学评论》2011年第2期。

后殖民理论最早出现在 20 世纪 50—60 年代非洲反殖民主义批评话语中。但其早期影响最大的批评著述则是出生于加勒比海的弗朗兹·法农所著《黑皮肤、白面具》(1952) 和《地球上受苦的人》(1961)。法农认为，对于原殖民地人民而言，最重要的任务不仅在于争取政治独立，而更在于去除心灵上的殖民状态。法农之后，后殖民理论则逐渐随着第三世界青年前往英美求学、投身学术而出现在英美大学之内。以章辉之梳理，后殖民理论在英美呈现如下复杂脉络：

> 70 年代末，美国哥伦比亚大学教授、巴勒斯坦人后裔爱德华·赛义德首先在其《东方学》一书中把"殖民话语"作为研究对象，标志着后殖民理论的正式形成。在赛义德之后，最主要的理论家有印度人后裔斯皮瓦克和霍米·巴巴。斯皮瓦克将女权主义理论与德里达的解构主义理论整合在自己的后殖民理论中，致力于弘扬一种"第三世界批评"。而霍米·巴巴则致力于某种后现代式的戏拟，试图将殖民主义话语变得混杂，最终建构一种介于与殖民话语似与不似之间的以本土话语为主体的批评话语。其后，英格兰布雷德福大学博士汤林森的《文化帝国主义》将文化帝国主义分为四个层次来加以分析。……近年来一批新马克思主义者也开始关注并汇入后殖民批评思潮中，如英国的特里·伊格尔顿和美国的弗雷德里克·詹姆逊。[①]

可以说，后殖民理论的队伍未必庞大，但因其与现实世界的冲突、"全世界受苦的人"的生存经验紧密相联，不但能在前殖民地国家

---

① 易小斌：《当前文论界如何操持后殖民理论》，《当代文坛》2007 年第 2 期。

落地生根,也更能引起第三世界国家的广泛共鸣,所以至今仍生机勃勃,具有深远的影响力。

(二) 萨义德与斯皮瓦克

(1) 萨义德。爱德华·萨义德无疑是后殖民理论的奠基人和声名最为卓著的批评家,1935年出生于耶路撒冷,1953年进入美国普林斯顿大学,最后在哈佛大学获得博士学位。他的主要著作在国内基本上都已出版,如《东方学》《知识分子论》《文化与帝国主义》《世界·文本·批评家》等,并产生广泛影响。其中,《知识分子论》过于理想化,倘以之为准绳,当代中国知识界必然嗒然无言、无以面对。比较而言,《东方学》(1978)初读之下则能令人有醍醐灌顶之感,所论问题看似具体实则具有普泛性,所持见解至今仍有真知灼见之光彩。

在东西方接触以来,西方世界就出现了诸多关于东方的记载与叙述。比如,对于中国,早期有《马可·波罗游记》,中间则有伏尔泰、孟德斯鸠、黑格尔关于中国的著述,晚近则更为多见。至于一度沦为殖民地的印度和阿拉伯世界,西方世界有关记述就更纷繁。《东方学》此书所研究的即是西方众多诗人、小说家、学者乃至"东方学家"们关于东方的陈述及其背后潜存的权力关系。其核心观点,借用萨义德在绪论中的一句话概括就是:

> 我的出发点乃下面这样一种假定:东方并非一种自然的存在。[1]

---

[1] 萨义德:《东方学》,王宇根译,北京:生活·读书·新知三联书店,1999年,第6页。

这意思是说，出现于西方世界各种叙述中的东方，并不是真正实存的东方自身，而是一种话语，一种在特定的政治经济权力关系中被创造、建构出来的话语之"物"。他的这种观点，可以更清晰地体现在如下阐述中：

> 它是地域政治意识向美学、经济学、社会学、历史学和哲学文本的一种**分配**；它不仅是对基本的地域划分（世界由东方和西方两大不平等的部分组成），而且是对整个"利益"体系的一种精心**谋划**——它通过学术发现、语言重构、心理分析、自然描述或社会描述将这些利益体系创造出来，并且使其得以维持下去；它**本身就是**，而不是表达了对一个与自己显然不同的（或新异的、替代性的）世界进行理解——在某些情况下是控制、操纵、甚至吞并——的**愿望**或**意图**；最首要的，它是一种话语，这一话语与粗俗的政治权力决没有直接的对应关系，而是在与不同形式的权力进行不均衡交换的过程中被创造出来并且存在于这一交换过程之中……与其说它与东方有关，还不如说与"我们"的世界有关。①

显然，萨义德与退守于学术圈的欧美新批评不同，他的关注不限于文本，而着眼于文本与语境的相互关联，甚至着眼于现实的巴以冲突。在他看来，各种西方文本中"东方"形象的形成，并不出自现实的东方自身的经验和需要，而是出自西方的文化需要尤其是其军事与经济侵略的需要。后者用自身的话语体系创造了"东方"，而

---

① 萨义德：《东方学》，王宇根译，北京：生活·读书·新知三联书店，1999年，第16—17页。

这种关于东方的知识再现必然从属于西方的地缘政治利益。

这大约是《东方学》一书想讨论的内容。不同于德里达等理论家的晦涩难解，萨义德此书文字流畅、事例繁多，可读性甚强。这也促进了《东方学》在世界范围内的传播。以《东方学》为开端，此后底层、少数群体、属下女性等论题相继进入后殖民理论关注的范围。萨义德的贡献也由此清晰："他为西方学院知识分子研究和反思西方主流的、有关'东方'的话语背后的权力关系提供了新视角；也给相对于西方所谓'他者文化'共同体中的'本土'知识分子以某种启示——即在不加反思地拥抱全球化浪潮的同时，如何重新理解和阐释自身的文明传统，如何认识'本土'文化在全球化过程中可能被同化，以至逐渐丧失人类文明的丰富性和复杂性的危机。"[①]

不过，尽管萨义德在后殖民理论发展脉络中处于不可替代的开宗立派的位置，但围绕着他的争议与误读始终存在。其中最大的争议在于，由于坚定的反本质主义立场，萨义德虽然批评西方的东方再现并非东方本身，但他并无意于呈现一个真正的"东方"。因此，对于巴勒斯坦或印度学者而言，如此态度暧昧的萨义德终究只是一个西方文化内部的批评者，而与他的故乡、故国并无实质性关系，他的理论也无助于现实的阿拉伯世界恢复其本来面目、争取合理权益。对于这些批评和误解，萨义德生前很感困扰。实际上，尽管已经是一个美国学者，但萨义德一直是巴勒斯坦立国运动的重要参与者。

（2）斯皮瓦克。比较起来，斯皮瓦克的理论就不及萨义德有系统性，似乎更以解构性批评而见长。国内对斯皮瓦克的译介相对较

[①] 王炎：《重新认识萨义德和他的〈东方学〉》，《外国文学》2004年第2期。

为晚近，如《后殖民理性批判》《迈向正在消失的历史》等。她在学界的广泛声名并不完全得之于专著，而与三篇论文——《庶民能够说话吗？》《三个女性的文本以及对帝国主义的批判》《国际框架里的法国女性主义》——密切相关。作为印度裔的美国学者，斯皮瓦克的批评尖锐，有时具有从内部瓦解"敌手"的震撼性效果。

《庶民能够说话吗？》是斯皮瓦克影响最大的文章。对于庶民女性能否说话的问题，斯皮瓦克给出了明确的否定答案。英国人此前已废除印度寡妇自焚习俗，在英国人的理解里，这种废除体现了文明的白人对褐色女人的拯救。斯皮瓦克指出，"帝国主义作为优秀社会之建设者的形象是以把妇女作为自身种属的保护对象为标志的"①。而印度的种姓主义男性则以印度教经典为根据，赞成寡妇自焚，因为印度教经典认为，如果女性不能在丈夫去世时自焚殉葬，那她就不是一个"好妻子"，也不能在生死轮回中解脱其肉身。在此情况下，Sati 就被纳入了不同的叙述，"sati 的吸引力在于，它在意识形态上集中体现为'报答'，正如帝国主义的吸引力在于它在意识形态上集中体现为'社会使命'"②。然而，斯皮瓦克发现，在这种话语博弈之间，未能呈现的恰恰是最应该呈现的妇女自身的声音：

> 也许应该根据殉身来理解 sati，把已故丈夫作为超验的神，或根据战争来理解，把丈夫作为君主或国家，一种麻醉的自我牺牲的意识形态就是为他们而动员起来的。事实上，这种自杀与谋杀、弑婴和致命的遗弃老人属于同一类。女性作为建构的

---

① 斯皮瓦克：《底层人能说话吗？》，《从解构到全球化批判：斯皮瓦克读本》，北京：北京大学出版社，2007年，第119页。

② 同上书，第121页。

性歧视主体，其自由意志的模糊位置被成功地抹掉了。①

可见，女性的声音与权利缺乏自己的话语支撑而无法自我表述。对此，斯皮瓦克叹息说："在父权制与帝国主义之间、主体建构与客体形成之间，妇女的形象消失了，不是消失在原始的虚无之中，而是消失在一种疯狂的往返穿梭之中，这就是陷于传统与现代化之间的'第三世界妇女'被位移的形象。"②

在另一篇论文《三个女性的文本以及对帝国主义的批判》中，斯皮瓦克以长篇小说《简·爱》为例，解构了传统的女性主义批评。从传统女性主义批评出发，《简·爱》是女性个人主义的经典文本，然而置诸后殖民理论视野，对读美国及其殖民地牙买加就会发现，《简·爱》的女性主义的个人主义叙述建构之所以能够完成，得力于小说对罗彻斯特合法妻子伯莎·梅森的妖魔化。梅森尽管是牙买加种植园主的女儿，但在小说中，她作为殖民地人注定了是未开化的、患有精神疾病的，成了"四肢匍匐着的，抓着，嗥叫着的"野兽般的人物。这样的人，其实已不再是"人"：

> 在勃朗特的作品里，本土的"主体"（subject）不只是近似动物，而且成了所谓的绝对命令下恐怖统治的"客体"（object）。③

---

① 斯皮瓦克：《底层人能说话吗？》，《从解构到全球化批判：斯皮瓦克读本》，北京：北京大学出版社，2007年，第122页。
② 同上书，第126页。
③ 斯皮瓦克：《三个女性的文本以及对帝国主义的批判》，《后殖民批评》，巴特·穆尔-吉尔伯特等编，北京：北京大学出版社，2001年，第229页。

可以说，斯皮瓦克对传统女性主义的倒戈一击，使其内在的种族主义暴露无遗。她也据此认为在帝国主义框架下不可能实现完美的文学："完美的文学再创造，无法在帝国主义的框架或断面下轻而易举地兴盛起来，因为，这些框架和断面受到以下因素的制约：以法律为掩护的异化的合法体系；被认为是唯一真理的异化的意识形态；把土著民族作为加强自我的他者之一整套人类科学。"①

不过，斯皮瓦克诚然锐利，但对于第三世界与庶民的解放等现实问题又持可疑的保留态度。的确，在西方殖民力量与国内民族资产阶级力量的双重作用下，庶民很难取得胜利，"庶民意识从属于精英的欲望投射（cathexis），它永远不可能完全复原，它总是受到其被认定接受的能指所歪曲，即使被揭示出来，实际是被抹掉。它不可避免地是在话语中建构出来的"②。这种判断是否过于绝对，是否也存在一些可能呢，正如马克思主义和不少第三世界国家所努力的那样？对此，斯皮瓦克是彻底否定的。这也使她成为有争议的学者，但无法判断的是，使她做出如此结论的，是她身在美国学术体制中的位置的需要，还是她对制度与人性的深刻洞察。

（三）后殖民理论的洞见与危机

在斯皮瓦克、萨义德之外，后殖民理论还有一些比较有代表性的学者，比如以提出混杂策略而著称的霍米·巴巴。巴巴文字的晦涩更甚于斯皮瓦克，但他的混杂策略的确为第三世界批评家发出自己的声音提供了适宜借鉴。

---

① 斯皮瓦克：《三个女性的文本以及对帝国主义的批判》，《后殖民批评》，巴特·穆尔-吉尔伯特等编，北京：北京大学出版社，2001年，第236页。
② Cayatri Chakravorty Spivak, *In Other World: Essays in Cultural Politics*, New York and London: Routledge, 1988, p.203.

后殖民理论发展至今,显示了强劲生命力。它对欧洲中心主义的批判,对西方普遍主义历史叙述的怀疑,对于文学、哲学"经典"的解构,都构成了系统的知识清理,并为非西方国家对抗霸权叙述乃至"霸凌主义"提供了很好借鉴。既然世界至今都无法摆脱帝国/他者的结构秩序,那就注定了后殖民理论影响的持久性与及物性。不过,可能由于身份的重新定位,又或是"五月风暴"失败的影响,斯皮瓦克也好,霍米·巴巴也好,似乎更愿意成为美国学术体制之内能够被接受甚至被欢迎的教授,而并无兴趣在现实中与他们的学术关注对象保持相近立场。也就是说,对于马克思、毛泽东、格瓦拉等革命者孜孜以求的庶民或第三世界的解放实践,他们是谨慎并疏远的:

> (后殖民理论)致力于解释世界,而非改变世界。后殖民理论专注于文本,疏离政治实践,缺乏充分的经济关注和阶级视角,这就使其无法穿透全球化时代的社会症候。当斯皮瓦克断定属下不能说话的时候,她如何面对格瓦拉?如何面对第三世界的反殖民运动的悲歌历史?当巴巴诉诸话语抵抗时,他如何处置殖民地的流血斗争?当萨伊德说马克思是东方主义者时,他如何看待20世纪的共产国际革命?后殖民理论家的身份及其论述风格可能导向另一个悖论,即如后现代一样,后殖民在西方可能演变成为异域情调,变成商品在西方市场被消费。……在这个意义上,后殖民理论是资本主义的同谋。①

这种学院派、趋从于欧美学术体制的自我定位,当然也会有如双刃

---

① 章辉:《后殖民理论与当代中国文化批评》,《文学评论》2011年第2期。

剑，斫伤后殖民理论面对不公正世界的解释能力。至于实践能力，他们本身也缺乏内在的热情。这和该理论源起时期的法农相去极远，一定程度上削弱了后殖民理论与现实的从属群体解放实践之间的互动关系，也埋下了其衰退的风险。

(四) 中国的后殖民批评

后殖民理论进入中国的时间是在1990年代初期。1993年9月，《读书》杂志组织发表了三篇海外学者的文章——钱俊的《谈萨义德谈文化》、张宽的《欧美人眼中的"非我族类"》，潘少梅的《一种新的批评倾向》，算是拉开了国内对于后殖民理论关注的序幕。随后，北京大学、北京师范大学等校还召开了相关座谈会，讨论后殖民理论问题。此后，张京媛主编的论文集《后殖民主义文化理论与文化批评》和罗钢主编的论文集《后殖民主义文化理论》影响广泛。此后，萨义德的著作渐次出版，其他后殖民理论译介逐渐增多，并成为"新方法论热"中比较显眼的存在。但令人感兴趣的是，不是欧洲世界对印度和阿拉伯的表述真实与否，而是后殖民批评家在多重纠葛的权力关系中思考问题的奇异方式，前所未见，给人经久难忘的印象。当然，如同其他理论一样，后殖民理论之于中国文学与文化实践也可能存在"强制阐释"的可能，但其启发性仍居于主要位置。

不过，从中国现当代文学研究对后殖民理论的借鉴来看，大不如对叙事学、女性主义乃至弗洛伊德主义的运用。或者说，由于局限于理论的直接借鉴，目前中国的后殖民批评数量不多。其间道理比较简单，后殖民理论本身是有关不平等国家关系之下文化表述的研究，然而中国从来没有真正成为殖民地国家，因而也就不太存在宗主国/殖民地之现实政治经济结构。因此，后殖民理论在中国就很难找到直接可以"套"上的合适研究对象。目前来看,主要被批评家施以"后殖民"解读的,其实只有电影生产中的"自我东方化"问题:"20世纪后半叶开始,后殖民理论由西方蔓延到全球","中国文论界也似乎在一夜间'觉醒':原来,新的帝国主义国家改变了侵略策略,新的策略是对第三世界国家进行文化入侵,也就是所谓的后殖民主义策略。饱受帝国主义凌辱的中国人民岂能容忍帝国主义的再次'入侵'?于是,学人纷纷献计献策,消解西方中心主义、重建中国文论话语、夺取话语权、倡导'中华性'、建立'中华圈'等呼声不绝于耳","对中国当前的一些文学和文化现象动辄以'后殖民心态'论之,电影界的陈凯歌、张艺谋,文学界的莫言、苏童、张戎、亚丁,音乐界的谭盾,美术界的蔡国强、谷文达等均成为其矛头所向"[①]。其中,张艺谋的电影尤其成为批评的中心。批评者认为,张艺谋的电影如《红高粱》《大红灯笼高高挂》《菊豆》等习以闭塞、奇异民俗等"自我东方化"的景观迎合西方中心主义:

> 在这种寓言性文本中,"中国"被呈现为无时间的、高度浓缩的、零散的、朦胧的或奇异的异国情调。这种异国情调由于从中国历史连续体抽离出来,就能在中西绝对差异中体现某种普遍而相对的同一性,从而能为西方观众理解和欣赏。[②]

这些批评确实能切中第五代导演的某些明显缺陷。与此类似,改革开放时代的电影还常有的"白男/中女"的情节设置(如《黄河绝

[①] 易小斌:《当前文论界如何操持后殖民理论》,《当代文坛》2007年第2期。
[②] 王一川:《张艺谋神话的终结》,开封:河南人民出版社,1998年,第166页。

恋》《红河谷》《金陵十三钗》等），也使评论界和观众心生抵触。不过，也有学者认为如此移植后殖民理论批评张艺谋等并不合适："没有任何证据表明，西方接受张艺谋是在满足自己的东方主义优越感。基于政治文化语境的原因，中国当代批评家不愿意或者看不到张艺谋的文化政治意义，反而指责张艺谋的电影是在迎合西方，他们对权力视而不见，自觉地去除了后殖民理论的政治性。后殖民批评者念念不忘跨国资本的控制性及其对于张艺谋电影的决定性，这就回避了当代中国的政治文化矛盾。"① 甚至，国内后殖民批评以"自我东方化"为由而提出"中华性"等概念的举动，也被疑为别有用心："中国后殖民批评家自称边缘，但这个边缘是相对于想象出来的西方中心，而不是民族文化内部的弱势。他们在民族文化内部并非边缘，而是试图获取中华崛起的民族文化代言人身份。"②

可以说，目前后殖民理论在中国现当代文学研究中的运用既比较局限，也比较表层。其实，后殖民理论最大的价值并不在于其反对欧洲中心主义，而在于其剖解不平等权力关系的角度与方式。不平等权力关系及其相应表征关系，其实并不仅仅存在于宗主国与殖民地、西方与非西方之间，也不仅仅限于文学内部。诸如主要民族与少数民族、男性与女性、有权者与无权者、启蒙者与庸众乃至现代与古代、文明与愚昧之间，又何尝不存在类似权力关系呢？譬如，假如《阿Q正传》不是由鲁迅所写而是由阿Q本人所写，其情形会怎样呢？至少，不会呈现出我们现在所见并以为深刻的滑稽、可笑之形状吧。在《阿Q正传》中，阿Q自己的逻辑并不存在，存在的是其深具真实性的生存碎片，然而用以组织、叙述这些

---

① 章辉：《后殖民理论与当代中国文化批评》，《文学评论》2011年第2期。
② 同上。

"碎片"的并非阿Q的人生逻辑,而是启蒙者和后来研究者都认定为"真理"的启蒙主义因果逻辑。这意味着,实则我们看见的阿Q仍只是我们希望看见的,并非阿Q们自己。那么,阿Q们自己会是怎样的呢?也许《死水微澜》《长夜》《太阳照在桑干河上》《妇女闲聊录》等小说提供的答案要准确、丰富得多。以此而论,后殖民理论可施用处,未必限于第五代导演,其实无所不在。仅就文学史范围而言,我还愿意推荐章辉的一段话:

> 后殖民理论的借鉴意义之一是检视百年来中国学习西方的自我东方化的历程,比如百年来的中国文学史、中国哲学史等,都以西方的现实主义/浪漫主义、唯心主义/唯物主义结构史实,以西方的典型理论和悲剧观看中国的文学理论,以西方的思维方式、范畴概念、学科建制为范式组接中国古代的文化资源,其前提是西方的学科以及思维方式是先进的,现代的,中国文化是落后的,传统的,其结果是东方文化特质的被歪曲。在后殖民批评视野下,百年来中国学术进程以及中西文化的差异应该得到更清醒的认识。①

四、文化研究

(一)文化研究的脉络

较之后殖民理论、叙事学等,文化研究在中国声势浩大得多。它不但作为一种学术方法引人瞩目("再解读"思潮可谓文化研究

---

① 章辉:《后殖民理论与当代中国文化批评的关联》,《西北师大学报》2006年第6期。

的实操），而且还突进到学科建设的层次。上海大学、香港岭南大学都设立文化研究系并开展了本科招生与培养工作。这是近40年其他西方文论传入之后未曾达到的显著成效。

推其缘起，文化研究的历史并不久长。大约是20世纪60—70年代在英国出现，70—80年代扩散到欧美世界并产生巨大影响，90年代以后则进一步传播至包括中国在内的东亚地区。其兴也速，算是一种比较新近的西方研究方法。其最初发端，可追溯至20世纪50年代的"利维斯主义"（Leavisism）。所谓"利维斯主义"是当时著名美国文学批评家利维斯在大众文化崛起的情势下，因势利导，以直接有利于道德人心的文学作品（如奥斯丁、浦柏、乔治·艾略特等人的作品）为基础，摒弃乔伊斯等现代主义实验作品，提出"伟大的传统"的概念，并认为由文学构成的"伟大的传统"是用"生命感"形塑个体的持久而有效的手段，而大众文化提供的直接诉诸感官的快感却对此种"伟大的传统"形成了破坏。利维斯的这种研究思路，对霍加特、威廉斯有明显影响。其中霍加特于1964年在伯明翰大学成立的"当代文化研究中心"一般都被认为是文化研究的正式开端（学术史称之为"伯明翰学派"），霍加特的《文化之用》（1958）、威廉斯的《文化与社会》（1958）和《漫长的革命》（1961）以及汤普逊的《英国工人阶级的形成》（1963）等著作，构成了文化研究的奠基之作，至今仍在学术界有持久影响力。

不过，与恪守精英立场的利维斯不同，霍加特、威廉斯等出身工人家庭，他们不但对工人阶级及其文化相当熟悉，且还相当认同，故对利维斯的反大众文化倾向不太赞同，比如，对于通俗文化他们是力求巩固其价值而非否定。伯明翰学派研究设计范围很广，包括电视、广播、报刊、电影、漫画、流行歌曲等。其中汤普逊《英国工人阶级的形成》颇具代表性。此书重返马克思主义阶级文化理论，但否定机械的"经济决定论"，转而认为文化经验不但是工人阶级形成的重要条件，而且也是工人阶级的整体斗争方式。显然，与利维斯将大众文化定位于破坏不同，伯明翰学派视文化为工人阶级革命传统的组成部分。

伯明翰学派代表了文化研究较为早期的学术倾向。但随着1968年斯图亚特·霍尔出任中心主任后，文化研究又相继发生两次转向。(1)"阿尔都塞转向"。阿尔都塞影响最大的是其意识形态理论，与威廉斯等强调人的能动性的"文化主义"研究范式不同，阿尔都塞强调意识形态的决定作用，认为主体是被意识形态决定并建构的——每个个体在出生之前就已被意识形态国家机器询唤为"主体"了，因而也就不存在真正的个体。阿尔都塞这一理论使文化研究跨入结构主义阶段。(2)"葛兰西转向"。相对于阿尔都塞对国家意识形态绝对控制性的强调，葛兰西认为国家并非由政治控制一切，市民社会的存在，可以为无产阶级争夺文化领导权提供可能，其中关键在于培养"有机知识分子"(organic Intellectual)。通过他们的宣传，无产阶级可以"阵地战"方式占领大众文化领域，重新建构"常识"，为社会主义革命提供舆论条件。显然，阿尔都塞眼中宰制性的意识形态领域到葛兰西这里就变成了一个谈判、协商和冲突的领域。而这，无疑更符合当代社会的实际构成，更能有效处理多重纠葛的文化现实。

(二) 文化研究方法要旨：聚焦权力关系

如果不把后殖民理论理解为一种国际文化关系研究而视作对普遍性不平等权力关系的思考，那么文化研究与后殖民理论就有声息相通之处。当然，这也给文化研究带有持久不息的争议：文化研究是否还是"文学研究"？答案其实是否定的。文化研究可以包括文学研究,但远不止于文学研究。对此,美国电视批评理论家罗伯特·艾伦从电视批评理论的角度对此有所比较:"传统批评的任务在于确立作品的意义,区分文学与非文学,划分经典杰作的等级体系,当代批评审视已有的文学准则,扩大文学研究的范围,将非文学与关于文本的批评理论话语包括在内。"[①] 实际上,推崇"跨学科方法"本来就是文化研究不满文学研究之固守文学文本而大胆"破圈"之举,它研究的对象可以是小说、诗歌,亦可是广告、电影、街道空间或流行音乐等文化现象。它讨论的问题可以是叙事建构,亦可是阶级、种族、性别等议题。坊间长久之争议,在于它不像文学研究,然而文学研究方法多多,多此一种新探索亦无什么不可。

以借鉴眼光看,文化研究可予人最大的启示是它对权力关系的聚焦与分析。在结构主义阶段,文化研究对"文化"的理解更接近马克思主义的经典理解:"一个社会的占统治地位的思想(它的法律、政治、宗教等形式)是统治阶级的思想。这些思想被用来操控一个不平等和不公正的系统并使之永久化。在这一策略中,文化成了社会的一个支撑物,并使现存的事物秩序合法化。"[②] 但到出现"葛兰西转向"以后,文化研究所理解的"文化"就发生了很大变化:

> 文化是一个被争夺的领域,它是不同社会集团(被种族、阶级、性别、年龄、特性等等所定义)之间发生冲突的舞台,

---

① 罗伯特·艾伦:《重组话语频道》,麦永雄、柏敬泽等译,北京:中国社会科学出版社,2000年,第28—29页。
② 阿雷恩·鲍尔德温等:《文化研究导论》,陶东风等译,北京:高等教育出版社,2004年,第27页。

这些社会集团试图定义世界并把自己的理解方式——他们的意义系统强加于世界："文化是这样的一个领域，在这个领域中，意义不仅是被强加的而且是被争夺的，这种斗争的程度丝毫不逊于经济和政治领域——在经济政治领域里，统治和被统治的社会关系不断地协商和抵抗。"……在这里，文化是政治的，文化应该被理解为符码或"意义之图"，社会集团试图用这种符码或意义之图来定义自己、他人以及他们在世界中的位置。①

这种理解很适合深入并处理剧变中的当代中国社会。戴锦华教授在B站的一次讲演中说："今天所有的文化都是中产阶级文化，中国社会的一个重大问题是，除了中产阶级文化，我们看不着别的文化了，而中国曾经有过工农兵文艺传统的历史区域。"其中当然包含着戴教授的个人忧虑，但的确反映出改革开放40年来中国当代文化内部所经历的激烈的竞争：政党、知识分子、中产阶级、资本都是其中强有力的竞争者。比较而言，"工农兵文艺"之"工农兵"在这种文化角力中处于无声状态，其竞争力充满变数，它更多取决于政党在多大程度上可以代表下层阶级。

可以说，无论是"葛兰西转向"后的文化研究，还是结构主义阶段的文化研究，都是深具批判性的文化实践行为。恰如凯尔纳所言："文化研究推动的是多元文化主义的政治观和媒体教育学，后者旨在使人们察觉到权力与统治关系是如何被'编码'在文化文本（诸如电视或电影的文本）中的。但是，它也详细说明了人们可以

---

① 阿雷恩·鲍尔德温等：《文化研究导论》，陶东风等译，北京：高等教育出版社，2004年，第141页。

如何抵制占据主导性的语码意义,而形成自身的批判性的、另类的读解。"① 不过,随着文化研究影响力日著、欧美不少大学开始开设文化研究系和文化研究专业之后,文化研究也逐渐开始体制化,逐渐转变为学院内部的学术活动。这种变化也埋下了文化研究丧失力量与锋芒的因子。

(三) 文化研究在中国

文化研究出现在中国的时间并不为晚。1988 年,伯明翰学派的两位奠基人物——霍加特与威廉斯——的部分著作的部分内容已经被译介进来,但按赵勇的说法,"在 80 年代中后期的文化语境中,尽管'文化热'轰轰烈烈,但无论是杰姆逊的著作还是伯明翰学派的译作几乎没有什么反响。可以说,在这一时期,中国的理论界实际上还不具有接受文化研究的现实条件"②。因此,实际上中国大陆真正接受文化研究是在 1990 年代后期,此时中国经过迅猛的市场经济发展,已经出现资本介入下的大众文化。这也比较符合理论旅行的常例——先有合适的研究对象,然后才有相应研究方法的引入与传播。1999 年,李陀主编的"当代大众文化批评丛书"(江苏人民出版社)和"大众文化译丛"(中央编译出版社)相继出版,可谓文化研究在中国广泛传播的开始。2000 年,罗钢、刘象愚主编的《文化研究读本》(中国社会科学出版社)出版,再次形成推力。2004 年,鲍尔德温等撰写的教材《文化研究导论》也被翻译出版。在此形势之下,文化研究在各高校都引起响应。上海大学王晓明主持的文化研究系和岭南大学陈清侨、刘健芝主持的文化研究系可谓

---

① 道格拉斯・凯尔纳:《媒体文化——介于现代与后现代之间的文化研究、认同性与政治》,北京:商务印书馆,2004 年,第 6 页。
② 赵勇:《关于文化研究的历史考察及其反思》,《中国社会科学》2005 年第 2 期。

其中最瞩目者。有此高等教育、学术研究与出版之间的联动，文化研究在学术界广受欢迎，当然也始终伴随争议。

当代学界从事文化研究的学者，主要是陶东风、王晓明等学者。陶东风有长者风，然而思想锋芒，明亮可见。这种锋芒是他和王晓明共有的，不过两人锋芒所向却有明显差异。陶东风受哈维尔等人的后集权社会理论影响，忧虑的是权力："后集权社会的最大特点就是消费主义和集权主义的结合。一方面，社会大众沉溺于物质消费和感官娱乐，这方面的自由度空前扩展，'想唱就唱'、'我的地盘我做主'；另一方面，绝大多数人不问政治，缺乏公共参与热情，不关心公民权利。一方面流行怀疑主义，对一切都不相信；另一方面则信奉实利主义，只要有现实的利益做什么都可以。一方面不相信意识形态的空话和假话；另一方面又把这种怀疑精神推向虚无主义、犬儒主义，甚至怀疑改变现实的可能性。"① 这可以说代表着成长于八十年代的一代知识分子至今未曾熄灭的理想主义火焰。王晓明在"重写文学史"时期或许与陶东风有相似思想倾向，但急剧变动的现实也使他的关注点与立场都发生明显转移。比较而言，他更关注资本的崛起及其"新意识形态"对于民众的控制。《在新意识形态的笼罩下》《半张脸的神话》是他两部很富冲击力的作品。对于自己的研究选择，他有相当明晰的解释：

> 最近30年社会巨变的一个重要方面，就是形成了一种与譬如1950—70年代的"毛泽东思想"完全不同的新的支配性文化。凭借一套深具特色的形成、运转和传播机制，它差不多

---

① 陶东风：《文化研究在中国——一个非常个人化的思考》，《湖北大学学报》2008年第4期。

充满了从价值观念到物质生活的各个层面，因而成为整个社会再生产的重要途径。更值得注意的，是这个新的支配性文化与1950—70年代的那一段"社会主义"历史的关系。如果没有后者，很难想像今天中国会形成前者，在某种意义上，前者正是后者的产物；另一方面，前者一项关键的功能，就在于支配大众（无论是否经历过那个时代）对后者的认识，从这个角度看，今日"活"在无数中国人头脑中的那一段"社会主义"的历史，又在很大程度上是这个新的支配性文化的产物。正是基于如上这些认识，我们将"当代支配性文化的生产机制"，以及这个文化与那一段"社会主义"历史的相互生产的关系，确定为今日中国大陆文化研究的主要对象。①

承认当前中国已形成新的权力结构与意识形态，是王晓明与当年"重写"提倡者颇为不同的地方。也因此，在他的文化研究中，不难感受到某种隐蔽的"弱者的反抗"或曰革命的脉络："关键一点自然是直面当代中国人的活生生的日常经验，并汲取中国革命的思想和实践历史的丰富资源。也就是直面日常的生活感受，承继'中国革命'的丰富记忆，追究现实内部的压迫性结构。"②

也因此，王晓明生气勃勃的研究恐怕也不能完全代表学界对于文化研究的借鉴与运用。就更大范围的文化研究而言，恐怕还是面临困境，"不少人都感到它的处境有点尴尬，好像也没看见搞出了什么大的名堂。"③ 如何克服此种困境，须直面中国现实，然而这又

---

① 王晓明：《文化研究的三道难题——以上海大学文化研究系为例》，《上海大学学报》2010年第1期。
② 同上。
③ 盛宁：《走出"文化研究"的困境》，《文艺研究》2011年第7期。

可能导致新的意想不到的困难。可以说,未来文化研究在中国的发展与运用无疑还有诸多变数。

五、告别"洋八股"

以上对文化研究、后殖民理论、叙事学的介绍,自然不是改革开放 40 年来"新方法论热"的全貌。甚至,即便是对此三种西方文论的理解,也未必是准确的,但所以不揣冒昧试作介绍,意在以点带面以引起欲治当代文学者的年轻人的注意。其实,在当代文学研究和批评范围内广受赞誉者,多是西学功底深厚者。

然而,对于有意引西方文论入于现当代文学研究者,另外一件大事不可不察。那就是,在成熟学者中,对西方文论的警惕与防范似乎更居主要。其实,运用来外来理论研究中国问题,并非是改革开放才骤然出现的现象,"五四"以后即已有之。1933 年,浦江清即对朱自清谈及:"今日治中国学问皆用外国模型,此事无所谓优劣。惟如讲中国文学史,必须用中国间架,不然则古人苦心俱抹杀矣。即如比兴一端,无论合乎真实与否,其影响实大,许多诗人之作,皆着眼政治,此以西方间架论之,即当抹杀矣。"① 迄至八九十年代,类似省思就更为多见。知名海外学者余英时表示:

> 我可以负责地说一句:20 世纪以来,中国学人有关中国学术的著作,其最有价值的都是最少以西方观念作比附的。如果治中国史者先有外国框框,则势必不能细心体会中国史籍的

---

① 朱自清:《朱自清全集·日记编》,第 9 卷,朱乔森编,南京:江苏教育出版社,1997 年,第 213 页。

"本意",而是把他当报纸一样的翻检,从字面上找自己所需要的东西(你们千万不要误信有些浅人的话,以为"本意"是找不到的,理由在此无法详说)。①

可见,在一流学者中,对于借鉴、学习西方理论往往持非常慎重之态度。在近年文艺理论研究领域,类似忧虑与批评更是随时可见。"中国文论失语症""重理论而轻文本"等现象屡被提及。在现当代文学研究范围内亦是如此,如高玉认为,"很多人根本就不读作品,对文学缺乏基本的感悟与理解,问题和观点都不是在阅读作品中发现的,而是从各种理论中借鉴或者套用而来","我们对西方的各种理论,哪怕是细小的问题,支流末节、边边角角的观念都非常熟悉,但对于中国文学的重大现实和问题却视而不见,似乎生活在别处"②。

以上种种,皆可谓毛泽东当年批评过的"洋八股"。唐小兵批评说,"(有人)完全是为理论而理论,从来不做历史资料的研究。有的人可以拿一部电影,不管是《黄土地》也好、《孩子王》也好,从本雅明、弗洛伊德说起(所谓正题),作一些细而又细的影像分析(也许是反题),最终又回到证明、发展或者扭曲本雅明、弗洛伊德理论的合题,这个和一般研究生的论文没有差别,因为研究生在学理论语言之初,为了表明读了哪本书,往往先把理论复述一番,然后找一些例证,最后得出一些结论,搞标准的正反合三段论。"③ 正因为如此,有些持重者很不赞成学生脱离语境引用西方学者,并认为是浅薄之举。比较极端者,甚至完全不赞成文章中出现

---

① 余英时:《论士衡史》,上海:上海文艺出版社,1999 年,第 459 页。
② 高玉:《中国现当代文学研究的困境与出路》,《浙江学刊》2017 年第 5 期。
③ 李凤亮、唐小兵:《"再解读"的再解读——唐小兵教授访谈录》,《小说评论》2010 年第 4 期。

西人言论（当然，马克思主义及更早者不在其列）。对此问题，其实更宜以辩证态度待之。一方面，西方文论与中国古人思想一样，都源出于与我们今日很不相同的问题语境，"世异则事变""事变则备变"，今日不能简单袭用一两千年前的古人、数千里外的欧美人士自是当然，但另一方面，人性相通，历史多在重演，古今中外之人也常遭遇相似问题，故古人之言论也好，西人之晚近思想也好，倘能启人思考，自当一并吸纳、欢迎。尤其对于后者，实在不必顾忌"非我族类，其心必异"。其实，马克思讲历史合力，黑格尔讲人的情欲，福柯讲知识与权力的关系，都切中活生生的当代中国现实，令人心有戚戚焉。故"洋八股"固然当戒，然而热心学习、借鉴西方文论仍为不可或缺的学术历练。

那么，如何做到既学习西方文论而又不为之所困呢？或有两法可循。（1）无用之用。这是说我等读后殖民理论也好，学习后现代主义也好，不必时时考虑到怎么将之用于自己的论文，不必急于"变现"。古人讲"涵养功夫"即是讲读书重在扩充眼界、提升境界。对于西方文论，不必刻意去用。钱锺书曾赞扬王国维说："老辈唯王静安，少作时时流露西学义谛，庶几水中之盐味，而非眼里之金屑。"① 不过此种化境，初学者的确不大容易做到，故亦不必刻意不用。如思考某一问题，忽然念及福柯或萨义德亦曾有类似思考，自可与之"对话"、参用，如不曾念及，自然也不必专门去用。（2）夯实研究的出发点。其实西学也好，古人学问也好，都至多是我们研究的借鉴，而非研究的出发点。对此，温儒敏批评说："我们对以前'党八股'的文风很反感，这些文章往往都是先入为主，比如引用一段毛主席语录，然后就是观点加例子。现在不引用毛主

---

① 钱锺书：《谈艺录》，北京：生活·读书·新知三联书店，2001年，第84页。

席语录了,而改为引用西方某个汉学家或西方理论家的观点,完全不加论证,各取所需,就作为全部论述的出发点。"① 那么,好的研究如果不以某种理论为出发点又当从哪里开始呢?周光午回忆王国维治学的文字,颇可留心:

> 先生尝谓考古之事,于古代材料,细大均不可放过。忽略其细处,则大处每不得通。此同一材料,而有所发明,有所食古不化者。又宜由细心苦读以发现问题,不宜悬问题以觅材料。要之,牛溲马勃,皆足珍奇。只视材料之如何安置,自足绎其条理,以窥见古代之真面目矣。

此皆是说,但凡学问,切不可"悬问题以觅材料",尤其不可以悬西方问题以觅材料。若我们的研究皆起于材料,皆起于对象本身内在的矛盾、曲折及其幽微之处,"苦读"之,涵味之,有所不解有所解,慢慢累积,自然会形成问题,形成研究的着力点。于此过程中,或念及福柯、杰姆逊等,或不念及,都不妨事。倘如此,学术研究中的"洋八股"问题自然也会随之消散。

推荐阅读

申丹:《叙事学研究在中国与西方》

龙迪勇:《叙事学研究的空间转向》

斯皮瓦克:《庶民能够说话吗?》

陶东风:《日常生活审美化与文化研究的兴起——兼论文艺学的学科反思》

---

① 温儒敏:《文学研究中的"汉学心态"》,《文艺争鸣》2007年第7期。

第四讲

"再解读"思潮

一、"再解读"的缘起与影响

（一）何为"再解读"

唐小兵选编的《再解读：意识形态与大众文艺》（香港：牛津大学出版社，1993年，以下简称"《再解读》"），初版面世至今（2023年）已恰好三十年。然而三十年过去，它并没有成为岁月中的失败者。许多学者，在初读唐小兵序言和孟悦有关《白毛女》的论文时都会有心理的震动，以及久违的兴奋之感。那么，何为"再解读"？对此，贺桂梅教授有一个侧重于方法角度的精确界定：

> 1990年代以来，一种以经典重读为主要方法、被宽泛地称为"再解读"的研究思路，最先由海外的中国学者实践，逐渐在现、当代文学研究领域引起广泛注意。这种研究把西方20世纪60年代之后的各种文化理论——包括结构主义-后结构主义、精神分析、后殖民理论、后现代主义、女性主义、西方马克思主义等——引入当代文学研究实践中。借助于理论自身"对语言或哲学再现性本质的越来越深、越来越系统化的怀疑"，侧重探讨文学文本的结构方式、修辞特性和意识形态运作的轨迹，对于突破社会-历史-美学批评和"新批评"这种80年代"主流"批评样式，把文学研究推向更具体深入的层面，

产生了较大影响。①

由之亦可见贺桂梅不大愿意把"再解读"局限于唐小兵编的这本论文集上，而更希望以之概括比较广泛的研究对象。被她列入"再解读"的，不仅包括唐小兵、黄子平、李扬等解读20世纪50—70年代文学的著作，也包括戴锦华、孟悦等对新时期女作家的分析。这期间当然有可以辨析的理路，但此处讨论的"再解读"，所指还是比较限定：（1）主要是针对左翼-社会主义文本的研究；（2）采用广义的文化研究方法。鉴此，不宜说有哪位学者是深具代表性的"再解读"学者，而是说有些学者曾有深具代表性的"再解读"成果。

亦因此，此处理解的"再解读"就相对狭义，主要指《再解读》作者群及其相关著述。比如，唐小兵是"再解读"公认的提倡者。除了编选《再解读》论文集之外，他还在国内出版了个人论文集《英雄与凡人的时代：解读20世纪》（2001），也有一定影响。不过，尽管唐小兵最早在学界揭出"再解读"大旗，且由于海外学者身份加持而有更强劲的学术传播力，但"再解读"最切实的实践者，则非李杨莫属。早在1993年，几乎在与香港版《再解读》推出的同时，李杨出版了他与白璧德的对话录《文化与文学》及其博士论文《抗争宿命之路——"社会主义现实主义文学"（1942—1976）研究》。若论最为典型的"再解读"著作，则非这本《抗争宿命之路》以及此后的《50至70年代中国文学经典再解读》（2006）莫属。其他一时瞩目的著作还有黄子平的《革命·历史·

---

① 贺桂梅：《"再解读"——文本分析和历史解构》，《再解读：大众文艺与意识形态》（增订本），唐小兵编，北京：北京大学出版社，2007年，第270页。

小说》（1996，修订本易名为《灰阑中的叙述》）。如果不局限于小说、诗歌研究的话，戴锦华的《雾中风景》（2006）也可说是与"再解读"思潮深相呼应的成果。

不过，即便是这狭义的"再解读"思潮，也只能是在粗略意义上整体讨论。因为究其实质，虽皆名为"再解读"，但其旗下各家对左翼-社会主义文学的立场其实存在微妙差异。孟悦、李杨、唐小兵等更愿持知识化立场，但客观上推动了学界之于左翼-社会主义文艺的"同情之理解"，戴锦华则似乎来自革命的深处，随着时光流逝，她越来越不愿向中产时代妥协，黄子平、林岗则明显是1980年代"新启蒙主义"的坚守者，不大愿意承认50—70年代文学的"文学"价值。如此种种，意味着对"再解读"的整体谈论不能不多有破绽。

（二）缘起："重写"之重写

言及"再解读"缘起，则需提及"重写文学史"思潮。在1980年代中后期酝酿、形成的"重写文学史"思潮，几乎以摧枯拉朽之势席卷了现当代文学研究界。它不但用新启蒙主义的新"剧本"替换了新民主主义旧"剧本"，而且以最短时期开展了经典甄别和重新认定工作。如果说对沈从文、张爱玲、周作人等的重新追认尚需时日的话，那么对《子夜》《创业史》《太阳照在桑干河上》的颠覆几乎是即时发生。到1990年代初期，新启蒙主义以"纯文学"或"文学的自觉"的名义，对左翼-社会主义文学形成了广获认同的排斥：这类文学不但被认为是"伪现实主义"，甚至被指认为反人性/非文学。大约是在2010年左右，笔者在采访《红色娘子军》剧作者梁信时，对他转述了"重写"思潮的这类看法，老人家显得极为愤怒。梁信出生贫寒，因偶然机缘才走上写作之路。据他回忆，他之塑造吴琼花这一人物，是因为他在现实中至少看到三个与吴琼花非常相似的熟人。在他看来，他的写作本身就是为了改变穷人的命运，又怎会和"反人性"之类扯得上关系呢？然而，梁信的不满归不满，但改革开放年代的话语权已不再属于他这一代人和这一批人。不过，出于身份优势，海外学者对国内的流行思潮并无追随心理，对于"重写文学史"则更多质疑和反思。孟悦在她的《〈白毛女〉演变的启示：兼论延安文艺的历史多质性》（以下简称"《〈白毛女〉演变的启示》"）一文中，一针见血地指出：

> 延安时期的文学通常不言而喻地被看作是纯粹的政治运作的产物，研究这个时期的文学多少被视为某种政治表态，于是不大有人对其更复杂的内容作学术性的分析。当政治环境许可时，人们首先想到去做的往往是揭示其中的政治话语运作方式，以求对主宰了中国内地文化界几十年的话语专制系统表示一种拒绝和批判。这种拒绝和批判无疑有相当深刻的意义，它不仅提供了政治立场，而且提供了历史的立场。但这种批评却有自身的局限性，比如，它容易流于一种简单的贬斥。这种贬斥的简单性甚至可以通过套用西方一些理论的"批评"视点和语汇，从而获得正当性。①

比较起来，唐小兵把问题梳理得更为系统、更为辩证。他认为，"再解读"的提出"确实和国内《上海文学》80年代首先提出'重写文学史'有一定关系"，"'重写文学史'就是要把20世纪文化发

---

① 孟悦：《〈白毛女〉演变的启示：兼论延安文艺的历史多质性》，《再解读：大众文艺与意识形态》（增订本），唐小兵编，北京：北京大学出版社，2007年，第48页。

展的内在逻辑展现出来,所以我90年代初提出'再解读'时,跟国内文学研究语境的变化是有联系的"①。当然,这种"联系"更主要地表现为对"重写文学史"的重写。当时这批海外青年学者都接受过系统的西方比较文学理论训练,不愿简单趋从"重写文学史"对于左翼-社会主义文艺的粗暴贬斥,而是选择"拒绝遗忘他们":

> (我)觉得五六十年代的一些文化产品在80年代末的历史语境中没有得到应有的关注……我有一个很强烈的意识:如果不是将这些作品作为纯粹审美的对象,而是放到思想史、文化史层面上来看,那么它们是有其历史价值的。在这方面,我从法兰克福学派对文化产业的批判中吸取了不少思想资源。法兰克福学派所批判的对象是以好莱坞为代表的娱乐产业、文化工业,但我从中看到了大众文化怎样在形成社会共识时发挥作用,怎样在一个所谓开放的社会中去制造不光是文化上的认同,同时还形成政治价值上的一致,这个对我有很大影响。我用这些思路去看五六十年代的中国文学,发现抛开它的意识形态内容,就其社会运作层面来看,这一时期的文学有其独特功能。②

这番陈述无疑是可信的。实际上,"重写文学史"最初一批文章由于用力过猛,对于柳青、丁玲、何其芳等延安作家的否定过于轻率,在当时、后来都颇为人非议。唐小兵、孟悦等海外学者的迅捷反应可谓是情理之中的事情。

---

① 李凤亮、唐小兵:《"再解读"的再解读——唐小兵教授访谈录》,《小说评论》2010年第4期。
② 同上。

(三) 旋风般的冲击

"再解读"思潮自1993年《再解读》在香港出版以后,很快传播至内地。与此同时或稍后,李杨、唐小兵、黄子平、刘禾、戴锦华等人的相关著作也相继行世,形成一股潮流。当然,有人亦将李泽厚、刘再复的《告别革命——二十世纪中国对谈》(台北:麦田股份有限公司,1999年)也列入"再解读"的范围,其实不是特别合适,因为"再解读"之兴起,本身就是反拨"重写文学史"思潮,而"重写文学史"之新启蒙主义脉络其实也可说是从李泽厚、刘再复八十年代的著述衍生而出的。当然,由于刘再复、林岗合著的《中国现代文学史中的政治化写作》也被收录在《再解读》中,将李泽厚、刘再复纳入"再解读"也不能说没有道理,也可以将之理解为《再解读》内部立场、观点驳杂的表现。但如果讨论"再解读"思潮整体倾向的话,李泽厚、刘再复并不宜于纳入讨论。

"再解读"思潮持续时间较久。直到今天,李杨仍在发表理路相近的研究论文,但其高峰当在2000年前后一段时间,持续近20年。就"再解读"对现当代文学研究造成的影响而言,其范围窄于"重写文学史"思潮(不少成名学者对"再解读"持有疑议),但影响力度丝毫不弱于前者。尤其在人生经验、知识结构迥异于50后的70后学者登上学术舞台之后,"再解读"的影响力堪称冲击性的。对此,程光炜肯定地说:"'再解读'思潮的旋风对中国现当代文学学科产生了难以想象的冲击,而且'再解读'作为'学科关键词'对后者的知识重构,至今都很难说已然消失。"[①] 对于它的影响,身为当事人的李杨如是说:

---

① 程光炜:《当代文学的"历史化"》,北京:北京大学出版社,2011年,第203页。

就我个人的理解而言,《再解读》对于中国现当代文学研究的意义,不仅仅在于提供了新的研究对象,也就是说,不在于把这些"红色经典"重新纳入了现当代文学研究的视野,而在于提示了新的问题意识和研究方法——也就是说,正是在这种新的问题意识和方法面前,"40年代至70年代文学"才重新变成了问题,变成了非常重要的问题。这种"问题与方法"的意义,只有在特定的历史语境中才能显现出来。我估计《再解读》后来在中国大陆产生的持续影响,已经远远超出了当年的编者和作者的想象。①

这并非夸张之语,实则"再解读"思潮在近年已经成为学术史研究之对象。如刘诗宇即在"重写之重写"的视野中界定"再解读"的学术史位置:"研究界倾向于将20世纪80年代末由陈思和、王晓明等人在《上海文论》上开启的'重写文学史'视为'再解读'思潮的前史,但实际上,这种继承关系更像是一种'冒名顶替'。'重写文学史'的目的在于从'文学性'的层面批判'十七年'与'文革'时期的文学,进而重塑当代文学史的序列与面貌;'再解读'虽然也不满于既有的文学史,但其所采用的话语资源、理论方法都与'重写文学史'大相径庭,不仅超出了'文学性'的层面,甚至在研究立场上与'重写文学史'发生冲突。"② 更重要的是,"再解读"在方法上也携带着另一重"重写"的旋风:"在诸如'现代性'

---

① 唐小兵、黄子平、李杨、贺桂梅:《文化理论与经典重读——以〈再解读——大众文艺与意识形态〉为个案》,《文艺争鸣》2007年第8期。
② 刘诗宇:《论中国当代文学研究中的"再解读"思潮》,《文艺研究》2019年第6期。

'反现代性''后现代主义''后殖民主义''民族国家文学'以及'考古学'等穿越国界的宏大理论面前,'再解读'表现出与先前'重写文学史'的明显差异,左翼文学在验证着这些理论的同时,也被这些理论'翻新',暴露出了新的复杂性,获得了新的附加值。"①

二、"再解读"的理论创见

一种研究方法能在相当长时间内引起关注与鉴取,必因其相对于当时主流价值观或方法论有别取蹊径之效。"重写文学史"相对于反映论如此,"再解读"相对于"重写文学史"亦是如此。或因此故,李杨不认同将"再解读"方法视同于一些学者说的寻找文本"缝隙":"他们根本没有费力去寻找文本中的缝隙,而是致力于分析文本所表现的文化政治结构。许多热衷于通过发掘深藏于'红色经典'的'裂缝'或'缝隙'中的意义的方式,其实意味着这些研究者对红色经典及其文化政治价值的拒绝","这种方法其实仍没有走出80年代的文化政治学,骨子眼里仍然是那个所谓的文学自主论,仍然走不出那个文学与政治的二元对立"②。显然,"再解读"并不认可"重写文学史"赖以为据的文学自主论,事实上已突破"重写"边界,为此后现当代文学研究提供了新的问题与方法。那么,倘若着眼于理论阐释层面,"再解读"有何创见令之大有"冲击"效应呢?至少涉及三个层面。

---

① 刘诗宇:《论中国当代文学研究中的"再解读"思潮》,《文艺研究》2019年第6期。

② 曾令存、李杨:《"再解读"与"反现代的现代性"——当代文学学科史访谈录》,《中国现代文学研究丛刊》2011年第12期。

（一）"反现代的现代性"

其实，对于"再解读"是否提供了新的理论阐释框架，学界存有争议。比如，贺桂梅即认为"再解读"的主要工作在于解构20世纪40—70年代文学的主导叙述，揭示其间矛盾和裂隙。对此看法，李杨持不同意见。他认为"再解读"相对于"重写文学史"，已有自己明确的新的阐释框架，"80年代的文学史观其实是在一个更大的思想史框架中，也就是说，是在一个并非'文学自身'的框架中确立自己的合法性的。这个框架，就是启蒙与救亡的对立，它同时也是'个人认同'与'民族国家/阶级认同'的对立，'文学'与'政治'的对立，所有这些对立，都建基于一个最基本的二元对立，那就是'现代'与'传统'的对立。正是在这一框架中，'文革'才被解读为封建思想的复辟。正是在这一意义上，我不是太同意关于'再解读'未能形成更为复杂、完整的历史叙述以及只是一种纯粹的'解构'的批评"，"（唐小兵）提出了与上述主导论述完全不同的解释历史的总体性范畴，那就是所谓的'反现代的现代性'。这个观点也是我那本《抗争宿命之路》的基本主题"[①]。那么，李杨强调的"反现代的现代性"究竟何指呢？唐小兵在《再解读》序言中其实有详细的论述：

> 我们必须同时把握延安文艺所包含的不同层次的意义和价值，亦即其意识形态症结和乌托邦想象：它一方面集中反映出现代政治方式对人类象征行为、艺术活动的"功利主义"式的

[①] 曾令存、李杨：《"再解读"与"反现代的现代性"——当代文学学科史访谈录》，《中国现代文学研究丛刊》2011年第12期。

重视和利用,另一方面也表达了人类意识活动本身所包含的最深层、最原始的欲望和冲动——直接实现意义,生活的充分艺术化。从这个角度看,延安文艺是一场含有深刻现代意义的文化革命。这不仅仅是因为我们可以从中看到"大众"作为政治力量和历史主体的具体浮现,并且同时获得嗓音,而且也是因为这场隐约地反衬出对以现代城市为具体象征的市场经济方式的一种集体性抵抗意识,尤其是对资本主义生产方式所带来的"感性分离"、价值与意义的分割所催发的无机生存的下意识恐慌和否定。因此,延安文艺的复杂性正在于它是一场反现代的现代先锋派文化运动。……其之所以是反现代的,是因为延安文艺力行的是对社会分层以及市场的交换-消费原则的彻底扬弃。之所以是现代先锋派,是因为延安文艺仍然以大规模生产或集体化为其根本的想象逻辑。①

李杨认为唐小兵这一论断意味深长,"最重要的当然还是唐小兵写的这篇导言,它的重要性是将延安文艺定义为一场含有深刻现代意义的文化革命,这在 80 年代的中国当然是极具震撼力的"②。但此篇序言的冲击力其实并不及孟悦关于《白毛女》的解读。这与唐小兵视野相对局限于文艺领域因而有"强制阐释"之嫌有关。比如,对于他的核心论述——"对资本主义生产方式所带来的'感性分离'、价值与意义的分割所催发的无机生存的下意识恐慌和否定"——笔者至今尚不能充分理解它的语义。若说上海这样的大都

---

① 唐小兵:《我们怎样想象历史》,《再解读:大众文艺与意识形态》(增订本),唐小兵编,北京:北京大学出版社,2007 年,第 5—6 页、第 9 页。
② 曾令存、李杨:《"再解读"与"反现代的现代性"——当代文学学科史访谈录》,《中国现代文学研究丛刊》2011 年第 12 期。

市由于缺乏总体性目标因而人生无意义（"无机生存"），那么延安文艺的多数从业者并无如此都市体验，而且中共革命的最终目标也是要"进城"、要通过都市来启动工业化。至于"以大规模生产或集体化为其根本的想象逻辑"，其实也不好找到对应物。《白毛女》诚然有过集体讨论，但与"集体化"到底不同。1940年代的优秀小说家如丁玲、赵树理、孙犁等，更与"集体化"生产没有关系。所以，这个序言总体显得新锐、晦涩，大约作者去国日久，对1940年代延安的实况尤其是对40—70年代中国革命的复杂情形比较隔膜，不得不以一般性的西方文化理论"硬性"解释中国复杂的历史/文学史。兼之《再解读》书中各作者的理论立场并不一致，刘再复、林岗、黄子平明显与唐小兵持论有异，故很难说唐小兵这篇序言产生的实质性影响有李杨所认为的那样巨大。

不过，"反现代的现代性"这个当年略显怪异的提法却慢慢在学术界扎根下来，并经汪晖等的提升与系统化，在思想史乃至经济史领域逐渐成为比较为人接受的阐释框架。以今天眼光看，"反现代的现代性"其实可以成为很接地气的阐释，因为它实际上就是中国现代革命史（含文学史）活生生的事实。

从政治经济学角度看，晚清以降的中国，最大亦是最为迫切的追求是什么？当然是"走进现代"、富国强兵。这种现代性追求，自康梁开始，至孙中山、蒋介石甚至李宗仁、白崇禧等地方军阀，其实都有此念想。但百年回眸，能真正将此梦想变为现实者，唯有中国共产党。相较于以往的执政集团，中国共产党高瞻远瞩，具有非同凡响的战略眼光与执行力。中国共产党抓住了现代化的关键，其关键在于工业化，在于跟上世界科学革命提供的升级机遇。这一点此前已有识者预判之，但中国共产党仍有不同的战略布局，即先从投资长、见效慢的重工业入手，而非从已略有基础的轻工业入手。从轻工业入手很易遭遇工业发展的"天花板"效应，而从重工业入手，则是由难而易、自上而下，难虽难矣，但有利于建立完整产业链与工业体系。即此而言，新中国现代化之路与西方发达国家已有不同。更大不同在于，对于中国这种后发展国家而言，重工业化所需巨量原始资金从哪里来？欧美国家通过殖民掠夺为之，中国却不可能复制这种道路。另一种可能是向西方国家借贷，但这样很可能使主权沦为交易条件，造成依附性经济。那么，新中国通过何种方式完成最初原始积累呢？此即通过计划经济整合全国资源，尤其是在农村实行集体化制度与统购统销政策，以消除中间阶层（地主、富农）的方式将所有农业剩余都集中在国家手里。这种实现现代化的方式与欧美国家完全不同，堪称另类，"反现代的现代性"可谓是一种恰切的命名。

这种"反现代的现代性"虽然引发诸多问题（比如"勒紧裤腰带"导致亿万农民长期徘徊在贫困线），但其功效显著——中华民族在经历百年陆沉之后，忽然又奇迹般变身为一个工业国家，并在后续改革开放时期缓慢而坚定地重返世界强国的舞台。这一过程，从根本上决定了新中国文学"反现代的现代性"的特征。这种特征当然不体现在集体化写作或放弃市场交换原则上。对于社会主义文艺而言，既然国家是在集中全国资源竞逐工业化，那么文学自然也会拥抱此种"国之大者"并走上与西方自由主义完全不同的道路——它不会把国家视为个人的敌人，而是选择为国家崛起创造一种与之相呼应的"人民文化"，并涉及自由主义不大重视甚至排斥的核心概念，如平等、劳动、集体，等等。

以上"反现代的现代性"当然不在唐小兵论述范围内（海外"再解读"诸学者对文学/文化之外更宽阔的中国当代史也兴趣不大），而更多是笔者个人的引申。在"再解读"诸君中，李杨是对

"反现代的现代性"阐释很为用心的学者。在《抗争宿命之路》及《文化与文学》中,他将当代中国发展分为几个阶段,并依次有叙事、抒情、象征等不同文学形式与之配合。尽管对此学界可能会有不同意见,但无疑是"再解读"中最具深度与系统性的解释,非常能给人启发。

不过,"反现代的现代性"理论框架也会牵连出一些令参与者、提倡者意想不到的问题。譬如,以此眼光观察,似乎社会主义中国并不如新启蒙主义所以为的那样一无是处,而是在工业化/现代化探索方面卓有成就,《白毛女》《创业史》《千万不要忘记》等已被"重写文学史"扫进"垃圾堆"的文本,也多有被"重新发现"、再放异彩的意味。这种客观效果无疑令人侧目。实际上,学界已有不少学者将"再解读"目为"新左派"文学史观的折射或"先驱"。对此,生活在美国的唐小兵自是不甚在意,但生活在国内学术界的李杨却不能一笑置之。自1990年代思想界"左""右"分裂以后,双方势力悬殊,被人目为"右"(自由主义)虽未必是荣光所致,但被列入"左"则很易陷入无意义的是非泥潭。李杨很谨慎避免自己被拉入这种泥潭。对于"再解读"被列入"左"派之事,他明确表示,"我一直不是太认同这种以'左'和'右'来对知识和知识分子分类的方式","好像只要不以'断裂论'来看待中国现当代文学以及中国现代史,只要不认同启蒙主义或个人主义,或者对启蒙主义与个人主义有所反思,就可以贴上'新左派'的标签"[①],并进一步解释说:

---

① 曾令存、李杨:《"再解读"与"反现代的现代性"——当代文学学科史访谈录》,《中国现代文学研究丛刊》2011年第12期。

> 将延安文艺或"社会主义现实主义"定义为一种现代主义文学，或者认为其具有现代性并不意味着"肯定"这种艺术形式。在90年代的知识语境中，至少在我自己的运用和理解中，"现代性"是一个反思性的范畴。……作为一种意识形态，"现代性"不仅与权力相关，不仅依附于权力，它还生产出权力，或者说，它本身就是权力。在这一意义上，当我们使用"现代性"这个概念的时候，我们对"现代"的理解和解释就已经无法用简单的"肯定"与"否定"加以界定。在这一视域中，"现代"当然不是一个"否定"的概念，但更不是一个"肯定"的概念。①

这当然是比较合理的解释，但也不免有减少学术干扰的无奈。李杨的犹豫，唐小兵后续解释的欠缺，也在一定程度上影响了"反现代的现代性"这一命题的传播。实则今日学界讨论这一命题，更多是围绕汪晖展开而非"再解读"。这也是"再解读"的一种限度。当然，"反现代的现代性"也存在另一种有意无意的回避："革命"被淡化了，至少不构成20世纪中国的一条主线。这当然不合事实。其实，革命可以包括现代化，现代化却不可以包括革命。正因此故，到了2011年，蔡翔出版《革命/叙述——中国社会主义文学-文化现象（1949—1966）》一书，提出了不大同于"反现代的现代性"的"革命中国"阐释框架。

（二）"人在历史中成长"

较之晦涩而多争议的"反现代的现代性"阐释框架，"人在历

---

① 曾令存、李杨：《"再解读"与"反现代的现代性"——当代文学学科史访谈录》，《中国现代文学研究丛刊》2011年第12期。

史中成长"的人物分析模式,是"再解读"提供给现当代文学研究界另一种理论创新。它源于巴赫金的狂欢化理论,但经李杨的转借与创造性运用,形成了特别适合社会主义文学的人物叙述分析。

早在 1993 年《抗争宿命之路》与《文化与文学》中,李杨就以《青春之歌》为例,阐释过社会主义现实主义文本中普遍存在的"人在历史中成长"的叙事模式。依他之见,"成长"有两种渊源,一是西方文学史上的"成长小说",如歌德的《威廉·迈斯特的漫游时代》,"要在德国把这一切建立起来,只能'创造'也就是使它从无到有地成长出来……(其中)个人的经历象征出整个国家与民族的变化,而个人真正成长为人。也总是因为他在小说的结尾终于找到了一种象征国家与民族的存在"①;二是巴赫金小说理论,"巴赫金说过,有一种很伟大的现实主义,主人公不是生活在一个时代里面,他处在两个时代之间的边际,所以,历史的发展与他的发展是同步的,伴随着一个新的历史的到来,也会有新的人产生出来"②。李杨撰写《抗争宿命之路》时,巴赫金《小说理论》尚未正式译介出版,他参考的是相关英文译本。据后来出版的《小说理论》看,巴赫金对此问题有相当细致的谈论。不过,巴赫金用于举例的,都是比较早期的欧洲故事与漫游小说,而不太涉及现实主义小说。但显然,后来的现实主义小说发展了这种"人"与"历史"相互生成的叙述。

由这两层渊源,李杨提出了他对现代中国文学叙事及其个人叙述的基本理解:"非西方要反抗西方,就必须组织起'我们'的性

---

① 李杨:《抗争宿命之路:"社会主义现实主义"(1942—1976)研究》,长春:时代文艺出版社,1993 年,第 55—56 页。
② 同上书,第 55 页。

质，即建立起一个现代民族国家"，即"必须把'中国'造出来，将处于自然状态、纷纭复杂的传统中国社会讲进一个有开头有结尾的故事中去"①。这一过程从人物叙述角度看，就是"描写一种主体从客体中生长出来的过程，主人公总是成为他或她依附的社群的象征，也就是说，社群的自我改造是通过个人的经历展现的"②。依我最初读到此段论述的感受，深以为这是当代文学研究有关社会主义文学新人叙述最具启发性的论断。大约15年后，李杨在一篇"再解读"论文中再次系统、完整地阐释了这种"人在历史中成长"的叙述模式：

> 对于巴赫金来说，"成长小说"里的"成长"，并不是仅仅是生物学意义上的长大成人，而是指人对"历史时间"的认知与把握。这种"成长"并不是在一个封闭的空间中完成，而是在"历史"中完成的。这样，"成长小说"讲述的就必然是两个层面的故事：一个层面是"人"——"个人"的成长，另一个层面则是"历史"的成长。"历史"是抽象的概念，它通过感性的"个人"故事得以"道成肉身"（incarnation）。也就是说，在这里，"个人"只是展示"历史"的工具和手段。——"情爱"只是"政治"的隐喻、象征，或者修辞。《青春之歌》的林道静正是这样一个肩负了历史使命的人物。……林道静的"成长"指的是她和"历史"的共同成长。一方面，作为个体的林道静在历史中长大成人，另一方面，历史——准确地说，

---

① 李杨：《抗争宿命之路："社会主义现实主义"（1942—1976）研究》，长春：时代文艺出版社，1993年，第28—29页。
② 同上书，第55页。

是"现代中国历史""寓于他（她）身上"，并通过他（她）完成。①

虽然这种发现渊源有自，但也足见当年身为青年学者的李杨的锐气与洞察力。围绕此种模式，李杨还谈及三层意思。（1）这种"成长"的出现，涉及真正的现代文学的出现，"如果我们认可巴赫金对'现代小说'的定义，将'成长小说'的出现视为'传统小说'向'现代小说'转化的标志，那么，《青春之歌》的出现就绝对是一个意味深长的事件"②。（2）此种个体"成长"，其作为社群本质的呈现与生成"只能通过找出传统、找出他性的方法来进行，也就是说将非现代的中国社会——主要是指中国农村的自然生存状况抽象为一种本质，这种本质是一种传统性，一种阶级性"③。如此"他性"寻找在两个向度展开：在比较早期，"他性"主要由具体时期的阶级/民族敌人承担，主人公通过与异己力量的斗争而获取本质，在此后社会主义建设时期，阶级/民族敌人已近于消失，"他性"开始转换为一种非无产阶级的思想意识。此种变化，用李杨的描述是："赵树理的《李有才板话》、周立波的《暴风骤雨》主要描述的是农民与地主的斗争，地主是作为农民的他性而存在的，但到了《创业史》的时期，农民又成为了无产阶级的他性，无产阶级需要通过与农民的斗争来确立自身。"④（3）"人在历史中成长"并非社会主义文学人物叙述的普遍特征，按照李杨对社会主义现实主义三

---

① 李杨：《"人在历史中成长"——〈青春之歌〉与"新文学"的现代性问题》，《文学评论》2009 年第 3 期。
② 同上。
③ 李杨：《抗争宿命之路："社会主义现实主义"（1942—1976）研究》，长春：时代文艺出版社，1993 年，第 123 页。
④ 同上书，第 131—132 页。

阶段——叙事、抒情、象征——的划分,到抒情阶段,"成长"实已淡出,或者说,新的"中国"已经确立,已无须通过个人"成长"来"道成肉身",叙述的重心则转向对已经完成"成长"的抽象本质——人民性——的充分呈现,使其周边"这个异在的、客观化的世界成为属人的世界,作为人的主体性的展现的世界",此即抒情,即"如何使世界诗意化、话语化的问题"①。

以上种种,是"再解读"潮流中李杨所提出的"人在历史中成长"之人物分析模式。当然未必符合李杨的原意,但此后不少研究都在此基础上有所补充,有所拓展。比如,"成长"中道德/阶级之"区分的辩证法"的介入,出现在《红色娘子军》尤其《铁道游击队》中的"交换式成长",都可从此延伸出去。

(三) 民间伦理秩序

若说在《再解读》所收诸论文中哪篇最具影响力,恐怕非孟悦《〈白毛女〉演变的启示》莫属。在此文中,孟悦以通透的理论视野,尤其以令人信服的文本细读,论证了民间伦理秩序在《白毛女》中的神奇存在。一般而言,《白毛女》是个寓言式故事,讲述了中国乡村的阶级生存及其结构翻转。但孟悦慧眼独立,认为这部歌剧中存在的不仅是政治化寓言场景,同时也在在皆是民间的道德图景。比如,在开场第一幕中,"从舞台布置到对话和情节安排都很合目的性地呈现着一个民间日常生活的和谐的伦理秩序,以及其被破坏的过程。大幕拉开,正是雪花纷扬的除夕之夜","杨白劳冒雪而归,带回了门神、白面和给喜儿买的礼物红头绳。邻居王大婶

---

① 李杨:《抗争宿命之路:"社会主义现实主义"(1942—1976) 研究》,长春:时代文艺出版社,1993年,第155—156页。

前来殷勤相请,话里话外透出两家关系的亲密无间,并提起喜儿、大春来年的婚事。这样的一些细节体现着一个以亲子和邻里关系为基本单位的日常普通社会的理想和秩序:家人的团圆,平安与和谐,由过年的仪俗和男婚女嫁体现的生活的稳定和延续感"①。与之相对,黄家则"一出场就代表着一种反民间伦理秩序的恶的暴力。黄家的每个场景都是反伦理、反普通社会的场景","黄世仁在除夕之夜借逼债之名,强霸人女"等"一系列的闯入和逼迫行为不仅冒犯了杨白劳一家,更冒犯了一切体现平安吉祥的乡土理想的文化意义系统,冒犯了除夕这个节气,这个风俗连带的整个年复一年传接下来的生活方式和伦理秩序"②。对此,敏感的读者当然可以感到黄、杨两家伦理资源的配置具有较强的人为性——贫穷未必意味着道德,富有亦未必天然含有"原罪"。何况,就文本自身而言也有不能完全自洽之处。如王彬彬即指出,如说年关对于杨家是吉利、和谐之时,对于黄家又何尝不是,黄家怎会选择在此吉利时刻去做晦气之事呢?这其实不无道理,可见解放区文艺对民间资源的确存在有意识的发现与挪用。实则自古以来中国观众即嗜爱"善善恶恶"的故事,这种单纯以至幼稚的道德分配技术很难呈现人心的复杂幽深,但又有谁敢于忽视它的客观的效果呢?显然,当年鲁艺团队在创作《白毛女》时注意汲取了此种"善善恶恶"的叙事经验。其实,中国革命要抑制乃至消除地主阶级,并非因为他们在道德方面低于常人(实则部分乡绅还是当地道德生活的典范),而是因为他们或者无关于农村生产力的提升,或者妨碍战争和国家工业化对于农村人力资源与物资资源的提取,但这些问题对于几乎不通文字

---

① 孟悦:《〈白毛女〉演变的启示:兼论延安文艺的历史多质性》,《再解读:大众文艺与意识形态》(增订本),唐小兵编,北京:北京大学出版社,2007年,第56页。
② 同上书,第57页。

的农民来说毋宁过于复杂，或者也不宜于公之于众。民众熟悉什么呢？当然是流传久远的好人与坏人的故事。于是，将地主阶级建构成违反民间伦理秩序的"坏人"，无疑是极为适宜的选择。《白毛女》于是出现孟悦所说的"只有作为民间伦理秩序的敌人，黄世仁才能进而成为政治的敌人"的因果逻辑：

> 黄世仁的反社会伦理是极端的，到了"仇"的地步。杨白劳的死和喜儿的被抢拆散了使普通社会的秩序赖以依托的基础：这个社会的基本单位（家庭）及其延续机制（婚姻）遭到了破坏。当黄世仁对民间社会秩序的冒犯变成对这一秩序的毁灭时，按照道德逻辑以及叙事原则，报仇成为必然的剧情发展规律。……政治运作是通过非政治运作而在歌剧剧情中获得合法性的。政治力量最初不过是民间伦理逻辑的一个功能。民间伦理逻辑乃是政治主题合法化的基础、批准者和权威。只有这个民间秩序所宣判的恶才是政治上的恶，只有这个秩序的破坏者才可能同时是政治上的敌人，只有维护这个秩序的力量才有政治上以及叙事上的合法性。在某种程度上，倒像是民间秩序塑造了政治话语的性质。这当然不是说民间秩序是政治话语的决定者。毋宁是表明，民间道德逻辑的运作与政治逻辑的交锋可以进行到怎样的程度。①

这其间埋藏着《白毛女》成功的巨大秘密，也是革命对左翼文艺改造的成功案例。实则从 20 世纪 20 年代开始，马克思主义就开始进

---

① 孟悦：《〈白毛女〉演变的启示：兼论延安文艺的历史多质性》，《再解读：大众文艺与意识形态》（增订本），唐小兵编，北京：北京大学出版社，2007 年，第 57—58 页。

入新文学并生成最初的"革命文学"。但其时作者艺术腕力不足，所作小说难以久传。及至茅盾出道，才写出《子夜》《林家铺子》等为后世文学史家称誉不已的作品。然而《子夜》阅读起来其实是比较乏味的。这倒不是茅盾不善心理描写或氛围渲染，而是他多少有些"原教旨马克思主义"的意识。马克思主义看待个体，着眼的是其在历史漩涡中不可把控的情欲与力量，并无道德上的特殊配置，没落者未必道德败落，思想先进者未必人品并佳。茅盾亦恪守此种客观性原则，并不特别在小说中设置"好人"或"坏人"，结果导致读者难以情感代入，自然难免乏味之感。《白毛女》则尊重民间，引入传统"善善恶恶"之法，并将故事冲突亦设置为伦理秩序的破坏与恢复。如此，即能勾起民间观众遥远而亲切的记忆。

孟悦对《白毛女》生产机制的发现，可谓新一时之耳目。后来陈思和教授以民间、庙堂、广场三维来结构文学史研究，大约与此也有关系。此后学术界对现当代文学（尤其"十七年文学"）中"民间隐形结构"等潜在因素的大量研究，也可说是由此发端。我在做文学本事研究时，对革命通俗小说中"斗"（不是"斗争"）之民间化的叙述机制的发现，也颇受惠于孟悦的启发。遗憾的是，由于学科分立，现当代文学、民间文学、民俗学在目前学术机制中分属不同专业，致使现当代文学研究者并不大关注顾颉刚、柳田国男等海内外民间文化研究著述，民俗研究者也无兴趣涉足当代文学，所以目前当代文学研究对"民间"资源的发掘整体而言还处在较为粗略的层面，有待新的有力的研究的出现。

以上民间伦理秩序、"人在历史中成长"、"反现代的现代性"等理论阐释代表了"再解读"诸学者最能予人启发的创新性阐释。此外，唐小兵在有关《千万不要忘记》阐释中提出的"日常生活的焦虑"命题，后来也常被后学援用。对此，唐小兵自述："因为它们提出了很深刻的问题,那就是现代性怎么样遭遇后革命时代的一些很基本的问题,比如说日常生活,城市化,以及由农村进入城市的革命力量怎样和城市打交道,怎样和城市进行一场博弈等等。"① 这当然提供了很可拓展的问题空间。如此种种,皆可谓"他山之石"。不过,"再解读"诸学者中除了李杨在比较系统地推进自己的理论命题以外,唐小兵、孟悦等学者似乎更喜欢学术"游击战"而较少有"深耕细作"的兴趣。这多少影响了他们学术思考的厚度。不过,所幸他们都有身为海外学者的巨大传播优势,灵光乍现的思考也能产生广泛影响力。

三、"再解读"的方法路径

(一) 从"新批评"到文化研究

从方法上讲,"再解读"在 1990 年代的出现,也是深具冲击效应的。其时文化研究方法在大陆学术界还相当陌生,但"再解读"以此方法骤然"空降",不能不引起广泛注意。不过,在唐小兵、孟悦所置身的北美学界,文化研究方兴未艾,堪称其时学术主流。若论创新,则是相对于此前流行于英美的"新批评"。出于对马克思主义社会历史批评的反拨,英美新批评拒绝文本以外的历史与社会,视作品本身而非作家为文学的本源,专注于文本语义分析。时间既久,其弊日显,自然也会引起新的反弹。对此,李杨言之颇详:

---

① 唐小兵、黄子平、李杨、贺桂梅:《文化理论与经典重读——以〈再解读——大众文艺与意识形态〉为个案》,《文艺争鸣》2007 年第 8 期。

"再解读"方法其实深受后结构主义思潮乃至文化研究的影响,甚至可以将其视为文化研究的一次实践。因为它完整体现出文化研究的基本原则,那就是将被"新批评"封闭的文本重新打开,重新进入社会与历史,这其实是"再解读"文章的共同选择。"再解读"的文章基本上都以"文学"作品为解读对象,但无一例外在文本中读出了政治,从文学分析进入到一种文化政治的讨论……在"新批评"那里,文本是目的,而在文化研究中,文本只是一个中介,只是我们进入历史和现实的一个工具而已。①

以此而论,"再解读"传入中国,对于刚刚在现当代文学研究界站定脚跟的"纯文学"观也构成了较大冲击。"重写文学史"思潮标举"纯文学"与审美性,力图将文学从"政治的婢女"的依附位置上解放出来,但此举尚未完全功成,就从斜刺里杀出"再解读"这匹黑马。兼之"再解读"的兴起原本即与海外学者对于"重写文学史"的文字暴力的不满有关:"如果说,'重写文学史'是将'红色经典'视为纯粹的政治运作的产物,而从'否定文革'的正确的历史政治立场出发对之进行拒绝和批判,那么'再解读'则试图对这种所谓的'正确的政治立场'保持一种超然态度",希望"以一种'客观'的态度去关注'红色经典'具体的历史生产过程"②。这种隐隐的分歧也是日后"重写"代表性学者王彬彬对"再解读"发起公开批评的重要原因。

---

① 曾令存、李杨:《"再解读"与"反现代的现代性"——当代文学学科史访谈录》,《中国现代文学研究丛刊》2011 年第 12 期。
② 郑焕钊、李石:《作为文化研究本土化实践的"再解读"思潮》,《江苏社会科学》2018 年第 1 期。

不过,"再解读"诸学者本身很难说是一个事实的学术圈子,加上有意选择知识化立场,故分歧最初并未明显表现出来。"再解读"给予学界的方法启发主要还是在于突破"新批评"、重建文本与历史之间的互动关系。对此贺桂梅有精彩解读:

> 当我们把文本放到其置身的语境中去的时候,这个语境本身也被我们重构了。也就是说,我们在讨论文本的时候,事实上是讨论在大的历史语境里面这个文本的意义和结构,以及它的生产机制。这个层面也许简单地说是"把文本历史化"。我更感兴趣的另外一个层面是"把历史文本化"。文学史研究最大的问题是可能会有一种人文主义式的关于历史的想象。认为先有一套确定的历史本质,然后文学作品就是这个历史的例证,或者说一个说明。但是当我们用《再解读》这样一种文化研究的视野去思考的时候,我们会发现文本是怎么样参与到历史的叙述里面。……那个历史是被我们建构起来的,而我们所分析的文本在其中占有很重要的位置。①

这个说法比较繁复,但很有新意,它将文本与历史视为互为建构的动态关系,使研究视野呈现内在的张力与博弈。不过,"再解读"是否做到了这一点其实不太好说,但 20 余年后兴起的"社会史视野"却明显存在这样的努力。

(二)编码/解码:意识形态机制分析

很长时间里,我们习惯于将一篇小说、一首诗看成一部"作

---

① 唐小兵、黄子平、李杨、贺桂梅:《文化理论与经典重读——以〈再解读——大众文艺与意识形态〉为个案》,《文艺争鸣》2007 年第 8 期。

品",看成作家心灵的自然流淌,甚至看成作家偶发的无法预判与追踪的灵光乍现。但文化研究不提倡如是眼光,或者说更希望换个角度讨论问题。譬如,为什么在1980年代作家讲述的知青故事往往都是村支书迫害女知青之事,为什么在新世纪"民国"成为普遍的怀旧/追忆对象?这些叙述,在文化研究看来可能就不是艺术灵感迸发的产物,而是特定时代"写就"的文本。即是说,一个时代这样讲故事而不是那样讲故事并非随机事件,而是有着内在的文化生产机制在起作用:

> 一旦阅读不再是单纯的解释现象或满足于发生学似的叙述,也不再是归纳意义或总结特征,而是要揭示出历史文本后面的运作机制和意义结构,我们便可以把这一重新编码的过程称作"解读"。解读的过程便是暴露出现存文本中被遗忘、被压抑或被粉饰的异质、混乱、憧憬和暴力。因此,解读的出发点与归宿必然是意识形态批判,也是拯救历史复杂多样性,辨认其中乌托邦想象的努力。①

很明显,"再解读"重心落实在意识形态解读之上。如果说文本生产是意识形态将某种编码输入其中的话,那么"再解读"则是识别其中的编码并将之解码。在此过程中,此前在编码过程中被删除、被改写的异质成分(如往往被改革开放文学"略"去的知青在农村的"偷鸡摸狗"、民国的饿殍遍地等事实)就充分呈现出来。由此,"再解读"不仅可以呈现历史原有的混乱与丰富,亦可深入发现、

---

① 唐小兵:《我们怎样想象历史》,《再解读:大众文艺与意识形态》(增订本),唐小兵编,北京:北京大学出版社,2007年,第15页。

理解特定时代的文化生产规则。

这种理解未知是否符合唐小兵的原意。比较起来，贺桂梅更精细地区分了三种"再解读"研究方式：

> 一种是考察同一文本在不同历史阶段的结构方式和文类特征的变化，辨析不同文化力量在文本内的冲突或"磨合"关系……（第二种）是讨论作品的具体修辞层面及其深层意识形态功能（或文化逻辑）之间的关联……（第三种）则试图把文本重新放置到产生文本的历史语境之中，通过呈现文本中"不可见"的因素，把"在场"／"缺席"并置，探询文本如何通过压抑"差异"因素而完成主流意识形态话语的全面覆盖。①

对于有兴趣借鉴者而言，这种区分深具可操作性。对于同一文本在不同历史阶段的结构方式和文类特征的研究，可涉猎者甚众。小说版本的演变，从小说到电影、电视剧的改编，乃至类似"白蛇传"这类民间故事的千年演绎，乃至"红色经典"的地方戏曲改编，皆可以"再解读"方式处理之，从中可见不同文化力量或不同时代话语在文本中的冲突、竞争与"谈判"。而对于文本具体修辞层面及其深层文化逻辑或意识形态功能之研究，可以孟悦《〈白毛女〉演变的启示》和李杨专著《50—70年代中国文学经典再解读》为借鉴对象，可适用于几乎所有与时代存在内在呼应关系的文本之上。至于透过对文本中"不可见"因素的呈现考察文本如何通过压抑"差异"因素而完成主流意识覆盖，同样是饶有意味的研究。譬如，在

---

① 贺桂梅：《"再解读"——文本分析和历史解构》，《再解读：大众文艺与意识形态》（增订本），唐小兵编，北京：北京大学出版社，2007年，第272—274页。

长篇小说《林海雪原》撰写过程中,东北巨匪们(谢文东、李华堂、马希山诸辈也曾是铁血抗日的"乡村豪杰")的真实身世与经历(本事)即往往被处理为"不可见"因素,因此"不可见",小说才能将虚构的许大马棒的历史假借到他们身上,并以之为前提讲述善恶、正邪冲突之故事。甚至,在新时期小说《小鲍庄》中,王安忆也通过隐匿原型所受社会主义尊老爱幼的教育,才得以虚构该村古老历史以及现实中行为的儒家根源,完成了1980年代新意识形态(文化保守主义)的建构。

如此种种,皆是"再解读"在方法上可以给人深刻启发之处。对其解读方式,李杨自称为"颠倒"的解读:

> 是一种仿佛颠倒了"由外及内"的社会历史批评的"由内及外"的方式——不是研究"历史"中的"文本",而是研究"文本"中的"历史",或者说,关注的不是"历史"如何控制和生产"文本"的过程,而是"文本"如何"生产""历史"和"意识形态"的过程。①

当然,能将"由外及内""由内及外"两种方式结合起来,更能见出文本与语境、形式与意识形态之间深刻的互动关系。不过这是一种研究上的理想主义,真要在实际研究中兼顾很不容易。对此,唐小兵也曾坦承,"在达到某种洞见的时候,我们实际上也就陷于一些盲点,一些新的不见和遮蔽,甚至可以说这些盲点和遮蔽是达到新的洞见的前提条件","我的解读并没有走出文本,没有全面考察

---

① 李杨:《50—70年代中国文学经典再解读》,济南:山东教育出版社,2006年,第367页

作品之外的、所谓非文学的运作，也没有看到周立波是一个除了作家之外还有其他身份的历史人物。他不仅是作家，还是一个革命干部，一个积极参加土地改革运动的共产党员"①。这其实也是多数"再解读"共同存在的问题。其产生缘由，则在于北美研究的动力主要在新的方法实验热情，而非对中国作家及其所处时代的深刻敬畏之心。而国内"再解读"学者当时也多是不愿或不屑于史料工作的新锐作者，不能真正"走出文本"也就势所必然。

四、"再解读"的偏缺及克服

（一）"超历史"的立场

对于"再解读"的偏缺，唐小兵自己也有所感受，比如未能充分做到中国传统的"知人论世"等。不过从学术界的反应看，唐小兵的顾虑并未成为同业者的顾虑。或者说，同业者对"再解读"思潮的顾虑在唐小兵未曾言及之处。如果说当初北美这批大陆留学生筹谋"再解读"意在纠正"重写文学史"思潮对于左翼-社会主义文艺毫不犹豫的掩杀，那么同业者的忧虑则在于这种"纠正"是否会导致"左倾"思潮的回潮。对此，郑焕钊、李石指出：

> 如果说"重写文学史"思潮对"红色经典"的否定和批判暗合了当时反对文革的政治意识形态，那么"再解读"作者们试图以搁置对"红色经典"的政治立场判断，而以文化研究的学术话语策略将"红色经典"重新拉回到人们的视野，这是否

---

① 唐小兵、黄子平、李杨、贺桂梅：《文化理论与经典重读——以〈再解读——大众文艺与意识形态〉为个案》，《文艺争鸣》2007年第8期。

也同样暗合了当时的左倾思潮？是否客观上也可能在当时所处的"后革命时代"重新点燃人们的革命热情？……这种合理性论证也可能造成对那个逝去的如今已遭到否定的政治时代的一种肯定。①

南帆也对此深表怀疑："这个新颖概念主持的文本解读会不会游离于文本的生产环境，尤其是掩盖了文本所依附的文化体制拥有何种权力等级？"②当然，这是比较温和的批评，王彬彬则有些出离愤怒："《千万不要忘记》表达的焦虑，刘少奇、周恩来、邓小平、陈云、薄一波等中央高层人士都不认可，但唐小兵却认为这个应时的'政治教育剧'表达的是全民性的'日常生活的焦虑'"，"如果唐小兵明白那时候广大的中国人过着怎样的'日常生活'，就该明白人们真正焦虑的其实是什么、应该是什么；如果我们明白那时候广大的中国人过着怎样的'日常生活'，就会明白，唐小兵的这番'再解读'是怎样的不着边际，又是怎样的冷酷无情"③。

不清楚唐小兵如何看待这种批评，但他未必有意重新肯定"已遭到否定的政治时代"，左翼-社会主义文艺于他更大的意义，可能在于可以提供学术创新的契机。然而这也给他带来另一种反向批评，此即贺桂梅所说的：

> 《再解读》在对待40代至70年代的时候，显然是在解构它……是的，它与那种纯文学的、启蒙主义的、告别革命式的

---

① 郑焕钊、李石：《作为文化研究本土化实践的"再解读"思潮》，《江苏社会科学》2018年第1期。
② 南帆：《现代主义、现代性与个人主义》，《南方文坛》2009年第4期。
③ 王彬彬：《〈再解读：大众文艺与意识形态〉初解读——以唐小兵文章为例》，《文艺研究》2014年第6期。

重写文学史是不一样，但是它也以某种方式加入到这种重写文学史思潮中来，因为它也在瓦解、解构那种革命话语的暴力性、压抑性影响。但是我觉得这种解构方式，这种批判方式是一种超历史的，或说非历史的方式。比如说，它是通过把50年代至70年代的历史命名为一些历史叙述或一些奠基性的话语构成来展开批判的，而并不特别关心40年代至70年代这段特定的历史当中它可能有的历史逻辑。我自己的感觉是，他们在做这种解构的时候，有点儿是站在"外面"进行解构。①

显然，贺桂梅的不满或期待与南帆、王彬彬等颇有差异。南帆担心"再解读"导致"左"的复燃，贺桂梅则期待"再解读"能于20世纪40—70年代自身的历史逻辑有更为贴近、切实的解释。面对这样两种方向几乎相反的批评，"再解读"估计难以适应。而这，意味着它的学术困境：它的立场的暧昧终究无法超脱于历史之外，然而纠缠其中的它似乎也未必真正能深入历史的内部。

（二）理论与文本的距离

提出这一批评的主要是王彬彬教授。他对"再解读"思潮中的唐小兵、孟悦、刘禾等学者都有专文批评。有些批评不免含有情绪，有些批评则确实指出了"再解读"的局限所在。以他的观察，"再解读"诸学者的研究不过是以时尚的西方理论对中国现代文学予以"强制阐释"：

---

① 唐小兵、黄子平、李杨、贺桂梅：《文化理论与经典重读——以〈再解读——大众文艺与意识形态〉为个案》，《文艺争鸣》2007年第8期。

> 唐小兵等人，掌握了西方现代的结构主义—后结构主义、精神分析、后殖民理论、女性主义等"各种文化理论"。他们要进行学术生产，便必须找到运用这理论的对象。中国现当代文学成了他们及锋而试的对象。……确实有那种人，理论是夹生的，对象是陌生的。唐小兵对现代西方理论掌握得如何，姑且不论。但唐小兵对中国现当代文学史、政治史，的确是知识不足的。要对中国现当代文学发表看法，并且是新颖的看法，却又对这对象并不真正了解，于是就想当然，当然是依据手中的理论框架而对中国现当代文学想当然。这种想当然的再解读，通常是用中国现当代文学来印证西方现代理论。①

唐小兵等未必接受这类猛烈批评，但"再解读"是否存在王彬彬所言的"绕脖子"毛病呢？其实多少是存在的。海外学者身在北美，所循自然是北美学界的风气，习于以理论驰骋文本之上，兼之在国外资料收集的不便、学术氛围的非中国化，他们对"文本周边"乃至文本自身所裹挟的错杂纠葛的历史情势势难有深入了解，或者于顾盼自雄中也没兴趣去做深入的了解。这使他们的研究既新见迭出、见人之所未见，又往往与中国现代文学及历史事实存在一定距离。唐小兵的"反现代的现代性"之说，即因此多少有些"绕脖子"的缺憾。

此外，王彬彬还以文本细读方式指出"再解读"的不合情理之处。比如，针对孟悦在《〈白毛女〉演变的启示》一文中提出的"民间伦理秩序"，他认为《白毛女》并不存在所谓"民间"，因为

---

① 王彬彬：《〈再解读：大众文艺与意识形态〉初解读———以唐小兵文章为例》，《文艺研究》2014 年第 6 期。

"政治宣传意识"牢牢控制着剧本的改写:

> 这第一幕第一场,就明显有着为传达某种政治理念而胡编乱造的痕迹。写杨白劳与王大婶"就在这儿包吧"、"还是过去包吧"的礼让,目的是表现穷人之间的亲如一家。但在传统的中国社会,过年是家庭团圆的时候,各家各自关门过年,再亲近的邻居,也不会几家一起吃团圆饭。大年夜上门逼债,也不合传统社会的实情。门神一贴,要债者便不得上门,这是一种古老的习俗。黄世仁是大地主,大年夜对于他家来说,当然也是一年中最重要的时分。这一夜,家中应该充满喜庆、祥和的气氛。吃过年夜饭便去逼债和强夺民女,即便对于黄世仁这样的恶霸,也是不可思议的。……(这)也打破了自家的平安与和谐,破坏了自家过年的喜庆气氛。按中国人的传统观念,这是十分不吉利的。黄世仁为了一个其实并不真在意的喜儿,有必要这样做吗?①

这的确可说是《白毛女》剧本的一点可议之处。如果当年编剧人员能够见到这样贴切的意见,当能把剧本处理得更为妥帖一些。不过,这种批评并不大影响孟悦立论的合理性,因为使用道德反推技术将地主、资本家等反面人物塑造为民间伦理意义上的敌人/坏人,实是此后社会主义现实主义叙事的不易之则。而且,孟悦在文中更多持一种知识化立场,即尽力分析这个流传甚广的剧本内部的"文学家的技艺",但对此技艺本身却并未呈现明显的价值评判态度。

---

① 王彬彬:《〈再解读:大众文艺与意识形态〉初解读———以唐小兵文章为例》,《文艺研究》2014 年第 6 期。

王彬彬的批评还涉及很多细节问题，往往锐利而又可能引起争议，此不多论。但这类批评的确反映出国内坚守自由主义立场的知识分子，对左翼-社会主义文艺"不屈不挠的斗争"的态度。不过就"再解读"思潮自身及欲从中借鉴者而言，尖锐批评的存在，本身也提供了一个反思和改进的契机。

（三）重建"文本周边"

那么，对于青年学者而言，在借鉴、学习"再解读"之理论创新与方法路径的同时，又有哪些地方需要予以避免或改进呢？以我浅见，重建"文本周边"甚为必要。"再解读"以文化研究方法介入文本，所凭借者即是一个文本（小说或剧本等），一套锋利的"理论手术刀"（后结构主义、西方马克思主义等等），以及作者本人娴熟的理论解释能力。此种方法，在海外汉学研究中自是例常操作，传播至国内一般也不会有大的问题，但当它暴得大名并冲击到国内学术界的某些共识或底线时就会引起纷争，其理论与方法中的固有局限也会因此成为公开谈论的对象。以国内学术经验看，"再解读"不大注意后来当代文学研究极其强调的"历史化"问题，不大注意一个文本之酝酿、写作、修改、出版、改编、传播等具体生产链条，也较少深入考察文本所置身的具体社会情势或政治局面。这当然会引起"超历史"之弊端。对此，借鉴目前国内比较成熟的文学制度研究或"重返八十年代"的历史分析方法以重建"文本周边"，甚有必要。

重建"文本周边"，意味着我们在借鉴"再解读"方法时，要拓展信息范围，最大程度地占有更多生产、传播史料。比如，对于《青春之歌》这样的文本，所应了解的就不应局限于这部小说自身的故事，而应充分考虑到杨沫撰写这部小说的公开动机与隐秘动机,她的革命/情感经历,她的身体伤痛,她与当年深恋情人路杨(卢嘉川原型)在石家庄医院中的意外重逢、她与父母的关系,以及小说出版过程中的波折,以及1950年代的文化环境与特定政治形势,诸如此类。这些事实和材料,密密麻麻,丛集于"文本周边",和文本一起构成我们的研究对象。只有这样,我们对文本的"再解读"才可能更贴切,更能从其自身发现问题而非从外面强加问题,也就能避免王彬彬所批评的"削足适履"或"补足适履"("履"者,理论之履也)的局限性。

当然,重建"文本周边"的目的并非研究技术的完善,而在于贴近历史中的文本,理解文本自身的叙述逻辑以及它所置身的历史的内在发生逻辑。对此,贺桂梅曾反思说,"我们在任何解读中都不能避免意识形态的立场,我也考虑进到这个意识形态里面去,不是站在外面,而是尽量地去理解它的逻辑。比如,假如我们讨论《青春之歌》,戴锦华老师那种讨论是非常精彩的,她是从修辞层面进入,将小说读解成一个女人和四个男人的故事。我觉得,这种思路相对文本而言就显得'外在'。因为假如我们转换一个角度,意识到在产生《青春之歌》的文化语境当中,人们有关于革命主体有一种基本设想,即可以通过实践去创造一个'新人',那么我们对《青春之歌》的书写逻辑的理解可能就会多一些"[1]。这当然是对"再解读"提出更高的希望。应该说,"再解读"诸学者并非没有以"内在"方式去理解对象,只是因为疏于对"文本周边"的考察,或因为主要用于个案分析而较少系统思考,而于此层收效不够显著而已。

---

[1] 唐小兵、黄子平、李杨、贺桂梅:《文化理论与经典重读——以〈再解读——大众文艺与意识形态〉为个案》,《文艺争鸣》2007年第8期。

整体言之，作为一种具体研究方法，"再解读"及其旋风般的冲击效应，今天都已逐渐归于平静，并逐渐有进入研究史的趋势。不过，不但李杨、戴锦华等学者仍活跃在一线研究，而且其基本方法已内化到今天诸多年轻学者的研究之中。甚至可以说，今天80后、90后学者中出现的"回归左翼"的趋势，"再解读"思潮也曾有不少助力。今天之欲从事学术的年轻学子，有必要深入体察"再解读"思潮的方法创新与理论创见，且必能从中受益。

推荐阅读

唐小兵：《我们怎样想象历史》

孟悦：《〈白毛女〉演变的启示：兼论延安文艺的历史多质性》

李杨：《"人在历史中成长"——〈青春之歌〉与"新文学"的现代性问题》

戴锦华：《〈红旗谱〉：一座意识形态的浮桥》

黄子平：《病的隐喻与文学生产——丁玲的〈在医院中〉及其他》

第五讲

文学制度研究

在中国现当代文学研究领域，文学制度研究的兴起，在 21 世纪初几乎是突如其来，且由于这个学科"僧多粥少"内卷局面长期存在，一时趋入其中者甚众，在出版、组织、传播、接受体制研究等方面都取得了颇为扎实的成绩，尤其是在 20 世纪 50—70 年代文学制度研究方面。有爱之者甚至私下认为，当代文学研究这些年的主要成绩就在这一板块。这当然出自特定的学术态度，但也客观表明文学制度研究在方法上的可靠性及其被认可的程度。就初入学术门径的学子而言，文学制度研究颇可借鉴，更值得深入实践、尝试。

一、制度研究的缘起

（一）洪子诚的"问题与方法"

今日文学史家回顾当代文学研究中"文学制度研究"的异军突起时，往往会将其"草蛇灰线"追溯至韦勒克、沃伦的《文学理论》一书。该书最早是由生活·读书·新知三联书店 1984 年出版的"灰皮本"。这部著作比较特别，专门开辟了"外部研究"部分，以与"文学的内部研究"相区分。不过，此书所谈"文学的外部研究"包括"文学和传记""文学和心理学""文学和社会"等内容，与寻常社会历史批评、心理批评并无大异，很难说对 20 年后当代文学制度研究的兴起有何实质性影响。21世纪以来从事文学制度研究的学者,其实大都是受洪子诚先生的启发。

当然,在洪子诚《50至70年代中国文学》《问题与方法》等著述出来以前,王晓明曾发表过名为《一个杂志和一个"社团"——重评五四文学传统》的文章(1993年),给人印象深刻。王晓明说:"每看见'文学现象'这四个字,我头一个想到的就是'文本',那由具体的作品和评论著作共同构成的文本。但是这不是惟一的文学现象,在它身前身后,还围着一大群也佩戴'文学'徽章的事物。他们有的面目清楚,轮廓鲜明,譬如出版机构、作家社团;有的却身无定形,飘飘忽忽,譬如读者反应、文学规范。他们从不同的方面围住了文学文本,向它施加各种影响……今天重读20世纪中国文学的历史,就特别要注意那些文本以外的现象。"① 此文即从《新青年》和文学研究会入手,对"五四"文学传统及其所塑造的知识分子精神特征做了整体反思。角度独特,为人所不能为,在方法上非常新人耳目。不过其时"重写文学史"正席卷学界,"再解读"也很快从香港向内地传播,众声喧哗之下,此文毕竟孤木难支,并未形成媒介社团研究的风气。大约六七年以后,"重写""再解读"风潮渐歇,报刊、社团、组织、读者等则忽然变得引人注目,并形成了至今仍有活力的文学制度研究。

在此过程中,洪子诚先生起到了关键作用。在今天学术界,洪子诚也被目为现当代文学制度研究的开创者、引领者而广受尊重。那么,洪子诚是如何注意到此前很少有人关注的文学制度问题的呢?据他回忆,早在20世纪80年代,有两件事情给他留下深刻印

---

① 王晓明:《一份杂志和一个"社团"——重识"五·四"文学传统》,《上海文学》1993年第4期。

象。一是他在中国社会科学院文学研究所内部刊物《文学研究参考》上读到尹慧珉的一篇文章《旧事重提》：

> 她引了论文（按：指1962年伦敦会议论文）中这样的说法："如果和事实上的控制相比，我们倒不必在毛泽东的文学理论上多所争论"，"从我们的观点看，对中共文学的任何评论，都离不开控制问题"；而这种控制，在很大程度上又转化为作家写作的自我审查，导致"没有给作家留下在创作上犯错误的余地"。对80年代中国大陆的当代文学研究者来说，"控制"自然不是什么新鲜话题，但自我控制、自我流放（或苏珊·桑塔格在谈及卢卡奇时说的"内部流放"）的说法，当时却富启发性。①

另一件事，是当时一则有关中美作家圆桌会议的报道中提及的中美作家生活/写作方式的差异：

> 当得知大陆作家都隶属某一单位，即使长时间不写作、不发表作品生活也基本无忧的时候，有美国作家开玩笑地说，我们很想到中国去当作家。面对这样的反应，当时大陆作家想必错愕，进而也会有另一番美国作家所不能了解的苦涩。这种反应引起我注意的是，两种制度下作家经济收入所构成的生存条件，和对写作产生的影响，超出我原先的单一想象。后来读埃斯卡皮的《文学社会学》，他谈到文学结构与社会经济结构关系，和作家的社会经济地位时，比较了资本主义国家与社会主

---

① 洪子诚：《当代的文学制度问题》，《中国现代文学研究丛刊》2015年第2期。

义国家的不同，说在西方国家，即使发达的国家，也只有少数人能从专业文学活动中获得同技工相等的，或高于技工的收入，而在社会主义国家，作家和所有劳动者那样有着经济的保障。但是，他接着说，这种保障又导致"文学过程"（写作、发表、传播、评价）与管理、控制文学的机构之间的矛盾、对抗更为明显，也"更令人难堪"。①

此外，还有张贤亮拒绝修改《绿化树》结尾章永璘踏上红地毯的细节，以及1957年民盟中央副秘书长叶笃义的"右派"言论——"造成政治地位超过一切，并且代替社会地位。过去是行行出状元，现在是行行出代表（人民大会代表），行行出委员（政协委员）……因之，造成了人们都是从政治地位来衡量一个人在各行各业地位的高低"，如此种种材料，都曾引起洪子诚的注意。不过在1980年代这些材料尚未形成"化学反应"进而呈现"文学制度研究"的可能性。一直等到1990年代中后期，这种新的学术增长点才成为可能。

1997年，洪子诚出版了后来影响巨大的教材《中国当代文学史》。在此文学史中，他前所未有地设置了一章"文学规范和文学环境"，尤其"刊物和文学团体""'中心作家'的文化性格"等节，触及过去研究很少注意的"外部研究"。对此，他表示：

> 出于政治、道德、宗教、社会秩序等各种原因，国家、社会组织往往通过各种方式，对文学写作、出版、阅读，加以调节、控制。这存在于不同社会性质的国家之中。在50至70年

---

① 洪子诚：《当代的文学制度问题》，《中国现代文学研究丛刊》2015年第2期。

代的中国，作家的文学活动，包括作家自身，被高度组织化。而外部力量所实施的调节、控制，又逐渐转化为那些想继续写作者的"自我调节"和"自我控制"。①

虽说在"不同性质的国家"之中都可能出现这样的调节与控制，但50至70年代中国给人的直观印象无疑更切近此种判断。也因此，洪子诚在此后研究生教学中就20世纪50—70年代的刊物、组织、出版等做了专门讲述。这些课堂讲义后来结集为《问题与方法》出版，对于全国急欲寻求新领域的青年学者产生了强烈的冲击与吸引。持续至今的当代文学制度研究热潮由此发端。

（二）文学制度研究的兴起

严格说来，泛文学制度研究在中国大陆学术界并非全新物事。在古代文学中，这甚至可说是比较常见的研究对象，比如傅璇琮先生早在1986年就出版专著《唐代科举与文学》。此后，古代文学学者研究科举制度、谏议制度、文馆制度等与文学之关系，就颇为多见。不过在现当代文学研究中，将组织机构、刊物、报社、读者、稿酬等"外部问题"系统引入研究范围，则确实属于"新鲜事物"。

当然，与洪子诚对文学制度的关注相呼应，学界也很快关注到西方学者有关"文学制度"的理解与界定。对于何为"文学制度"，加拿大学者斯蒂文·托托西曾这样界定："文学制度"这个术语"要理解为一些被承认和已确立的机构，在决定文学生活和文学经典中起了一定作用，包括教育、大学师资、文学批评、学术圈、自

---

① 洪子诚：《中国当代文学史》，北京：北京大学出版社，1999年，第23页。

由科学、核心刊物编辑、作家协会、重要文学奖"①。这是就文学而言。比较起来，布迪厄关于艺术的理解更为细致：

> 作品科学不仅应考虑作品在物质方面的直接生产者（艺术家、作家等等），还要考虑一整套因素和制度，后者通过生产对一般意义上的艺术品价值和艺术品彼此之间差别价值的信仰，参加艺术品的生产，这个整体包括批评家、艺术史学家、出版商、画廊经理、商人、博物馆馆长、赞助人、收藏家、至尊地位的认可机构、学院、沙龙、评判委员会等等。此外，还要考虑所有主管艺术的政治和行政机构（各种不同的部门，随时代而变化，如国家博物馆管理处、美术管理处，等等），他们能对艺术市场发生影响：或通过不管有无经济利益（收购、补助金、奖金、助学金，等等）的至尊至圣地位的裁决，或通过调节措施（在纳税方面给赞助人或收藏家好处）。②

不过，批评家、出版商也好，刊物编辑、评判委员会也好，都并不直接是文学制度，而是文学制度生成过程中错综复杂的介入力量。正是在这种种复杂的"力的多重作用"下，才形成在文学组织、生产、出版、传播等层面有关文学价值与行为规范的"共识"。此类所谓"共识"，可以表现为公开的规范和条文，也可能表现为潜在的"心照不宣的协议"，后者亦被称为"无形的文学制度"。

有了布迪厄"文学场"理论以及哈贝马斯"公共领域"理论作

---

① 斯蒂文·托托西：《文学研究的合法化》，马瑞琦译，北京：北京大学出版社，1997年，第33—34页。
② 皮埃尔·布迪厄：《艺术的法则：文学场的生成和结构》，刘晖译，北京：中央编译出版社，2001年，第276—277页。

为可以借鉴的资源，有了洪子诚的提倡与"路线图"之勾勒，文学制度研究很快在现当代文学研究中兴起。其研究尤其集中在20世纪50—70年代文学研究，甚至使这一阶段文学打破"重写文学史"思潮的掩埋，再度成为本学科的学术热点。

在这股持续至今的当代文学制度研究热潮中，出现了一些有一定代表性的研究著作：（1）《中国当代文学制度研究（1949—1976）》，王本朝著，新星出版社2007年版；（2）《中国当代文学制度研究（1949—1976）》，张均著，北京大学出版社2011年版；（3）《中国当代文学传媒研究》，黄发有著，人民文学出版社2014年版；（4）《城市文艺的重建（1949—1956）》，王秀涛著，上海文艺出版社2021年版。此外，丁帆教授还组织研究团队，完成了《中国现当代文学制度史》（2020）。一般认为，这些研究都是受洪子诚影响而兴起，但王本朝教授的研究其实颇早，他在2002年即已出版《中国现代文学制度研究》一书。可以说，他之从事文学制度研究，起始时间可能并不晚于洪子诚。洪子诚、王本朝的研究，系统、周全，为后来的研究确立了基本的研究范围与研究方法。这些当代文学制度研究，皆是承此而下，但期望尽可能广求史料并在方法上有所不同。比如，张均认为体制/个人、官方/民间这种新启蒙思维并不能穷尽文学制度的全部复杂性：文学制度的形成与运用，可能为国家力量所支配，也可能被寻求独立性的知识分子所用，还可能为观念分歧之外的势力冲突、私人恩怨所用。如此种种，皆是希望有所新意，但受限于一些客观和主观的缘由，这些想法未必能完全落实。比较起来，黄发有、王秀涛两位学者对于史料的热情与深入的功夫，更令人叹服。黄发有教授收集有上千张稿酬单以及审稿意见，王秀涛教授身居京城却能与浮华拉开距离，潜心耙梳各种资料、档案。两位学者深入材料的程度，在当代文学研究者中并不多见,他们的研究夯实了当代文学制度研究扎实、可靠的学术品质。

当然,从事当代文学制度研究的学者并不止于以上诸人。如吴俊教授对"国家文学"概念的提出与论证,斯炎伟教授对文学会议的专题研究,武新军教授对文学报刊的研究,都能予人启发。不过,"当代文学研究方法"课程设置的初衷并不在于做严格的学术史梳理,它的真正兴趣在于:假如我们今天继续投身当代文学制度研究,还有哪些具体领域与对象可以一展拳脚呢?

二、制度研究的疆域与拓展

(一)文学组织制度研究

文学组织制度涉及的是作家以何种社会形式组织起来,形成怎样的人与人、人与社会、人与文学之关系。这是研究文学制度可以最先着眼的领域。在中国现代文学时期,文学组织制度比较突出的表现是社团机制的存在:

> 中国现代性文学的基本格局,是以文学社团和文人集团为单位建构的。现代文学社团蜕变于传统的文人结社的根基,发展于近代社会变革,并从外来文化、文学的社团模式里得到借鉴,从而完成了自己的形态。五四时期是一个社团繁荣的时期。据粗略统计,形形色色的大小社团约有400余个。文学研究会、创造社、太阳社、新月社、语丝社、浅草社、沉钟社等文学社团的文学活动对传播各种西方文论如批判现实主义、无产阶级文学观念、浪漫主义、象征主义等文学理论起到了明显的推动作用,也导致了文学理论的论争和论战,进一步推动了

文学理论建设。①

现代文学的这种社团机制,有时以文人结社形式形成(如创造社、新月社等),有时以文坛领袖(如胡适、鲁迅、周作人等)或某一刊物(如《七月》)为中心无形聚集,形式比较多样,但无疑都深度影响了文学创作与文学批评。

1949年后情况则发生明显变化。其最根本变化,则是单位制度的出现。这种单位制度至今仍是中国社会生活的突出现象,被称为"体制内",学界对其历史作用与现实价值的评价存在明显分歧。但在1950年代,它源于中国共产党一直以来的"组织起来"的战略设想。一盘散沙、缺乏基层控制,被孙中山认为是传统中国极端落后、徘徊于亡国灭种边缘的重要原因,故集中全部人力、物力立国、建国就成为中国共产党可取的选择。此即1949年9月毛泽东在中国人民政治协商会议上所言:"我们应当将全中国绝大多数人组织在政治、军事、经济、文化及其他各种组织里,克服旧中国散漫无组织的状态,用伟大的人民群众的集体力量,拥护人民政府和人民解放军,建设独立民主和平统一富强的新中国。"② 这种"组织起来"的现实表现,即是新中国在城市普遍采取单位制度。新中国成立以后,知名作家基本上都进入了各种单位。比较集中的,是从中央到各省市的作协、文联等机构。当然,也有大学、出版社、文艺刊物(通常隶属于文联、作协等机构)、研究所等机构。比较例外的,是柳青到陕西长安县体验生活、周立波到湖南益阳体验生

---

① 邱运华、胡疆锋:《文学制度视域中的中国现代文论研究》,《南京社会科学》2008年第2期。
② 毛泽东:《建国以来毛泽东文稿》,第1册,北京:中央文献出版社,1992年,第11—12页。

活,皆将户口及妻小一并迁往该地,从组织关系角度看,这就大致脱离了文化单位。不过他们在当地仍有隶属单位和职务(如柳青之担任长安县委常委),且仍参加当地作协、文联的活动。

目前学界对于当代文学组织制度研究已有比较好的基础与成绩,如有关文艺机构的研究,有关文学会议的研究,有关稿酬制度的研究,都有不少著述公开发表或出版。当然,这些研究也都还有扩展、细化的空间,尤其中央之外大区、省市文艺机构及其文学活动的沿革,若有意发掘,当有大量有价值的史料可供整理与研究。但这些都属于对当前研究的顺延展开,但仍另有三个方面,或属于打开思路,或属于挑战新领域,皆可尝试为之。

(1)正面总结组织制度经验。这种研究存在难度,因为它多少是在挑战目前学界的共识。目前学界认为组织机构本身即是限制性的,"中国共产党在城市地区的政治体系,最重要的组织机制之一,就是将个人紧紧地绑在某'单位'之上"①,作协、文联等文艺机构对于创作的影响也被认为主要是负面的,"在公有化、体制化改造的过程中,作家身份的获得,需要经过各级作家协会的认可,他们的工资收入、福利待遇和社会政治地位,形成了对外部世界的某种依附性。文学实践活动必须在国家意识形态的框架内进行,作家的身份才能得到确认"②。这当然是切合实际的判断,相关案例可以列举很多,但组织制度是否也存在一些正面的经验呢?答案是肯定的,这从当前作家对于作协主席、副主席等职位的激烈竞争可见一斑。不过无论是在当年还是在现在,很少有作家会公开谈及自己对

---

① Flemming Christiansen、Shirin M. Rai:《中国政治与社会》,台北:韦伯国际文化出版有限公司,2005年,第167页。
② 陈伟军:《著书不为稻粱谋——"十七年"稿酬制度的流变与作家的生存方式》,《社会科学战线》2006年第1期。

体制的向往以及从中获益之处。那么,文艺机构之于文学的利好表现在什么地方呢?最主要的,是可以为作家提供很好的写作保障与生活保障,以及由此而来的身份认同和社会地位。当然,后者当事者多隐而不言,前者则不难经观察看出:

> 从功能上讲,城市单位履行着极其重要的保障功能与供给功能。个人生存与发展的资源基本上都是从单位索取,而不是依靠自身的努力和社会的赐予。一旦进入一个单位,则意味着获得了充足的、持久的保障机制。[①]

显然,如果没有组织帮扶,高玉堂、陈登科、李晓明等作者根本不可能登上文坛,柳青、周立波、邵丽等不同时代的作家也难以获得"挂职"体验生活的便利。甚至,"工农兵文艺"作为中国文学史上一种前所未有的文学类型亦很难"成活"。实则在新中国刚成立时,来自解放区的"工农兵文艺"虽能一时激起城市读者(观众)的新鲜感,但很快即遭遇"审美疲倦"。但正因为有组织的强力扶持,"工农兵文艺"才有机会存活下来,并在后续发展中逐渐凝练出自己的上乘之作,且有效地塑造了社会主义新文化。这极大拓展了中国传统士大夫文学悲秋、悼亡、伤不遇等主题,使其范围变得浩大,格局变得宽阔。就个人而言,组织制度也可彻底改变个人命运。20世纪50—60年代,在全国青年中间曾出现持久不衰的写作热潮,一份普通刊物每月收到几千份来稿颇为常见。其原因,即在于写作在当时已成为不多见的"暴利行业",随便一个中短篇小说的稿费即能抵上上半年或更多时间的工资收入。若有一两篇小说小

---

① 刘建军:《单位中国》,天津:天津人民出版社,2000年,第20页。

有名气，还很可能得到通过其他渠道很难获得的户口编制乃至干部身份。如此福利甚至延续到了 1980 年代：莫言因为写小说提干，阎连科则因话剧获奖在复原返乡的车站月台上接到了提干通知，其情形几近于现代版的《范进中举》。如此种种，皆可系统地发掘、整理并予以研究。近年学界以自由主义为主导，对文艺组织制度的建设性作用言之甚少，这恰好给新的研究提供了机会与空间。

（2）文学派系研究的可能。"派系"是西方政治学习用概念，指的是以相近观念尤其共同利益纽带联系起来的非正式群体。依古人说法即为"朋党"，依现代研究也可称为"宗派"，意思比较接近。这可说是文学组织制度中非正式的类似于"潜规则"的部分，但它的确广泛存在。比如，在 1950 年代即有"胡风派""丁玲派"的说法。不过在中国传统中，"朋党"也好，"宗派"也好，都是贬义词语，但凡人活着便有公开的"××派"之说多半是因此人失势或被人构陷，而未必是事实（譬如当年政治批判中出现不少"××反革命集团"其实并无其事），相反，真正势力庞大、占据要津的派系，反倒无人敢于提及，多数人都趋而奉之甚至希望加入其中，最典型的莫如贯穿"十七年"始终的"周扬派"。应该说，文艺界如同其他社会领域一样，"派"的存在极为常见。不过，在学术研究中，涉及文学派系者极少。推其缘由，一则是认为派系问题为不足道也不必道的"非文学"问题，是文学研究理应"滤除"的杂质，二则是涉及敏感。此处"敏感"既包含政治敏感，也包含道德敏感。就后者而言，中国素有"为贤者讳"的传统，当事者后人、弟子更有为先人、师长塑造完美道德形象的强烈意愿，而派系问题涉及的多是有成就者的幽暗心理及诸种未必可以见光的行为。所以有关派系研究即便完成，也往往面临被刊物和出版社要求删改的压力。这是研究中客观会遇到的困难，故可否研究、是否值得承受这样的压力,还是需要研究者自己做出适当判断。单从学术本身着眼,派系视角非常值得引入。道理比较明白:文学并非只由文学文本构成,"文本周边"的诸种介入力量都需细加考量,派性因素自为其一。实际上,诸多文学制度的形成、文学概念的提出、文学论争的发生、文学传播与接受的过程,都与派系运作存在深刻关联。比如,"大写十三年"的提倡以及毛泽东的"两个批示",如只着眼于其具体文字内容,会觉得完全不能成立,但若了解其来龙去脉以及其中复杂的政治/人事纠葛,观感会大有不同。当然,世上万事皆有其内在曲折,如要一一了解清楚,对有些人来说可能也是精神上的"折磨",但对于了解信息相对多一点的研究者而言,看到通行文学史上教材上对于"大写十三年""两个批示"的"提纯"式的介绍,也会觉得过于寡淡,有误人子弟之嫌。总的来说,派系问题是文学组织制度的"非正式"部分,有兴趣且敢于"徒劳无功"者的确可以深入其中。

(3)改革开放时代文学组织制度研究。目前,文学制度研究主要集中在"前三十年",对于改革开放时代文学组织制度研究则相对薄弱。这大约与研究者对权力集中的反思热情更高有关。但改革开放四十多年,作家、出版人、媒体运作人等等,其间组织、运作的方式较过去有承、有发展,但总的来说更趋复杂。一方面,虽然进入1980年代以后,文学与政治关系松绑,兼之市场化网络写作兴起,一度给人感觉"作协"等文艺机构的魅力与影响力大不如前,如不断有"××声明退出作协""××无意加入作协"之类传闻。不过,21世纪以后,肉眼可见的是,新时期几乎所有有一定成就的作家,都有了各类"主席""副主席"身份,关于一些重要"主席"身份也不时有竞争、摩擦的传闻。传闻是否可靠难以确定,但折射出来的事实是,作家对正式组织身份很为看重,其程度甚至未必下于"前三十年"政治化时代的作家。另一方面，自 1990 年代末期以后，网络写作逐渐兴起，甚至成为影视生产的主要来源。尤其是，网络写作的现实传播力与经济收入皆非传统作家所能望其项背。这其间，资本作为一种新的介入力量，深度改变着作家身份认同并形成新的组织形式。这一过程怎么发生、资本与权力形成怎样新的平衡，皆可深入研究。此外，作家进入大学任教，亦成为引人注目的新现象。北京师范大学、中国人民大学、复旦大学、南京大学、中山大学等名校都曾成功地引进作家担任专职教授。而在"前三十年"，作家不大愿意进入大学，如胡风当年就无意到清华大学任教。这一变化是怎样发生，对作家心理与写作又会构成怎样的影响，也颇可以研究。当然，研究改革开放时代文学组织制度，也面临着自身难度。这既表现在讨论的边界，也表现在资料取证的难度。虽然改革开放是眼前、身边之事，但许多事实反而属于不可言、不必言范围，材料获得难度可能要大于预期，其下结论的分寸掌握难度也可能不亚于外交辞令。这是欲涉足此领域的研究者事先应该预知的。

（二）文学出版制度

文学出版研究，由于与文学生产关系最为紧密，所以在文学制度研究中最受重视，国家社会科学基金对此支持力度也很大，黄发有、武新军等学者先后获得与报刊有关的国家社会科学基金重大项目，未来当有重量级成果出现。那么，后来者空间何在呢？其实出版制度既抽象又具体，具体对象十分广泛，目前研究所涉及者约在十分之一二。比如，以关注较多的 20 世纪 50—70 年代文学杂志为例，当时中央、大区、各省市文学杂志约在 160 余种（不含各类"红卫兵小报"），目前被专门研究者约 20 余种，而且多数都反复集中在几种"名刊"之上。以此而论，后来者可着手处并不为少，可略述之。

（1）出版体制研究。出版政策涉及出版社、报刊杂志管理体制与运作体制，目前已都有一定涉及，但将之予以深入"历史化"之处理的还不多见。这给有志于此的学者留下了继续拓展的空间，但后来者亦须在几个方面细加留意。（i）史料之深入掌握。关于出版史料，15 卷本的《中华人民共和国出版史料》算是比较方便的工具性资料集了，但出版体制研究并不止于公开政策文件，而更多涉及各出版行动主体的具体操作。这些实际做法与经验未必都可见之于公开发表的文字，这就需要研究者下更大工夫。黄发有在这方面做的工作深值得学习。在《中国当代文学传媒研究》一书"后记"中，他说：

> 在本书的写作过程中，我曾经访问了国内重要文学期刊、文学出版机构的编辑家与出版家，并发表了十余篇访谈录。至于在会议期间进行沟通与交流的媒体圈人士，那更是可以列出一长串的名单。在此要特别感谢他们所提供的第一手资料和宝贵信息。①

材料占有历来为学术研究之要务，出版体制研究亦不例外，诸如版税、稿费、审查意见等史料，多多益善。（ii）新中国 70 年贯通之研究。目前而言，当代文学研究的 70 年贯通意识并不太强，研究者更习惯于将这 70 年分为"前三十年"与改革开放"后四十年"两截分别处理。所以如此，与新启蒙知识界的自由主义信念有关。

---

① 黄发有：《中国当代文学传媒研究》，北京：人民文学出版社，2014 年，第 495 页。

以自由主义世界观观之，20世纪50—70年代更多与所谓"威权主义"相关，改革开放则更近于一个"新纪元"的开始。而事实上，当代出版体制虽有较大调整，但并不能分为不相系属的两截，诸如人民文学出版社、上海文艺出版社等出版单位，《人民文学》《文艺报》《上海文学》等刊物，都有相对连续的办社、办刊史和相对稳定的出版传统。对其演变，宜有贯通性、整体性的研究。(iii) 出版体制与文学生产之研究。文学制度研究之所以有价值，是因为它可以帮助我们理解文学生产。假如制度研究与文学生产脱开了关系，其研究价值也会大受局限。故研究出版体制，研究出版社、刊物及其与上级管理部门、作者、读者之事实关系，即应考虑到这类关系之于文学生产的介入和影响。这种影响可能是负面的也可能是正面的，都可如实揭示。

(2) 出版社研究。主要指的是出版社个案研究。新中国成立之初，专业的有影响的文学出版社只有两家：人民文学出版社与新文艺出版社。其他一些综合性出版社可以出版文学书籍，如中国青年出版社、工人出版社以及各省人民出版社。1956年"鸣放"期间，作家与出版界人士对此种"垄断"局面提出较多批评意见。"鸣放"结束以后，一些新的专业的文艺出版社开始陆续出现，并在1980年代初稳定为今天所见出版格局。对这些出版社个案的研究，大约有三个方面可以尝试。(i) 办刊理念研究。这种研究可依托于出版社历史演变，也可以依托于出版家个人心路历程。于中可见出版传统的形成、演变与调整，也可见当代文学具体生态。值得注意的是，1956年前还存在分属不同文学传统的私营书店，其出版、运作与公私合营（或停业）也包含着丰富的文学史信息。(ii) 审稿意见研究。这个尤其珍贵，材料也极为难得，往往需要内部关系才能获得。自新中国成立起，我国出版机构就建立了比较严格的审稿制度,如"三审三校"制度。这期间,一部文学作品从作家手稿本到最终初版本,中间会留存许多"审稿意见"。这些审稿意见多数保留在出版社,也有少量会出现在出版社与上级管理部门(如宣传部)或与作者的往来函件中。通过对这些审稿意见的发掘与解读,不仅可以还原一部文学名著的"诞生史",也可以见到一些心血之作的"夭折史"。后者之重要甚至超过前者。比如,上海市委宣传部档案中保存了新文艺出版社的一份有关长篇战争小说《胜利者》的"审稿意见"(1955年):

> 通篇对战争的描写,使人看不出解放战争的正义性,看不出解放战争与其他性质的战争有什么本质上的不同。把解放战争写成只是少数上级的主观愿望,广大战士都是被迫作战。把解放战争的胜利,写成不是必然的。例如:营长饶勇在听到卫生员谈到有关伤兵的问题时,他就这样想,"的确,上级天天就打、打、打,不看几个兵,疲劳得像什么样子。"团政委在看到伤亡统计表以后就想到:"一个最普通的做买卖的商人,也懂得爱惜他的资本,为什么我们为人民服务,而不爱惜人民的儿女的生命?"……不论是营的或连的干部在接受任务和进入战斗时,总是非常痛苦的回忆起过去失败的战役,引为是血的经验教训。通篇人物的语言或人物的心理描写等,大多是表现出只感到战争的残酷和困难,充满一种无原则的厌战情绪和悲观失望的思想,看不出丝毫的革命乐观主义精神。[①]

---

① 《中共上海市委文艺工作委员会文委文学组、文艺部文艺处对送审稿件的意见材料》,上海市档案馆藏,馆藏编号 A22-1-993。

遗憾的是,我们今天再也读不到这部夭折在出版社的《胜利者》了。这种性质的"审稿意见"给人深刻的活生生的启示,即我们今天所见的当代文学面貌,并非自然生成,而是多种力量参与遴选、构造的结果。倘能找到这样的材料并予以分析,同样多多益善。(iii)丛书策划研究。这在 70 年文学发展中相当多见。从开明书店"新文学选集"到春风文艺出版社"布老虎丛书",再到种类繁多的各类选本,都是典型个案。这方面,袁洪权、黄发有、罗执廷、徐勇都有很好的研究,但未涉及个案仍为多数,有兴趣者可尝试为之,从中可见意识形态、资本、审美之间的角力以及当代文学场的内部构成。

(3)文学报刊研究。当代文学报刊数量颇多,且越到后来越具稳定性(换主编、换编辑而不换刊名),可研究者甚众。不过也不宜找到一个别人没研究过的报刊即动手去研究,还是应有遴选标准,即该刊办刊史或具体栏目之讨论是否可以见出文学史上比较重要的问题,若难以折射问题,其实也无太多讨论价值。这就需要研究者深入辨识。就此而论,观点创新、材料创新仍应是选题原则。从 1949 年至今,多数文学报刊(杂志与报纸副刊)都未被研究,而在这些有待开发的"文学旷野"内,应可以发现众多有价值的问题。当然这是对研究者文学史视野与理论积累的双重挑战。

从事报刊研究还应特别注意方法论问题。这指我们既要了解启蒙论的犀利之处,也要对其视野不及之处多加关注。应该说,启蒙论对报刊性质的发现相当敏锐、到位,如洪子诚认为,1949—1976 年间文学报刊"由国家所控制、管理、实施监督"[1],主要承担国家

---

[1] 洪子诚:《问题与方法:中国当代文学史研究讲稿》,北京:生活·读书·新知三联书店,2002 年,第 208 页。

对于写作的"调节、控制","不可能拥有鲜明的特色"①。这一判断符合大概率事实,此后文学报刊研究也主要在这一维度展开。不过报刊数量既然纷繁,其中"代理人"现象(即党的使命须由具体观念、性格各异的主编执行其事)必然存在,故文学报刊必然时有逸出意识形态控制的可能,而呈现出另外的"面目"与故事。在此方面,至少有三重其他值得重视的"面孔"存在。(i)文化认同生产。与政治认同生产不同,文化认同生产重在生产、传播某种肯定性文化价值判断,以求维护或质疑现存秩序。80—90年代的《南方周末》显然有其特定的文化诉求,1949—1976年间的文学报刊当然也有其文化认同、生产追求,后者的核心即中国革命所坚持的"平等主义"。这与革命领袖毛泽东直接相关,"毛泽东传统所推崇的最核心的基本价值就是'平等'",且其"平等""包含着经济、政治各个方面的含义"②,"毛泽东的平等与和谐社会,不是统治阶级和利益集团之间的均衡、和谐,而是广大劳动者大众与精英集团之间的平等;是耕者有其田,是'大道之行,天下为公',是占中国人口绝大多数的农民能够平等分享以土地产权为标志的社会财富和现代发展产生的好处"③。但需要承认的是,"平等"在社会精英群体和自我预期可以成为"精英"的人群中从来都不是主流价值观,故当时报刊倾注巨大心力传播平等主义——通过讲述工农兵的劳动与尊严,也通过排斥旧式精英所共享的以财富、权力为核心的价值观。此种文化"面孔"与政治监督其实存在差异,有待研究者分辨。

---

① 洪子诚:《中国当代文学史》(修订版),北京:北京大学出版社,2007年,第22—23页。
② 甘阳、王钦:《用中国的方式研究中国 用西方的方式研究西方》,《现代中文学刊》2009年第5期。
③ 韩毓海:《"漫长的革命":毛泽东与文化领导权问题(上)》,《文艺理论与批评》2008年第1期。

(ii) 特定文学观念载体。文学报刊当然会承载特定文学观念与审美兴趣，值得留心的是，这些观念未必是官方/民间、主流/非主流等二元对立思维可以概括，而可能存在更为复杂的分布序列。以50—70年代为例，既有"新的人民的文艺"的观念在其中，亦有自由主义、左翼、鸳鸯蝴蝶派、士大夫文学等不同文学"成分"交织其中。甚至，在"新的人民的文艺"的内部也存在不同解放区系统的差异。如此种种，可见社会主义传播模式"将排斥其他的或各种有抵牾的观点当作一种政策问题"① 的诉求在文学报刊中并未落实，虽然谈不上众声喧哗，但不同文学观念之间的摩擦、冲突与角力仍是或明或暗的故事。到改革开放时代，"别求新声"本身就是报刊合法、合理的追求，其间情形就更见丰富。(iii) 派系主义阵地。这是完全出于启蒙论视野之外的另一重报刊"面孔"，甚至也是不少学者不大愿意承认或否认其"研究"价值的一重"面孔"。但实际上，势力纷争、人事纠葛伴随了多数文学报刊的始终，深刻地影响其办刊过程，甚至因利益纷争而出现操纵、利用报刊之现象。研究报刊，若能兼顾"内""外"，参酌其语境与背景，对其间文学论争、文学作品之产生无疑会有更为贴切、深入的理解。

(4) 网络文学生产研究。严格说来，网络文学未必有纸质出版环节，甚至一些网络文学未必可以称为"文学"，但从当下影视生产来看，网络文学的活力与冲击力还要大于传统文学。目前国内从事网络文学生产研究的学者已有不少，如欧阳友权、邵燕君、周志雄等都已取得公认的成绩。黄发有《中国当代文学传媒研究》也有部分章节涉及网络文学研究。目前看来，此领域研究，可从三个层

---

① 尼克·史蒂文森：《认识媒介文化——社会理论与大众传播》，王文斌译，北京：商务印书馆，2001年，第26页。

面展开。(i) 网络平台运作模式研究。与出版社、报刊严格在国家管理之下运作不同，网络平台的兴起最初只是网民兴趣的自然组合，后来则有资本介入并日益形成成熟商业运作模式。而且，中文网络平台最初兴起是在北美，随后则在中国台湾，最后在中国大陆蔚为大观。对其过程，国家管理开始未曾介入，现在也是相对松散的管理，故网络平台运作主要由资本主导。依黄发有的分析，榕树下、天涯虚拟社区、起点中文网三家标志性华语文学网站，代表了不同时期网络平台运作模式，可分别称之为"网络沙龙模式""啸聚江湖模式""娱乐资本模式"。对于前者，黄发有认为：

> 如果用一个形象的比喻，榕树下就是一个以文学为主题的巨型网络沙龙。榕树下借鉴了纸面媒体的审稿制度，贯彻……"始于平凡生活，源自真实感受，挥洒浪漫随想"的编辑理念，一方面提高了发布的帖子的质量，另一方面限制了写手的自由度，也使小资趣味成为网站的文化标签，略显单一和刻板。①

这涉及的只是较早期的网络写作运行模式。随着跨媒介写作的出现，后来网络写作更渐趋规模化、类型化和产业化。其间可研究问题甚多，尤其值得与网络共成长的"90后"乃至"00后"年轻人介入其中。(ii) 网络文学类型生产机制研究。经过近二十年沉淀与分化，目前盗墓、玄幻、耽美、言情、悬疑、穿越、宫斗、职场等类型写作，已各形成自己的"江湖"与"独门暗器"。其数量繁多与方法丰富，几乎可使纯文学作者嗒然失语，茫然无以应对。韩少功曾叹息说："文学在这个时代最重要的不可逆的变化，是以电子

---

① 黄发有：《中国当代文学传媒研究》，北京：人民文学出版社，2014年，第456页。

化和数码化为特征的新兴传播手段,一如以往的发明、印刷的发明,正在使文学猝不及防地闯入了陌生水区。"① 但对于青年学者而言,其丰富与诱人处恰也在此。那么,盗墓小说以何种机制开展,言情小说以何种机制开展,耽美小说又以何机制开展,如此种种,近年皆已有学者涉及,但这些小说不但与文学史上相近题材大有差异,甚至同一类型写作者也存在内部差异,而且类型写作还必须面临自我突破问题,这些皆是大可驰骋才华的领域。(ⅲ)网络文学意识形态研究。关于"意识形态",其实一直存在某种理解,认为它是威权主义政权的"专利"。其实不然。按照阿尔都塞的解释,意识形态既是人与社会的一种想象性关系,那么不同群体或团体都有自身对此想象的理解,且往往也有将想象转变为公共叙事的冲动与努力。不同的是,有的群体(比如掌握政权的集团)推广自己的意识形态十分强势,有的群体几乎无力推广(如不同的"贱民群体")。当然,并非统治势力一直都是意识形态领域的优胜者。显然,1940 年代的国民党集团就未必是意识形态领导者。对于网络文学生产而言,当然也存在意识形态问题。不过,与"纯文学"不同,网络文学生产是作者、资本与读者反复角力的结果。其意识形态构成极具症候分析的价值。在此方面,毛尖、张慧瑜等学者都有很精彩的分析。如张慧瑜对"宫斗剧"与新自由主义意识形态之关系的分析:

> 历史和现实政治不过是故事的噱头、背景,看点是腹黑术和权谋,这非常吻合于当下白领、中产观众对于职场的想象。这种把人生、把社会比喻为一场竞技赛是资本主义市场经济的

---

① 韩少功:《扁平时代的写作》,《扬子江评论》2009 年第 6 期。

典型隐喻,这种弱肉强食、丛林法则的职场伦理又是新自由主义的基本信念。90年代,人们对于全球化、现代化、未来世界还保有一种乐观情绪,自由市场所带来的解放和成功的神话还没有破灭。随着新自由主义的深入、金融危机的爆发,这种美国梦、爱情万岁的神话逐渐瓦解。就在一地鸡毛式的日常生活变得越来越不可能、甚至越来越艰难的时候,反而出现了一种更加保守的意识形态、一种扭曲的意识形态,这就是职场腹黑化。至于为何会从阳光下的自由竞争变成黑夜里的血雨腥风,恐怕与竞争激烈、机会减少、阶层固化有关,其背后则是新自由主义对中产阶级生活的剥夺,使得职场中人陷入不是你死就是我死的"饥饿游戏"。①

实则近二十年来,社会主义、新自由主义、保守主义、民族主义、民粹主义等思潮在中国社会都有较大影响,也势所必然地渗透到网络文学生产之中。结合现实语境,发掘网络文学类型与特定意识形态之关联,思考网络文学生产与当代社会意义建构之互动关系,是今天学界理当不断突入、不断深化的问题领域。

(三)文学批评与文学接受制度研究

把文学批评与文学接受并而论之,缘于两点:(1)文学批评本质上也是一种文学接受,只是一般所论"文学接受"更偏于普通读者、观众和听众,文学批评则集中于受众中的专业群体,如评论家、学者等;(2)二者与文学组织制度、文学出版制度可以充分落

---

① 张慧瑜:《"白日梦"与"腹黑术":大众影视中的政治想象》,《文化纵横》2014年第5期。

实不同，它们更多是人为提炼而成的抽象"制度"，并无多少规范、条文以及机构作为具体载体，而更多是指批评、接受中形成的"潜在的约定"。这意味着，就研究的实际着手点而言，二者可以着手者并不太多。当然，在"批评制度"中研究批评个案并非不可，只是批评史早已是现当代文学研究比较成熟的方向，不必也不适合放在制度中研究。但从目前研究现状看，仍有三个较大的问题领域可以深入考察。

1. 批评体制之流变。今天学界对当前文学批评多有争议，认为20世纪50—70年代不存在严格意义上的文学批评，而对1917—1949年间的文学批评则多有赞誉。这些意见未必十分可靠，但的确反映出批评体制的流变。譬如，1950—1951年《光明日报》"文学评论"双周刊给人很深印象，是因其主编、当时深有"冠盖满京华、斯人独憔悴"之感的王淑明很想通过这个副刊发起几场文艺论争，为此，他有意策划了对当时最负盛名的延安小说家丁玲、赵树理的批评，但遗憾的是，被批评的丁玲、赵树理始终未做他所期待的反批评——赵树理沉默，丁玲则通过中国文联召开了"《太阳照在桑干河上》座谈会"，在会上由陈企霞等对王淑明尤其是批评文章执笔者竹可羽进行了回应（主要是批评）。这与民国时代文人习于在公开刊物上唇枪舌剑大为不同。可以说，自由论辩在50—70年代基本消失。何以如此？有三点原因。（1）新中国报刊不再是同人刊物或私人资本投资的言论平台，而被认为是官方权威和主流意识形态代表。比如《人民日报》《人民文学》《文艺报》这类中央报刊，其形象、地位及权威性远非民国时代市场型报刊可以相提并论。（2）民众对出自官方报刊的文章，并不完全理解为作者个人未必成熟的意见，而同时亦理解为官方判断：褒则是政府之肯定，贬则是政府之否定。而在当时，新中国声誉与权威性皆达至顶点，作家个体对这种被"误读"的评论比较忌惮——褒自是好事,贬则难以承担。因此,作家普遍不愿在刊物上与不同意见者争论,以免正常往来的批评意见被读者误读为政府裁决进而引起诸多不良反应。此即丁玲、赵树理不愿与"文学评论"双周刊展开论辩的原因。(3) 就报刊自身而言,尤其是文联、作协机关刊物,由于意识到自己处于凌驾作家个体之上的"尊位",也逐渐疏离与人为善的批评作风,而走向马列模式的批评观:"那种模式认为只有一个客观现实,所以提供与现实相反的错误的观点只能起到反作用。"① 在此情况下,这些权威报刊就更倾向于自我定位为文艺管理者,承担着为健康的文学秩序而整顿、裁决作家作品的职责。于是,他们刊发批评文章,也不止于发表有个性的意见,也的确有代表组织宣布判断、裁决之意,因此他们期待的,也不是来自被批评者有理有据的反批评,而是被批评者承认错误、表示改正的"自我检讨"。被批评者一般都不愿写这种自毁前程的"检讨",于是报刊会通过"编者的话""读者来信"之类予以提醒。于是,最终批评就演变为由批评、禁止反批评、迫令检讨三道工序完整闭环构成的意识形态驯服程序。

以上大约是50—70年代文学批评体制的粗略内容,但真正深入的研究还须深入到其理论渊源、文艺政策与批评心理的具体细部。与此同时,在意识形态批评的不经意处也存在部分真正意义上的文学批评。其间政治性与艺术性之关系、作家与批评家之互动、批评与文学生产之关系,都很值得探讨。

比较起来,改革开放时代的批评体制显然更符合我们的期待,

---

① J. 赫伯特·阿休特尔:《权力的媒介》,黄煜、裘志康译,北京:华夏出版社,1989年,第125页。

它有两方面值得我们深入思考。(1) 批评自主性之重建。进入改革开放时代以后,"文艺为政治服务"的提倡被放弃,政治权力也大致撤出文学创作与批评领域,文学批评得以重建其相对自主性。关于反映论、现代派、人文精神、"现实主义冲击波"、底层写作等的深入讨论,即是此种自主性的反映。(2) 批评非自主性之考察。尽管此时代批评整体上比较令人满意,但长期以来也有质疑的声音存在。这些质疑主要针对三种对批评自主性的干扰要素:权力、圈子(人情)、资本。权力后撤,大势所趋,但这并不意味着政府对文艺批评的放任。从现实看,通过批评家协会等制度管理,通过主旋律批评的示范性引导,通过对特殊个案批评的直接介入,主流意识形态仍对文学批评形成了有效引导。其情形与50—70年代自然大有不同,但也不乏某种内在连续性。圈子(人情)则是新的批评介入力量。当然,人情影响历来皆有之,但改革开放时代由于权力的后撤,文艺界、批评界逐渐在"自组织"过程中形成类似民国的圈子,甚至出现了比当年更严重的"学阀""文阀"现象。圈子有利于文学"共识"的形成,但也易形成"自己人"壁垒,反而妨碍真实声音的发出。比如,常有这样的情形:一部许多读者都深感难以卒读的当代长篇小说,竟被某"大腕"批评家叹为"杰作",一部被在公开报刊上众口称赞的新作,等你买回一读,却发现不过尔尔。如此这般,当然可能有不同人的阅读判断、审美感受存在差异的缘故,但更可能还是因为圈子与人情。从目前情况看,逆人情而说真话,在当前评论界已很难做到。此外,资本更是一种全新介入力量。这当然不是指评论家参加新作讨论会往往会收到的红包,而是指在影视批评中可能会出现的由资本运作的引导舆论现象。网络小说评论方面是否亦有类似现象,不得而知。但显然,资本之于批评的介入比权力介入会更隐蔽,也更少为大众所注意、所省思。可以说，资本、人情、权力这些非自主性力量在今天的文学批评中都在发挥作用，它们怎样运作，文学批评又怎样在与其矛盾与妥协中形成自身运作机制，都可算是当代文学研究中的新事物，很值得细致探究。

2. 接受体制之演变。较之批评，文学接受可说是一个未怎么开垦的"处女地"。何以很少"开垦"？直接原因即是文学接受史料较难发掘。因为真正的"接受史料"，不是指批评家的专业评论，而是指那些真实散布于工厂、农村、学校各处的对于小说、电影的真实评价。这些评价多为口头谈论，形之于文字或影音者少，能形成文字或影音而又能留到今天者更少。不过现在看，文学接受研究仍是一个有待展开的诱人领域。涉足这一领域，首要之事即是发掘、占有大量接受史料。公开出版的书信、日记、回忆录中往往有相关资料。譬如郭小川、徐光耀日记中就有很多观看戏曲、阅读苏联小说及同时代人作品的记录。丁玲日记中这方面资料要少许多，但她关于阅读《死水微澜》前后反差颇大的评价，给人印象深刻，是研究自然主义文学在中国的接受的绝佳材料。当然，这些作家皆是精英人士，更有价值的接受史料当还是出自普通读者之手的阅读记录。这方面，浩然之子梁秋川在博客上提供的200多封当年全国各地的读者写给浩然的信，也可谓有价值的史料，略摘两通如下：

> 《长城》上一期发表你的近作《山水恋》上卷——《男婚女嫁》，我在收测回队，荣幸地借阅一本（这类书是很难购到的）。看到目录极为兴奋，作为一个文学爱好者，再次看到他所喜爱的著书者对一些现实情况的描写，能道出一个同刘惠玲、罗小山有同感的青年的声心，我真是一气看完啊！我们需要生动、深刻、大胆地反映农村现实生活的文学书，特别是能

集中的反映中国乡村山水、人情社会的文学作品。我是一个野外测绘工作者，因本质【职】工作，经长【常】接触社员的生活，再加上农村生活了七、八年，对您所描写的《金光大道》《男婚女嫁》的生活气息和山村面貌倍觉亲切。我喜爱题材广阔的作品，它那扣人心弦、心府之谈都是农村小说集所没有的。（野蜂1980年1月25日致浩然信）

浩然老师，您对我习作提的意见是很对的，我是搞新闻报导【道】的，习惯用叙述的语言，干巴巴的，不懂得小说的要求。我现在遵照您的意见，多读些"上品"小说，品味写作规律，我一边看一边练；因为我没有数，可能有的要寄给你看看，请您指教。我知道写作是很艰苦的。但路在脚下，我要一步步走下去，不成功也要走。因为我觉得人的一生应该要有个追求，这样才活得有意义。我16岁参加解放军，过去不会写报导【道】。经过努力，现在我能当记者、干编辑，负责一个部门的工作，就是一步步走过来的，我还要一步步走下去。（张奇峰1986年3月18日致浩然信）

在50—80年代，成名作家收到的读者来信少则百计，多则千计、万计。这些读者来信只有极少部分见之于报刊或以其他形式被公之于众，绝大多数则随着时间流逝而散失了，或仍在作家家属手中发黄、变脆。这些材料亟待发掘整理。此外，各省市档案馆或许也有这些阅读的遗留痕迹，只是需要"踏破铁靴"，相当不易。当然，这是形成了物质形态的史料。不过，对于大量民间评论与舆论也并非完全没有办法。借鉴社会人类学而展开口述工作即是一法。在这方面，温儒敏先生牵头主持的《中国当代文学日常生活调查》即是一项扎实、有价值的成果。

若能积累大量接受史料,即可展开接受体制研究。当代文学70年,粗略观之,其接受体制凡有三变。(1) 50—70年代的"群众时代"。其实从1940年代开始,延安文艺即明确以读者(观众)能理解、能接受为目标,这极大地改变了文学的形式与内容。这与读者身为"群众",而中国革命又以下层群众的利益为重要考量有关。实则新中国成立以后报刊对读者声音的高度重视并不直接来自文艺报刊,而是始于《人民日报》。1950年,在毛泽东督促下,《人民日报》设立了专门的"读者来信"组:

> 对读者的来信来访的处理认真负责,真正做到了有信必复,有问必答。当时很重视读者来信的处理结果。为防止处理中的官僚主义现象,建立了一系列的检查和监督制度,特别是对处理批评信件进行检查和监督。需要有关部门处理的信件,一定要有回答。信件发出之后,每半月要去信催询一次,检查被批评与接受意见和改进工作的情况;对拒不答复或混淆是非的答复,有时还在报纸上公开指名批评;必要的话,特请高一级党委协助检查处理,或者由组里派出记者去调查,并将调查报告公之于众。①

受此影响,各文艺报刊也纷纷设立"读者来信"专栏或发表相关来信。读者日益上升的"群众"身份也由此改变了文学与读者的旧有关系,"群众"开始成为文学生产领域的重要介入力量,恰如洪子

---

① 林晰:《充满群众声音的读者来信组》,《人民日报回忆录》,北京:人民日报出版社,1988年,第352—353页。

诚所言:"这个时期的文学环境,也塑造了读者的感受方式和反应方式,同时,培养了一些善于捕捉风向、呼应权威批评的'读者'。他们在文学界每一次重大事件、争论中,总能适时地写信、写文章,来支持主流意见,而构成文学界规范力量的组成部分。"① 然而,问题还另有复杂面相:现实中的工农兵并不能有效把握"群众"说话的时机与内容,"群众"的名实分离与报刊对"群众"意识形态力量的挪用,成为此时期接受体制必须重点考察的内容。(2) 80—90 年代的读者本位。进入改革开放时代以后,读者逐渐褪去意识形态外衣,回归到本色的读者位置,其主要作用体现在文学文本在阅读中的创造性完成,以及成千上万读者的累积反应之于文学经典化的重要作用。但作为行动个体,读者也失去了此前"群众"之于文学的介入(或曰"干扰")能力。(3)"消费者是上帝"的大众时代。网络的出现,深刻改变了当代文学生态,"群众"不再,"大众"登场,但作为网络时代"大众"的读者,其与文学的关系较"群众"时代更为直接、有力:它不仅直接以互动形式介入网络文学生产,而且以其消费倾向、点击率、收视率引导、决定着当代文学的走向。如果说"群众"未必为作家内心重视,那么"大众"则多少近于今日文学的"上帝"。

3. 接受个案研究。这是由接受体制研究衍生出来的内容,亦可列为文学制度的"外围研究"。一般而言,接受个案研究实际所指即文学"经典"的形成研究。故其研究所需资料涉及范围较广,既包括普通读者意见,也包括专业批评人士之意见,还包括市场环境的变化、文艺主管部门的倾向,种种围绕着文本传播的一切"周边力量"都可能介入其中。而"经典"的形成史也包括两层,一为

---

① 洪子诚:《中国当代文学史》,北京:北京大学出版社,1999 年,第 27 页。

正向的经典的诞生与形成过程,一为反向的曾被目为"经典"的作品的逐渐褪色、衰退的过程。应该说,"经典"本身是不大稳定的概念,需要长时段视野才可以最终落定,典型如陶渊明,在身后很长时间都未受到重视,直到宋代才逐渐跻身"一流诗人"行列。"六大奇书""四大名著"的形成史,也都经历了漫长的演变与接受过程。当然,在当代文学领域,目前已有的历史纵深尚不足以提供这样的观察视野,但不少作品已基本达到长时段观察的最低限度(譬如50年)。由此,当代文学接受个案研究,既可理解为经典的形成或衰败研究,更可以理解为文学史形象演变研究。比较起来,后者更为确切。

其中,尤具研究价值者,是那些因现实语境、"公共语法"之变迁而出现"经典"地位变化的个案,恰如佛克马、蚁布思所言:"历史意识的一次变化""将引发出新的问题和答案,因而也就会引出新的经典"[①]。而当代文学70余年,由毛泽东时代而至改革开放时代(改革开放时代内部又分蘖出"新时代"),其间断裂抑或调整必然导致"重读""重写"现象反复发生,富于症候意义的接受个案因此多有出现。比如,今天被所有人目为"重要作家"的史铁生,其实是在《我与地坛》发表之后被"追认"的。此前他虽已经发表《我的遥远的清平湾》《命若琴弦》《插队的故事》等名作,也获得过影响甚大的"全国短篇小说奖",但整个1980年代评论界对他简直是视若无睹。在一篇名作即可暴得大名的1980年代,史铁生未能获得评论界认可,与其好友王安忆的遭遇可谓霄壤之别。何以如此,在于史铁生在"伤痕"当道之时并没有怎么参与文坛对

---

① D. 佛克马、E. 蚁布思:《文学研究与文化参与》,俞国强译,北京:北京大学出版社,1996年,第49页。

"极左政治"的集体控诉。但这其中，其实也有史铁生个人的苦衷。的确，在"黄金的八十年代"批判"极左政治"乃至进而解构中国革命，是文学创作的"政治正确"，然而史铁生对此兴趣短暂而淡漠——他的双腿残疾与"极左政治"并无关系，让他郁结于心、长歌当哭的，是那猝不及防的命运、是那操弄人类命运的不可理喻的"上帝"。故史铁生真正系心的，是"灵魂的事"，故他于人事荒凉的北京城中，开始怀念那陕北的村庄的温暖。这必然导致他触犯其时讲述"社会的事"的公共规则。所以，若非《我与地坛》，若非"人文精神大讨论"之新环境的出现，恐怕史铁生终身都与"重要作家"无缘，这是很具文学史意义的个案。当然，《创业史》的"前世今生"更令人深思。作为50—70年代评价最好的长篇小说，在"重写文学史"思潮中突遭滑铁卢（在陈思和主编的《中国当代文学教程》中其竞争力之薄弱甚至连沈从文的一篇日记都比不上）。但在"新时代"，它又逐渐为青年学者所关注、所研究，成为令人瞩目、略见特异的新的学术热点。此外，如将文化（如儒家"仁义"）提升为农民生存逻辑的《白鹿原》之所以在短时间内迅速获得"经典"地位，除了作家把握心理、细节的艺术功力外，也与1990年代文化保守主义的广为传布有关。文化保守主义未来必有衰落之日，其时《白鹿原》的经典性会出现怎样的变化，也可说是一件未知之事。

三、文学制度研究的难题

自21世纪初，文学制度研究便骤兴于当代文学领域，并出现一批扎实、可称道的研究成果，且至今仍存在较多可以继续深入的问题空间，吴俊、黄发有、斯炎伟、武新军、王秀涛等优秀学者，至今仍耕耘于此。但是，这并不意味着文学制度研究是一片坦途，只要有耕耘就必有斩获。其实也未必尽然，其间也多有挑战之处，有志于此者仍有两层问题需要适当注意。

（一）让材料自己说话

文学制度研究所涉甚广，需要发掘、阅读、整理大量相关资料。这里面就涉及当代文学研究（乃至一般人文研究）往往会面对的研究路径问题——是悬问题以觅史料，还是让材料自己说话？这是文学制度研究必须慎重斟酌、考量的重大问题。黄发有教授在评论王秀涛的文章中将个中区别讲得甚为清楚：

> 现在有不少研究当代文学的成果，作者往往是观点或概念先行，然后目的性很明确地去找一些零碎的史料。这很像盖房子，画好了图，随后按图索骥地寻找符合规格的建筑材料，在预设的逻辑框架里填充史料。在这样的研究套路里，研究者对史料的解读注定缺乏客观性，随意剪裁，任性曲解。可历史的真实并不是可以听任研究主体随意摆布的玩意，这样的成果看似新鲜，但注定站不住脚，很难经得起时间的考验。秀涛做研究，都是先看史料，从史料中发现问题，然后顺藤摸瓜，理清历史的藤蔓与内在的结构。①

王秀涛的研究（代表如《中国当代文学生产与传播制度研究》《城市文艺的重建（1949—1956）》等），正是值得提倡的"让材料自

---

① 黄发有：《从史料中寻找并发现历史——王秀涛的当代文学研究》，《南方文坛》2021年第1期。

己说话"。他所做的华乐戏院、宝文堂书店等具体个案研究，都是先全力发掘、占有众多史料，然后再从史料中"读"出有价值的问题，而并非先预设一个问题（甚至预设一个结论），然后以符合于预设的材料去填充之、完成之。后一种情形，我们自己在研究时也会一不小心就坠入其中。以"先问题、后史料"方式写出的论文，不能说一定不好，但往往容易显得平顺、光滑，所有材料都指向预设结论，看不到文学现场原有的芜杂、矛盾与摩擦。这样的文章，很大程度上是凌驾于材料之上的研究者逻辑的演绎。其情形，颇近于陈寅恪就古代史研究而言的某种因"同情之态度"而生的流弊："同情之态度，最易流于穿凿傅会之恶习"，"著者有意无意之间，往往依其自身所遭际之时代，所居处之环境，所薰染之学说，以推测解释古人之意志"，"其言论愈有条理统系，则去古人学说之真相愈远"①。这可谓惊心之论。研究当代文学制度亦然，如果心中"成见"过强、阅读材料之前心中已有明确的判断甚至结论（其实多为时代意识形态之投射），那"研究"就不大容易真正获得深入。

那么，怎样才可以避开先入为主、让材料自己说话呢？譬如，若做"十七年文学"报刊研究，就应该把面前将要打开的报刊看作一个陌生对象，虽然我们事先对之多少总有所了解，但不妨把这"了解"看作未必可靠的或完全不需要的，转而好奇地探看主编、编辑、作者在刊物中究竟说了什么，在这"说"的背后又有怎样的来龙去脉。以此细读，反复琢磨，以希望厘清该报刊自己的"编辑哲学"及其所遭遇的文学史难题。这种做法，大约也可算是悬搁问题、让材料自己呈现出其问题吧。这是浅显之见，但赵园先生在述

---

① 陈寅恪：《陈寅恪集·金明馆丛稿二编》，陈美延编，北京：生活·读书·新知三联书店，2001年，第279—280页。

其治学经验时，对此说得十分到位：

> 阅读文献、搜集材料，"先入为主"难以避免。我们不可能把脑子腾空了再开始一项研究，我们所能做到的，是尽可能地摆脱成见，用质疑，用逆向思维，用搜寻另类事实，用其他一切可利用的方式，也包括不囿于自己已达成的结论，自己已形成的研究思路，自己的习惯视野，使结构敞开，随时准备着接纳异议、歧见，修改成见、成说。即使有预设，有预先的想象，在研究中也应力避"目的化"，避免过求"一致"、定向搜集材料，避免意图过分明确，一意论证成见。对于纷繁复杂的"历史"，几乎任一判断都不难找出例证。因而目标不宜只设在"言之成理"、"自圆其说"上，这不大像是值得追求的境界。无论如何困难，都不妨去尝试探入"历史生活"的肌理，在相互扞格、抵牾的材料中辨认这"肌理"。①

深入"历史生活"的肌理，周旋于其"皱褶"中，捕捉其自身的逻辑与问题，是优秀人文研究的不易之则。当然，这意味着更大的难度。譬如，做"中国当代文学制度研究（1949—1976）"，若从负面制约的角度去讲制度之于文学的关系，无疑更符合学界的期待、也更有材料纷涌而至的便利，但如果想从正面激发的角度去讨论，搜寻材料的难度便会立刻以倍数飚升。其间材料辑寻的难度，可能缘于1949—1976年间各类制度的确于文学毫无助益，也可能因为时过境迁之后受益者自感"不宜"再谈，但无论哪种，都是对研究者的挑战。

---

① 赵园：《思想 材料 文体——治学杂谈之一》，《甘肃社会科学》2009年第5期。

（二）节制新启蒙主义的热情

之所以专门提出针对新启蒙主义的节制问题，是因为近四十年来这是对文学从业者影响最大的话语类型。甚至，在部分学者内心认知里，它并非在特定时代因时而生的话语，而是真相、真理，是人类普遍良知与道德之所在。心怀此念者，往往坚信"真理在我"，不大容易与不同意见者沟通，其学术研究也会受到不自知的限制。新启蒙主义表现于文学制度研究上，就是容易生成体制/个人、意识形态/民间等二元对立思维。甚至连洪子诚先生最初亦受限于此："开始接触这个问题的时候，基于50—70年代中国文学的境况，'制度'在我的心目中有负面的价值预设，认为它与'创作自由'相对立，需要加以批判性解构。"[①] 不过，这并不是说体制/自由、集体/个人之分立不是当代文学制度实践的真实内容，而是说它尽管是主要的真实，但并不能覆盖所有甚至取代所有。譬如，某地档案馆的一则材料给人极深印象。有一个知名文艺刊物的负责人，目前所见公开发表的文章，都说他在张春桥、姚文元等的"淫威"下战战兢兢、坚守文艺岗位，但档案资料显示，在电影厂内部会议上，有职工批评该负责人任职电影厂领导期间，和女演员×××、×××关系暧昧，利用职权为她们安排角色，等等。这样的档案想必以后也不会有机会公之于众，而且当事人都已不在人世，其真伪也就不必去深究了。但它给人的印象是："战战兢兢"于体制之下的形象，至多只是这位刊物负责人的"多重面孔"形象之一而非全部。而且，这种形象的构置尽管有真实基础，但同时也可能是后世新启蒙主义引导、塑造的结果。

---

① 洪子诚：《当代的文学制度问题》，《中国现代文学研究丛刊》2015年第2期。

新启蒙主义在改革开放时代是个绝大话题，它是受西方自由主义思想波及的结果。以哈耶克、弗里德曼等为代表的新自由主义经济学家以"消极自由"为据主张市场经济，反对国家计划与国家干预。这种思想在久遭"极左"思想锢制的中国知识分子中间引起巨大共鸣，并形成国内的新启蒙思潮。这种思潮对当代中国经济发展与思想解放都曾起到巨大的推动作用，但随着时间流逝，其内在的思维局限也逐渐显露。这主要表现在两层。(1) 视国家为"必要的恶"，同时自然地把国家视作个人对立面，视作外在于生命的规训力量。借用潘恩的一句话即是："（政府）即使在其最好的情况下，也不过是一件免不了的祸害，在其最坏的情况下，就成了不可容忍的祸害。"① (2) 过于夸大国家的力量，认为它无所不在、无所不能。奥威尔的《1984》即是一个巨大的权力隐喻。应该说，这两层理解皆大可商榷。比如，新中国本来是数代先驱与无数热血青年用生命筑就，尽管后来出现诸多挫折，但将之归于"恶"的行列，既不符合"捐躯赴国难，视死忽如归"的无数先烈的追求，也不符合中国传统"家国一体"之思想。对于第二层缺陷，也应不难理解。"无形的国家意志"的确强大，但一旦进入操作层面，进入日常生活维度，国家意志也必须通过具体的人去理解、去落实，这就使它必然面临自身的限度。这在政治学研究中比较公认。譬如，澳大利亚后殖民理论家托马斯（N. thomas）指出，研究者在处理印度殖民政治制度时，

> 往往夸大了殖民主义的力量，低估了本土的抗争与因应左右殖民历史的程度。许多看来是实行殖民霸权的事例——例如

---

① 潘恩：《潘恩选集》，马清槐等译，北京：商务印书馆，1981年，第3页。

> 基督教的传播,实际上宜将之理解为被殖民者或其某些集团挪用外来的制度、物质或话语以发挥战略效应。征服的幻想通常只能部分成事,或盲打误撞的做到;而殖民政府的仪轨所制造出来的,可能只是一个宰制和秩序的外观、一种管制的氛围,既没有实际的控驭予以配合,本土生活的转型也不过有限……管治、净化、改造和革新等手段不过徒具姿态而已。①

托马斯由此提出"屈折经验"的概念,认为由于印度人对殖民规划各种有形、无形的抵抗、挪用、歪曲甚至架空,殖民规划出现了被动性耗损和"屈服"。这一概念极具启发性:当代中国的政治/文学制度会不会亦面临类似情况?虽然经由民族/阶级解放运动而诞生的新中国本质上不同于英国殖民政府,但文学制度在运作中遭到抵抗、挪用、歪曲乃至架空之现象,并非难以想象。由此可见,新启蒙主义对于"国家"的理解偏于绝对,从根本上不利于文学制度研究。

因此,研究文学制度需要适当节制新启蒙主义的激情。具体而言,可有两层前提性理解。(1) 文学制度的形成,未必是公开的文学体制要求的结果。如果说公开的体制代表了国家力量的要求,那么在事实上运作的文学制度则是在参酌此要求的大前提下,由作家、文艺官员、评论家、出版人、书店以及读者等多方力量在反复互动中逐渐形成。它比公开体制要更复杂,更侧重于人们在事实上达成的有关价值与行为规范的"共识"。对此,需要在丰富材料及其涉及的制度过程中去摸索,难以以新启蒙主义事先设定。(2) 文

---

① 托马斯:《从现在到过去:殖民研究的政治》,《解殖与民族主义》,许宝强、罗永生编,北京:中央编译出版社,2004年,第252页。

学制度的运作亦非体制要求所能完全约束。在中国社会尤其如此。公开的条文、规范或不可改移,但对条文的解释、使用却往往有比较大的弹性空间。同样一项体制要求,在不同实施者手中,或在同一实施者的不同实施情境中,既可以发挥推进创作之积极效果,也可能出现抑制创作、毁损艺术心灵的后果。反面的所谓"运用之妙,存乎一心"的情形,在文学制度运作中其实是较大概率的存在。

要言之,新启蒙主义可以构成文学制度研究的入口,然而更宜多加调整、重置,体制/自由、集体/个人、国家/文艺界、主流/异端等二元对立想象,就应当被调整为国家/制度/文学势力之间的三维关系。在文学制度的发生与运作中,不但存在着"权力拥有者与文艺界之间的根本性冲突"[①],同样存在着不同文人群体、文学观念和文学利益之间的摩擦、斗争或者妥协。

推荐阅读

  洪子诚:《关于五十至七十年代的中国文学》

  吴俊:《当代文学史料问题的多维视野考察》

  王本朝:《中国现代文学的生产体制问题》

  黄发有:《文学编辑的文学史意义——以中国现当代文学为中心》

  王秀涛:《宝文堂书店改革与新中国建立初期的通俗文艺生产》

---

  ① 程光炜:《文学讲稿:"八十年代"作为方法》,北京:北京大学出版社,2009年,第155页。

第六讲

"重返八十年代"

一、"重返八十年代"的缘起

(一) 程光炜的"人大课堂"

十几年前,程光炜教授大概不会想到,日后有一天"人大课堂"及其"重返八十年代"的讨论课会成为当代文学研究史上的重要现象。当然,研究生课堂讨论在全国各高校无时无刻不有之,但在某次课堂上,一个普通的提问引发了程光炜作为杰出文学史家的敏感:

> 一位学生对我和别的老师合著的当代文学史对这篇小说的"评价"提出质疑,他认为这个"结论"不是我们做出的,而是来自吴亮非常有名的评论文章《马原的叙述圈套》的"结论"。这对我是一个重要的提醒。我随即找来最近几年出版的当代文学史著作,发现都有大同小异的情形。……这些其实非常"思潮化"的看法,一直没有受到研究者的质疑,没有经过检讨和过滤就进入了文学史的叙述。也就是说,文学史并没有发挥"过滤"文学创作、批评和杂志等"现场因素"的职能,而对批评家的这种感性化文学感受采取了完全认同的态度。……一种可靠的文学史叙述恰恰应该是,根据"批评结论",参照当下思潮,并依据浩大历史时空中的诸多"最好"

的小说家"类型",来建立马原是否是"最好的小说家"的判断。①

由这一偶然的课堂经历,程光炜意识到"批评化"其实是当代文学学科习焉不察的现象。然而习焉不察就是正确的么?其实由今天可以看到的"丰富的文学史经验和参照系统"观之,马原的重要性相对于当年当然存在明显下降。但更重要的是,在程光炜思考这一问题时,所谓"当代文学"已快走到第 60 个年头,当代文学学科其实已经不可以长久地满足于"批评化"状态:这不但会影响到具体结论的妥当与否,也会对学科长远发展产生比较严重的影响。众所周知,在汉语言文学专业内部,在其各二级学科如古代汉语、古代文学、古典文献学等学科之间,"中国当代文学"明显处于鄙视链底端,甚至现代文学都比当代文学"层阶"要高。何以如此?在程光炜看来,乃因于我们久处于"批评化"状态,而未曾启动必要的"历史化"工作,"在我国现代学术史上,所谓'学问'之建立,一个很重要的检验标准,就是一个学科、一个学者有没有一个(或一些)相对稳定的研究对象,而这个(这些)研究能否作为一个'历史'现象而存在,并拥有足以清楚、自律和坚固的历史逻辑,是可以作为'学问'来看待的一个基本根据"②。"历史化"也由此成为程光炜当时学术思考的核心问题。他明确发出了当代文学"是否要'永远'停留在批评状态"的呼吁:

> 文学批评对当代作家和作品所进行的"经典化"工作是十

---

① 杨庆祥、韩欣桐:《当代文学"史料研究"的现状及反思》,《中国人民大学学报》2021 年第 4 期。
② 程光炜:《当代文学学科的认同与分歧反思》,《文艺研究》2007 年第 5 期。

分重要的,没有批评家对作品出色的认定和甄别,我们就无法知道哪些是"重要作家"、"重要作品",文学史的课堂,就没有了最起码的依据。但问题是,当代文学已有近六十年的历史,已经是现代文学存在时间的两倍。它是否要"永远"停留在"批评"状态,而没有自己的"历史化"的任务?这是我非常关心的一个问题。①

当然,从目前看,学界对这一提倡还是有一定保留。这与当代文学研究一直以文学批评为主有关。甚至可以说,在很长时间里,当代只存在"文学批评"或"文学评论","当代文学研究"云云并非一个常用的、为所有人所接受的概念。批评家当然珍爱自己的才华与方法,对"历史化"(尤其从中衍生出的"史料派")的接受有一个过程可以理解。但程光炜不仅长于学术战略设计,更是一个身体力行的实践家:有了对"历史化"的紧迫感之后,他的"人大课堂"很快被命名为"重返八十年代"(时间大约是在2005年)。

(二)"历史化"研究方法的兴起

今天"重返八十年代"已经被目为一个重要的学术潮流,不过学界对此潮流范围的理解存在一定差异。有的学者理解的"重返八十年代"范围颇为广泛,举凡查建英主编的《八十年代访谈录》、甘阳主编的《八十年代文化意识》、韩少功的《反思八十年代》、张旭东的《改革时代的中国现代主义:作为精神史的八十年代》、贺桂梅的《人文学的想象力》都被囊括其中。这当然是极具包容度的一种理解,但此处希望推荐的"重返八十年代",就是限指程光炜

---

① 程光炜:《当代文学学科的"历史化"》,《文艺研究》2008年第4期。

及出自其"人大课堂"的一批青年学者所做的研究成果。这些成果具有突出的方法论共识与理论贡献,深可为今日研究取法。

程光炜的"重返八十年代"可以理解为"历史化"研究方法。他不但撰写过名为《当代文学学科的"历史化"》的论文,还将自己的专著取名为《中国当代文学研究的历史化》,可见他所提倡的研究方向。以这种"历史化"方法为追求,程光炜还出版了《文学讲稿:八十年代作为方法》等重要著作,并与学生杨庆祥合编《文学史的多重面孔:八十年代文学事件再讨论》。这部论文集收录了"人大课堂"多年的学生研究成果,非常能够代表新一代学者的前瞻眼光与历史意识。其中,不少学生现已成为引人注目的青年学者,如杨庆祥、黄平、李建立、杨晓帆等。

不过,此种意义上的"历史化"潮流并不完全限于程光炜团队。按李怡的说法,"李杨是'历史化'理论最早的倡导者,洪子诚的《中国当代文学史》则被公认为中国当代文学之学术化与知识化研究的开创之作。下面观点从根本上改变了当代文学的研究格局:'本书的着重点不是对这些现象的评判,即不是将创作和文学问题从特定的历史情境中抽取出来,按照编写者所信奉的价值尺度(政治的、伦理的、审美的)做出臧否,而是努力将问题"放回"到"历史情境"中去审察。'吴秀明的《中国当代文学史写真》也强调这种历史还原法"[①]。可以说,进入 21 世纪以后,"历史化"已成为现当代文学研究界比较广泛的共识,不但这些资深学者多有践行,最近十年毕业的博士更多受其影响与启发。但来自"人大课堂"的"重返八十年代",仍然是最具代表性的分析、借鉴对象。

---

① 李怡:《文史对话与中国现当代文学研究》,《中国社会科学》2016 年第 3 期。

二、"重返"的方法意义

(一)"看古物的眼光"

"看古物的眼光"是郜元宝教授对"重返八十年代"的评价,程光炜也"自觉他说得在理","我现在做文章,再看八十年代以来的文学作品和文学批评文章时,确实是一种看'古物'的心情和眼光"①。何谓"看古物的眼光",主要不是指对象距现在"已有二十年到三十年的时间","已经在那里'古老'了"②,而更多是指研究者秉持的知识考古学眼光、小心翼翼的怀疑论方法。用程光炜另外的说法,即是"有距离的研究":

> 所谓"有距离感"的存在,指的可能还不是"故意"与研究对象"拉开"什么心理距离,装着与己无关的样子。它指的是,如何从历史"风暴"形成的知识"气流"中脱身出来,如何既在历史中说话,但又能够不受它的文学意识形态的暗示与控制,有意识地用"自己"的方式来说话。③

在这种有意拉开距离、有意"作古"的眼光下,许多熟悉的文本、事件和常识都不那么熟悉了。譬如,"八十年代"呈现给我们的文学史知识真的是历史原生态么,它所讲述的"经典"作家与文本、"重要"时刻、"转折性"事件以及文学史迁徙地图,是如何从原初物事经种种"层累"而成为今天这番面貌的?这里面的问题毋宁杂

---

① 程光炜:《文学批评的"再批评"》,《文艺争鸣》2016年第3期。
② 同上。
③ 程光炜:《诗歌研究的"历史感"》,《渤海大学学报》2007年第5期。

乱层叠，存在着将之"作古"、细察其建构"痕迹"的广阔问题空间。由此，程光炜就把"重返"主要定位在"对已经'形成'的文学史'共识'的怀疑性研究"，"即是文学史研究之研究。它的目的是以既有的文学经典、批评结论、成规、制度以及研究它们的'方法'为对象，对那些看似'不成问题'的问题做一些讨论，借此提出自己的看法"①。

事后观之，这种定位使"重返"必然包含某种研究史的冒犯。这突出地体现在对"重写文学史"思潮的疏离上。在1980年代，新启蒙主义以"人的文学""主体性"等概念对新民主主义文学史阐释模式发起了持续"讨论"，并最终在"重写文学史"实践中毕其功于一役。然而，随着"重写文学史"的体制化，新启蒙主义将自身作为方法而导致的结构性权力问题也日渐显露出来。"重返八十年代"是学界最系统的有关"重写"过程中排斥、压抑、改写、重塑等问题的"清理"工作。它在两个向度上展开。（1）对"八十年代"的自我叙述的清理。有关现代派、新时期文学的"起源"、路遥、遇罗锦、蒋子龙、《晚霞消失的时候》等的系列研究，清理的都是牵连纵横在八十年代诸多"重要"文学运动、思潮、现象、文本之下的"事实的肌理脉络"。以沾连在"古物"上的这些"肌理脉络"为历史支撑点，众多"不成问题的问题"被重新问题化。这些新问题"胀破"新启蒙主义的边界纷涌而出，如"十七年"与八十年代的关系、新时期文学的"脱历史化"、先锋小说与消费之关系、作为"成规"的"伤痕"叙述，等等。在这方面，贺桂梅也做了许多与程光炜类似的工作，恰如赵黎波所言："着重考察这些概念生成的'知识谱系'和背后的'意识形态'因素，是'重返八

---

① 程光炜：《文学史二十讲》（上），台北：花木兰文化出版社，2016年，第17页。

十年代'的一个代表性的思路。如贺桂梅对'文化热'、'现代主义'、'先锋小说'、'纯文学'的'知识谱系和意识形态'考察的系列论文,从'发生学'的角度阐释了这些概念的产生、根源及其背后的意识形态性,为我们呈现出'新启蒙'思潮蕴含的由'反封建'进而反思'传统文化'的表现形态,人道主义的基本吁求,'传统/现代'、'中国/西方'、'文学/政治'的二元对立思维方式,'现代化'的意识形态追求等等,是如何渗透到 80 年代的文学思潮和知识立场之中,进而形成了强大的启蒙主义的文化逻辑和文学观念。"① 这种"再问题化"使"重写文学史"搭建的"八十年代"知识秩序面临崩解的压力。(2) 对"八十年代"他者叙述的清理。这指的是,我们今天所接受的"五四"、鲁迅、沈从文、张爱玲、孙犁以及"十七年文学"等文学史形象,基本上都是以"八十年代""作为方法"投射出来的结果。应该说,在这一向度上,程光炜的不少"清理"工作的确显得像"奇谈怪论",尤其是对"五四"形象的本质论追问。他认为:"以'反封建'(实际是反思'文革')的'启蒙论'为中心,并对'当代化'的中国现代文学史的史学观做新的'建构'","是中国现代文学研究'历史化'的最重要的工作。而这一'历史化'工作,又是通过套牢'五四'和'鲁迅'来实现的"②,然而"我们'今天'所知道的鲁迅、沈从文、徐志摩,事实上并不完全是历史上的鲁迅、沈从文和徐志摩,而是根据 80 年代历史转折需要和当时文学史家(例如钱理群、王富仁、赵园等)的感情、愿望所'重新建构'起来的作家形象"③。这类异见可

---

① 赵黎波:《站在"启蒙"之外的反思——"重返八十年代"对启蒙主义文学观的清理》,《文艺争鸣》2012 年第 4 期。
② 程光炜:《当代文学学科的"历史化"》,《文艺研究》2008 年第 4 期。
③ 程光炜:《新世纪文学"建构"所隐含的诸多问题》,《文艺争鸣》2007 年第 2 期。

谓突如其来,几有"搅乱"现代文学研究之势。对于"十七年文学"的研究,同样有令人紧张的气息:"在'改革开放'这一个'认识装置'里,'十七年文学'、'文革文学'变成被怀疑、被否定的对象"①,故应"重新识别被80年代所否定、简化的50年代至70年代的历史/文学。它们本来有着怎样而不是被80年代意识形态所改写过的历史面貌?"②

以上两个向度的"清理",都有些接近胡适所强调的"历史的态度":"凡对于每一种事物制度,总想寻出他的前因与后果,不把他当作来无踪去无影的孤立的东西,这种态度就是历史的态度"③,但又不止于此,而是始终都贯穿着后现代式的怀疑论,都在努力从"客观"叙述中发现作为叙述者的我们:

> 实际这个历史并不是"那个年代"的,而是"我们自己"的,是我们依据"今天语境"和"文献材料"的结合想象出来的。④

因此,"重返"充满了对既有知识和权威的冒犯,总希望在公认的文学史形象中析离出"八十年代"因素并进而想象最初的"古物"风貌。也因此,未与其事的青年学者对"重返八十年代"会有这样的印象:"所谓'重返'只是一种修辞性的说法,其遵循的是一种'回到历史现场'的'情景再现主义'逻辑,重在以历史的'后见之明',展示那些曾经广为流行甚至被奉为圭臬的概念和范畴之所

---

① 程光炜:《文学讲稿:"八十年代"作为方法》,北京:北京大学出版社,2009年,第1页。
② 程光炜:《历史重释与"当代"文学》,《文艺争鸣》2007年第7期。
③ 胡适:《胡适文存》一集,合肥:黄山书社,1996年,第276页。
④ 程光炜:《文学史二十讲》(上),台北:花木兰文化出版社,2016年,第24页。

以成其所是的背景、条件和关系。所以，与文学史方面的回顾大多沉溺于80年代昙花一现的'文学的黄金时代'的思路不同，文学理论与批评界对80年代的文学审美自律等观念弥漫了一种检讨与自责的情绪"①，这可谓恰切的判断。

（二）政治经济学还原方法

"看古物的眼光"对怎么"看"，其实也有精细而深刻的要求。在这方面，"重返"与"再解读"亦有很大区别。客观而言，主要出自于海外学者的"再解读"在解剖（"看"）文本内在多重话语纠葛方面是有独到经验的，但程光炜不止一次对这种汉学方法表示不满："大陆文学被演变成了'晚清语境'乱世男女情缘的一脉相承，或是更大的西方历史时空里的摩登故事或是骑士传奇。于是'当代'被编织在历史、空间万千细节中的一个不确定的变数，它的历史性痛苦，它的万千不安的辗转，它的心灵深处发出的一声声至今不息于耳的历史性深沉叹息遭到了后现代主义式的彻底瓦解，变成了'现代性'故事中的万千碎片。这样的'当代'，我们已经无法认真地加以辨认。我们的心灵，整个是一个被西方学术话语完全抽空了的虚无感觉。"② 在这类不满的背后，潜藏着程光炜作为当代思想者之于现实中国的内在关切。个人的身世经历，知识群体的历史挫痛，万千民众辗转的命运，这些可能并不和谐的经验和观察构成了他从事学术研究的历史感和热情。这种"心热"的学术品质海外汉学难以兼备。但在"心热"和如何"观看""古物"之间，程光炜提倡适宜的距离："我的一个看法是，做文学史研究的人，

---

① 赵牧：《"重返八十年代"与"重建政治维度"》，《文艺争鸣》2009年第1期。
② 程光炜：《历史重释与"当代"文学》，《文艺争鸣》2007年第7期。

要做到两点,即心热、手冷。"① 何谓"手冷"?就是我们不必成竹在胸,不必急于给眼前的"古物"快速配备上新结论,而是暂时"遗忘"所有的判断(包括权威结论和自己的"新见"),将目光凝聚于"古物"之上,把它看作陌生之物,慢慢地体认,慢慢地辨识。用程光炜自己的表述是:

> (我)小心翼翼地读这些小说,联想作家在创作它们时的各种情境……想看看落在上面的历史风尘,找找当年的斑痕,聆听一下作家创作作品时的呼吸,包括作品留下的一些莽撞、粗糙、不管不顾的那些痕迹。②

此种之于"风尘""斑痕"的辨认,意在还原"古物"所置身的政治经济与文化的权力关系,以及这层层叠叠的权力关系在"古物"流变为"熟悉之物"过程中的竞争与妥协关系。程光炜在最初提倡"重返"时,即提出类似的还原方法:"有必要采用历史还原的方式,通过细读读出渗透到一部作品中的'多种声音',进而对这多重因素、多种声音是如何型塑了'八十年代文学'的历史策略及其逻辑展开学术研究。"③ 不过从后来"人大课堂"的研究看来,缠绕在文本、作家、事件、文学史形象之上的,并不限于观念性的声音,还与现实的国家、民族、阶级、性别等介入性力量有关。故而梁鸿将"重返"总结为"重新进入历史,去发现'八十年代'的被建构性与生成性,把铁板一块的'八十年代'变为一个个'事件',

---

① 程光炜:《文学讲稿:"八十年代"作为方法》,北京:北京大学出版社,2009年,第222页。
② 程光炜:《文学批评的"再批评"》,《文艺争鸣》2016年第3期。
③ 程光炜:《八十年代文学与人大课堂》,《海南师范学院学报》2006年第5期。

去寻找它的话语组成,它的阶层性、知识性与意识形态性"①。

这种政治经济学视野下的文化观察,合"文本细读"与"文学社会学"于一体的历史辨认,构成了"观看""古物"的主要内涵。在此方面,程光炜的一批"小说细读"论文,如《小镇的娜拉——读王安忆小说〈妙妙〉》《〈塔铺〉的高考——一九七〇年代末农村考生的政治经济学》《香雪们的"一九八〇年代"——从小说〈哦,香雪〉和文学批评中折射的当时农村之一角》《"我"与这个世界——徐星〈无主题变奏〉与当代社会转型的关系问题》等等,都堪称是近年当代文学研究中的翘楚之作。

(三) 双重"历史分析"框架

如果说将"八十年代""作古"的方法使程光炜与新启蒙主义渐行渐远、政治经济学还原使他不趋从疏离于具体情境的"再解读",那么双重互动的"历史分析"框架则使他的问题意识真正"落地",变成可以在"人大课堂"上为学生提供的实操性的研究推进方案。那么,这种互动框架在"重返"中是怎样体现的呢?这主要表现在程光炜在论述中不循以作家创作心理或文本精神指向为轴的"旧例",而是"将它们与一个大时代的氛围联系起来"②,进而将缠绕在文本、事件、出版等文学问题周边的多重交叉的"力的关系"作为叙述线索和问题核心。有关《塔铺》、《妙妙》、先锋文学、《八十年代访谈录》等小说和文学现象的解读,都存在此种别出一格的论述设置。

---

① 梁鸿:《程光炜:"知识-社会学"批评及其历史意识》,《当代作家评论》2010 年第 3 期。
② 程光炜:《文学讲稿:"八十年代"作为方法》,北京:北京大学出版社,2009 年,第 375 页。

不过，程光炜并未将"时代"理解为使人茫然失措的混沌、抽象之物，而是予以了清晰的分层处理。对此，他有较为细致的陈述："我所指的'文学社会学'研究主要体现在孔德和埃斯卡皮的两个知识层面上：即孔德抽象化地认为'社会学能够追寻和发现社会世界中基本的结构和关系'，由此援引为我个人对当代文学史'基本结构和关系'的历史分析；而在埃斯卡皮相对具象化的层面上，我则主张像他那样对'文学'首先要通过'市场'才能成为被社会公众阅读的'文化产品'，换句话说，'作家'是在'读者'、'大众'和'市场'的意义上才得以成立的"，"我所说的'文学社会学'研究，即是'抽象化'与'具象化'能够达到相结合状态的那种研究方法。"① 或许，这种"抽象化"社会学研究可理解为文本、文学事件等所置身的政治经济之"大历史"观察，"具象化"则可理解为文学范围内的"微历史"观察，恰如杨庆祥所言："（抽象化）考察文学在总体社会结构中的位置和效用是最主要的目的"，"具象化的文学社会学指的其实就是文学的周边研究，也就是说，文学史不仅仅是关于文本的历史，同时也是批评家的文学史、编辑的文学史、读者的文学史、书商的文学史"②。这意味着，"重返"之于多重"力的关系"的历史分析是在抽象与具体、宏观与微观两个层面同时展开的。就"大历史"框架而言，出现在程光炜研究中的主要有"改革开放""走向世界""全球化"数种。在怀疑论分析模式下，程光炜视这些框架为"认识装置"，并观察它们在文学周边的"力的关系"中的作用。其中，"改革开放"的"装置"导致了"伤痕文学"的成规和"十七年文学"的"非文学化"，"走向世

---

① 程光炜：《80年代文学研究的"文学社会学"》，《热风》第4辑（2010年）。
② 杨庆祥：《"80年代"不仅"作为方法"——程光炜的文学史哲学》，《文艺争鸣》2011年第18期。

界"则促成了先锋文学、现代派文学的自我合法化,"全球化"则使"《中国当代文学思潮》、《当代中国文学概观》和《论文学的主体性》所担忧的冷战年代中国当代文学'自主性'缺失等""不再是一个紧迫而敏感的'当代'问题",相反,"以'文学'的立场来反抗全球化与大众文化的全面侵略"凸显为新问题,"这样,一度被90年代大众文化所压抑的'重写文学史'、'纯文学'、'五四传统'等新启蒙话语,再次被请回到90年代的'当代'语境中来,并释放出一度曾经丧失掉的叙述活力"①。类似的"大历史"视野不时闪现在程光炜的论述中,这使他的研究充满桑兵所言的"贯通感":"贯通——任何具体人事,都要置于历史错综复杂的整体联系脉络之中,才有可能认识得当。也就是说,在体的观照下,安放点、条理线和展示面,以求得其所哉。"②

比较起来,由编辑、读者、"批评圈子"、文学会议乃至琴棋书画等交错而成的"微历史"视野就在程光炜的研究中无处不在了。他不但写过《作家与故乡》《作家与阅读》《作家与读者》《作家与编辑》等系列论文,更在多数研究中以此"微历史"来结构论述。譬如,在孙犁"复活"现象的周边,程光炜就向硕士生和博士生们清理出层层叠叠的"条件":"一个现代作家在'当代'的'复活'仍然是有条件的,有'文学规律'和'人事因素'等因素",也包括"一个作家的'年龄'、'事件'、'遭遇'、'传统文化修养'、'大家庭出身'、'历史同情'等等",但更重要的是:

> 这些"条件"又必须是与"当代"社会语境密切联系的,

---

① 程光炜:《历史重释与"当代"文学》,《文艺争鸣》2007年第7期。
② 桑兵:《治学的门径与取法》,北京:社会科学文献出版社,2014年,第64页。

是后者精心认定和挑选的……在这一过程中,新的意识形态、文化观念和伦理因素都在参与对文学史的"重写",它将"历史的同情"赏赐给一部分作家,同时冷落另一部分作家,它是要将前一部分人从他们原属的"流派"、"群体"和"现象"中抽离出来,成为人们今天看到的许多新版文学史中"充满新意"的章节。①

这种衬托在"大历史"背景下的"微历史"分析,这种层叠交错的"力的关系"的发掘,怎么看,都是目前当代文学研究中最具创新感与历史感的研究方法。

"看古物的眼光"以及政治经济学的还原方法、双重互动的"历史分析"框架,是程光炜在方法论层面上最主要的创造。其福柯谱系学面貌之下因此又散发出胡适所谓"剥皮主义"的气质:"剥皮的意思,就是拿一个观念,一层一层地剥去后世随时染上去的颜色,如剥芭蕉一样。越剥进去,越到中心……我们对于一切哲学观念也应该常常试用这种剥皮手段。"② 这种处理方法充满学术的魅力。在此之外,他对跨界写作与历史间距的处理,也颇可为后学取法。前者指的是他仍以才情盈于纸上的评论文字承载历史复杂性的思考(学界誉为"史家批评")。融印象批评与历史分析于一体的文体创造,自由腾挪的论述,密密匝匝的史料,在"人大课堂"上实已形成较为稳定一致的文风。后者指程光炜在处理个人经验与公共经验关系上的谨慎。相对于那类将特殊的个人经验作为全部

---

① 程光炜:《孙犁"复活"所牵涉的文学史问题——在吉林大学文学院的讲演》,《文艺争鸣》2008 年第 7 期。
② 胡适:《中国哲学史》,下册,北京:中华书局,1991 年,第 1082 页。

"当代文学历史起源和所有问题之所在"① 的学者,他更希望"把'共同经验'与'个体经验'的关系处理成一个适当的、有分寸的而且是符合理性的关系",即"在不损害个体经验的基础上照顾共同经验在社会生活中的通约性,与此同时在照顾社会通约性的基础上又保护和维护了个体经验的尖锐性和鲜活性,在一种适当的状态中形成一个新的认识的张力"②。

三、"重返"的理论贡献

较之方法论层面的多重创新,"重返八十年代"在理论阐释层面同样令人印象深刻。由于对杰姆逊的"永远历史化"与福柯谱系学方法的娴熟运用,"重返八十年代"将八十年代不少已成"共识"的论断重新问题化了。其思路之独特、观察之新颖,在当代文学诸研究潮流中独树一帜。恰如论者所言:"这种反本质主义立场、对研究者自身的客观化追求,以及将既定观念'打上引号'进行知识谱系学分析的'问题化'处理方式,无疑是对之前的'新民主主义论'文学史观、以单一的启蒙现代性所建构的'整体化'文学史观的重要突破和变革。'重返八十年代'正是通过'历史化'的方式,将一九八〇年代的'新启蒙'、'人道主义'、'纯文学'等观念以及相应的文学批评和文学史论述'问题化',不再将他们视为'自明'的、不待论证的知识,而是利用谱系学、知识社会学的方法,揭示这些观念的建构过程及其建构中的知识—权力关系,对其进行意识形态批判。因而,也就走出了以往的一九八〇年代研究的'启蒙

---

① 程光炜:《历史重释与"当代"文学》,《文艺争鸣》2007 年第 7 期。
② 程光炜:《为什么要研究七十年代小说》,《文艺争鸣》2011 年第 18 期。

论'、'纯文学'文学（史）研究范式，打开了新的研究空间。"① 当然，做到这一点其实相当不易。由于"新启蒙"信守者在现实社会结构中有体制批评者和良知守护者的自我身份认同，在理论上长于使用普适性意味强的文学概念，"'新时期'文学知识与'新启蒙'式的文化观念之所以常常是'自明'的，是因为它们提出的总是那些看似具有普泛性的价值范畴、那些本体论式的文学知识，如'文学本体'、'人性'、'现代化'、'审美'、'文化'等等，而不是如50—70年代那种可以轻易地看出其'构造性'的特殊范畴，如'政治'、'阶级斗争'、'革命'、'社会主义'与'资本主义'等"②。故不少"新启蒙"信守者信念强烈，在一般读书人中间也有广泛的接受基础。对此，最初与程光炜一起提倡"重返八十年代"的李杨说得更为直白：

> 为什么一提起"规训与惩罚"，我们就会想到50—70年代文学呢？这是因为50—70年代的"规训"采用的都是看得见的外在的力量，比如开批斗会啊，把作家批评家投进监狱啊等等。这些都是外在的暴力，一目了然。80年代的"规训"为什么不容易辨析呢？那是因为80年代的"规训"主要采取的不是这种外在的暴力形式，而是采取内在的方式实施的。……通过言说和语言的运作，通过记忆和遗忘的选择，让外在的知识、思想、意识形态与政治转化为你的内在的要求。③

---

① 张慎：《"重返八十年代"的"新左翼"立场及其问题》，《当代作家评论》2015年第4期。
② 贺桂梅：《打开六十年的"原点"：重返八十年代文学》，《文艺研究》2010年第2期。
③ 李杨：《重返80年代：为何重返以及如何重返——就"80年代文学"研究接受人大研究生访谈》，《当代作家评论》2007年第1期。

不过,"80年代的'规训'"之说,恐怕也是许多思想解放运动的亲历者、追随者不能接受的。然而从1980年代到21世纪,中国社会问题在发生结构性转变,一些一度被目为普适、居于中心的概念与新的语境出现"裂隙"、被重新问题化,其实也是十分自然的事。李杨就直接表示:"就我的工作目标而言,是将八十年代重新变成一个问题,也就是将那些已经变成了我们理论预设的框架重新变成一个问题。"① 这实际也是"重返八十年代"的共同目标。程光炜、贺桂梅以及"人大课堂"的参与者们,都在这场"重返"中做了大量精细而有创造性见解的工作,其中有两项前已略有涉及,但特别值得珍视。

(一) 对"新启蒙"的问题化

今天谈论新启蒙主义,不能不提及李泽厚影响巨大的长文《启蒙与救亡的双重变奏》。此文收在他的《现代中国思想史论》一书中,在20世纪90年代,此书连同他的另外两部著作《中国古代思想史论》《中国近代思想史论》风行一时。从学术史眼光看,李泽厚的启蒙/救亡论,堪称1980年代的学术原点之一。尤其以下一段看法,猛烈解构了新民主主义的历史叙述:

> (封建主义)随着这场"实质上是农民革命"的巨大胜利,在马克思主义的社会主义或无产阶级集体主义的名义下,被自觉不自觉地在整个社会以及知识者中蔓延开来,统治了人们的

---

① 李杨:《重返80年代:为何重返以及如何重返——就"80年代文学"研究接受人大研究生访谈》,《当代作家评论》2007年第1期。

生活和意识。……从五十年代中后期到"文化大革命",封建主义越来越凶猛地假借着社会主义的名义,高扬虚伪的道德旗帜,大讲牺牲精神,宣称"个人主义乃万恶之源",要求人人"斗私批修"做尧舜,这便最终把中国意识推到封建传统全面复活的绝境。①

也因此,在"人大课堂"上,这一理论建构就成为重点讨论对象之一。张伟栋"重返"当年情境,认为李泽厚的一大贡献在于他成功地解决了1980年代如何绕开"十七年"而回到"五四"启蒙立场的问题,并通过对1949—1976社会主义的反思和批判,在现代化名义下实现了与西方的接轨②。任南南在《元话语:八十年代文化语境中的"救亡压倒启蒙"》一文认为,"'救亡压倒启蒙'作为'文革'他者化一个重要的理论支撑,绵延了整个八十年代的重写文学史潮流",实现了对现代文学历史的重构③。由此可见,启蒙/救亡论对二者关系的理解至少是可以争议的:启蒙不能救亡,救亡却必然包含启蒙,因此较之启蒙,内含启蒙的救亡才是一种可行、妥帖的政治文化战略,但李泽厚以启蒙为正轨,而将救亡视作临时之举和事实上朝向封建主义的倒退,在经历过"极左政治"、痛定思痛的1980年代自然可以理解,但进入21世纪以后,随着思想界的左右分化,越来越多的思考者开始认识到"中国式现代化"的必要与意义,其局限性也日益浮出水面。

但自1980年代后期开始,启蒙/救亡论就与现当代文学研究形

---

① 李泽厚:《启蒙与救亡的双重变奏》,《中国现代思想史论》,合肥:安徽文艺出版社,1994年,第39—40页。
② 张伟栋:《李泽厚与八十年代的文化逻辑》,《文艺争鸣》2010年第17期。
③ 任南南:《元话语:八十年代文化语境中的"救亡压倒启蒙"》,《当代文坛》2008年第2期。

成了有效互动。与此相关,新启蒙主义也"通过搁置'文革文学'和'十七年文学'""将自己的理论资源、价值立场和'五四'文学接轨,从而形成了以反封建、人性解放和现代化追求为核心的启蒙主义文学观念,并衍生出了一整套与此相关的知识框架:人道主义、主体性、向内转、纯文学等。这一套生产于80年代的关于文学的'知识'逐渐演变为一种'成规',不仅成为主宰'1980年代文学'的评价体系,也几乎成为牢不可破、不言自明的'集体性学科无意识'支配着我们对于'新时期文学'甚至对于'文学'的理解"①。在此过程中,现代文学研究也形成绑定鲁迅与"五四"并以二者为文学史叙述标准的特殊景观。然而,这更多是当时研究者主观意愿的投射,而与现代文学的实际情况有所疏离——鲁迅在世的时候,就深感"两间余一卒,荷戟独彷徨",并不感到自己可以代表其他人,"二周"原本即同源异途,胡适更与他相去甚远。与此同理,"五四文学"其实也不能代表驳杂而丰富的现代文学。但在新启蒙主义几乎"一统天下"的80—90年代,无人对此表示怀疑:

> 以"五四观"和"鲁迅研究"为双中心的现代文学研究,在很多人眼里已经变成了一个不能"再讨论"的历史性学科。很多意见、观点和结论已经成为"定论",所能做的工作,只能往"边缘处"靠拢,例如向社团、小杂志、三四流作家、教育、媒介、文坛轶闻和零碎边角材料上拥挤,或在"晚清"发现了另一个不同的"现代文学"。这正是"本质论—中心说"的学科思维走向"板结化"的结果。②

---

① 赵黎波:《站在"启蒙"之外的反思——"重返八十年代"对启蒙主义文学观的清理》,《文艺争鸣》2012年第4期。
② 程光炜:《诗歌研究的"历史感"》,《渤海大学学报》2007年第5期。

甚至，这种新启蒙主义还进一步锲入当代文学之中，形成了以启蒙非难革命、以现代文学为标准叙述当代文学、以"人的文学"解构"人民的文学"的流行现象。

新启蒙主义除了绑定"五四"以外，还有力整合了西方学术资源。在这方面，"重返八十年代"予以了有力耙梳，"程光炜、贺桂梅、黄平等都以具体的学术思潮为例细致考察了'西方学术'在中国的'理论旅行'，给我们呈现了 80 年代知识分子如何在'重构'西方中建立自己的知识立场的"，"而且深层次分析了在'文革'后的特定语境中，知识界是如何将这些'西方学术'置于启蒙的文化平台上，对不同的知识、思潮、理论进行过滤、改造甚至形变，从而把它们整合到'启蒙'这一强大的文化逻辑中去。这种有意无意的'理论误读'，将某些东西'夸张'、'放大'和'扩充'的同时，将另外一些东西'删减'、'偏离'、'改造'"，于是知识界就以此"一手牵起'五四'，一手托起'西方'，一个强大的'启蒙'新秩序就这样形成了"①。

应该说，程光炜自己成长于 1980 年代，受新启蒙主义滋养甚深，此番"反噬其身"的学术反思，非有极为通透的学术理性而不可为。不过，对于今日年轻学者来说，新启蒙主义之成为"问题"却是另外一番故事。可能在他们看来，当代中国相当一部分"50后"作家、知识分子还生活在"八十年代"的世界图景中，还在用《1984》《动物农庄》的"眼睛"理解、释读 21 世纪中国的现实。然而，当下青年的感受结构、情感结构已经发生变化。这不是说新

---

① 赵黎波：《站在"启蒙"之外的反思——"重返八十年代"对启蒙主义文学观的清理》，《文艺争鸣》2012 年第 4 期。

启蒙主义视野下体制/自由之二元对立不再是中国现实的一部分，而是说，有更为重要的异己力量（如资本）开始成为青年一代疼痛感的来源。而这，是多数功成名就的"50后"一代难以充分体验到的。这在现实思想格局中会自然演化为代际断裂。而这种变化，也是"重返八十年代"将新启蒙主义问题化的学术反思可以得到学界响应的重要的背景因素。

（二）对"断裂论"的清理

与对"新启蒙"问题化直接相关，"重返"还对流行至今的"断裂论"予以了强力清理。"断裂论"是新启蒙主义主导现当代文学研究的必然结果。自从李泽厚绕过"十七年文学"将八十年代文学与"五四文学"直接对接以后，1942—1976年间的大片文学史区域就陷入暧昧不明之中，甚至沦为现当代文学史叙述中的异质之物、有待清理出去的"杂质"。"重写文学史"以后的诸多研究结论与文学史著作都鲜明地呈现了这一点。在这些著述中，拥有《白毛女》《白洋淀纪事》《英雄儿女》《创业史》《红色娘子军》等大量优秀戏剧、小说、电影的社会主义文艺都沦为被弃之物。对此，程光炜一针见血地指出：

> 当前"十七年文学"研究里被巧妙安装了80年代的"新启蒙编码"，这是一个不言自明的事实。因为"历史就是将某一事件置于一个语境之中，并将其与某一可能的整体联系起来"，而这种"语境"就是"改革开放"的历史叙述，这种叙述需要"人的主体性"来支撑，更需要将"十七年"的事件性安插在这么一个不利于它的解释环境中，并用主体性来刺激它、揉搓它、开掘它；正是在这个层面上，我们曾经熟悉的

"十七年文学"被整理了也就等于被陌生化了，进而在新的历史语境中完成了它的整体性。在被启用的80年代"新启蒙编码"的识别下，"十七年"变成了非人性和非文学性的文学年代，它被放进一体化的历史容器里。①

这是说，"十七年"期间的诸多文学及其相关事件本来有其自身的因果与源起，但被学界在另外一种"不利于它"的环境中用另外一种"不利于它"的逻辑予以了"强制阐释"，因此导致它的变形、扭曲乃至消失。这是切中要害的观察！但程光炜的表述还是非常注意分寸感的。其实，岂止是"不利于它"，简直就是格格不入。如果说改革开放时代的文学以"人的主体性"为支撑，那么这种"人的主体性"显然是一种新启蒙主义所定义的"主体性"，其来源则主要是欧美新自由主义所强调的"消极自由"，强调个人不受侵犯的自由权利，主张政府退回"守夜人"角色，而将社会交付自由市场，由市场这只"看不见的手"来自然形成社会秩序与个人自由。这种自由主义从经济学到文学，构成80—90年代新启蒙主义的主要逻辑。然而"十七年文学"之所从属的中国革命实践，与这种自由主义的确可说是"格格不入"。一件小事可为证据。1965年长篇小说《欧阳海之歌》出版，彭德怀元帅读之泪下，因为小说中所叙欧阳海"饿死不讨米"的经历，几乎就是彭德怀童年悲苦生活的实录。在人地矛盾剧烈、大量人口求温饱而不得的民国时代，以革命者眼光看来，所谓"自发秩序"可能给民众带来毫无用处的自由（如可"自由"地饿死），更可能为民众出卖人格或身体提供法理依

---

① 程光炜：《我们如何整理历史——十年来"十七年文学"研究潜含的问题》，《文艺研究》2010年第10期。

据。因此，革命者不认可这种形式的虚幻的自由。在中国革命的设想中，只有实现"耕者有其田"，只有在一个经济相对平等、没有剥削的社会才可能实现真正的自由。故中国革命与新启蒙主义大有不同，它更近一种"平等主义的自由主义"，是"以平等求自由"，然而求经济、权力以及知识、性别之平等比顺从"自发秩序"艰巨太多，故中国革命及相应文学的逻辑核心，更似是落在"平等"一字之上。

一为自由，一求平等，拉开了新启蒙主义与"十七年文学"之间的根本分野。然而"断裂论"的实质就在于以启蒙主义去"强制阐释""十七年文学"——以自由去裁断平等，以启蒙去评议革命，以精英之所求去判断民众之所需。这中间不能不出现巨大鸿沟和错位。如果新启蒙主义坚信自己对于自由的理解才是"人"的唯一可靠内涵的话，那么万千彭德怀所寻求的平等就被挡在"人"的门槛之外。当然，这种阻挡亦有足够充分的理由，比如寻求平等的方法和结果可能都包含新的不平等，但这真的能否定"以平等求自由"背后生命的权利与价值么？答案无疑是否定的。但在80—90年代文学研究中，这种否定、屏蔽乃至妖魔化叙述还是在事实层面发生了——以革命为内容的"十七年文学"被新启蒙主义研究者拒绝承认为"人的文学"。

这种拒绝不但发生在对"十七年文学"予以"新启蒙"解读之上（对此，旷新年《写在"伤痕文学"边上》《当代文学的建构与崩溃》《"重写文学史"的终结与现代文学研究转型》等文有创造性的批评见解），而且也发生在另一种肯定式的影响甚大的"新启蒙"解读中，即"通过文本细读、资料的重新发现，寻找、放大'十七年文学'的'文学性'因素，以此来证明它是有价值的。'民间'视角、'潜在写作'概念和思路、'启蒙文学'形态、'个体精神'

碎片等等这些研究成果，极大拓展了'十七年文学'的研究空间，发掘出了'十七年文学'中被压抑的文学形态，这在很大程度上改变了我们对于'十七年文学'的认知。但是，这种研究，且不论它是否存在过度阐释的成分，就思维方式上看依然没有走出80年代启蒙文学史叙述的'价值预设'。在这些研究中，'十七年文学'的价值是依附于80年代文学而存在的"[1]。

以上新启蒙主义式的解读，就造成了当代文学内部的"断裂"。"前三十年"与改革开放时代就被叙述成了两种虽有"丝连"但终属"藕断"的时代，文学/非文学、文学性/政治性、多元/一体、无名/共名等二元对立、主从分明的概念项，遂成为流行思维，直到今天仍为部分学者所坚守，并以之非议持不同意见者。敢明确对这种新启蒙主义说"不"的，不是"再解读"思潮，亦非文学制度研究或"史料派"，而是"重返八十年代"。程光炜、李杨、贺桂梅、旷新年等学者，在此方面皆有各自的贡献，并形成了持久、积极的影响。

（三）"纯文学"观念的问题化

"纯文学"概念最集中的体现是"重写文学史"实践，"（它）原则上是以审美标准来重新评价过去的名家名作以及各种文学现象"[2]，这其实是承韦勒克、沃伦《文学理论》与夏志清《中国现代小说史》而下的顺应学术大势的理论提倡，并在改革时代的文学批评中得到广泛的响应。但究实而言，"纯文学"研究其实存在受困于欧美"新批评"的方法缺陷：割裂"内部研究"与"外部研究"，

---

[1] 赵黎波：《站在"启蒙"之外的反思——"重返八十年代"对启蒙主义文学观的清理》，《文艺争鸣》2012年第4期。
[2] 陈思和：《关于"重写文学史"》，《文学评论家》1989年第2期。

使文本成为封闭、孤立之物，既不能在宽阔的文化生产关系中理解文本构成，又不能在急剧的历史变动中阐释其意义生产。更重要的是，在1980年代以来的语境中，它的"纯"并不能有效保证。21世纪以来，已有不少研究者指认"纯文学"在"审美"之外与政治共谋的双重意识形态特征。一方面，"重写文学史"被认为承载了某种知识分子政治，"代表了知识分子的权利要求，这种要求包括：文学（实指精神）的独立地位、自由的思想和言说、个人存在及选择的多样性、对极左政治或者同一性的拒绝和反抗、要求公共领域的扩大和开放，等等"①。另一方面，它针对社会主义现实主义的"去政治化/去革命化"的反抗策略，还被认为"恰恰与以经济建设为中心的新时期主流意识形态存在着呼应关系"②。在此方面，"重返"可以说做了最为深刻的工作。如贺桂梅认为：

> 文学/政治的对立固然宣判了"纯文学"反叛的对象为非法，不过同时它也以"政治"的方式返身定义了自身。可以说，"纯文学"的强大历史效应并不在于它如何表述自身，而是在于它替代自己所批判的对象而成为新的政治理想的化身。可以想见，一旦造就"纯文学"批判能量的历史语境发生变化，这种批判效能也将丧失。而更值得讨论的是，由于在80年代的历史语境中，"纯文学"主要被作为"反政治"或"非政治"的说辞，填充进这一结构性"空位"中的具体内容本身携带的历史内涵反而是视而不见的。③

---

① 蔡翔：《何谓文学本身》，《当代作家评论》2002年第6期。
② 张慧瑜：《"纯文学"反思与"政治的回归"》，《文艺理论与批评》2006年第2期。
③ 贺桂梅：《"纯文学"的知识谱系与意识形态——"文学性"问题在1980年代的发生》，《山东社会科学》2007年第2期。

这些批评无疑是可以成立的。可以说，无论是在以"后三十年"否定"前三十年"方面，还是在争取知识阶层利益等方面，"纯文学"都难以以"纯"自立。故而连持重、谨慎的洪子诚也以为，"'文学自觉'、'回到文学自身'的文学'非政治'潮流，也可以看到它的政治涵义"，"所谓'纯'文学理论，所谓纯粹以'文学性'、'艺术性'作为标准的文学史"，"只是一种学术神话"①。以此，"重返八十年代"可谓是对"纯文学"观念的重新理解与及时纠偏。

四、"重返"的问题及其克服

"重返八十年代"在当代文学研究中的兴起已有十多年历史，它在问题与方法上的贡献当然并不止于以上所述，后起学者从中受惠的角度也可能各有不同。无论是程光炜还是他的学生，又抑或是李杨、贺桂梅，都能给人深刻启发。但是，任何一种研究方法，在惩前人之弊的同时也往往因运行日久而被发现或被疑有新的问题。"重返八十年代"也不例外。

不过，"重返"的问题——如果说真有问题的话——却首先来自程光炜的自我反思。大约在2015年前后，程光炜在"人大课堂"上开始有意引导学生做"理论减法，史料加法"的方法调整。此前"人大课堂"的研究论文基本上是理论、史料并重，但对此程光炜渐有不满。在接受张亮的采访时，他表示：

> 2005年到2014年，工作坊确实很强调理论对问题的穿透，

---

① 洪子诚：《问题与方法：中国当代文学史研究讲稿》，北京：生活·读书·新知三联书店，2002年，第41页。

> 是用理论带问题的研究路径。这种方法，能提高学生的理论素养，尤其是框架感。但是长此下去，研究本身的不足也暴露了出来，比如，史料文献较少，写出来的论文缺乏足够的说服力。……一般而言，文学史研究，最早都是提口号、说问题、亮招牌。热闹过后，就得坐冷板凳，到图书馆、知网上下功夫。某种程度上，学术研究是一个笨功夫，太聪明了不行，过于取巧更不行，因为学术研究看重的是耐心、耐力，包括对比较寂寞生活的忍耐等等。陆耀东先生那代学人，都是这样的。在武大跟他读博的三年，我对先生多少有一点点研究，注意到如果一个关键材料没找到，他宁愿放下很多年不动。这样做虽然吃亏，但一旦做出来就不一样，是底气很足的。因为有材料说话，你怎么驳都驳不倒。①

这表明，程光炜在日益接近传统学术的根底，希望为当代文学研究筑就更为可靠的考据学基底。这多少有些"以古为师"的意味。以此而论，孟繁华将他与洪子诚、吴俊等学者并称为当代文学研究的"乾嘉学派"颇为准确。

较之这种自我调整，张慎所言，则指向"重返八十年代"未必承认的问题。在《"重返八十年代"的"新左翼"立场及其问题》一文中，他直接认为"重返八十年代"有明确的"新左翼"立场。当然，他主要针对的是李杨、贺桂梅等的研究，而非程光炜及其团队的研究。客观而言，程光炜、李杨讨论问题都很注意分寸感的处理，注意与历史保持适当的距离，其实都不宜以"左""右"判别

---

① 程光炜、张亮：《"重返八十年代"文学课堂的缘起与展望——程光炜教授访谈》，《当代文坛》2018年第4期。

之,但张慎还是提出了两个值得留意的问题。

(1)对"重返"可能存在的启用社会主义资源的做法表示怀疑。他主要列举了洪子诚、王尧等学者的保留意见:"洪子诚早在新世纪初期与李杨就当代文学史问题的通信中就表明,不愿轻易放弃'对于启蒙主义的"信仰"和对它在现实中的意义',并对启用社会主义资源来批判中国当下问题的做法提出了质疑。认为即使要'复活''左翼文学'的批判精神,也不能'回避历史的反省之路'","在二〇〇九年十月二十四日召开的当代文学研究的'历史化'研讨会上,洪子诚同样对社会主义马克思主义的简化原则表示警惕,并强调自己依旧坚持'社会主义文学在中国的实践基本上是失败的'的基本判断。王尧、李新宇等学者也分别发表文章,对'重返八十年代'过程中,'退到那些已经被否定了的立场、观点、方法和价值判断上去'的做法提出了批评"①。这意味着,即便到了今日,50—70年代文学的价值仍未在学界取得广泛共识。故希望借鉴"重返八十年代"的研究者,如确实有为社会主义文艺实践"正名"之意,必须兼做两项工作,一是以更多的"史料加法"建立学术的可靠性与可信任度,二是要正面回应质疑者的顾虑。比如,洪子诚先生认为社会主义文艺实践基本是失败的,当是立足于真与美的判断,那么研究者即应以更细致的文本阅读与审美判断来做适当的回应。

(2)对启蒙价值的重申。对此,张慎承认新启蒙主义知识体系不完全经受得住后现代式的批判分析,但在他看来,"重返"论者为何不去对50—70年代文学的"本质化"做相应的解构工作呢?当然,他认为:

---

① 张慎:《"重返八十年代"的"新左翼"立场及其问题》,《当代作家评论》2015年第4期。

更为重要的是,在"重返"中,一九八〇年代的"改革"、"现代化"、"启蒙"以及这一思想背景下的文学及批评,都被视为某种"知识谱系"、"话语"控制下的"叙述"。这种简单化、本质化的后设视角、逻辑严密的理论自信,恰恰遮蔽了新启蒙在一九八〇年代逼仄、动荡的思想文化空间,艰难挺进的历史紧张感、艰难性、不确定性和复杂性。仿佛一九八〇年代的"新启蒙"一下子就走上了"话语霸权"的"星光大道",而这一过程中启蒙话语与社会主义话语的冲突,启蒙话语艰难的策略选择、博弈、妥协的历史过程,以及新启蒙理论资源内部的冲突等复杂情况,都被忽视了。"推进历史远比评价历史艰难",这是操持某种理论"重返八十年代"时所必需警惕的。[①]

这的确是对"重返"提出了有效的批评意见。展望未来,"重返"研究不仅要去新启蒙之弊,可能更重要的,是要在启蒙与革命之间、自由与平等之间寻求彼此皆可接受的"中间地带"。反过来,认同于新启蒙和以启蒙自重的研究者亦需做同样的努力,重新正视社会主义文艺可能的资源价值。如此相向而行,或可共同推进当代文学研究。

不过总的看来,在当代文学各种研究方法中,围绕"重返八十年代"的争议并不为大。较之反映论、"重写文学史"、"再解读",乃至较之更为后起的"史料派"与"社会史视野",可以说并没有太过明显的分歧。而且,"人大课堂"为当代文学研究培养了一批优秀的"80后"乃至"90后"学者,更是令人信服的事实。那么,

---

① 张慎:《"重返八十年代"的"新左翼"立场及其问题》,《当代作家评论》2015年第4期。

"重返八十年代"还有什么未尽空间吗？有的，这就是程光炜自己说的："（我们）把过去当代文学研究比较强调'作家作品'的研究方式稍微往'文学及周边研究'方面靠靠，通过把过去的研究成果'重新陌生化'再重新回到'作家作品研究'当中去。我们的目的，是最后推出一套'八十年代经典文学作品'"①，"我突然意识到，以研究'八十年代文学'为基础而形成的新的学科意识，不是正在那里要求着我们'重写文学史'吗？这当然是一部新的《中国当代文学史》"②。目前而言，这套新的"八十年代文学经典作品"和新的《中国当代文学史》尚有待变成现实。也就是说，如何从解构走向建构，如何从锋利的批评者变为令人亲近的建设者，也是一个挡在"重返"研究面前的新挑战。这个挑战，同样值得有志于借鉴"重返"的年轻人去应对。

推荐阅读

程光炜：《当代文学学科的"历史化"》

贺桂梅：《"纯文学"的知识谱系与意识形态——"文学性"问题在 1980 年代的发生》

杨庆祥：《路遥的自我意识和写作姿态——兼及 1985 年前后"文学场"的历史分析》

黄平：《"新时期文学"起源考释》

杨晓帆：《知青小说如何"寻根"——〈棋王〉的经典化与寻根文学的剥离式批评》

---

① 程光炜、杨庆祥：《文学、历史和方法》，《当代作家评论》2010 年第 3 期。
② 程光炜：《当代文学学科的"历史化"》，《文艺研究》2008 年第 4 期。

第七讲

史料派

第七讲 史料派

大约七八年前，我曾就治学经验对前辈学者黄修己先生做过一次访谈，他的一段自述令我印象深刻。他说，他当年在北京大学读书五年，就学会了四个字："干货"和"硬伤"。"干货"自然是指文章中要有大量一手史料，尤其是此前研究中较少或不曾触及的史料。这段谈话对我后来的学术方向产生了积极影响，史料的丰富度与可发掘性就成为我选择研究领域的重要考量因素。不过与此同时，我也注意到近三四年来当代文学研究中的"史料派"也逐渐上升为争议话题。这种"史料派"也被命名为"史实化趋势"或"史料热研究"，依我的了解，它实际上是当代文学研究"历史化"倾向的一部分。"历史化"倾向其实包含两层指向：一指研究方法的语境化，即尽量还原/重构研究对象所由产生的历史语境及其多重交互的权力文化关系，并将对象予以问题化和过程化；二指在研究过程中侧重原始史料的发掘与利用，重视考据学与当代文学研究的结合。"史料派"属于后者。应该说，对前一种"历史化"，学界的共识是比较高的，如深具代表性的"重返八十年代"研究的贡献已被广泛承认；但对后一种"历史化"则争议纷纭。推动"史料研究"的学者，影响最大的当然是吴秀明、程光炜、吴俊、金宏宇、王尧等学者。就程光炜而言，重视史料、"以古为师"可以算是"重返八十年代"的自然延展："众所周知，中国现代文学在八十年代的兴起，逐渐成为一个相对成熟和高水平的学科方向，根本的原因来自于它的'古典文学化'。也就是,不单把现代文学看做是一种活动的历史,同时也把它看成是一个可以稳定下来的历史现象,按照研究古典文学的方式,对之进行长时期的资料收集和积累,进行大量和丰富的具体作家作品研究,然后在此基础上,把现代文学变成一种有历史来路、前后传承和看得清楚(吴福辉教授语)的文学史现象。在我们看来,当代文学史的研究,在进行初步的问题、边界和方法的探讨之后,应该向着'现代文学化'的目标前行。"① 吴秀明则直接将史料研究称为一场迟到了的"学术再发动":"遵循学术研究的基本规律和基本规范,强调学术的自足性和规范性,重视文献史料和知识谱系,成为许多学者的共同追求。"② 不过几乎与此同时,当代文学研究内部出现了对史学化方法的日渐强烈的质疑。质疑的声音,主要出自一批最为卓越的评论家。这种质疑最初表现为私下的不认可,最近则外化为公开的拒绝,如旷新年直接以"平庸之恶"来命名此种研究中的偏失③。这种分歧引人注目,还被描述为"史料派"与"理论派"的"尖锐的对立":"史料派视理论派为空中楼阁,认为其研究任意主观、缺乏科学性;而理论派又视史料派为支离破碎,其工作为'剪刀加浆糊'、算不上学术研究。"④ 应该说,认真考量来自优秀评论家的"不同意见",从中深入了解史学化方法的固有缺陷,从而完成古典考据学方法朝向当代批评的自我调整,对于今天以史学化研究为志业的学者而言,其实是不可多得的对话与学习的机会。

---

① 程光炜:《当代文学六十年》,《文艺争鸣》2017年第10期。
② 吴秀明:《一场迟到了的"学术再发动"——当代文学史料研究的意义、特点与问题》,《学术月刊》2016年第9期。
③ 旷新年:《由史料热谈治史方法》,《文艺争鸣》2019年第3期。
④ 付祥喜:《中国现当代文学史料研究主体的三个"危机"》,《社会科学论坛》2016年第11期。

一、成为"问题"的史料派

不过,这并非暗指所有"不同意见"都必须循守。在这些批评中,有些意见其实并不可以完全采信。这主要指两种:(1)认为"史料派"欠缺理论思维,"壮夫不为",是缺乏大才华者的被动选择。这有一定误解,亦是缺乏史料研究经验与沉浸感的表现。对此,从事现代文学研究的樊骏先生早就说过,史料工作绝不是"拾遗补缺、剪刀加糨糊之类的简单劳动",它"有自己的领域和职责、严密的方法和要求、特殊的品格和价值",它"不只在整个文学研究事业中占有不容忽略、无法替代的位置,而且它本身就是一项宏大的系统工程,一门独立的复杂的学问"[①]。洪子诚先生也认为:"史料工作在视野、理论、素养、方法上的要求,一点也不比做理论和文学史研究的低。"[②] 程光炜则现身说法:

> (我)开始也不会从材料里整理问题,不知道如何将繁琐的材料条理化、问题化,变成一篇有意思的研究论文。经过这么多年的实践,慢慢才学会怎么化繁为简、去伪存真,把杂质淘汰掉,留下有价值的东西。在我看来,史料家不光是文学史家,也是一个批评家,他的眼光、素养、经验,都决定着材料的取舍,这是一个综合性的工作。[③]

---

① 樊骏:《中国现代文学论集》,上卷,北京:人民文学出版社,2006年,第302页。
② 王贺采访、整理:《当代文学史料的整理、研究及其问题——北京大学洪子诚教授访谈》,《新文学史料》2019年第2期。
③ 程光炜、张亮:《"重返八十年代"文学课堂的缘起与展望——程光炜教授访谈》,《当代文坛》2018年第4期。

程光炜原本是出类拔萃的评论家，21 世纪以来逐渐转入史料工作，他将"史料家"提升到"批评家"的高度去理解，实在是贴近实情的。（2）从学科发展意义上否定史学化方法。不少评论家公开表示，实在不能理解史料研究有何价值，如果它们不能改变既有文学史结论，那就想象不出它们有什么太大价值。应该说，这种否定是有底气的。的确，研究史上能新一时之局面、推动学科发展的气象宏大的文章，从来都出自思想家、评论家，而非讲求"有一分材料说一分话"的"雕虫"之辈。《启蒙与救亡的双重变奏》《论文学的主体性》《"二十世纪中国文学"三人谈》《当代中国的思想状况与现代性问题》等文章，不但不做考证，甚至经受不住考证，然而都以能准确把握学科与时代之大问题而影响深巨。不过，这其中亦有尴尬：能成为我们时代的"别、车、杜"的又有几人呢，相反，我们多数评论工作者临到学术生涯的终点，恐怕难以摆脱浮学无根、与时俱没的尴尬。比较起来，史学化研究更符合学术规则，"凡记述事物而求其原因，定其理法者，谓之科学；求事物变迁之迹，而明其因果者谓之史学……而欲求知识之真与道理之是者，不可不知事物道理之所以存在之由，与其变迁之故，此史学之所有事也"[①]，尤其是史学化研究极为重视"根据地"意识，讲求在一个选定的领域内深耕细作，它在某种"观念终会过时，事实却会长存"的信念下获得承认的概率更高。

所以，面对来自评论界的批评，"史料派"大可不必丧失自信，也不必把取得对方的认可当成自己的学术追求。在当前当代文学研究界，能"有部分学者从'前沿'状态抽身退却，不参与各种时论

[①] 王国维：《〈国学丛刊〉序》，《王国维文集》，第 4 卷，北京：中国文史出版社，1997 年，第 365—366 页。

争评,专心做当代文学史的案头工作"①,实在大有必要。实际上,已经有不少学者在做这样的案头工作,譬如,黄发有对编辑史料的收集与研究,斯炎伟、王秀涛对当代文学会议的关注,武新军对跨媒介改编的研究,宫立对集外文的发掘,李建立对《今天》个案持久的考察,袁洪权对选集、书信的耙梳,易彬对穆旦诗文集的整理与校注,徐强对文学手稿的研究,包括我自己有关20世纪50—70年代文学的制度研究、报刊研究和本事研究,也都属于这样的暂离"前沿"的学术工作。但是,在充满信心从事这些"案头工作"的同时,如何细心倾听评论界的"不同意见"并从中汲取建设性的信息,同样是必要且重要的工作。就此而论,有两层批评意见是切中肯綮、可以引以为戒的。

其一,重"史"轻"文",偏离文学之本义。郜元宝批评近年来"中国现当代文学研究"已俨然演变为"中国现当代文学史研究"(此说有所夸大),而文学研究倘真以"史"为旨归,那么它注定了价值有限,因为"和其他历史类人文学科(社会史、制度史、思想史、文化史、学术史)相比"无疑"底气不足":

> 作为文学史基本追求目标的情感想象偏于主观世界,很难外化和落实为公共知识谱系。社会史告诉我们某年某月发生了某事,这是确凿无疑的……但文学史家若说某年某月中国人的情感想象如何如何,肯定得不到普遍认可……文学史叙事即使有说服力,它所揭示和描绘的内容比起真实发生的历史事件来,还是没有同等的重要性和"学术价值"。②

---

① 李洁非:《典型文案》,北京:人民文学出版社,2010年,第5页。
② 郜元宝:《中国现当代文学研究的"史学化"趋势》,《中国现代文学研究丛刊》2017年第2期。

这一批评击中要害。事实上，史学化研究说到底是"史学化的文学研究"，它始于史料、归于文学，而非以文学史料为材料达成历史研究。倘是后者，文学作为叙事产品的可靠性必然如郜元宝所言极为可疑、有限。即便是可信度较高的文学书信、日记、档案之类材料，也只有在直接或间接地服务于文学研究时才是有价值的。比如，由洪子诚开辟的广涉组织、生产、传播、接受等领域的文学制度研究，其最大价值即在于此前相关研究甚为匮乏，这种"弥补性"工作极有利于真正的文学研究——"文学史就其最深刻的意义来说，是一种心理学，研究人的灵魂，是灵魂的历史"①——的开展。如果不与"人的灵魂"的揭示相关，文学制度研究的价值就相当局限。至少，较之政治史、经济史、法制史等领域的研究是缺乏自足、独立的品质的。

当然，这也意味着，即便是以文学为旨归的文学史学化研究，其考证空间也并非无限的。就当代文学而言，对于赵树理、柳青、样板戏或莫言的"周边资料"的发掘与了解，实是以"灵魂的历史"的讨论需要为条件的。超出这种需要的史料考订，恐怕价值有限。比如，考证一通普通的互致问候的书信、细究作家是出生在本月30日还是下月1日，一般来说对于探究文本背后"人的灵魂"并无什么必要。正因此，要适当区分"材料"与"史料"：有利于（含间接有利）"灵魂的历史"的讨论的材料方可称为"史料"，否则就只是"材料"。而对于"材料"，就未必有深入考订的必要了。此亦为古代文学研究者所推重的"考证的原则"："（1）需要也可能

---

① 勃兰兑斯：《十九世纪文学主流》，第一分册，张道真等译，北京：人民文学出版社，1997年，第2页。

考证时，考证是必要的；（2）考证不出来，也不妨碍作品的阅读。（3）有总比无强。（4）考证也不必过于繁琐枝蔓。"① 对此，我深以为然。虽然我自己也做文学制度、文学报刊等"外部研究"，但我还是以为在其"弥补性"价值逐渐实现以后，其服务于文学研究的效应必然发生递减。当此之时，文学研究还是应该更多地与文学文本、与"人的灵魂"及其相应的叙事世界相结合。可以说，以文学为本，援"史"入"文"，是史学化方法不应忽略的问题。

其二，"史料"与"问题"脱节，偏离研究之本义。史料考订的目的何在，它自身是否具有自足意义？对此，评论家明确否定："对文学创作中作家信息、作品生成信息乃至作为背景的社会文化信息的去伪存真、去粗取精的整理""是对研究对象进行价值判断的重要前提"，但"这些充其量只能说是做了一些基础工作，还远未抵达文学的核心"②。这同样是尖锐却又到位的批评。那么，何以史学化研究无法抵达文学研究的核心呢？"因为文学的本质是诗性的审美想象而不是史性的事实描述"，文学"是以虚构和想象的方式来把握和显示一下那些属于我们的本性、却在特定的历史条件下尚难以被人们拥有的东西。文学的这种借助虚构和想象'使人类以不断展开自我的方式走出自我，毫无羁绊地利用多种文化手段全景式地展现人的各种可能性'的诗性特征，显然远远超越了单纯的史料的能力范畴。"③ 显然，作为"诗性正义"的叙事实践，文学更多地关乎"灵魂的历史"，更多地隶属于人的情感与审美活动，外在的可以考订的作者行踪等信息至多只能是"周边材料"。而对"周

---

① 郭明：《从文学批评的角度论红学的索隐与考证》，《红楼梦学刊》2006 年第 4 期。
② 姚晓雷：《重视"史"，但更要寻找"诗"——也谈当下文学研究中过度强调史料建设作用的迷津》，《学术月刊》2017 年第 10 期。
③ 同上。

边材料"的单纯的"考"可能并不贴近文学,只有"考"而兼"释"(甚至以"释"为主)才能"抵达文学的核心"。无疑,这是熟谙海德格尔、加缪、福柯的评论家对所谓"研究"的最低限度的要求,而在当前史学化研究中,确实有些研究未能达到此种要求且不以为意。何以如此?很大程度上是因为古典考据学方法的天然合法性。在古代文学研究中,考订一篇诗作的本事来源,订正一个版本,还原一下唐宋文人交游史实,都会被目为学术之常。倘能沉潜为之、集腋成裘,甚至还会被认定为可称道的学术成就。当然,在古代学科这种认可无可厚非,毕竟年代久远、资料湮没,诸多"基本"史实要考订准确往往并非易事。但在当代研究领域,类似认可很难建立。在评论家看来,即便是50—70年代的"当代"也去今未远,且处于现代印刷、复制时代,甚至知情人还或有在世者,考证难度大大不及古代,怎可仅以一篇佚文之发掘、一件交往事实之订正甚至一次聚会之始末考为满足呢?故而史学化方法近年屡遭批评也在情理之中。其实,对此不足,不仅评论界屡有啧言,就是积极参与史学化研究的学者也多有及时反思,如斯炎伟称之为"知识化":"所谓的'知识'是相对于'问题'而言的概念,'知识化'现象即指史料研究过程中始终体现一种'知识'的眼光与意识,它将'问题的探讨'降格为一种'知识的言说',甚至是某种'常识的复述',从而在自觉或不自觉的状态下削弱了研究活动的学术含量。"①

"他山之石,可以攻玉",来自评论界的批评有的固然不必尽信,有的却可以成为文学史学化研究在激活、转换古典考证学方法

---

① 斯炎伟:《当代文学史料研究中的"知识化"现象》,《中国现代文学研究丛刊》2018年第10期。

时的重要借鉴。而拥有强大的阐释型评论家的"对话"队伍，反过来看，也是其他古典文学学科或语言学学科不可比拟的资源优势。

二、"以史料为本"

就目前而言，"史料派"研究亟须形成新的相对成熟的研究范式。新范式探索可从两种路径入手，一以史料为本，一以问题为本。如果说"以问题为本"更多是希望将古典考据学方法发展为现代的研究范式，那么"以史料为本"则是在新的研究条件下对考据学方法的继承，借用解志熙很多年前对现代文学研究的看法是："现代文学研究要想成为真正的学术，必须遵循严格的古典学术规范。"① 当代文学研究其实亦然。依我之见，"以史料为本"包括三个层面。

（一）基础性史料之发掘

据说顾炎武治学，日积月累，勤勉终年，"所至陋塞，即呼老兵逃卒，询其曲折，或与平日所闻不合，则即坊肆中发书而对勘之"（全祖望：《鲒埼亭集》卷十二），此即属于基础性史料的搜集工作。就当代文学研究而言，这种工作首先是指在报刊杂志公开发表或已正式出版的文学作品，以及作家、评论家、出版家及相关重要文艺工作者的日记、书信、回忆录、自传、年谱、访谈、口述等，以及党和政府的政策文件，等等。这些史料中比较早期的（如涉及民国的部分）正在面临毁损的危险。对此，刘福春深有忧虑，叹息"历史正在消失"："我们赖以生存的纸质书报刊已经临近阅读

---

① 解志熙：《美的偏至》，上海：上海文艺出版社，1997年，扉页题词。

的极限","2005年,《人民日报》海外版的消息,国家图书馆民国文献,中度以上破坏已达90%。民国初期的文献已100%损坏。有相当数量的文献,一触即破,濒临毁灭。国家图书馆一位副馆长讲:若干年后,我们的后人也许能看到甲骨文,敦煌遗书,却看不到民国的书刊"[1]。此种局面令人忧心,亟需有志者投入其中。比较起来,当代部分的公开发表、出版的史料就相对容易搜集一些,一般在规模较大的图书馆都能找到,但不足之处在于此类史料收集未必能"有的放矢",更可能是广求而薄收,所以有志于史料工作的学者,还需要充分理解"冷板凳"的含义。

不过,就基础性史料工作而言,更有价值的可能还在于特殊的"稀有史料"的发掘和收集。依我所见,各位"史料派"学者的工作,大约有如下几种特殊史料值得注意。(1)档案史料。沈卫威教授从南京"中国第二历史档案馆"发掘到大量民国文学档案,弥足珍贵。类似时期的文艺档案在其他各省市档案馆也有相当可观的收藏,很值得"史料派"学者深入为之。不过,文艺档案收集工作在我国目前档案制度下无疑比较困难。对此,洪子诚叹息说:"研究'十七年文学',包括整个当代文学,最大的困难反而是史料的问题。特别是当代这种与现实政治休戚相关的特殊情况,导致很多关键性资料的获取几乎不可能。我们国家现在似乎还没有决策层的资料解密的规定。"[2] 档案馆收藏大量比较珍贵的史料,但更多的材料是不能查阅的,如国家档案馆、军事档案馆等高级别档案机构,普通研究者甚至连查档资格都难以获得。此外,做档案史料工作还有一个连带问题:即便是已经解密的档案,若以之为基础形成研究成

---

[1] 刘福春:《寻求中国现代文学文献学学科的独立学术价值》,《长沙理工大学学报》2016年第6期。

[2] 洪子诚、钱文亮:《当代文学史研究中的史料问题》,《文艺争鸣》2003年第1期。

果,也存在发表与出版方面的较多障碍。这也是有志于此者不能不细加考量的问题。(2)内部资料。这是泛指仅限少数阅读范围的"内部出版物"和没有公开出版甚至没有私下流传的各类手稿、审稿意见等内部资料。这方面的资料极为宝贵。黄发有在这方面用心做了很多有价值的工作。他表示:

> 要系统搜集印数极少的内部出版物(内部报刊和内部图书)、民间出版物(民间报刊和自印文集)、会议简报、油印讲稿等,却有极高的难度。至于独此一份的手稿、日记、书信、档案资料、手抄本、检讨材料,以及稿签、审稿意见、稿费单等原始书证,那更是可遇不可求。而且这些纸质材料的材质较为脆弱,同时代人不搜集的话,就会彻底消失。在电子媒体迅速崛起、印刷媒介走向衰落的语境中,纸质史料的保存与流传会变得更加困难。①

仅就内部刊物而言,就有相当规模:"像中国作家协会的会员刊物《作家通讯》、中国文联的内部刊物《文艺界通讯》经常会刊发中国作家协会、中国文联的工作动态、工作计划、领导讲话、会员来信等并不常见的材料,具有较高的史料价值。《文艺报》主办的内部刊物《文艺情况》是了解新时期初期文坛乍暖还寒的精神气候的一扇窗口,其信息来源广,信息量大,转发了不少内部刊物的重要资讯。'十七年'的《作家通讯》尤其珍贵,刊物明确规定'会员刊物,不得外传',印量有限","各省市作家协会和文联也大都创办了内部刊物,譬如中南作家协会的《中南作家通讯》、山东作协的

---

① 黄发有:《史料多元化与当代文学研究的相互参证》,《南方文坛》2019年第3期。

《创作与学习》和《山东作家》、黑龙江作协的《创作通讯》、北京作协的《北京作协通讯》、河南作协的《河南作家通讯》等,这些内部刊物发表的文稿较为芜杂,但要了解这些省市作家协会的发展轨迹、运行情况以及当地文学状况,其中的材料具有独特价值"①。这类内部刊物在图书馆基本上无从觅寻,需要研究者从各种民间渠道广泛求索。但遗憾的是,用心从事此项工作的学者颇为少见。

(3)口述史料。口述史料之重要性自不必多讲,在中文各二级学科中可以做口述史料其实也是当代文学研究的优势所在。一般说来,口述史料主要针对作家、编辑、批评家等文学从业者展开,口述内容则会涉及文学作品的创作与出版、重要文学论争、文学会议与政策等方面的内容。不过按照程光炜的理解,口述工作还可以涉及更宽广的内容。他表示:当代文学史"是一片辽阔茂盛的田野,是一片郁郁葱葱的文学大地",在"这一片辽阔茂盛的田野下面,蕴藏着多少'历史研究'所不知道的文学史矿藏呢?""这个历史段落可以分上下层,上层是看得见的文学田野,下面则是还沉睡着的文学矿藏。我把作家作品形容为文学田野,而把产生作家作品的历史原因形容为文学矿藏。"②那么,"沉睡着的文学矿藏"又具体何指呢?包括"疆域、山川、名胜、学校、赋税、物产、乡里、人物、艺文、金石、灾异、历史、地理、物产、风俗等等。这些地理条件和文化气候,是怎么影响了他们人生观念、文学观念和创作风格的"③。明眼人不难看出,对这些"文学矿藏"的发掘不是单靠进图书馆就可以完成的。图书馆、档案馆里或许存有相关记载,但地方

---

① 黄发有:《史料多元化与当代文学研究的相互参证》,《南方文坛》2019年第3期。
② 程光炜:《从田野调查到开掘——对80年代文学史料问题的一点认识》,《中国现代文学研究丛刊》2017年第2期。
③ 同上。

名胜、赋税、物产、人物、金石、灾异等与柳青、孙犁、王安忆或莫言的关系，却绝非现成资料可以提供。要获得这样的史料，必须更多地依靠"田野调查"，要去作家的出生地、写作地或故事发生地实地调查，去访谈相关知情人、当事人，要通过大量口述工作才可能完成。这种工作，与其说是在发掘史料，不如说是在创造史料、抢救史料，其难度不言而喻。但其价值之大，自然也在公开出版的文献史料之上。亦因此故，程光炜亲自实地调研，撰成《莫言家世考》系列文章，堪为示范。

目前来看，上述三类特殊史料的搜集都十分必要，甚至紧迫。但从事实来看，学界中人愿意身体力行、勉力为之者也不为多。随着不断加大的研究的需要，这种状况应该会得到改善。与此同时，这种以"采铜于山"为特征的基础史料的发掘，也还包含辨识、汰选的环节。冯友兰对哲学史史料工作曾提出"三步棋"走法：一、收集史料，求"全"；二、审查史料，求"真"；三、了解史料，求"逐"。这就要求我们面对史料要善于辨别真伪、去伪存真。当然，以陈寅恪之见，所谓"假材料"也未必全无价值："以中国今日之考据学，已足辨别古书之真伪。然真伪者，不过相对问题，而最要在能审定伪材料之时代及作者，而利用之。盖伪材料亦有时与真材料同一可贵。如某种伪材料，若径认为其所依托之时代及作者之真产物，固不可也。但能考出其作伪时代及作者，即据以说明此时代及作者之思想，则变为一真材料矣"[①]，这可谓可贵的通透之见了。

（二）对当代文学史料的系统性整理

史料工作还包括对业已存在的文献材料的成系统的整理。梁启

---

① 陈寅恪：《金明馆丛稿二编》，上海：上海古籍出版社，1980年，第248页。

超的说法，无论是在学者层面还是政府层面都能得到响应："大抵史料之为物，往往有单举一事，觉其无足轻重；及汇集同类之若干事比而观之，则一时代之状况可以跳活表现。此如治庭园者，孤植草花一本，无足观也；若集千万本，莳以成畦，则绚烂眩目矣。"① 实际上，大约从十年前开始，政府就开始通过各类基金项目（尤其重点项目、重大项目）对当代文学文献史料工作给予有力支持，如程光炜承担的国家社科项目"当代文学史资料长编"，已经出版"新时期文学史料文献丛书"（同时列入"十三五国家重点图书出版规划项目"），含《伤痕文学研究资料》《反思文学研究资料》《新历史小说研究资料》《先锋小说研究资料》《先锋话剧研究资料》等，共 16 种；吴俊承担的教育部重大社科攻关项目"中国当代文学批评史"，也已出版大型资料丛书《中国当代文学批评史料编年》，凡 12 卷，共 550 万字。近年新立项的国家重大社科项目，如"中国新诗传播接受文献集成、研究及数据库建设（1917—1949）""陕甘宁文艺文献的整理与研究（1934—1949）""抗战大后方文学史料数据库建设研究""多卷本《中国现当代旧体诗词编年史》编纂与研究及数据库建设""中国当代文学期刊发展史"等，预期都会有大型史料丛书汇编、出版。此外，孔范今等主编的《中国新时期文学研究资料汇编》，王尧、林建法主编的 6 卷本《中国当代文学批评大系（1949—2009）》，也是近年文学文献整理的实绩。

可以说，以上文献资料的整理与出版已初见规模，既如此，那吴秀明、程光炜等提倡者何以仍对史料整理有急迫之感呢？从目前情况来看，近年史料文献整理虽有成绩，但在部分整理工作中，仍然存在三个问题。(i) 部分文献史料集其实是研究论文汇编或期刊

---

① 梁启超：《中国历史研究法》，北京：东方出版社，1996 年，第 78 页。

目录汇集,而此种工作在"中国知网"等数据库日趋完善的情形下,其价值不免受到影响,因为其所提供的论文内容或标题可以轻松检索得到。(ii)缺乏对原始史料的真正阅读。以50—70年代文学史料而论,十几年前,洪子诚主编的两种资料集《二十世纪中国小说理论资料(1949—1976)》和《中国当代文学史·史料选》(上、下),惠及学界甚多,但后来新出的一些史料集则有一定差距。有时甚至令人私下怀疑,有些编者可能并没有真正广泛研读过50—70年代文学报刊一手资料,而只是从文学史教材上"按图索骥"地找了一些"曝光度"颇高的文章编在一起,因为他们所选史料总不外乎周扬等领导人的讲话或胡风、"黑八论"等被批判的文章。这倒不是说周扬、周勃、何直等人的文章不重要,而是说这种高度重复的编选很大程度上是偷懒的结果,甚至仍被50—70年代的眼光所限制:选来选去就是那么一些文章,不过过去认为好的今日指认为坏,过去视为异端者今日奉为经典。(iii)口述、访谈等有关"沉睡着的文学矿藏"的田野工作实有与时间赛跑的意味,亟待开展。不必说"十七年"期间活跃的作家现今已凋零大半,新时期以来成名的"青年作家"现在也开始成批地步入老年,甚至陆续有人离世,如路遥、史铁生、张贤亮、陈忠实等。此情此景,怎不令目光长远者心生焦虑?

以此而论,此后当代文学文献整理工作,与"中国知网"基本重复的论文汇编或可暂停,但有两项工作却大可开展:(i)建立在对与当代文学有关的日记、书信、档案等资料的广泛阅读基础上的资料辑选与汇编,需要更多人力的投入。这表现在,不但这些材料的发掘尚须继续,而且即便已经整理出版的日记或书信集亦须予以"再整理"。何以如此?因为文人记述日记,主要是为自己的日常生活留一存照,而非专门针对后世研究而为,故其中具有研究价值的

"史料"，往往未必十中有一。譬如，《徐光耀日记》算是史料价值较高的一种，但厚厚 10 卷本《徐光耀日记》，其中涉及文学运动、写作、出版、阅读与传播的具有研究价值的史料约为 2—3 万字，至于自我保护意识过强、下笔万般谨慎的茅盾、冯亦代等名作家 1949 年后的日记，称得上"史料"的文字的比例就更低了。在此情形下，对业已出版的书信、日记予以"再整理"、出版类似"日记所见中国当代文学史料丛书"就极具价值，但目前此类耗时耗力、缺乏论文产出的工作尚未见到。（ii）系统而非零散的文学"田野工作"需大规模开展。这既包括围绕具体作品、文学事件而展开的口述、访谈，也包括程光炜所说的围绕具体作家而展开的有关地方名胜、赋税、物产、人物、灾异等与作家人生观念、文学观念之关系的调研，当然也包括系列的"作家口述文学回忆录"的工作。关于后者，目前虽已出现一些取名"××文学回忆录"的著作，但其中不少是作家零散的自述文字的汇编，而不是真正的口述工作的成果。目前来说，很有必要大力推进"田野工作"，这一板块其实是当代文学史学化研究最能优胜于现代文学研究、古代文学研究之所在，也是最有价值的部分。此外，由于网络时代到来而出现的新型史料也应在发掘、整理之列。

（三）史料考订型研究

实际上，批评家之所厌倦的"平庸之恶"即是针对此类研究。的确，考订型研究不大可能以一文而耸动天下，但对于一封书信的发现，对于一则日记的考释，对于一个版本的寻觅，对于一桩文学事件的还原，都能以细微之功、日积月累之效而见其成绩。此外，即便史料考订与文学史"大问题"相去较远而有"平庸"之嫌，其实也不妨碍它们对当代文学研究的间接贡献。譬如，一篇即便只是简单呈现《创业史》《沙家浜》《爸爸爸》《心灵史》版本变迁的考订文章，即便只是局限于梳理胡风、冯雪峰、周扬之人事纠葛的文章，对于研究创作心理和文学思潮的其他学者也必大有裨益。所以，考订型研究的价值或许并不在于能否直接"抵达文学的核心"，而在于它们所发掘的新材料可以在不同研究者手中与不同问题相遇并激活新的结论或方法，陈寅恪所谓"整理史料，随人观玩，史之能事已毕"① 的意思亦大略在此。亦因此故，一生以考据为志业的陈子善先生的学术成就广被认可，而一直"以问题为本"的程光炜近年也开始提倡"理论减法，史料加法"。"以史料为本"的研究无疑可以继续光大为之。

当然，对此种古典考据学方法仍有斟酌损益的空间。洪子诚在《材料与注释》中"围绕某一时间、问题，提取不同人，和同一人在不同时间、情境下的叙述，让它们形成参照、对话的关系，以展现'历史'的多面性和复杂性"② 的做法，就不再是史料堆砌，"而是借助预设在两个文本之间的多重智性关联，对当代文学史述的可能范式进行一次罕见的尝试"③。以此观之，所谓"平庸"的考订型研究仍是史学化研究不可或缺的一环，且别具返朴归真的研究品质。

三、"以问题为本"

不过，当代文学史学化研究在坚持自己的同时，亦须认真考虑摆脱所谓"平庸之恶"的问题。对此问题，历代大学者皆有强调。

---

① 陈守实：《学术日录·记梁启超、陈寅恪诸师事》，《中国文化研究集刊》第 1 辑（1984 年）。
② 洪子诚：《材料与注释》，北京：北京大学出版社，2016 年，第 2 页。
③ 斯炎伟：《当代文学史料研究中的理论思维问题》，《学术月刊》2017 年第 10 期。

章学诚批评乾嘉旧习说："近日学者风气，徵实太多，发挥太少。有如桑蚕食叶，而不能抽丝。"① 陈寅恪也认为："一时代之学术，必有其新材料与新问题。取用此材料，以研求问题，则为此时代学术之新潮流。"② 都是强调史料整理当以对"新问题"的揭示为贵。黄侃对有无"新问题"，以"发明"与"发见"二者别之："所贵乎学者，在乎发明，不在乎发见。今发见之学行，而发明之学替矣。"③ 其所谓"发见"当指对新材料的发掘，"发明"则指从已有材料中发现"新问题"，见人之所未见。严耕望认为，若能见人之所未见，即便是使用旧材料也是无妨："新的稀有难得的史料当然极可贵，但基本功夫仍在精研普通史料"，"真正高明的研究者，是要能从人人能看得到、人人已阅读过的旧的普通史料中研究出新的成果，这就不是人人所能做得到了"，这"绝不是标新立异，务以新奇取胜，更非必欲推翻前人旧说，别立新说。最主要的是把前人未明白述说记载的重要历史事实用平实的方法表明出来，意在钩沉，非必标新立异！"④ 这些论断，都堪称学术研究中深可铭记的真知灼见。

（一）"有实无虚，便是死蛇"

而"在乎发明"、能够"钩沉"，就必须对史料考订型研究予以"升级"改造。这既可以推动古典考据学方法自身的当代发展，也可以因势利导，充分利用可以与思想界、评论界深度"对话"的资

---

① 章学诚：《章学诚遗书》，北京：文物出版社，1985年，第82页。
② 陈寅恪：《陈寅恪集·金明馆丛稿二编》，北京：生活·读书·新知三联书店，2001年，第266页。
③ 黄焯记录：《黄先生语录》，《蕲春黄氏文存》，武汉：武汉大学出版社，1993年，第218页。
④ 严耕望：《治史三书》，上海：上海人民出版社，2011年，第21—22页。

源优势。实际上，对于自己早年关于考据学的提倡，梁启超后来颇有悔意："一般作小的考证与钩沉、辑佚、考古，就是避难就易，想徼幸成名，我认为病的形态。真的想治中国史，应该大刀阔斧，跟着以前大史家的作法，用心做出大部的整个的历史来，才可使中国史学有光明、发展的希望。我从前著《中国历史研究法》，不免看重了史料的研究和别择，以致有许多人跟着往捷径走。我很忏悔。"① 显然，梁启超对考据在"饾饤之学"之外尚有"大史家"之期待。而"大史家"与"饾饤之学"的区别，即在于抽象的理论思维能力，尤其是成体系的理论分析。对此，彭玉平言之清晰："理论研究若不能建立体系，便是跛脚之理论，必漏洞百出，不耐人思；考证之文若不能由此关联更大问题，则考证之意义便极有分限。考证事实既明，须环顾左右，一观此事实影响范围若何。范围愈大，则考证之价值便也愈大。故由考证入，亦须由考证出，方使考证焕发神采。"② 这种期待置之于当代文学的史学化研究，便是充分吸纳、利用当代评论的思想资源，谋求史料型研究的当代转型。而这，是"以问题为本"的另一类史学化研究的价值之所在。

所谓"以问题为本"，系指在史料考订的同时以文学（史）问题为根本，使史料考订围绕某一具体文学史问题而进行，进而使之紧密地成为文学研究的一部分，而非历史研究之一部分，更非纯知识性的谈资或轶闻。对此，蒙文通曾借孟子"观水有术，必观其澜"之言说：

> 观史亦然，须从波澜壮阔处着眼。浩浩长江，波涛万里，

---

① 梁启超：《中国历史研究法 中国历史研究法补编》，北京：中华书局，2014年，第417页。
② 彭玉平：《倦月楼论话》，《古典文学知识》2017年第1期。

须能把握住它的几个大转折处,就能把长江说个大概;读史也须能把握历史的变化处,才能把历史发展说个大概。做学问犹如江河行舟,会当行其经流,乘风破浪,自当一泻千里。若苟沿边逡巡,不特稽迟难进,甚或可能误入洄水沱而难于自拔。故做学问要敢抓、能抓大问题、中心问题,不要去搞那些枝枝节节无关大体的东西,谨防误入洄水沱。以虚带实,也是做学问的方法。史料是实,思维是虚。有实无虚,便是死蛇。①

不敢抓、不能抓"大问题"、"中心问题"正是考订型史料研究的症结所在。当代评论界批评传统考订型研究所涉及的重"史"轻"文"、史料与问题相脱节等缺陷,正是"有实无虚"的结果。"以问题为本"的史料研究,则与传统史料考订不大相同,它将中心问题锁定在某一重要文学(史)问题上,而以大量史料考订为基础,力求"考""释"并举,使问题的阐释与论证建立在扎实、可靠的史料基础之上。

但是,"以问题为本"也易滑入某种误解。对此,斯炎伟敏锐地指出:"强调史料必须用问题去激活,并不是主张要在研究活动中事先预设一个问题,然后以此为目标去寻找与组织史料,让史料成为问题的装饰或点缀,这无疑让史料研究掉入了另一种我们必须警惕的'观念先行'的泥淖。"② 遗憾的是,在部分研究中的确存在这种"观念先行"的现象。譬如,洪子诚提出以"一体化"概念来理解50—70年代文学,但在洪子诚这里,"一体化"是一个多重力

---

① 蒙文通:《治学杂语》,《蒙文通学记》,北京:生活·读书·新知三联书店,1993年,第1页。
② 斯炎伟:《当代文学史料研究中的"知识化"现象》,《中国现代文学研究丛刊》2018年第10期。

量参与的动态过程,但部分学者将之视为既定的"普遍结论",其研究也就变成了为这种"普遍结论"寻求有利证据。无论是研究报刊还是研究版本变迁,都能够(也只能)发现他预想会发现的材料,最后则恰到好处地通向既定结论。这样的研究,多少让人有点疲倦。实际上,"以问题为本"并非要在研究展开之前先预置一个问题进去。恰恰相反,研究的首要之事是暂时与自己长久思考的问题拉开一定距离,甚至是"遗忘"相关问题。然后在没有"先见之明"的前提下,尽可能广泛地阅读、琢磨第一手史料,如文学事件始末,相关日记、书信、回忆录、档案、谈话等等,沉浸其中,让材料自己"说话",让材料自己呈现出问题。这么说略有"务虚"之嫌,但对于长久浸润于史料之中的学者来说,其实是冷暖自知之言。的确,部分史料并不能直接从中发现值得讨论的问题(可暂行搁置),但很多史料却往往能在不经意之间呈现出它自己所独有的问题。譬如,1950年南京文联主办的《文艺》月刊是份党的机关刊物,但这份刊物几乎不刊登周扬、胡乔木、丁玲等来自延安的文艺领导和知名作家的作品,甚至也不提及当时已被宣布为"新中国的文艺的方向"的《在延安文艺座谈会上的讲话》,与之相对的,则是频繁可见的苏联理论家的名字或文章,如列宁、高尔基和塔拉森科夫等。这不能不让人考虑到以前不曾料及的"老解放区文艺"内部也可能存在着"代表不同利益和不同力量的媒介观点"之间"进行着较量"① 的新问题。

当然,"老解放区文艺"内部成分的矛盾(如八路军系统与新四军系统之间、不同根据地之间的差异)属于小的问题,但"以问

---

① 大卫·克罗图、威廉·霍伊尼斯:《媒介·社会:产业、形象与受众》,邱凌译,北京:北京大学出版社,2009年,第190页。

题为本"的"问题"其实是可小可大的。其大者，或略近于陈寅恪所谈的"预流"："一时代之学术，必有其新材料和新问题。取用此材料，以研求问题，则为此时代学术之新潮流。治学之士，得预于此潮流者，谓之预流（借用佛教初果之名）。其未得预者，谓之未入流。此古今学术史之通义，非彼闭门造车之徒，所能同喻者也。"① 近十几年来，程光炜主持的"重返八十年代"堪称创"此时代学术之新潮流"者。对此，他自称是有关"内心的戏剧"的"微观史学"的方法："法国年鉴派有一个'时段史学'的说法。他们所说的时段史学，是在反对宏观史学的基础上提出的一个微观史学的设想。但是微观史学内部也潜藏着宏观史学的视野和框架，两者其实并不矛盾。"② 而他所说的"微观史学"，更落实在通过大量文献、资料去捕捉的"内心的戏剧"："透过这些材料去触摸'外表的人心中的内在的人，看不见的人、核心'，产生那一切的能力和感情，'内心的戏剧'和'心理'。即是说，通过触摸这些东西去深刻理解那个年代的人的悲欢离合，这些悲欢离合中的历史面貌、历史轨迹，以及历史的整体性形成之原因。"③ 而这，其实也是郜元宝所寄希望于史学化研究的："真正可以和作家主体的心态沟通，看到作家主体在所有这些方面所呈现的精神活动的真相。"④

（二）"内""外"互动

无论是把"问题"锚定在文学史问题还是作家主体精神，"以

---

① 陈寅恪：《陈寅恪史学论文选集》，上海：上海古籍出版社，1992年，第503页。
② 程光炜、张亮：《"重返八十年代"文学课堂的缘起与展望——程光炜教授访谈》，《当代文坛》2018年第4期。
③ 程光炜：《研究当代文学史之理由》，《名作欣赏》2018年第22期。
④ 郜元宝：《中国现当代文学研究的"史学化"趋势》，《中国现代文学研究丛刊》2017年第2期。

问题为本"的史学化研究在今天都还只能算是起步未几、有待开拓的新领域。其间,不但"作家主体的心态"可以引入为史学化研究的问题,其实文本叙事实践也可引入为史料考订的最终"落脚点"。也就是说,如果能将文学文本自身的内部叙事问题与文本的"周边材料"予以有效对接,也不失为有效的史学化研究之思路。譬如,在古代文学研究中相沿既久的"文学本事批评"若经"升级"改造,即可以很好地适用于这一思路。从当代文学的创作实践来看,无论是"前三十年"还是改革开放四十年,皆有许多文学作品直接取材于现实中的真实人物和事件,前如《林海雪原》《红岩》《铁道游击队》《青春之歌》,后如《芙蓉镇》《活动变人形》《平凡的世界》《白鹿原》《野葫芦引》。这些作品存在本事原型与其艺术成就高低并无关联,但本事史料的存在,却可以使史学化研究突破古代文学本事研究"知人论世"传统而深入到叙事领域。这指的是,从一桩现实的事件(本事)到被叙述出来的文学事件(故事),其差异与裂缝之大,足以为史学化研究提供源源不断的"史料"(其改写信息量往往数十倍于版本变迁),而这些材料更可以进一步打开以下问题空间,即在从本事到故事的变化与重构中,哪些材料被认为"可以叙述"哪些又沦为"不可叙述之事",而"可以叙述之事"又经怎样的因果关系被组织为一个情节完整的故事;对此过程的分析,可以涉及"一种话语模式,它将特定的事件序列依时间顺序纳入一个能为人理解和把握的语言结构,从而赋予其意义"①。譬如,在现实的珠河县元宝村土地改革运动中存在共产党、农民和地主之间利用与反利用的三边博弈,在现实的渣滓洞监狱中存在"翻转"

---

① 彭刚:《叙事的转向——当代西方史学理论的考察》,北京:北京大学出版社,2009 年,第 2 页。

的阶级关系(即被关押革命烈士多数出身官绅之家,国民党看守却往往身为平民,狱中烈士曾以为某看守女儿找工作换取了对方为烈士传送情报),但此类原始材料在转换为《暴风骤雨》《红岩》等合乎规范的文学叙述时,都经历了删削、增益和重组。辨析这种重组过程,可以在动力、策略、机制与效果等层面展开丰富的叙事学、文化学等层面的阐释。甚至,即使不是直接原型,倘若语境、背景、过程高度相似,也可展开意味深长的"文史对读"。譬如,倘若读到石田米子、内田知子所著《发生在黄土村庄里的日军性暴力》一书,很难不想到丁玲的《我在霞村的时候》,二者涉及的都是西北地区日军慰安妇往事,一为田野调查,一为小说,其似与不似之间,同样可以"对读"出话语竞争问题。无疑,与事关"内心的戏剧"的微观史学一样,本事研究也可构成史学化研究的新领域。

整体看来,"以问题为本"的史学化研究的新特点在于"内""外"互动,"考""释"并举,也就是说,可将传统史料考订型研究插上强有力的阐释的"翅膀"。而在当代文学研究领域内,由于思想型评论家队伍的大规模存在,它之于文学的阐释能力本来就高于现代文学研究、古代文学研究,所以,无论是史料与叙事的对接,还是与作家个人或时代的"内心的戏剧"相结合,史学化研究摆脱传统史料考订型研究的所谓"平庸之恶"、走向开阔之境必然可以期待。恰如彭玉平所言,如此"兼有理论与文献之长"自能成就"佳文":

> 理论见凌空之思,文献见踏实之功。此亦融斋所谓"读义理书,要推出事实来;读事实书,要推出义理来"也。故视野不妨开阔,问题总落实处。①

---

① 彭玉平:《倦月楼论话》,《古典文学知识》2017年第1期。

当然，这种研究也并非没有缺点。较之"以史料为本"的研究，"以问题为本"的研究的确问题空间更大，但问题在于，"以问题为本"注定了要将史料零散、分解，使之服务于问题之展开，这必然要牺牲史料自身的完整性、丰富性与多义性。从传统史料工作的眼光来看，这也是不太好接受的损失。私以为，程光炜近年"理论减法，史料加法"的做法，也应源于减少这一损失的考虑。

由此可见，"以问题为本"也好，"以史料为本"也好，两种"史料派"各有所长，而无论是对古典考据学传统予以微调还是进行"升级"改造，都是中国当代文学研究史学化趋势中值得期待的结果。

推荐阅读

吴秀明：《一场迟到了的"学术再发动"——当代文学史料研究的意义、特点与问题》

金宏宇：《考证学方法与中国现代文学研究》

李怡：《成都与中国现代文学发生的地方路径问题》

武新军：《当代文学史料整理与研究中的几个问题》

李建立：《〈波动〉"手抄本"说之考辨》

第八讲

"社会史视野"

第八讲 "社会史视野"

严格讲来,"社会史视野"属于近20年当代文学研究领域"文学社会学"研究之一脉,并不代表其全部。在"社会史视野"概念提出以前,蔡翔已经做了卓有成效的工作。此外,贺桂梅称自己的研究为"知识社会学",程光炜也认为自己的研究为"文学社会学",而近年"90后"学者也更多从这些前辈学者借鉴,前后相续,其实已构成可观的学术潮流,值得用力梳理。不过,由于"社会史视野"对自己的方法与问题阐释比较充分,本课程特以之为取样分析的对象。"社会史视野"这一提法较早引人注意,是广州《开放时代》开设的"社会史视野下的中国革命"专栏。在文学研究中倡导"社会史视野"的,则始自《文学评论》杂志2015年的一组专辑文章。2020年,《文学评论》再次推出相似作者的同名专辑,给很多学者留下极为深刻的印象。印象之深倒首先不在于新问题与新方法的冲击,而更在于身为"外省学者"对京沪学者在学术资源占有方面的巨大优势的震动。不过,"社会史视野"两位主要践行者程凯、何浩近年发表的系列文章确实给人启发甚大。当然,学界对于"社会史视野"也有一些合理的忧虑与质疑。因此,铃木将久在笔谈中的一个说法是很中肯的:"'社会史视野'对50年代中国社会研究的显著'有效性',几乎同时意味着这个研究方法并不万能,如果运用到其他时代的其他作品,至少要调整一部分研究方法和研究重点。无条件地接受或全盘批评'社会史视野',都不是建设性的态度。"① 那么，如果"有条件地"看待和接受"社会史视野"，它又能为我们的当代文学研究提供怎样的启发和借鉴呢？

一、"实践"作为方法

"社会史视野"最明显的启示意义是在方法论层面。从目前程凯、何浩等提倡者的研究实践看，"社会史视野"主要被用于对赵树理、柳青、李準等作家创作的解读，且颇有效果。所谓"效果"，是指在当前研究格局下"社会史视野"极大地纾解了20世纪50—70年代文学研究的困境。那么，是何种困境呢？这缘于50—70年代文学研究者左右支绌的现实。处今之世，若要讨论赵树理、柳青、丁玲、周立波等作家的"社会主义文学经验"，则学界中人多有不喜，甚至冠为"新左派"，视为对知识群体的背叛。对此，蔡翔曾深有叹息："当代文学六十年，实际上已经成为一个战场。"② 其中缘由，当然未必是文学之过，而与"短20世纪"中国经历的巨大历史动荡与代际断裂有关，其中勾连着太多精英群体特殊的情绪记忆与认同分歧。这种思想分化的局面短时间内很难改变，不能不给学术研究的展开带来不少压力。而即便学者顶住此种来自知识界内部的压力，认真去勘察丁玲、柳青、李準等作家的"文学世界"，则又不能不深度涉及一些重大历史/政治事件，这几乎又必然导致来自另一个方向的意识形态压力，研究成果的发表、出版很可能经受更多曲折。这两类来自完全相反方向的压力/障碍，不能不让置身其间的研究者备受挤压、难以自适。然而50—70年

---

① 铃木将久：《"社会史视野"的张力》，《文学评论》2020年第5期。
② 蔡翔：《革命/叙述：中国社会主义文学-文化想象（1949—1966）》，北京：北京大学出版社，2010年，第1页。

代文学牵涉着中国革命这一巨大而深刻的世纪问题,研究者又岂肯轻易舍之？程凯、何浩等学者身处京师,对此间困境的感受当较外省学者更为深刻。于是,革命研究中"社会史视野"的适时出现,恰好可以为现当代文学研究提供溃围而出的策略。

(一) 50—70年代文学研究的"战略转移"

显然,从"社会史视野"深入革命时代的文学,如同由此视野深入中国革命一样,可以有效地错开50—70年代文学必然涉及的"政治层"事实：通过将文学与政治的关联转换为文学与社会实践的关联,"社会史视野"可以呈现出更为知识化、客观化的学术形象,因而也更具操作性与可持续性。当然,这只是一种旁观者的未必准确的观感,"社会史视野"的参与者则是另外一种表述：

> 不幸的是,我们对这段历史的理解往往流于某种立场的争辩。因此,强调"社会史视野",是希望能够将对"当代文学"的理解从相对狭窄和抽象的文学/政治的解释框架中解放出来,进入到复杂的社会结构中,还原政治、社会改造在具体实践过程中鲜活有效的感知经验。就文学史研究而言,它会有助于我们重新理解文学与政治、文学与生活这些根本性的问题；就对这段历史的理解而言,它亦提供了一种认知和评价的坚实的基础。[①]

当然,"社会史视野"也的确是突入了中国革命自身的重要层面,

---

① 萨支山：《"社会史视野"："当代文学"研究的一个切入点》,《文学评论》2015年第6期。

甚至是更重要的层面。按照亨廷顿的认定,"革命有别于叛乱、起义、造反、政变和独立战争。……'革命'就是一般人所说的伟大革命、大革命或社会革命……革命是对一个社会居主导地位的价值观念和神话,及其政治制度、社会结构、领导体系、政治活动和政策,进行一场急速的、根本性的暴烈的国内变革"①。可见,革命之所以为革命,不仅在于政治权力的变更,更在于社会层面深入而广泛的变革。在此意义上,"社会史视野"所推重的方法转移,也仍然是正面"强攻"革命,也仍然是一个意义重大的"故事"。这与《开放时代》遥相呼应,也与蔡翔、汪晖等学者的研究一脉相承。

那么,经如此合理的方法转移,"社会史视野"是从何处入手研究文学的呢?这涉及一个非常关键的概念:实践。这是一个既熟悉又陌生的概念。其熟悉不必言,其陌生,则与20世纪六七十年代西方史学界的"新文化史"转向有关。在"新文化史"研究中,"实践"并非与理论相对的泛指,而是"特指历史过程中可感触可识别的具体行为,就如研究某种理论发展史,所要研究的并不是这种理论本身的发展历史,而是研究这种理论的具体生产、扩散、接受等行为过程的历史。因此,所谓的'实践',在很大程度上接近于此前提及的'经历'"②。对此,论者还特别以党史研究为例说明:"当人们探求中共的民主思想变迁时,通常的阐释模式是以政治文件或政治理论家们的核心思想来阐述民主思想或制度的发展,但按'实践'的要求,则应以历史叙事的方式,借助人们具体的各种民主生活体验,重构一系列民主活动的史事场景,以显示民主之

---

① 亨廷顿:《变化社会中的政治秩序》,王冠华、刘为等译,北京:生活・读书・新知三联书店,1996年,第241页。
② 郭若平:《投石问路:中共党史研究与新文化史的邂逅》,《中共党史研究》2014年第12期。

于政治生态到底是一种什么样的存在方式。从新文化史的角度看，只有考察人们如何具体参与民主的'经历'，才能显示民主内涵意义是如何干预社会生活与政治生活。"①

在文学研究引入这种"实践"概念，实际上就意味着把文学本身看成一种社会实践，它不是简单地追随政治甚至图解政治，而是它自身就以特殊的话语讲述及传播动态地参与历史过程。文学研究，也因此不再局限于文本细读，而是应该将之置放在文学与社会互为条件的过程中去理解、去阐释。这与反映论、"重写文学史"乃至"再解读"思潮都有很大的不同。对此，姜涛表示："'社会史视野'的引入，至少有一点前提的不同，即：不简单将社会、政治、历史当作文学发生的背景或表现的对象，二者的关系更多地放在一个动态的、包含多层次认知与实践意涵的进程中去把握，文学本身由此也被理解为一种进入社会肌理、回应各种复杂状况，并保持一种理论紧张的内在实践"，以此视野观之，"无论是赵树理、柳青这样的小说写作，还是木刻版画的实践、乡村的戏剧活动，都是在介入实际战斗和社会改造的进程中，在与普通民众生活世界的细密触碰中，才获得活力，重塑了自身的形式、方法和内涵。当文学不再是原来那个文学，政治很可能也不再是原来那个政治"②。萨支山则结合赵树理、柳青等的具体创作实践与社会实践，对"实践"的方法特征讲得更加细致：

> 他们的文学写作是和他们所参与的社会改造实践紧密相连

---

① 郭若平：《投石问路：中共党史研究与新文化史的邂逅》，《中共党史研究》2014年第12月。

② 姜涛：《20世纪40年代国统区文学研究中"社会史视野"的适用性问题》，《文学评论》2020年第5期。

的，因而必须要突破"文学性"的框架来理解文学与政治的关系，才能理解他们的文学写作。从分析的角度，我们认为文学之所以为文学，是强调审美价值区隔于功利价值和政治判断，但从综合的角度上看，文学的丰润圆满，除了美之外，正因为它包含着真和善的价值判断。在一些描写"土改"与"合作化运动"的小说中，一个被普遍垢病的地方是，许多小说被认为是依照中共相关的政策文件的论述来写作的，而不是听从生活的直接感受，这违反了"文学规律"，有"图解"的嫌疑。……实际上背后是以政治正确与否为标准的。……对于他们那一代作家来说，政策、生活、文学之间的差别和距离，并没有今天我们所认为的那么大，它们交融、交汇的地方要远大于它们的差异。他们投身到土改、合作化运动这样巨大的社会改造实践中，是在动态之中来理解生活的，因而政治、政策对于他们来说，就不是一个外在于生活的存在，而是蕴含着变化的生活，或者说政治是溶解在他们的生活和心灵中。①

这明显是要把"政治"解释为"实践"，对于抵触50—70年代文学的研究者而言，这种解释不免有勉为其难的成分。然而这又与多数文学研究者较少进入社会实践有关。实际上，但凡大的国家政策，本身并非突如其来并对生活形成强制效果，它们多数起于实际工作中的问题与需要甚至是具体困难，有其自身合理的逻辑与现实的效果（比如土地改革、集体化等），赵树理、柳青等作家面对这些政策，自然不会如今日部分研究者那样将之简单视为蹈空的文

---

① 萨支山：《"社会史视野"："当代文学"研究的一个切入点》，《文学评论》2015年第6期。

件、条例，而是更多地将之与具体的活生生的个人生存、群体命运联系起来，且愿意以文学吸收这些政策并与政策一起参与现实生活的变革。如此种种差异，的确是50—70年代文学创作的事实。

(二) "实践"的方法意义

以此而论，"实践"这一新文化史概念的确比较适合50—70年代文学研究（当然，提倡者原意并不局限于此），是一个具有启发性的、带有学科生命力的概念。其创造力体现在两层。(i) 文化力量的凸显。以前研究受马克思主义潜移默化的影响，常把文化/文学看成政治结构和生产关系的被动的附从物，但"社会史视野"一反常例，把文化看作一种可反过来影响政治、经济的实践力量。譬如，汤普森在其名作《英国工人阶级的形成》中，就认为工人阶级的产生，不可以完全归结为生产规模的扩展、职业分工的增加、劳动者数量的增长等新的变量，而更应该看成一种文化塑造的结果，一种在特定社会文化关系中孕育的产物。这种历史视野，是对马克思主义的调整甚至挑战。恰如林·亨特所言："经济和社会关系并不先于或决定文化关系，它们本身就是文化实践与文化生产的场所——对文化生产的解释是不能从文化外经验维度推论出来的。"① 这中间包含一种新的历史观念："即任何一种文化实践尽管必须在经济和社会关系这样的'场所'中生产，但这并不意味着经济和社会关系之于文化实践就享有优先权，不仅如此，文化实践反而能够塑造经济和社会关系，能够改变社会经济生产的状态。新文

---

① 林·亨特编：《新文化史》，姜进译，上海：华东师范大学出版社，2011年，第6—7页。

化史的核心历史意识就是确认在历史认识域里,文化具有解释历史变迁的功能。"① 出现在中国现当代文学研究中的"社会史视野"的历史观念与此明显声息相通,将文学/文化视作一种能动性力量:

> 这个所谓的"社会史视野"不是外在于文学的,其研究的基本指向,是力图从文学作品中重新发现社会总体,继而对文学本身进行检视,把中国的社会变革、革命历史、政治实践、主体历程、情感结构等论域重新带入文学研究之中,由此建构出"文学""历史""社会"三维坐标彼此参证的动态格局。……把"文学性"视为结构性张力的重要变量,有助于恢复文学"与现实对话的活力"。②

应该说,这种创造性的学术思维的确可以得到文学事实的印证。(ii) 重新"历史化"。这是相对于近十多年当代文学研究的"历史化"潮流(如"重返八十年代")而言。实际上,如果不加细辨,是比较容易将"社会史视野"与"历史化"看成先后承续的两种研究方法。其实不然,至少"社会史视野"的提倡者比较凸显这种区别,如吴晓东认为:"如果说文学研究的历史化潮流客观上加剧了'文学性'的窘迫,继而使文学研究乃至文学本身的合法性也遭到了质疑,那么'社会史视野'或许正在探索一条重拾文学性研究的新路。"③ 这个说法估计"历史化"提倡者不会认可,因为不少"历史化"研究也是以文学性为归宿的。那么,这两种都强调"历史

---

① 郭若平:《投石问路:中共党史研究与新文化史的邂逅》,《中共党史研究》2014年第12期。
② 吴晓东:《释放"文学性"的活力——再论"社会史视野下的中国现当代文学研究"》,《文学评论》2020年第5期。
③ 同上。

化"的学术潮流究竟异在何处呢？这的确存在需要细细辨别的差异。它或许主要表现在，此前的"历史化"潮流（其实也包括更早的"再解读""重写文学史"等）所理解的文学-政治意识形态之关联结构中的"意识形态"是高度简化的、抽象化的。换言之，其"历史化"将政治意识形态处理为文学创作的背景，但对意识形态本身并不进行"历史化"处理，可以说是一种单边的"历史化"：

> 工作只完成了一半，其原因是它们并不对政治意识形态做同样的"还原"，在那里政治意识形态似乎是一种静态的乃至是抽象的存在，被固定在几个经典的文本如《新民主主义论》《在延安文艺座谈会上的讲话》的结论上。因此读多了这类研究成果，就会有结论趋同的感觉，似乎结论已经摆在那里，所需的只是具体的聪明和精彩的文本分析。①

这是很有见地的批评。很多学者写论文，的确是常将周扬的《新的人民的文艺》或中共中央的一些政策文件直接当成既定事实来使用，实际上这些"既定事实"本身也包含生成与演变的复杂信息，文学研究并不宜于完全无视。于此可见，"社会史视野"提倡的是双重"历史化"，既将历史中的文本"历史化"，也将这种历史本身"历史化"："如果认识到'当代文学'的文学实践与政治实践、社会实践的密切关联——许多作家是以文学实践的方式来从事政治和社会实践，甚至本身就是政治和社会的实践者，那么在讨论这一时

---

① 萨支山：《"社会史视野"："当代文学"研究的一个切入点》，《文学评论》2015年第6期。

段文学的时候,我们就会不仅仅是将这些政治、社会实践作为背景性的因素来考察,而是还要深入其中,建立一种具体的可感知的历史理解框架",譬如,"在讨论孙犁以及有着相似经历作家创作的时候,一方面是要将对文本的思考置于当时具体的抗日根据地的社会结构和社会状况中;另方面也是更重要的,当这个'社会结构'和'社会状况'的叙述因由某种原因被简化或固化时(比如根据地经验被抽象地归纳为'党的领导'、'群众路线'),必须以各种可能的方式还原有关这个社会结构的叙述所应对的具体内容和感知经验,这是我们重新进入历史的有效途径","从这个意义上说,社会史视野下的中国现当代文学研究是试图重新理解文学,理解政治,重建文学与政治的关系。所谓重新理解文学,是要将文学重新放回到产生它的那一片生活土壤中;所谓重新理解政治,是要将抽象的政治还原为当时具体的社会和生活要求。这样才能理顺文学与政治的关系,而不是陷入一种二元对立中"[①]。应该说,这是一种具有充分后现代意识的研究方法。

"社会史视野"的双重"历史化"处理方法,在操作上当然有难度(因为双重历史脉络势必混杂),但其创造性更是确凿无疑的:它从社会史的角度重新打开(或曰转换)了文学与政治之关系,既巧妙完成了必要的意识形态"脱敏"工作,又前所未有地深入了文学实践的多维度现场,是重新打开"文学世界"的崭新方式。

二、历史・义理・人心

那么,"社会史视野"引入"实践"这一维度,将为现当代文

[①] 萨支山:《"社会史视野":"当代文学"研究的一个切入点》,《文学评论》2015 年第 6 期。

学研究打开怎样的新世界呢？依目前可见的数量并不太多的"社会史视野"研究论文看，它所打开的是一个多重交织的话语实践世界。若择其要而言之，可将其实践概括为"濡化"，而与国家治理有关的"濡化"又可以通过"历史""义理""人心"三个概念予以理解。"濡化"是王绍光提出的一个概念。王绍光认为，"濡化"能力是国家治理中重要的基础性国家能力，它指的是，一个国家"不能纯粹靠暴力、靠强制力来维持社会的内部秩序"，"国家同时必须塑造人们的信仰和价值观，形成一套为大多数民众接受并内化于心的核心价值体系"①。将此概念施之于文学，实际上是把文学书写与传播理解为国家文化治理的一部分。这显然符合《在延安文艺座谈会上的讲话》以后解放区文学与新中国文学的实际情况。但与此前研究不同的是，"社会史视野"未把"濡化"理解为对政治的机械服从，而是"眼光向下"，视之为与民众生活世界、情感结构呼吸与共的过程。换言之，也是将"政治"理解为一种现实的社会变革的生活理想或自然产物："对李凖这样1950年代成长起来的作家而言，他们对于政治与文艺的关系有着与今天不一样的感知框架。首先，他们不单纯从支配性角度体认革命政治，而是将其视为改造现实的创造性力量，尤其在政策本身有说服力或体现高远的社会理想时，他们会内发地认同其方向。"② 这是很贴切的认知。既如此，我们又该如何理解"社会史视野"中的文学"濡化"实践呢？或可从历史、义理、人心三个层面分别理解。

---

① 王绍光：《国家治理与基础性国家能力》，《华中科技大学学报》2014年第3期。
② 程凯：《"再使风俗淳"——从李双双们出发的"集体化"再认识》，《文艺理论与批评》2020年第5期。

（一）历史在地化

此处"历史"非指重返历史现场之"历史",而是指类似马克思主义的历史叙述（或利奥塔所言"元叙事"）,"社会史视野"研究较少使用这一概念,但其常谈及的"政治""政策"实皆承载着这种历史叙述。譬如,土地改革政策、"三大改造"政策都内含着社会主义叙述的未来承诺。不过,这类饱含先驱者梦想的历史叙述一般都是外在于民众的：或是不完全符合民众的利益,或是民众对其中的价值观深感陌生。1950年代初期的合作化运动可谓兼有这两层因素,所以在当时生产条件占据优势的富农、中农中间,普遍不受欢迎。甚至,由于合作化政策杜绝了"富者田连阡陌"的可能,有些在土改中分到土地、对自己致富能力有充足信心的贫农也不支持合作化政策。其间复杂性,比较近于斯科特的判断："很多时候,农民发现自身处于一个非常具有讽刺意味的位置上,他们帮助统治集团获得了权力,但统治者推行的工业化、税收制度和集体化却与他们所想像的为之抗争的目标大相径庭。"① 斯科特当然是不赞同这种或那种国家规划,但在新中国成立之际,选择工业化以及与之相匹配的农业集体化道路是否是一种国家决策上的失误,恐怕今天的研究者也难以给出否定的答案,而在当时,更是为多数深深思考中国农村未来的作家所接受。因此,从实践视野看,类似合作化/集体化一类的政策是文学文本（如《不能走那条路》《三里湾》《山乡巨变》等）诞生的参与力量,而这类文学文本也在努力介入相关政策的落地。那么,文学又是如何将此类外在于民众的历史叙

---

① 詹姆斯·C. 斯科特：《弱者的武器》,郑广怀等译,南京：译林出版社,2007年,第35页。

述讲述成可亲、可信之物进而使其自身成为形塑现实的文化力量呢？从小说看，这种落地并非因于理论认识的提高，而往往是诉诸共情的感受。

在这方面，何浩《与政治缠斗的当代文学——重读李準的〈不能走那条路〉》一文，解读细致，深入人心，堪称"社会史视野"研究的示范。在李準这篇小说里，翻身农民宋老定略有积蓄，打算买进搞副业失败的同村农民张栓的"一杆旗"地。这是中国祖祖辈辈常见的土地买卖，甚至有的发迹、有的破落本身也是乡村代代相沿之现象，然而在儿子东山（党员）的劝导下，尤其在偷听到东山与张栓的谈话后，老定几经犹豫，最终还是放弃了买地的考虑，转而同意儿子借钱给张栓（不是旧中国农村趁人之危的高利贷）帮助其渡过难关。其间转变的关键，不是经启发后对社会主义现代化远景产生了新的理性认识，而是在不经意间被唤起了内心深处的情感。对此，何浩在文章中说：

> 老定愿意卸掉防御，是因为曾经规定他、也是他所执念的买地传世这一传统生活世界结构的再生产方式——经过东山对他上进（"在组里，一些小事也不怕吃亏了"）、正直（"直心人"）品质的肯定，儿子的默默关注，以及张栓竟能理解他坚韧挺立背后的含辛茹苦、竟能看见和体谅他坎坷一生，自己对天地间已逝者和幸存者生灭无常的悲恸，以及可贵可叹可泣的生命遭际——现在不再值得固守了。他有更值得珍惜的，比如这一夜里变得善解人意、化解繁难的儿子和村邻，以及被儿子和村邻照亮的自己。这意味着，实际上规定宋老定的不只是买地传世，不只是小农经济中的小农，还有溢出这一结构、不会被任何既定结构彻底叙述和回收的可感可变的心。老定老了，

风烛残年,一辈子为了生计,为了子孙,甚至都没想过自己的死。而这些艰辛和委屈,都被别人讲述出来。讲述即照亮。这个差点被自己伤害了的不孝子,被自己认为不争气的朋友的儿子,竟然能体贴他的一生。张栓不只是那个拥有"一杆旗"的农民,也不只是那个倒卖牲口的农民,他还是懂得体贴、能被感动、愿意上进的孩子,他也是值得被疼爱的啊。谁说穷通有定,离合有缘?谁说张栓就命该如此呢?命该如此的背后,不是更应该互相珍惜吗。①

这是近年当代文学研究中不多见的精彩的文本解读,然而又并非完全游离于实践之外的新批评式解读。在实践视野下,何浩以令人信服的方式呈现了合作化政策及其内含的社会主义现代化叙述"落地"的方式——通过召唤、重组乡村内在的情感结构,将外在的历史叙述融入"在地"的乡村生活秩序并推动其自身的改变,此即文中所言:"如果说老定最后改变了人生道路,那不是他认同了政治的社会主义道路,而是认同了无常命运中的守望相助、同舟共济。老定认同的前提,有儿子的转变、村邻的善意、国家-社会机构的相协助、村里相亲相邻的人心推助,以及他在历史中涌动的生命遭逢被人看见、讲述、体察和拥抱","他自己都不知道,原来自己内心还如此渴望与他人这么深度的相通","不是社会主义所界定的'贫农'政治框架,而是党员东山和贫农张栓,重新作为儿子和村邻,并看见和讲述了他具体生命之可贵可叹可泣,才是宋老定最终放弃买地、同意借钱给张栓的生活逻辑和生命逻辑","政治不全部

---

① 何浩:《与政治缠斗的当代文学——重读李凖的〈不能走那条路〉》,《文艺争鸣》2020 年第 1 期。

进入乡村,只在某个层面做出调整,乡村里的中国人,仍然可以从乡村内部突破既定的社会生活结构所规定的伦理规范,走向更好的改变"①。

同样的精彩分析,还可见于程凯《"再使风俗淳"——从李双双们出发的"集体化"再认识》等文章,此不赘述。这样的"社会史视野"研究,不但让我们重新理解了政治与政策,也让我们重新理解了文学将"历史"落地的方式与方法,也看见了左翼-社会主义文学中细微、充沛的情感与人心。这种对20世纪50—70年代文学的"重新发现",不但"重写文学史"不曾有过,就是"再解读"也未曾做到,的确是当代文学研究的可喜推进。近年越来越多的研究生对"社会史视野"发生兴趣,的确有学术本身的强烈吸引力。

(二)新的"义理"的构造

从"社会史视野"着眼,文学的"濡化"实践得力于文本内部人物之间与文本与读者之间的深刻共情。而人与人之所以能够共情、能够感人之所感,不仅因为人性的相通,还因为新的"义理"的生成。当然,习惯上学界都认为50—70年代文学的核心概念自然是从西方(如马克思主义)而来,但21世纪以来以复古为创新的中国学界更愿意援用中国传统概念来讨论它,"义理"一词的浮现即有此背景。那么,"义理"从何而来?以程凯之见,这是50—70年代作家创作的题中应有之义:"文艺对他们而言不是如其所是地'反映'、呈现客观现实的媒介,而是改造现实的手段、塑造现实的力量。这意味着,他们不能囿于以'实有'的状态来认识、书

---

① 何浩:《与政治缠斗的当代文学——重读李準的〈不能走那条路〉》,《文艺争鸣》2020年第1期。

写现实，而是努力从现实可以被调动的可能性上去认识现实"，"因此，李凖这样的作家在消化政策、形势时，注重的不是条文、概念，而是政策、制度设定中包蕴的对人与社会的预设、期待，亦即在社会改造的方向上对于人应该具有哪些新的品质、品德、行为准则所提出的要求"①。这种"要求"，即是新的"义理"的创造：

> 李凖的"写政策"不是记录政策如何落地，而是要写出民众在适应、回应新制度、新形势时，如何进行一种"义理"的再创造。这种新义理是"新理儿""旧理儿"的复合，既承续着民众自身的行为准则、生活逻辑，又经过了高度的提炼、融合与激发。打造这种新义理对农民而言很大程度上是调适性的，并且不够自觉、稳定。而对于李凖这样曾受传统意识熏染，既对乡村社会负责又对革命负责的知识分子而言，创造一种新社会的新义理的要求就潜存于他的意识中，甚至构成其创作的底色和主导。所以，李凖书写乡村的基准不是反映论意义上的"真实"，而是"育化"意义上的"合情合理"。②

新的"义理"的构造，同样是其他"社会史视野"研究的着力点，不过何浩另外使用了"性气"概念。这个概念柳青曾有使用，但明显是传统文化的习见概念，如晋袁宏《后汉纪·安帝纪一》曰："恣其嗜欲，而莫之禁御，性气既成，不可变易"，朱熹《总论为学之方》也说："不带性气底人，为僧不成，为道不了"，大约是指民众比较稳定的习性、品质。何浩指出："在《创业史》第一第二卷

---

① 程凯：《"再使风俗淳"——从李双双们出发的"集体化"再认识》，《文艺理论与批评》2020 年第 5 期。
② 同上。

中,柳青不断强调,旧中国之所以不好,是旧社会把人的'性气'扭曲了","他认为新中国社会主义实践的关键之处在于如何重新把中国人的'性气'捋顺。柳青希望能在社会主义打造的新社会中,每个人的性气都能得到正面的发抒","只是,'变'不是容易的事情,不能随着社会主义国家制度的确立而自然达成,需要在社会主义实践中开展出某些特别的社会组织、工作、交往方式,才能带动这些人转变"①。

当然,"性气"也好,"义理"也好,其创造皆需通过社会主义"新人"的成功塑造来落地。就此而言,50—60年代文学中的梁生宝、刘雨生、萧长春、李双双、张腊月等可亲、可爱的年轻人,都承担了"上""下"沟通、个人与国家相互勾连的叙事诉求。其时"农村社会主义改造特别强调新制度、'顶层设计'对现实的带动、改造和塑造效用",但多数农民都"受小私有者意识支配的积习",文学需要"依靠少数先进分子,激发他们的'公心',通过典型示范以及耐心细致的思想工作带动周边,逐渐培养公心和集体意识。在此过程中,社会主义道路、集体意识不能仅靠抽象说明来宣传,而要在诸如是否买地、是否出卖余粮、牲口是否合槽、果园是否归公、怎样对待公共财物等种种具体情境的挑战下辨析出'公''私'的新界限,并经由分辨、说服的日常化,创造一种在自家与大伙儿、自利与公心、短视与远景间不断界定和持续'争夺''争取'的语境,以此促成大家意识的转变"②。这当然是当代文学研究的共识,但"社会史视野"研究还在其中有效辨识了性别与"新人"塑

---

① 何浩:《〈创业史〉与建国初期的创业史——建国初期文学实践的思想意涵》,《文艺理论与批评》2018年第6期。
② 程凯:《"再使风俗淳"——从李双双们出发的"集体化"再认识》,《文艺理论与批评》2020年第5期。

造的关联。如程凯在研究"李双双们"时认为:"如果说梁生宝式的构造偏于政治性,她们的构造则更偏社会性",具体说来,类似梁生宝这样的未来的合作社主任、公社主任,"他在新集体中必将占据核心的构造位置。因此,除了品性、道义,他的政策理解、政治成熟构成其人物成长必不可少的层面","革命政治所理想的社会主义新人须是达到自觉的社会主义意识层次的新人。在社会主义革命的设定中,道路不会一帆风顺,也并非所有的指令、政策都正确,革命政治本身充满矛盾、斗争,乃至陷阱、漩涡。仅仅服从命令听指挥并不足以判断、把好方向。这意味着,那些占据核心构造位置的人不能纯是'驯服工具',更须是一个判断者、创造者和战斗者。这就要求他们对革命、对社会主义的认识不是照本宣科的,而是力争取得能与政策水平、政策认识相比肩甚至相抗衡的理论修养;以此,才能保证社会主义集体这条大船不会偏离航向"①。比较起来,李双双等女性形象,在乡村固有社会结构上多处于边缘地位,但也因此,她们的"新"则更多连带着乡村社会自身的"义理",更有利于国家顶层设计的落地:

> 她们共同的特征是"懂事",能看透人心。善解人意,同时又有笃定的是非观。她们不处于情节矛盾中心,但发挥着不可替代的说服、批评、调解作用。如果说存在一种"精雕细刻"的思想工作的话,那她们的体察、讲理、说服方式堪称范例。这些媳妇、闺女在乡村社会的实际构造和道德、伦理维系中发挥着潜在的结构作用。……她们的具体工作态度、工作方

---

① 程凯:《"再使风俗淳"——从李双双们出发的"集体化"再认识》,《文艺理论与批评》2020 年第 5 期。

法也多受一种"本能""本心"的支配。《李双双小传》的手稿里专门写了老支书批准双双入党的段落,刊本中也保留下老支书向双双讲解"政治挂帅"的段落。然而,李双双自己的行为准则、道德原则依然很难讲是"政治性"的,尤其是没有上升为一种清晰的政治意识,它们始终是植根于人与人的具体关系性和情感逻辑中的反应、表达。对双双们而言,其工作的意义固然是政策所赋予的,但究其根本仍是源于自己的"无愧于心"。①

故就这些年轻女性"新人"而言,"政治意义、政治意识对她们来说很大程度上是个'壳',她们的'核'则来自乡村社会的立身义理与道德"②。也因此,这种性别的自然差异似乎也带来了不同的现代化实践的想象路径的差异:如果说梁生宝等代表了自上而下的制度设计的意味的话,那么李双双则透露出民众所内有的"一种构造其生活世界内在合理性的强韧意志",体现出乡村和农民"以自我肯定、自我提升的方式实现自我改造与更新"的努力③。这是"社会史视野"很具创造性的发现。不过如果细究 50—60 年代的诸多代表文本,如《三里湾》《山乡巨变》,也可发现这种"自我改造与更新"的努力,且并不限于女性。当然,无论其间是否存在普遍的性别差异,这种结论都是对流行于当代文学研究中的新自由主义阐释框架的精准、有力的颠覆。

---

① 程凯:《"再使风俗淳"——从李双双们出发的"集体化"再认识》,《文艺理论与批评》2020 年第 5 期。
② 同上。
③ 同上。

(三)"人心"的安顿

当代文学创造这些携带着新的"义理"的"新人",目的当然在于移风易俗、以文化人,在读者中间创造普遍的新的人生认同,以此能动的方式参与"中国式现代化"之实践。对此,李凖的认识存在从"劝人"到"育化"的变化。这种"育化"的考量,已意味着李凖的写作是"力图站在中国乡村社会自己的逻辑、需求上去考虑创造一个好的、合理的社会需要什么样的文艺",故"他写作的路径不是以'反映论'、真实性为前提来书写现实,而是要'合情合理'。所谓'合情合理'并非仅仅是作品的自洽,而是人物怎样说、怎样做、怎样想、怎样反应才符合老百姓心目中的'情'和'理',进而符合老百姓理想中的'情'与'理'"①。应该说,在这方面李凖取得了异常的成功,在他笔下,李双双一类"新人"不仅本身携带有新旧融通的"义理",而且她们的性格也充满可亲、可爱、惹人喜欢的特征,让读者(观众)爱读爱看,过目难忘:

> 宣传性作品的通病、痼疾是一厢情愿地以为,把"理"讲全就完成了任务,所以写"新人"时只能写出"标准"、标签意义上的"新",却写不出"合情合理"的"新",更写不出让人喜爱的、有美感的"新"。就比如春妞、双双一类人物,在现实中或许会被认为"傻""楞",未必招人喜欢。但如果只说明性、定义式地讲她们的行为不是傻而是大公无私、见义勇为,在论文中尚可,在文学作品中则完全不够。重要的是如何

---

① 程凯:《"再使风俗淳"——从李双双们出发的"集体化"再认识》,《文艺理论与批评》2020 年第 5 期。

通过艺术表达赋予"傻气"以丰富的语境、环境，配合复杂的层次和色彩，使得大家看到所谓"傻"的背后是天真、质朴、无私，意识到"傻"对精明、世故能起到制衡作用，认识到健康的集体离不开这样的"傻"人，而由衷地认为她们可亲、可爱，甚至可敬。①

这样融贯着新的"义理"的"新人"，与其说扎根于艺术性，不如说扎根于乡村世界朴素、鲜活的"人心"，来自生命的相遇与灵魂的彼此照亮。就此而言，"社会史视野"的解读明显比"再解读"更胜一筹。何浩在有关《不能走那条路》的解读中认为："与孟悦《〈白毛女〉演变的启示》一文的结论相反，中共政治的活力不是来自对乡村传统伦理的直接再利用。李準的叙述逻辑，恰恰不是政治回到了伦理，而是政治重新激活了中国传统伦理活力的构成机制，使之呈现出新的形态。不是抽象的乡村伦理本身，而是政治在规划现实时，对乡村生活世界所面临的困境做出适当的调整，并展开一系列的现实调度，使党员及群众能彼此看见和讲述别人生命之可贵可叹可泣，对他人生命的看见和拥抱，以此建立新的伦理方式、形态"，"李準借以扛起政治大旗的，是遍布乡村田间地头、床前窗下的情义、道德、伦理，及中国人互以为重的人心，正是这些乡村空间角落里的暗自思忖或一寸赤心，承载了李準对政治和人心的探险"②。在他看来，《创业史》等作品同样如是："建国初期的良好社会状态，更多地体现在中国人的'性气'在社会生活中的抒发顺

---

① 程凯：《"再使风俗淳"——从李双双们出发的"集体化"再认识》，《文艺理论与批评》2020 年第 5 期。
② 何浩：《与政治缠斗的当代文学——重读李準的〈不能走那条路〉》，《文艺争鸣》2020 年第 1 期。

畅，并在这基础上使得整个社会组织和工作的运转达到一个高度。这不只是一个国家的经济组织方式问题，更是一个中国人的精神伦理以何种方式才能被重新打开，进而重组现代社会的问题"，"在这样的视野下，我们可以发现，在西方自由主义式个体和高压式的集体主义之外，柳青以《创业史》的文学书写表明，新中国的历史经验曾经提出了'再造中国'的另一条路"①。可见，"性气"在此，同样通达"人心"。

问题在于，50—70年代文学中的"人心"的相遇，并不限于文学中的不同人物打通生命的壁垒，其实也指向文学的阅读与接受。作家叙述既能照亮宋老定这样的生活在传统伦理世界中的人物，就更能照亮受过一定教育的年轻人，促成他们对不同生命世界的体贴与接受，也会逐步改变他们对意义的理解并重塑其伦理认同。这其间变化，恰如倪伟所言："文学通过塑造人物形象来刻画特定社会时代中的各种类型的主体"，"唤问人们去认同这样的主体"，而读者个体"需要经过一个认同的过程才能获得自身的主体性"，"个体选择什么样的意义系统来理解自身和社会世界，这决定了他会成为什么样的主体。正是在这里，观念或意识形态显现了其作为构成性力量的重要作用"②。而这种"构成性力量"，才是50—70年代文学的最终落地之处。当这一时代的年轻人从林道静、梁生宝、李双双、萧长春、江姐种种英雄人物身上感受到生命的召唤与圆满时，他们的灵魂也就寻找到了安妥之地。当代文学也借此完成了其"安心"工程。

以上"人心"的安顿、新的"义理"的创造、历史在地化，是

---

① 何浩：《〈创业史〉与建国初期的创业史——建国初期文学实践的思想意涵》，《文艺理论与批评》2018年第6期。
② 倪伟：《社会史视野与文学研究的历史化》，《文学评论》2020年第5期。

对"社会史视野"研究的理解,未必符合提倡者的原意。但可以肯定地说,"社会史视野"以"实践"为切入口,将传统的"文学为政治服务"的内涵挪移到社会学层面,并以情感召唤为中介,将其还原为一个在文学与社会之间不断展开的动态交互的过程,是颇具创造性的,非常值得有志于学者借鉴。

三、"社会史视野"的局限与可能

不过,尽管有如许创造性,不少前辈学者还是对这种研究抱有较多犹豫、质疑的态度,甚至惋惜这批年轻学者误入歧途。那么,这些非公开表示的怀疑有无道理呢?其实也是据实而发的,其中还多有善意的纠正,值得"社会史视野"的提倡者与实践者慎重鉴取。从已有提倡和研究看,"社会史视野"确实存在两层不大好回避的缺陷。

其最易招致不信任之处,即在于这种研究究竟还是不是"文学研究"?在质疑者看来,"社会史视野"似乎更接近于社会学/历史学研究,其间文学还有沦为"史学的婢女"和"社会学婢女"的嫌疑。对此,"社会史视野"提倡者们的表述其实并不完全一致。程凯明确表示:"这个所谓的'社会史视野'不是外在于文学的,其研究的基本指向,是力图从文学作品中重新发现社会总体,继而对文学本身进行检视,把中国的社会变革、革命历史、政治实践、主体历程、情感结构等论域重新带入文学研究之中,由此建构出'文学''历史''社会'三维坐标彼此参证的动态格局。这就使'社会史视野'不能仅仅从一般意义上的史学转向中进行理解,尤其是把'文学性'视为结构性张力的重要变量,有助于恢复文学'与现实对话的活力'。如果说文学研究的历史化潮流客观上加剧了'文学性'的窘迫,继而使文学研究乃至文学本身的合法性也遭到了质疑,那么'社会史视野'或许正在探索一条重拾文学性研究的新路。"① 不过其中"重拾文学性研究"之说,多少存在商榷的空间:如果文学只是或主要是中国社会变革的"重要变量",那么文学的价值是否最终还落实在社会演变意义之上?如果是这样,是否意味着文学在参与社会演进之外不再有其独立的情感和美学的价值?应该说,"社会史视野"的确会使人产生这样的顾虑。而倪伟对"社会史视野"的支持,似乎还进一步印证了这种顾虑:

> 在摆脱了机械决定论框架的修正了的社会史视野中,社会实在的客观存在及其最终决定作用虽然不容否认,但它仍然需要通过某种观念架构或话语体系才能得以把握,并被赋予意义,构成主体实践的具体对象和条件。一旦破除了实在与观念的简单二元论,文学和历史也就不能截然分割开来了。文学作为一种话语或指意实践,本身就是社会历史运动的一个重要组成部分。在此意义上,文学研究也可以说是历史研究的一种,只不过它有着区别于其他历史研究领域的独特的方法和进路。②

把文学理解为"社会历史运动的一个重要组成部分",会不会导致所谓"文学研究"的舍本逐末?但倪伟对此并不忌讳,甚至明确表示这是破除形式本体论的方法创新:"文学研究以社会史为视野,并非是经由社会史的通道最终又回到对文学形式自身独特性的关注。事实上,文学形式的这种自身独特性其意义乃在于它为我们更

---

① 程凯:《"社会史视野下的中国现当代文学研究"的针对性》,《文学评论》2015 年第 6 期。
② 倪伟:《社会史视野与文学研究的历史化》,《文学评论》2020 年第 5 期。

深入地认识那些关乎社会历史的运作方式及进程的重大的、根本性的问题提供了一种独特的、不可替代的理解路径，而这些问题当然也正是诸如政治史和法律史等其他历史研究领域所要探究的。所以，以社会史为视野首先要破除的正是那种在文学研究中始终挥之不去的纯粹审美的文学观。"①

可以肯定地说，如果"社会史视野"真的如倪伟所言，那么它在现当代文学研究领域必然引起比较广泛的怀疑。而从程凯、何浩等学者的具体研究看，他们也似乎的确把李準、柳青等人的小说创作当成了新中国文化治理的重要而有效的组成部分。这当然可说是打破了文学与文学研究之传统，但与此同时，它也一定程度上偏离了文学的本义，不大符合多数研究者之于"文学"的固有信仰。

与此直接相关，"社会史视野"另一个令人顾虑之处在于它的适用范围。依提倡者的表述，它应该适合所有现当代作家。但目前"社会史视野"研究所及，主要是李準、赵树理、柳青、浩然等数位作家。这当然由于后续有待展开，但其适用范围可能还真的是比较有限。铃木将久认为"社会史视野"比较适合50—70年代文学，算是比较中肯的意见。不过，即便是这一时代的"中心作家"，也有许多并不太符合提倡者的理解，譬如丁玲。丁玲撰写长篇小说《太阳照在桑干河上》，并无用这部作品改进当地或更广大范围土地改革工作的初衷。她之所思，恐怕还是在于完成一部能"站得住"、能够流传的杰作。后来被批判的"一本书主义"的确代表了她对自己创作的期许，今天看来也应是执笔为文者理当具备的"传世意识"。作为佐证的是，丁玲完成《太阳照在桑干河上》之后，并未考虑将此小说反馈给原型地温泉屯村以推进他们的工作。当然，最

---

① 倪伟：《社会史视野与文学研究的历史化》，《文学评论》2020年第5期。

初是由于战争丁玲不可能重返桑干河,但新中国成立、丁玲定居在北京以后,甚至《太阳照在桑干河上》获奖了,丁玲都没有考虑过与温泉屯村联系。后来由于偶然的机会,某记者到温泉屯村采访得知该村与丁玲的这一段因缘(村人也不知道丁玲是个作家),回头才帮丁玲与温泉屯村恢复了联系。可见,丁玲撰写《太阳照在桑干河上》的目的主要还是在她心目中的"一本书",而非现实的农村建设工作。甚至,被"社会史视野"注意到的浩然,其从事写作与农业合作化的现实实践关系也不太大。浩然萌生当作家的神奇念头,是因为偶然听到赵树理传奇式的故事。但他之写作,并非要像赵树理那样当"助业作家",而是"写文章登了报可比过去中状元还神气呀!"① 实际上,他对现实的在农村的实际工作并不喜欢:

> 但是,在蓟县的东南西北农村干起实际工作,又是那样的平淡和乏味,我心里感到一阵阵茫然。每一天就是跟在别的工作人员后边召集很难召集的会议,宣讲别人不爱听的自己也不太懂的文件材料,登记表格,统计数字。其余的是只有到农民家吃派饭,回住处睡觉,第二天周而复始,还是老一套。盼着到了一个月左右的时间,轮流或成批地休假,背着行李和该洗该缝补的衣服,回家跟媳妇住几天。②

浩然所理解的文学创作,当然不是农业合作化等"社会历史运动的一个重要组成部分",他甚至还认为此类平淡、琐碎的实际工作严重妨碍自己的创作理想。依此观之,浩然其实并不适合"社会史视

---

① 浩然口述、郑实采写:《浩然口述自传》,天津:天津人民出版社,2008年,第131页。
② 同上书,第131页。

野"基本的方法预设。与此类似,1950年代的刘绍棠、丛维熙、王蒙也都是欲在文学殿堂上一展身手的青年俊才,其心志、其文字都与现实的社会主义建设实践存在客观的联系,但未必主动地想将自己的写作变成其中一部分。柳青在皇甫村生活、写作十四年,其主要目的还是在文学层面创作一部记录时代的大书,而未必是以《创业史》推进长安县乃至新中国具体的农业合作化实践。以此而论,"社会史视野"最为贴合的研究对象可能并不如提倡者所期待的那样宽广。

此外,"社会史视野"对此前"历史化"潮流乃至"再解读"的方法突破在于"双重历史化"的追求,然而落实到具体的研究操作中,既要将文本放回具体的历史情境中,又要将这种历史情境本身历史化、动态化,不能不说难度很大。即便厘清了其中的逻辑与线索,也可能导致文章体量过大。长达三四万乃至五六万字的文章,一般"外省学者"是不大敢写的。这倒未必是写不出来,而是处于学术资源相对薄弱的"外省",客观条件不太容许。

以上种种,确实会给探索中的"社会史视野"带来困难和争议。可能正因为顾虑及此,程凯表示"'社会史视野下的中国现当代文学研究'并不是从一种定义出发,导向一种规范性操作的研究方法","未来大概也不会以此为努力方向。毋宁说,它的出发点是对重新理解中国现当代历史进程的整体性考虑,以及对与之相配合的现当代文学研究所应具备视野的一种建设性思考"①。不过,从当代文学研究历史看,并无任何一种方法堪称完美、普适,倘能相对于前人之法有一二可启人思考者,即可就这一二斟酌而借鉴之。在

---

① 程凯:《"社会史视野下的中国现当代文学研究"的针对性》,《文学评论》2015年第6期。

此意义上,"社会史视野"当然是一种"他山之石"。它的从政治向社会的策略性转移,集历史、义理、人心于一体的实践研究方法,若经调整和改造,或可适用于更为广泛的作家与文本之上。这包括两层意思。(1) 泛"社会史视野"研究。对于未必有主观介入社会运动意愿但客观有此效果者,可以"社会史视野"拓展研究视界(但并不可将此类作家的价值缩小至此),如孙犁、浩然等革命文艺脉络上的作家乃至改革开放时代路遥、梁晓声等与现实社会关联度很高的作家。当然,姜涛还尝试将"社会史视野"延伸到1940年代国统区"沈从文、卞之琳、穆旦、路翎、沙汀、朱自清等""这些并不完全处于抑或完全外在于革命政治,但又沿着各自的感受与思想脉络回应历史变动的个案"[①] 之上,明显更见胆识。(2) 以"社会史视野"为中介的文学性研究。目前"社会史视野"最令旁观者疑心的,是其起于文学归于社会学的偏离"文学研究"的嫌疑。无论这是否误读,但多数学者印象中"社会史视野"研究的终点的确并不在于文学性。故吴晓东表示:"我所理解的'社会史视野'从文学文本出发,最终仍要回归或者落实于文学作品,而不是诉诸社会学或者历史学文本。"[②] 当然,在吴晓东看来,"社会史视野"已经在此方面取得"瞩目的突破",但从学界实际存在的争议看,"社会史视野"无疑还需要在此做出更多的扎实的努力。

有以上两层调整,"社会史视野"当能打开更大的更贴近文学本身的问题空间。不过,如何以"社会史视野"为中介突入文学性问题,或者能够打开怎样的文学性问题,仍然是一个新的挑战,当

[①] 姜涛:《20世纪40年代国统区文学研究中"社会史视野"的适用性问题》,《文学评论》2020年第5期。

[②] 吴晓东:《释放"文学性"的活力——再论"社会史视野下的中国现当代文学研究"》,《文学评论》2020年第5期。

然对这种挑战的有效回应,同时也意味着"社会史视野"在当前学术格局中新的可能性的展开。

推荐阅读

蔡翔:《事关未来的正义:革命中国及其相关的文学表述》

贺桂梅:《"总体性世界"的文学书写:重读〈创业史〉》

程凯:《"再使风俗淳"——从李双双们出发的"集体化"再认识》

何浩:《与政治缠斗的当代文学——重读李準的〈不能走那条路〉》

朱羽:《"社会主义风景"的文学表征及其历史意味——从〈山乡巨变〉谈起》

第九讲

北美批评

第九讲　北美批评

一、海外汉学与北美批评

"海外汉学"是个涵括甚广的概念，举凡中国以外的学者对有关中国方方面面的研究，皆可以"汉学"名之，故而又称"中国学"。此处所论，范围则比较局限，仅限于费正清所创立的"中国学"传统中关于现代中国的部分（尤其是关于中国大陆现当代文学的部分）。甚至，说得更简捷些，即是以夏志清—李欧梵—王德威为代表的北美文学研究。这当然是"以一斑而窥全豹"。以研究中国现当代文学而论，美国之外的欧洲，前有普实克后有顾彬、柯雷，都是今日学界比较熟悉的学者。至于日本的优秀学者就更为多见。甚至就北美批评而言，出身大陆的学者的学术实力，如刘禾、孟悦、唐小兵、王斑等，也并不逊色于夏—李—王一系。但专以夏—李—王一系为例，则因他们在大陆学界强势的无远弗届的影响力，亦因其内在的学脉传承。目前来看，这一系北美批评在大陆出版著述甚为丰富，其中最为经典的著作当属夏志清的《中国现代小说史》，此著英文版1961年由耶鲁大学出版社出版，此后其香港版中文译本在改革开放的大陆可谓"一纸风行"，直至今日，尚无大陆文学史著的影响力能够望其项背。李欧梵、王德威在大陆出版的著作则更为丰富，如李欧梵的《铁屋中的呐喊》（尹慧珉译，岳麓书社，1999年）、《现代性的追求》（生活·读书·新知三联书店，

2000年)、《上海摩登:一种新都市文化在中国》(毛尖译,北京大学出版社,2001年)、《中国现代作家的浪漫一代》(王宏志等译,新星出版社,2005年),王德威的《想象中国的方法:历史·小说·叙事》(生活·读书·新知三联书店,1998年)、《现代中国小说十讲》(复旦大学出版社,2003年)、《当代小说二十家》(生活·读书·新知三联书店,2006年)、《抒情传统与中国现代性》(生活·读书·新知三联书店,2018年)、《史诗时代的抒情声音:二十世纪中期的中国知识分子与艺术家》(生活·读书·新知三联书店,2019)等。这些著作中的每一本,几乎都受到大陆学界(尤其是现当代文学研究生)的热情关注。

不过,北美批评也始终面临着数量不多但却十分尖锐的质疑与批评。这或有两重原因。(1)北美批评过于"摧枯拉朽"的影响力。在学术界,"身份学术"一直是个隐形而有力的存在。若以某种民间眼光观之,大陆现当代文学研究其实存在三个世界:以京沪名校为核心的"第一世界",诸如北大、复旦、人大、北师大、华东师大等校的学者,视野开阔,"立足东亚,面向欧美"[①],汇聚天下英才,砥砺相长,优秀者比例高,但自成圈子、睥睨天下,"外人"要想"打进去"不大容易;以武汉、广州、天津、成都、重庆、长春、济南、杭州等地985高校及211名校为代表的"第二世界"(南京因与上海过于紧密的关系,大约有介于第一第二世界之间的意味),能够提供比较充分的基础条件,但平台、资源皆受限制,学术辐射力有限,学者出类拔萃的概率要大大低于"第一世界";二者之外的数量众多的地方高校则为"第三世界",其能取得

---

① 陈平原:《走出大学体制的困境——答〈北京大学教学促进通讯〉记者郭九玲、缴蕊问》,《中国大学教学》2013年第2期。

可观学术成就者一般属于偶然事件。此种"三个世界"的格局若无意外，将长期持续并强化下去。然而以北美批评为代表的海外汉学，却是此"三个世界"之上独一格的存在。自改革开放时代以来，对于大陆学术界一直是长驱直入，如入无人之境，让无数青年学者与研究生群体一见倾心。此情此景，自然可能引起大陆希望独占中心的"第一世界"学者的不适应。当然，由于对于高端资源的相互需要，二者之间合作大于竞争，公开批评言论颇为稀见。(2) 北美批评未必能完全为大陆学界所接受的学术理路。其实，就现当代文学研究而言，海外汉学有两点做法大异于国内学界。一是海外学者（以及中国港台学者）注重于"通"，一个学者，可以上起《诗经》下迄李碧华、白先勇，无所不谈，无所不能谈。这可能因为中文学科在海外地位边缘，难成层次丰富的"学科"，故从业人员不能不承担巨大跨度的中国历史文化之教学任务，非"通"则不足以生存。这与大陆强调"精专"、讲求"深耕细作"的传统学术作风相去甚远。二是海外学者（不含日本学者）普遍不治史料，较少去耙梳档案、原始报刊、书信、手稿等材料，习于悬空立论，虽也可能才思俊逸、见人之所未见，但在老成持重的学者看来，到底是缺乏学问根底、终非大器。这两重学术理路的特点（或曰局限），使包括北美批评在内的海外汉学在国内学界的观感上其实存在较为复杂的光谱，既有青年人的一见倾心、模仿，也有老成持重者的疏离与质疑。在2023年3月16日与中山大学青年教师、博士生座谈会上，陈平原教授就表示，对于将要出国合作培养或访学的北大学生，他即要求他们按下"暂停键"，暂时放下在北大习得的治学理念与方法，等到学习归来再度重启北大系统。这番告诫，可说是在两种差异性学术体系之间比较具有操作性的权宜选择。

在目前已有的为数不多的由知名学者发出的对北美批评针对性

的质疑中,给人印象比较深的是温儒敏教授的批评。他将国内学界对北美批评的追捧称为"汉学心态":

> 这种不正常的心态主要表现在盲目的"跟风"。这些年来,有些现当代文学研究者和评论家,甚至包括某些颇有名气的学者,对汉学、特别是美国汉学有些过分崇拜,他们对汉学的"跟进",真是亦步亦趋。他们有些人已经不是一般的借鉴,而是把汉学作为追赶的学术标准,形成了一种乐此不疲的风尚。所以说这是一种"心态"。看来中国的学术"市场"的确是大,许多研究在美国那边可能很寂寞,很边缘的,来到这里却"豁然开朗",拥有那么多的"粉丝"和模仿者。结果是"跟风"太甚,美国打个喷嚏,我们这边好像就要伤风感冒了。①

这一批评当然不止于对"身份学术"的疵议,更包含对学术与语境关系的深切忧虑:"可能有人会说,都讲'全球化'了,学术还分什么国界?如果是科学技术,那无可非议,先进的东西拿来就用,不必考虑国情、民族性什么的,但是人文学科包括文学研究恐怕不能这样,其中民族性、个别性、差异性的东西也可能是很重要的。汉学研究有相当一部分属于人文学科,其理论方法,以及研究的动机、动力,离不开西方的学术背景","所谓'汉学心态',不一定说它就是崇洋迷外,但起码没有过滤与选择,是一种盲目的'逐新'"②。应该说,温先生的批评的确切中时弊:夏志清、李欧梵、王德威等学者虽皆华裔,但毕竟是美国学者,其学术关怀出于美国

---

① 温儒敏:《文学研究中的"汉学心态"》,《文艺争鸣》2007 年第 7 期。
② 同上。

语境,且与中国台湾有着比大陆更为亲近的血脉/文脉关联,的确"有它自己的学术谱系",甚至有其自身的"学术政治"。对此,我们当然应该有所留意,在借鉴"他山之石"时也不宜忘却必要的辨析与扬弃。

当然,还有更见激烈的批评,如韩毓海认为:"海外某些教授们经常批评中国知识分子——主要是大陆的知识分子的激进主义,没有独立精神,没有学术规范,说根本原因就是因为他们太关心现实,没有搞所谓纯学术、纯文学,某些海外'华人学者'就是这么批评20世纪中国文学的'感时忧国'传统的〔按:这是批评夏志清〕。实际上这些人在美国有什么影响呢?起码比起赛义德、乔姆斯基来说是没有。他们所说的独立性、自由主义,不过就是学院里的学术分工造成的。他们所谓的'纯学术'不过就是美国的三流学术罢了。关乎美国的国计民生、全球战略的重大思想课题,这些人其实插不上嘴。他们那种所谓独立性,说穿了不过是国际资本主义文化生产分工体制罢了。可是这些人一度在国内被奉若神明。"[1] 应该说,如此猛烈的批评也有部分切合实情,不过北美批评显然不会接受如此不留情面的攻击。对此,我们不必过于深究,但北美批评所以能在国内产生广泛影响,其实更多的还是在于学术自身的因素。其创造与贡献,才是我们今日讨论、借鉴的主要着眼点。比如,夏志清《中国现代小说史》虽然存在意识形态化等可以质疑的问题,但仍不失为迄今为止影响最大、给人启发最多的"现代小说史",其学术经典位置也已基本确定。今日我们主要关注的,是可以从中获得怎样的学术方法与问题视野层面的益处,又有怎样的

---

[1] 黄平、姚洋、韩毓海:《我们的时代——现实中国从哪里来,向哪里去》,北京:中央编译出版社,2006年,第150页。

"前车之鉴"需要防范。

二、北美批评的方法

（一）道德审美

"道德审美"之法，主要出自夏志清的文学批评与文学史研究。但在他之前，其兄夏济安也持有相似学术信念。李欧梵回忆，他于1963年前往哈佛大学修习历史学时，曾向老师夏济安写信请教，并得到后者指点：

> 夏济安先生认为，学术研究的目的就是要再现人类的悲剧。"哪怕是共产党员，也应该得到礼遇（更近似于同情），他们作为个人，除了党派观念也还有思想。"我想，正是《黑暗的闸门》所刻画的几位个体瞿秋白、鲁迅、蒋光慈、冯雪峰、丁玲、"左联五烈士"的思想与感情，给我留下了难以磨灭的印象。①

李欧梵、夏济安的说法当然包含偏见。其实，"党派观念"并非思想的对立面，其实包含更具"人间气"的思想。比如，假如不是为了国之忧患与底层民众之生存权利，又怎会出现中国共产党这样的理想主义组织及其后百折不挠的斗争？在此方面，北美批评的"反向意识形态"至今犹烈，其实已限制此种研究的成就。不过，当年夏济安仍抓住了"人"这一重点。在他笔下，无论是四面受敌、被

---

① 李欧梵：《在光明与黑暗之门——我对夏氏兄弟的敬意和感激》，季进、杭粉华译，《当代作家评论》2007年第2期。

困于左联小辈的鲁迅,还是深怀"温和之心"的中国共产党领袖瞿秋白,其实都以其个人境遇与悲伤而赢得了研究者(夏济安)的"礼遇",也在后者的温情之理解中呈现出其内在的挣扎以及某种普遍意义上的人的悲剧。

以"人"为核心,是夏氏兄弟在学术研究方面共享的信念。夏志清自己称之为"道德审美"。对此,论者解释说:"在夏志清看来,文学作为审美性语言艺术,即使含有影响读者心灵的道德元素,也不宜诉诸强制性规训,而应艺术地弥散道德兴味之魅力。所谓道德兴味,是对道德本身的兴趣。大凡兴趣便无法像指令一般生硬地颁布,而只能凭借叙事,让读者进入审美情境后设身处地领悟与选择,从而确立、强化、冲击或更新自己的道德取向。"① 夏志清自己在《中国现代小说史》中即以"道德审美"为标准来衡断"五四"以来的中国小说家。在该书"中译本序"中,他自承说:

> 1952年开始研究中国现当代小说时,凭我十多年来的兴趣和训练,我只能算是个西洋文学研究者。二十世纪西洋小说大师——普卢斯德、托玛斯曼、乔哀思、福克纳等——我都已每人读过一些,再读五四时期的小说,实在觉得他们大半写得太浅露了。那些小说家技巧幼稚且不说,他们看人看事也不够深入,没有对人心做了深一层的发掘。这不仅是心理描写细致不细致的问题,更重要的问题是小说家在描绘一个人间现象时没有提供了比较深刻的、具有道德意味的瞭解。……缺点即在

---

① 夏伟:《美国汉学对中国现代文学学科的审美性碰撞——以夏志清、李欧梵、王德威为人物表》,《探索与争鸣》2019年第11期。

其受范于当时流行的意识形态，不便从事于道德问题之探讨（Its failure to engage in disinterested moral exploration）。①

对其原因，夏志清归咎于中国作家宗教感的欠缺："现代中国文学之肤浅，归根究底说来是由于对原罪之说或阐释罪恶的其他宗教论说，不感兴趣，无意认识。当罪恶被视为可完全依赖人类的努力与决心来克服的时候，我们就无法体验到悲剧的境界了。"② 由此可见，夏志清之谓"道德审美"涉及个体在面对复杂环境时的内心挣扎、人性搏斗以及相应的审美效果。这一立论背后亦折射出夏志清对于中国古代悲剧/悲感意识的隔膜，但它确实一度发生极大的影响，刘再复、林岗还受此启发撰成《罪与文学》一书，专门检省中国现代文学宗教维度的匮乏。与此同时，夏志清亦以"道德审美"为标准形成了他的文学史叙述原则："我常用的批评标准，全以作品的文学价值为原则。"③

《中国现代文学史》即主要以此为标准写成。较之大陆史著多局限于"信心"（对革命的信心）、"同情"（对人民的同情）以及"仇恨"（对旧社会的仇恨）等与现实政治缺乏间距感的道德情感，《中国现代小说史》则凸显间距感，坚持"道德审美"。可能是陈义过高，夏志清认为"中国现代小说家中，大概只有四个人凭着自己特有的性格和对道德问题的热情，创造出一个与众不同的世界。他们是张爱玲、张天翼、钱锺书、沈从文。其他的优秀作家，因有其个人特有的优点，对严肃的中国现代小说的贡献，虽功不可没，但

---

① 夏志清：《中国现代小说史》，刘绍铭等译，香港：中文大学出版社，2015年，xxix页。
② 同上书，第383页。
③ 同上书，第379页。

他们对中国的看法,对现实素材的吸取,实在是大同小异的。他们全不外是讽刺社会的人道主义写实作家"①。这种判断当然是对大陆学术界毫不掩饰的挑战,现在看来,倒也只是"挑战",其所推出的"文学史图景"并未被改革开放时代的现代文学研究广泛接受,但该史著对于张爱玲小说的分析,颇可为后世学者取法:

> 《传奇》里很多篇小说都和男女之事有关:追求,献媚,或者是私情;男女之爱总有它可笑的或者是悲哀的一面,但是张爱玲所写的决不止此。人的灵魂通常都是给虚荣心和欲望支撑着的,把支撑拿走以后,人变成了什么样子——这是张爱玲的题材。……七巧是她社会环境的产物,可是更重要的,她是她自己各种巴望、考虑、情感的奴隶。张爱玲兼顾到七巧的性格和社会,使她的一生,更经得起我们道德性的玩味。②

所谓"道德性的玩味",即是人与自我的"心魔"或不可测度的命运之拉锯过程所能给予读者或研究者的普遍的道德挣扎感。张爱玲小说中的人物,多处于驳杂混乱的人生中,自然很耐玩味,但在相对单纯的沈从文笔下的"乡下人"世界里,夏志清也依然能读出这种道德意味:"天真未鉴,但快将迈入成人社会的少女;陷于穷途绝境,但仍肯定生命价值的老头子——这都是沈从文用来代表人类纯真的感情和在这浇漓世界中一种不妥协的美的象征。"③

由上可见,夏氏兄弟所倡导的"道德审美"方法,其实是研究

---

① 夏志清:《中国现代小说史》,刘绍铭等译,香港:中文大学出版社,2015年,第385页。
② 同上书,第300页,第306页。
③ 同上书,第156页。

者、作者与作品中人物之间灵魂的密语，是人性幽微与伤感的相互映照。比较起来，夏氏兄弟之后的李欧梵、王德威少了些直击灵魂的意味，而更多取资后现代、文化研究等多种西方理论。亦因此，程光炜得出了一个出人意料的结论，即认为夏志清既受惠于欧美"新批评"，亦潜藏有中国传统"点评"之积淀，"如果说与夏志清同时代的中国大陆文学史家由于文化政治的强迫大多与这种'点评式'、'眉批式'的中国文论传统发生了'断裂'，而在大洋彼岸的夏反而使其在西学历史轨道上绽放异彩。"① 这可说是一家之言，但无论承自于传统学脉还是从欧美"新批评"磨砺而出，"道德审美"其实都是文学研究须以全副热情去体悟的途径。

（二）"纯文学"与学院派

较之"道德审美"，"纯文学"更是北美批评明确强调的自我定位，恰如夏志清所言："我所用的批评标准，全以作品的文学价值为原则。"② 应该说，对于长久局限于"艺术标准第二"甚至艺术标准略近于无的大陆现当代文学研究界来说，对于一般文学爱好者来说，这都可谓久违的令人亲近的声音了。然而以"纯文学"为标准去处理、叙述身在战争、政治漩涡中的中国现当代作家，又未免多有操作困难。对此，夏志清专门作了解释：

> 虽然我在书里讨论了有代表性的共产党作家……可是我的目标是反驳（而不是肯定）他们对中国现代小说的看法。那些

---

① 程光炜：《〈中国现代小说史〉与80年代的"现代文学"》，《南方文坛》2009年第3期。
② 夏志清：《中国现代小说史》，刘绍铭等译，香港：中文大学出版社，2015年，第379页。

我认为重要或优越的作家，大抵上和他们同时期的其他作家，在技巧上，所持的态度与幻想方面，有共同的地方。然而凭藉着他们的才华与艺术良心，抗拒了拿文学来做宣传和改造社会的诱惑，因此自成一个文学的传统，与仅由左派作家和共产作家所组成的那个传统，文学面貌是不一样的。劳伦斯在他的《古典美国文学研究》一书中，说了这么一句话，"勿为理想消耗光阴，勿为人类但为圣灵写作。"照此说法，那么一般的现代中国文学之显得平庸，可说是由于中国现代作家太迷信于理想，太关心于人类福利之故了。①

夏志清这种"纯文学"观当然可以商榷。（1）"理想"也好，"改造社会"也好，未必就是文学的敌人，因为有此念者有时更能深入人间凡夫俗妇呼吸的气息，更能贴近那些漂浮于时代烟云中的粒粒微尘。即便"是为圣灵写作"，也须以这凡俗的社会与人生为起点、为中介；（2）中国从来就没有什么"圣灵"，也难说有宗教信仰，那是不是说中国的《楚辞》、《史记》、李、杜、苏、辛就先天不足吗？夏志清确有此意。他说："（中国古典）诗赋词曲古文，其最吸引人的地方还是辞藻之优美，对人生问题倒并没有作了多少深入的探索，即以盛唐三大诗人而言，李白真想吃了药草成仙，谈不上有什么关怀人类的宗教感。王维那几首禅诗，主要也是自得其乐似的个人享受，看不出什么伟大的胸襟和抱负来。只有杜甫一人深得吾心，他诗篇里所表扬的不仅是忠君爱国的思想，也是真正儒家人道主义的精神。"② 当然，即便是杜甫，在夏志清看来也还是成就有

---

① 夏志清：《中国现代小说史》，刘绍铭等译，香港：中文大学出版社，2015年，第379页。

② 同上书，xxx页。

限,因为其间并无普遍的伟大的宗教精神,恰如他的整体判断:"我国固有的文学,在我看来比不上发扬基督教精神的固有西方文学丰富。"① 这当然是偏执之见,中国文学以"情"为旨,其可爱者可呈天地万物之美,其深者可直见宇宙尽头生命深永的伤痛。此中文学的幽微意味,与欧洲文学大为殊异、自成系统。

不过,夏志清这种依赖于基督教文明的"纯文学"观,对于有志于学者,其参考、借鉴价值仍然很大。甚至有研究者认为,这种观念对于最近几年学界的"历史化"研究潮流也有积极"反拨"价值:"过于强调文本和历史语境的关系,则既可能淡化文学文本的审美意义,又极易陷入历史主义的泥淖,导致文学最终沦为'历史的婢女'的尴尬地位","《中国现代小说史》力主以文学价值为中心,以文本细读为出发点,探讨中国新文学小说创作的发展路向,这种文本中心论的理念对于现今流行的历史化和语境化的写史理念不能不说是一种警醒和反拨,对于学界端正文学研究的不良倾向不无裨益"②。

从北美批评的脉络看,夏志清的"纯文学"观在李欧梵、王德威身上得到很好延传。这一则表现在他们对夏志清所信奉的"新批评"研究范式的承续,恰如论者所言,"与对左翼作家文本的不耐烦相比,王德威却对许多'纯文学'作家如张爱玲、沈从文、老舍、王安忆、莫言、余华、苏童、朱天心、李昂、施叔青、阿城等的小说频出'新批评'拳脚,这些作品解读真是文采斐然、笔意飞

---

① 夏志清:《中国现代小说史》,刘绍铭等译,香港:中文大学出版社,2015年,xxxi页。
② 赵学勇、田文兵:《"汉学热"与中国现当代文学研究》,《学术月刊》2008年第5期。

扬且精湛漂亮，相信读者都有极深印象"①。二则表现在他们对在"左派作家和共产党作家"之外另造"一个文学的传统"的数代人薪火相传、持之不懈的努力。如此"纯文学"观，在王丽丽、程光炜看来同样渊源于大陆"学院传统"，是大陆去台学人在台湾大学的开花结果，其"秘密并不在'师生相传'，而在一种相信'学术研究'能够越过'当代政治'的狭隘限制并能执着地延续下去的信念。这一信念很大程度上体现为一种客观、理性和超越性的'学院研究'理念"②。这就形成了当代学术中意味深长的返源开新现象："（他们）在异质环境中接过当年大陆'学院派'的学术旗帜，在一个文化沉寂的时代重建大学的'教育空间'和'文化场域'，又是如何在反思激进文化的同时将'纯文学'与'感时忧国'精神加以联系，并通过重审'晚清'与'五四'，最后使美国'中国现代文学研究'对中国大陆现当代文学的'挪借'成为了可能。"③ 应该说，对于当前希望重建"学统"的有志之士而言，如此返源开新可以提供一定的启迪。

三、北美批评的"识断"

中国人治学素重"识断"，刘知几将"史才、史学、史识"并称，其中"才"多系天赋，"学"则有赖日积月累，"识"则是集阅历、体验与判断力而形成。当然，刘氏强调的"史识"多有"史德"成分，后世论者则更重"识断"。《宋史》卷34《刘挚传》引刘

---

① 王丽丽、程光炜：《从夏氏兄弟到李欧梵、王德威——美国"中国现代文学研究"与现当代文学》，《当代文坛》2009年第5期。
② 同上。
③ 同上。

氏语云："士当以器识为先，一号为文人，无足观矣。"袁宏道亦称："士先器识而后文艺"，并以为"识不宏远者，其器必且浮浅。而包罗一世之襟度，固赖有昭晰六合之识见。"比较而言，北美批评在方法上的返源创新其实不如其"识断"更具冲击、震撼之效果。或因体制环境、人事环境之异，北美批评的"识断"往往与大陆学界形成强烈的对冲效果。

（一）打捞文学史"失踪者"

北美批评之所以被我们纳入课堂，是因为夏志清《中国现代小说史》冲击甚至改变了现代文学史的基本框架和结论。这主要指的是，他为20世纪七八十年代的大陆读者打捞了三位重要的文学史"失踪者"：沈从文、张爱玲和钱锺书。不过，夏志清能做到此种先见之明，不仅在于他的"识断"之精，也在于他身在美国的环境。20世纪五六十年代，美国麦卡锡主义盛行，而夏志清自己"一向也是反共的"[①]，故他之撰写文学史原本即有与大陆文学史述持"别腔异调"的强烈动机。在此情形下，他重大陆文学史述之不重，讲大陆文学史述之不讲，就是极其自然之事了。以此而论，他对沈从文的"重新发现"就不能说是特别有价值的工作。沈从文早在20世纪30年代即已确立文学地位，在1949年后不再受重视缘于他在国共之争中对于身处艰难之中的共产党文艺的猛烈批评。可以说，他被文学史"遗忘"有其自己的因缘，但随着政治形势的转变，即便没有夏志清的推介，他也必然会被"重新发现"。而且，他对沈从文"印象主义者"的定位也未必是抓住了沈氏文字最为丰富、动人

---

① 夏志清：《中国现代小说史》，刘绍铭等译，香港：中文大学出版社，2015年，xxi页。

之处。对于钱锺书的发现的价值当然更显重要一些。虽然钱出生无锡钱氏,又有一位身为知名学者的父亲,但在1949年前作为一名小说家,他还不能说已经完全确立地位。故夏志清说"(《围城》)比任何古典讽刺小说优秀。由于它对当时中国风情的有趣写照,它的喜剧气氛和悲剧意识,我们可以肯定地说,对未来世代的中国读者,这将是民国时代的小说中最受他们喜爱的作品"①,可说是一个有力预言。但遗憾的是,《中国现代小说史》对于《围城》的文本分析,并不能充分满足读者的期待——除了复述小说故事梗概外(有段小说原文引用竟长达4 500余字),对于《围城》有怎样的"喜剧气氛和悲剧意识",并无十分透彻的阐释。真正能见出夏志清"识断"之精的,还是有关张爱玲小说的论述。对于《金锁记》的洞论自不必再言,就是对那些不太引人注意的短小篇什,夏志清也时有动人的发现:

> 人生的愚妄是她的题材,可是她对于一般人正当的要求——适当限度内的追求名利和幸福,她是宽容的,或者甚至可以说是赞同的。这种态度使得她的小说的内容更为丰富——表面上是写实的幽默的描写,骨子里却带一点契诃夫的苦味。在《留情》《等》《桂花蒸·阿小悲秋》几篇小说里,我们可以看到,一方面是隽永的讽刺,一方面是压抑了的悲哀。这两种性质巧妙的融合,使得这些小说都有一种苍凉之感。《桂花蒸·阿小悲秋》尤其令人感动。这是一个在上海洋人家里工作的阿妈一天里的故事。阿小是一个淳朴拘谨而又爱家的乡下女

---

① 夏志清:《中国现代小说史》,刘绍铭等译,香港:中文大学出版社,2015年,第330页。

人，她一生只希望她的小儿子出头；同她对比的是那个无情、放荡、而又吝啬的洋主人。这个女人——她的骄傲，她的贫穷，她的无可奈何的去侍候她所不喜的洋人，这些将永远留在读者的印象里。①

因此，夏氏有关张爱玲的斩钉截铁的判断——"对于一个研究现代中国文学的人说来，张爱玲该是今日中国最优秀最重要的作家"②——对于当年众多不曾听闻过张爱玲其人其作的读书人而言，其冲击力之强，其震骇人心之效果，自然不难想象。

可以说，夏志清对张爱玲、钱锺书等小说家的发现，的确是对文学史"失踪者"的可贵打捞。大陆现代文学学科的开创人物之一唐弢回忆说："香港说夏志清发掘出了中国文学史家、文学批评家没有注意的作家，一个是钱锺书，一个是张爱玲。我们欢迎有人发掘，过去我们这方面工作做得太少了。"③ 当然，《中国现代小说史》的贡献也不止于此，夏志清对张天翼、师陀的重新评价，尤其是其弃新民主主义论而另行引入"纯文学"之文学史框架的做法，对改革开放时代的文学史著述产生了深刻影响。可以说，正因为有夏著《中国现代小说史》珠玉在前，80—90年代的文学史研究才得以突破左翼-社会主义脉络"现实主义独尊"格局，重新打捞各类"失踪者"或被遗忘者，重新结构新的文学史景观。甚至，新时期影响浩大的"重写"思潮（尤其"二十世纪中国文学论"）正是发端于夏著："黄子平等人提出的'20世纪中国文学'的基本构想涵纳了

---

① 夏志清：《中国现代小说史》，刘绍铭等译，香港：中文大学出版社，2015年，第313页。
② 同上书，第293页。
③ 唐弢：《唐弢文论选》，北京：人民出版社，2009年，第243—244页。

走向'世界'的文学、以'改造民族的灵魂'为总主题的文学、以'悲凉'为基本核心的现代美感特征等内容。这不能不令我们想到夏志清的《现代中国文学感时忧国的精神》一文","这种'感时忧国'精神在黄子平等人那里被置换为基本构想的内容之一,即以'改造民族灵魂'为总主题的文学"①。

  这是夏志清对大陆学术贡献颇大的"识断",也是夏氏在两岸三地享有颇高声誉的原因。当然,对此也不可产生误解,以为《中国现代小说史》字字珠玑,在在皆为不易之论。其实不然。譬如,《中国现代小说史》给予鲁迅的论述"篇幅是 20 页,给予张爱玲的篇幅则为 35 页(通过罗列小说评点有意加长),明显"点明"了鲁迅远不如张爱玲的"言外之旨"。对此,即使到了夏著在大陆现当代文学研究者中几乎人手一册时,也很少有人认可。刘再复称:

  他(鲁迅)的作品,是中华民族从传统到现代这一大转型时代苦闷的总和与苦闷的总象征。其精神的重量与精神内涵的深广,无人可比,也完全不是张爱玲可以比拟的。更准确地说,张爱玲作品与鲁迅作品的精神深广度相比,不是存在着一般的距离,而是存在着巨大的距离,这不是契诃夫与普宁(俄罗斯贵族流亡作家)的距离,而是托尔斯泰与普宁的距离。普宁的作品有贵族气,有文采,典雅而带哲学感和沧桑感,但其精神内涵和思想深度远不及托尔斯泰。②

---

  ① 张锦:《海外汉学对新时期中国现当代文学研究的影响》,《小说评论》2009 年第 3 期。
  ② 刘再复:《张爱玲的小说与夏志清的〈中国现代小说史〉》,《再读张爱玲》,刘绍铭等编,济南:山东画报出版社,2004 年,第 51 页。

与此相似，夏氏推举的另外几位"一流作家"（即在《中国现代小说史》中获专章待遇者）——张天翼、吴组缃、师陀等——在当前大陆文学史著述中，都介入二三流之间。相对于钱锺书的从"无"到"有"，这几位作家相对于其原有文学史位置并无变化。相反，他竭尽所能予以贬斥的赵树理——"赵树理的蠢笨及小丑式的文笔根本不能用来叙述"①——倒是有日益重要的趋势。如此种种，皆表明即便才华横溢如夏志清者也多有不能服人之处。

（二）被压抑的现代性

受夏志清影响，北美批评似乎一直有个"假想敌"，此即新中国成立后形成的以马克思主义反映论为基础的文学史阐释模式。当然，这种"假想"也兼有强烈政治意味。对此，夏志清自述：

> 共产主义在中国的成功，使一般人几乎毫无批判地接受共产党对现代中国现代文学的看法。对于那些代表了中共的文学成就的创作和批评作品，近年来港、台的反共批评家所能做的只是贬抑谴责而已。……却忽略了应该寻找一个更具备文学意义的批评系统。②

夏志清"冷战"思维极为强烈，明显有以学术研究服务于政治诉求的嫌疑。但北美批评发展至后两代时，大陆已经进入改革开放时代，这种公开的"冷战"立场既不符合积极变革中的大陆现实，也在海内外开放、交流、合作中变得不合时宜。尤其是从 1990 年代

---

① 夏志清：《中国现代小说史》，刘绍铭等译，香港：中文大学出版社，2015 年，第 365 页。
② 同上书，第 377 页。

开始，北美学者成为大陆学术机构和高校极表欢迎的对象，在此情形下，公开的"冷战"姿态自然会被放弃。但李欧梵、王德威等学者皆系在台湾出生或成长，两岸对峙的现实仍深深渗透进其学术观察与思考。简捷地说，寻找"一个更具备文学意义的批评系统"，或至少是与大陆学术主流"花开两朵，各表一枝"，构成了李、王等出身台湾的学者的潜在学术心理。这与出身大陆的北美学者（刘禾、孟悦、唐小兵、王斑等）大异其趣。在夏志清之后，这"各表一枝"的"枝"就涉及 1990 年代在学术界横绝一时的概念——"现代性"。李欧梵、王德威的主要"识断"皆与现代性有关。

李欧梵台大外文系毕业，后入哈佛大学攻读中国思想史，但主要研究中国现代文学与文化。他的学术选择与夏志清一脉相承，即"故意站在边缘的地位"进行"个人的反潮流的学术尝试"，"一直在'超越'在大陆学术界挂帅的现实主义和革命主潮"①。在他的学术谱系中，存在两个关键概念——"颓废"和"摩登"，所涉及者皆是大陆学界不甚注意的对象。对于前者，李欧梵表示：

> 从一个五四新文化运动的角度来谈颓废，当然是一件极为困难——甚至不可能的事。即使从新文化运动所用的词汇来看，一切都是一个"新"字，气象一新，许多常用的意象指涉的是青春、萌芽、希望。②

此种"颓废"（decadence）概念，系李欧梵从卡林内斯库《现代性

---

① 赵学勇、田文兵：《"汉学热"与中国现当代文学研究》，《学术月刊》2008 年第 5 期。
② 李欧梵：《现代性的追求》，北京：生活·读书·新知三联书店，2000 年，第 145 页。

的五张面孔》一书挪借而来。卡氏以为，在文艺复兴以来"进步神话"的背后，其实也滋长着"颓废"的观念，"高度技术的发展同一种深刻的颓废感显得极为融洽。进步的事实没有被否认，但越来越多的人怀着一种痛苦的失落和异化感觉来经验进步的后果"①。依卡氏之见，这种颓废感的积淀与形式化，最终形成了与启蒙现代性相对立的审美现代性，"这种美学现代性尽管有种种含混之处，却从根本上对立于另一种本质上属于资产阶级的现代性，以及它关于无限进步、民主、普遍享有'文明的舒适'等等的许诺"②。进步/颓废、启蒙/审美之别，显然是一种易于移植到中国现代文学研究的理论模式。因此，在将新文学主流指认为"资产阶级的现代性"文艺形式之后，李欧梵重新"打捞"了比夏志清范围更广的"失踪者"或边缘者——新感觉派、叶灵凤、张爱玲等（兼含别种面目的鲁迅、郁达夫），并以之为基本"班底"构就了他的"颓废美学"之文学谱系。当然，按照国内学者较为谨慎而海外学者往往安之若素的做法，李欧梵还将这种"颓废美学"谱系上溯至《红楼梦》与晚明文学。这可说是李欧梵眼中非常富于个人性的文学史"风景"。虽然将《红楼梦》、张爱玲与西方"美学现代性"加以勾连是颇为率性、学理性颇为可疑的做法，但"颓废美学"仍不失为一种极富探索性的文学设想，的确可为我们在现实主义"主导叙述"之外的思考提供有益借鉴。

以此而论，"颓废美学"当然属于一种"被压抑的现代性"——借用王德威后来的说法。"摩登"一词，则是"颓废"的自然延伸，因为其触发点仍是上海的"新感觉派"作家。不过"颓

---

① 卡林内斯库：《现代性的五副面孔》，顾爱彬、李瑞华译，北京：商务印书馆，2002年，第167页。
② 同上书，第173页。

废美学"关注的是文学文本,而"摩登年代"则以文学为中介,勾连的却是上海这座"魔都"所代表的"都市文化"。其实严格讲来,在李欧梵之前"新感觉派"并非无人关注。严家炎《中国现代小说流派史》已以"新感觉派"为专门研究对象,但严家炎显然没有身在海外的李欧梵那种自由无碍的学术心态:

> (大陆)"80 前"学科赖以成型的学思范式,也会让学者在讨论"新感觉派"的形式创新时极为小心。"新感觉派"植根于现代都市,而都市是被殖民的产物,殖民者则是权威史述中的典型敌人,这未免让研究者缩手缩脚。……哪怕严家炎涉及"新感觉派"的论著出版时已近 1990 年,他仍极谨慎地将其都市叙事研究限定在"艺术手法""舶来新思"的范围内,没有像李欧梵一样去深入触及现代都市文化。李欧梵的视野里当无此种非学术规训,这令他笔下的中国现代文学史可以是"忧国—革命—反殖民"的,又可以是"世俗—开放—都市化"的。①

因此,百货公司、电影院、舞场、咖啡馆种种,就代替小说、诗歌,"悍然"构成新的文学(文化)研究对象。在长期定型的左翼文学-解放区文学-社会主义文学的文学史图景之侧,突然平地"拨"起一座五光十色的物质主义的上海。然而这个"摩登上海"也不完全是物质的,经李欧梵之横贯中西古今的理论"揉搓",这些物质被指认为一种现代性乃至现代意识的萌生,这个物质的上海也被指认为联络中国与西方文化的国际化的文化空间。可以说,"摩登"是李欧梵

---

① 夏伟:《美国汉学对中国现代文学学科的审美性碰撞——以夏志清、李欧梵、王德威为人物表》,《探索与争鸣》2019 年第 11 期。

为中国现代文学（文化）找寻到的另外一重现代性面孔。

　　较之李欧梵对"摩登"之横截面和"颓废"之纵截面的勾勒，王德威则直接以"被压抑的现代性"为旗帜，猛烈挑战了大陆的现代文学研究传统。恰如程光炜所言，中国现代文学研究主要是绑定"五四"和鲁迅，然后又以"五四"和鲁迅绑定整个现代文学乃至当代文学，王德威同样眼光精准。不过与夏志清一辈不同，北美批评的后辈不再存有贬损鲁迅的"潜意识"（可能也与交流频繁而更能相互理解有关），但对相对宽泛的"五四"传统则有攻伐之意。在震动学界的《被压抑的现代性——晚清小说的重新评价》一文及随后出版的《被压抑的现代性：晚清小说新论》一书中，王德威将夏志清、李欧梵以来"各表一枝"的努力更有力地推进。这次王德威谈的是被"五四"所封闭的晚清小说。王德威认为：

　　　　晚清小说并不只是中国"现代"文学的前奏，它其实是之前最为活跃的一个阶段。如果不是眼高于顶的"现代"中国作家一口斥之为"现代前"（pre-modern），它可能早已为中国之现代造成了一个极不相同的画面。在西方模式的"现代"尚未成为图腾、某些中国传统尚未成为禁忌之前；在"严肃"作家尚未被自己的使命感所吞没，"琐屑"作家尚有一席之地表达其对"中国"的特殊执念时，小说犹然是众声交汇的大市场。五四作家……接收了来自西方权威的现代性模式，且树之为唯一典范，并从而将已经在晚清乱象中萌芽的各种现代主义形式屏除于正统艺术的大门外。①

---

　　① 王德威：《被压抑的现代性——晚清小说的重新评价》，《批评空间的开创：二十世纪中国文学研究》，王晓明主编，上海：东方出版中心，1998年，第121页。

以王德威之见解，晚清文学之所以在今日隐而不彰，乃因于"五四"一代作家以及后世研究者的狭隘，使吾辈失掉了"五四"之前的众声喧哗，文学也因而步入褊狭之途。他为此叹息说："我们不禁要想象，如果当年的鲁迅不孜孜于《呐喊》《彷徨》，而持续经营他对科幻奇情的兴趣，对阴森魅艳的执念，或他的尖诮戏谑的功夫，那么由他'开创'的'现代'文学，特征将是多么不同"，"后之学者把他的创作之路化繁为简，视为当然，不仅低估其人的潜力，也正泯除了在中国现代文学彼端、众声喧哗的多种可能"①。

王德威以晚清小说挑战"五四"传统，兼而挑战大陆学界的启蒙、左翼、现代化诸种研究范式（后三者皆以"五四"为现代历史之开端）的学术理路，大致如此。然而这其间却有一个有必要指出的逻辑破绽：晚清小说之所以隐彰，后世作家与研究者的认识偏差（或曰话语压制）或是一个原因，但那究竟只是外因，其间有没有晚清小说自己的原因（内因）呢？在此方面，王德威没有谈及，他主要讨论的是晚清小说之"新意"以及后世之人之缺乏慧眼。但究其实，内因才为根本。若论话语压制，20世纪50—70年代文学被夏志清打击、被"告别革命"思潮压制，其剧烈、持久程度皆在晚清小说之上，但何以今日《铁木前传》《百合花》并不失其魅力，《林海雪原》等大批"红色经典"仍在被改编，甚至《董存瑞》《上甘岭》等老电影今日观来仍有感人的魅力？相反，百年过去，晚清小说至今未能"复活"——改革开放40多年，影视界几乎没有出现一部由晚清小说改编的稍略有些影响的电影或电视剧。如此尴尬，着实反映出其声名不传于后世恐怕主要还是晚清小说自身的原

---

① 王德威：《被压抑的现代性：晚清小说新论》，宋伟杰译，北京：北京大学出版社，2005年，第9页。

因。实则《官场现形记》《老残游记》《文明小史》《孽海花》《梼杌萃读》《二十年目睹之怪现状》等小说，多数有难以卒读之感，勉强读完，也会更感到它们仍属古典小说杂乱的尾声。虽然小说中人物多已习操"自由""民权""女权"等新概念，但仍属皮毛，新的观念并未上升为小说叙述的组织逻辑。主导其叙述的，仍是传统的遥遥将坠的"善善恶恶"之道德主义叙述。

依此而论，王德威等若希望以"被压抑的现代性"之说改变现有的文学史秩序，可能性极低。研究者才华即使盛大璀璨，也抵不过研究对象的无力。但从学术推进的角度看，王德威关于狭邪小说、公案侠义小说、谴责小说、科幻小说之"现代"的分析，虽然有不少勉为其难的成分（如认为《三侠五义》中白玉堂私闯铜丝阵是"描述了个人主义英雄与政治机器之间的斗争"），但的确可以打破我们关于"单一的现代性"的执念，可以帮助我们在晚清文学之内甚至也在"五四"文学之内发现喧哗多姿的众声。

四、北美批评的待解问题

以夏志清、李欧梵、王德威等为代表的北美批评，在改革开放时代所带来的冲击，当然不止于以上诸创见与方法。比如，近年王德威又在陈世骧、高友工等学者研究基础上提出"抒情传统"概念，以和启蒙、革命相颉颃，同样引起学界广泛瞩目。可以说，标识度极高的个人研究风格（如夏志清活泼深透的审美判断力、王德威旖丽繁复的文风），自带光芒的顶级学者身份，使北美批评长期在大陆学界处于居高临下、引领未来的位置。此种状态，只要美国霸权没有真正衰落，它也不会有大的改变，但这并不意味北美批评真的就是一时之翘楚、没有自己有待解决的问题。其实，史料基础的欠缺,以大陆为学术传播之"市场"而对大陆学术缺乏深入、具体的了解,疏离于历史情境,诸如此类的问题也客观存在。但其间大者,略有两端,可略供我们在借鉴北美批评之"识断"与方法时斟酌、参考。

(一) 明暗之间:意识形态形塑

对于北美批评中的意识形态问题,学界已多有谈及。尤其对表现最为明显、固执的夏志清,批评的声音还比较多见。对此,赵学勇、田文岳明确指出,"夏志清在《中国现代小说史)的'序言'中坦陈了其意识形态立场:他写作的目的之一是检讨'现代中国文学传统中的左翼理念'。如果是以这样一种先入为主的动机来观照中国现代文学史叙事,那么,即使是有更客观的评价标准和敏锐的艺术感觉也难免不被主观好恶所支配。于是我们能明显看到在这部小说史中,那些哀民生之不幸,慨现实之无道,以改造社会为己任,以振兴中华为凤愿等以鲁迅为代表的'五四'作家和'左翼'作家以及他们的作品,一概被嗤之以鼻,不是被极力贬低其在文学史中的地位,就是被认为压抑了晚清'颓废'文学的'现代性'。如果探究此类观点背后的深层用意,这种借挑战'五四'叙事和'左翼'叙事在大陆文学史中的合法地位,以此质疑与之相关的意识形态应该是其目的之一。我们也就明白了夏志清为什么会力荐张爱玲并欣赏其带有明显的反共反社会主义倾向的《秧歌》、《赤地之恋》等小说。"① 这是比较中肯的判断。那么,又该如何看待夏志清的学术成见呢?唐弢当年所说颇为实在:

---

① 赵学勇、田文兵:《"汉学热"与中国现当代文学研究》,《学术月刊》2008 年第 5 期。

> 海外攻击我们，说我们对有些作家作品不够重视，我们承认。但有些作家并不像海外评论家说的那样好。他们有些人的目的就是利用几个作家来打击其他作家，他们说钱锺书写的《围城》好……但是夏志清的目的在利用他来贬低茅盾，那就是另一回事了。我们不能忽视文学与政治的关系，特别是思想方面。但是艺术方面过去注意的太少了，这是不对的。思想内容也仍然要考虑，不考虑不行。他们就利用这一点来贬低我们许多作家作品。他们认为艺术应当脱离政治，离政治愈远愈好，我们不会也不可能接受。①

对于希望借鉴北美批评的年轻学生而言，可能更需要注意我们研究的语境，不必对海外学术方法亦步亦趋。温儒敏对此深感忧虑："现今有些新近的华裔汉学家以及他们的模仿者，在研究土改文学或者中国1950年代文学时，用的还是类似夏先生当年的方法，他们总是非常超然地认定当时的文学就是'政党政治'的宣传，以及'意识形态'的控制，还有所谓'体制内''体制外'的解释，等等，而对于特定时期普通读者的实际状态和审美追求，他们是视而不见的。他们可以'同情'土改运动中被镇压的地主阶级，而对千百万农民的翻身解放却无动于衷。在他们的笔下，解放之后的新中国完全是精神沙漠，而少数敏感文人的体验就足以代替千百万普通中国人的命运。这起码是一种历史的隔膜。"② 不能不说，这一批评十分中肯。

比较起来，李欧梵、王德威学术著述中的意识形态要淡化很

---

① 唐弢：《唐弢文论选》，北京：人民出版社，2009年，第307页。
② 温儒敏：《文学研究中的"汉学心态"》，《文艺争鸣》2007年第7期。

多,但鉴于空间与历史的疏隔,意识形态仍"暧昧"地存在于其中。对此,有研究者指出:"这些华裔汉学家要么长期身处海外,要么寓居港台,与现(当)代中国的社会文化语境有着很大的隔膜;而由于文化环境的差异、历史情感的缺失以及民族认同感的缺席,海外汉学家思想观念普遍存在着一种与'左翼'文学叙事无法融通的意识形态偏见,如李欧梵总是在做'反潮流'的工作并故意与主流研究'唱反调',王德威提出'没有晚清,何来"五四"'的论题,其目的就是为了否定'五四'及左翼文学传统。"① 当然,对此也存在可以理解的余地——毕竟每个人都只能看见他(她)愿意看见的,我们自己也并不例外。

(二)毫厘之间:抽样方法的睿智与风险

北美批评在大陆学界的风靡除了得力于身份"红利"外,还与其"纯文学"研究方法与 80 年代以来大陆学界"去政治化"诉求恰成呼应有关。不过,对于北美批评的方法,却应结合自身条件予以适当辨识、选择。夏氏兄弟"道德审美"颇可鉴取。尽管其中灵魂的历险与相遇对于研究者个人文学资质有不低的要求,但勤加磨砺、阅世渐深还是可以完善的,但对于另外一些批评方法,则宜细致考量。十几年前,陈平原、许子东、王德威三位学者曾就小说史研究在北京大学做过一个座谈。其间许子东曾形象地比喻过王德威的研究方法:

> 最近北大有个硕士生到我们这里来读博士,最近他在跟我

---

① 赵学勇、田文兵:《"汉学热"与中国现当代文学研究》,《学术月刊》2008 年第 5 期。

讨论他的论文要怎么做,用什么方法做。我跟他打了一个比方,比方说文学是一个花园,那你进去怎么做研究呢?……有些人是这样,他跑到这个花园里,你不知道他为什么,他就在东边摘一棵花,西边摘一棵树,那边取一块石头。你开始不明白他要干什么,这些花和石头表面上是没什么关系的。可是,他把它拉起来一讲,哇,你发现可以讲出一个道道,可以有很大的启发。……(这)看上去简单,其实非常不简单。……你必须下面摸得非常熟,到处都知道,哪里有虫,你才可以跳出来看到。表面上看起来是随便采,其实是福柯的方法。①

这其实是讲王德威的治学方法。当然,许子东是称赞王德威"化腐朽为神奇"的研究能力的,但对年轻人来说,他的结论性的表示——"这个不是随便好采的"——才更见语重心长。因为倘无深厚、宽阔的中西理论视野,如此做学术论文其实颇有风险。实则在该座谈中,陈平原即将这种研究方法称为"抽样"之法,并认为此法或宜于写论文但并不宜于写专著,"写单篇文章,确实可以采用抽样的办法,一个世纪初的,一个世纪末的,一个美国的,一个马来西亚的,若组合得好,文章会很漂亮。但这么做,其实有点取巧。你看他写《被压抑的现代性》,就不是这样。写单篇文章和写专著,是两回事情。写专著的话,在这个特定的论述范围内,不管你多聪明,你都必须扎死寨、打硬仗"②。这意味着,若做单篇的评论文章,或可采取"抽样"之法,若要做专门文学史研究则仍需陈平原所说的"扎死寨、打硬仗"之法。对此,许子东也对学生做了

---

① 王德威、许子东、陈平原:《想象中国的方法:以小说史研究为中心》,《当代作家评论》2007年第3期。
② 同上。

形象比喻:"你就在那个花园里面找出一块地方,然后你就把它挖透,多少草,多少木,每个叶子都贴上标签,所有的东西,你都把它翻透","以后谁来这里,你都得过我这一关。这个功夫很难做"①。如此"扎死寨、打硬仗"当然需要下苦功,故陈平原还有另外一个说法:一篇论文,作者是否聪明我不知道,但有没有下苦功一看就知道(大意)。这就要求学术研究宜穷尽材料、充分掌握前人之学说,此为学术之根基,有此根基并不妨碍作者尽展"才""识",但无此根基就可能只是"聪明"而已。

细叙这场座谈,是想说王德威的"抽样"方法,既可学又不可学。可与不可之间,取决于后来者对自己理论积累与语言才华的判断。但许子东还提到另外一层海内外学者之别:"我自己的体会是,中国的文学研究是从问题出发的、从现象出发的。研究的初始动机就是说:怎么啦?这是怎么回事啊?为什么这样啊?我们要怎么来解决这个问题?而我理解的海外很多学者的研究,主要是从方法出发的。就是说我有一套理论,我用这个理论来检验很多不同的现象,然后我得出一个和原来的解释稍稍有点不同的结论。我可以用巴赫金来解释某一个问题,我可以用福柯来解释中国'毛语汇'的问题等等,我可以证明这理论的有用,进而得出对原来现象解读的新的看法,那就非常有收获了。"② 显然,海外学者这种研究方法颇需辨识、斟酌。此种方法若把握不当,实有风险,颇易成为不少学界前辈所鄙视的"洋八股"。当然,其间关键还是在于能否有"新的看法",至于"可以证明这理论的有用",在大陆学者看来基本无甚意义:弗洛伊德或福柯的理论有用,人尽皆知,还要你证明做什

---

① 王德威、许子东、陈平原:《想象中国的方法:以小说史研究为中心》,《当代作家评论》2007年第3期。

② 同上。

么呢。

北美批评与大陆学术，海内与海外研究，在方法、立场上其实皆存在不小差异。这当然不宜认定为正误之别，而与学术传统、学术共同体之差异纠葛甚深。今日大陆年轻学者，当然需要尽量鉴取海外研究方法新颖、观点新锐之优点，但若欲求得学术长远发展甚至还存"传世"之自我追求的话，建议还是多做好"扎死寨、打硬仗"的准备，尝试平衡好海内外学术方法之异，以"体"/"用"关系作为鉴取、融合二者时的基本定位。以此，才能致深厚、致广远。

推荐阅读

夏志清：《张爱玲》（《中国现代小说史》第 15 章）

李欧梵：《漫谈中国现代文学中的"颓废"》

王德威：《被压抑的现代性——没有晚清，何来五四？》

第十讲

我所期待的文学批评

第十讲 我所期待的文学批评

在很长时间内,文学批评一直被理解为"当代文学研究"的全部。在不少作家和读者心目中,文学批评还被理解为文学作品的"附庸",甚至就是给名作家"抬轿子"的角色。如此理解,当然基于一定的事实,但究其根本仍属误解。准确地说,文学批评是当代文学研究内部主要适用于处理距今 30 年以内文学现象的一种学术文体,也是一种以作家作品等文学事实为对象的独立的学术研究。就前者而言,在 20 世纪 50—70 年代甚至 80 年代,文学批评几乎就等同于当代文学研究,但进入 21 世纪后随着"当代文学"拥有 60 年、70 年乃至更长时间跨度,部分年代久远的当代文学事实必须启动文学史研究方法予以处理。于是,当代文学研究逐渐分化为文学史研究与文学批评两个方向,文学批评在其中占比必然会逐渐缩小——从以前的 100% 到现在的 80%,将来也许会降至 50%。当然,等到那时,20 世纪 50—70 年代乃至 80 年代、90 年代的文学可能已被归入"现代文学",而不再顶着早已名实不符的"当代文学"名号了。就后者而言,文学批评是一种与中文学科其他二级学科,譬如古代文学、汉语言文字学、比较文学与世界文学,都不大相同的一类学术研究。它的显而易见的特点,就是需要永远面对同时代的文学作品,因而也就需要面对同时代的文学读者以及这个时代深具普遍性的文化问题乃至社会问题。这就要求优秀的评论家必须具备吸引非专业读者所需要的堪与小说家或诗人相匹敌的过人的语言才华,必须具备经得起我们身边的现实的检验的思想穿透力,等等。如此种种,显然意味着文学批评也许"门槛"不高,但真要复现别林斯基等大批评家的风采,又是非常不容易的。有志于文学批评者,需从数个层面打磨自己的文学才华。

一、"一切之美,皆形式之美"

文学才华,尤指特殊的语言天赋与文体处理能力。当然,一般人认为写小说才须以此才华为"入门"条件,但实际上撰写文学批评也最好有此优长。的确,文学批评整体而言属于学术研究之一部分,未必以文采飞扬为上,平实、准确即可,然而它又是离读者最近的学术文体。而读者多非学术中人,也不理解文学批评之独立于小说、电影的价值,故仍以阅读快感期待于批评文章,故传播最广的文学批评,必然最能适应非专业读者的阅读期待。事实上,当代评论界有实力、有突出成就的评论家的数量还是比较可观,但其中能广获青年学生喜爱甚至在读书人广有影响者,占比并不为高。这其间,或"放纵"不羁或诗性充盈等个性饱满之语言才华,起到至关重要的作用,如王德威、张新颖、谢有顺和近年突然"破圈"、被戏称为"影评界黄蓉"的毛尖(其实毛尖差不多20年前就出版了《非常罪,非常美》等优秀影评著作),堪为其中代表。可以说,充满不羁气息或诗意想象力的语言,是从事文学批评的一项虽未必绝对但一定是令人幸福的条件。譬如,读朱光潜的著述,我们对他的"心理距离说"的印象或许会逐渐淡漠,但他论述中的一些句子却令人经久难忘,比如他说:

> 古今有许多哲人和神秘主义的宗教家不愿用文字泄露他们

的敏感。像柏拉图所说的,他们宁愿在诗里过生活,不愿意写诗。世间也有许多匹夫匹妇在幸运的时会中偶然发现生死是一件沉痛的事,或是墙角一片阴影是一幅美妙的景象,可是他们无法用语言文字把心中的感触说出来,或者说得不是那么一回事。文人的本领不只在见得到,尤其在说得出。说得出,必须说得"恰到好处",这需要对于语言文字的敏感。有这敏感,他才能找到恰好的字,给它一个恰好的安排。①

这既是说明"对于语言文字的敏感"的重要,也展示了所谓"对于语言文字的敏感"。很难想象枯瘦如老槐(据老年照片)的朱光潜内心中会充盈着如许如微风轻掠的诗意。更令人喜爱的是,朱光潜寥寥数笔就勾勒出了文学的本质——它就是以文字记录生命的瞬间,化刹那为永恒。而对于文艺家观察世界的角度,朱先生也有十分形象的比喻:"人生世相,在健康的常人看来,本来不过尔尔,朦胧马虎地过活,是最上的策略。认识文艺的人,对于人生世相往往见出许多可惊可疑可痛哭流涕的地方,这种较异样的认识往往不容许他抱鸵鸟埋头不看猎犬式的乐观。这种认识固然不必定是十分彻底的,再进一步的认识也许使我们在冲突中见出调和。不过这种狂风暴雨之后的碧空晴日,大半是中年人和老年人的收获。"② 这种明了而富于诗意的语言,使人能自然地贴近"悲剧"的意蕴及其释解。较之严谨的概念界定,这种诗意的语言更能直达本质。

1907年,王国维在《古雅之在美学上之位置》一文中提出"一

---

① 朱光潜:《朱光潜美学文学论文选集》,长沙:湖南人民出版社,1980年,第12页。
② 同上书,第15页。

切之美，皆形式之美"的观点。置诸文学批评，这种观点依然成立。若依传统学术"才、学、识"之三维结构，语言能力自然属于"才"的范畴。对此种语言之"才"，兼擅小说与评论的沈从文非常看重。他曾表示："人类高尚的理想，健康的理想，必须溶解在文字里，理解方可成为'艺术'。"[1] 又说："几年来有个倾向，多数人以为文字艺术是种不必在意的'小技巧'。这有道理。不过这些人并不细细想，没有文字，什么是文学？"[2] 这自然是说文学创作，然而文学批评又何尝不是如此呢？一个评论家，倘能具备钱锺书所言"能文"与"活句"之能力，当然是无上幸福之事。不过，来自语言（包括文体）的"形式之美"，却因评论家各自的性情、气质而各有所擅。鲁迅、朱光潜、沈从文、李健吾已自不同，当代评论家同样在不同方向驰骋才情。在陈晓明主编的《中国当代文学批评史》一书所列举的"学院派批评家"（陈思和、孟繁华、贺绍俊、陈晓明、张颐武、程文超、程光炜、张清华、吴义勤、施战军、郜元宝、吴晓东、张学昕、谢有顺、贺桂梅、洪治纲、朱国华、葛红兵、黄发有等）和"文坛批评家"（如雷达、胡平、吴秉杰、李敬泽、闫晶明、牛玉秋、王干、何向阳、汪政、晓华等）中，即有不少评论家在语言与文体方面特别用心、注意锤炼。20世纪世纪90年代末，上海文艺出版社推出过一套"火凤凰"批评丛书（陈思和主编），其中《拯救大地》（郜元宝）、《栖居与游牧之地》（张新颖）两本批评集，其语言才情令人喜之不禁。而少年成名的谢有顺，同样以丰富而充满灵魂光芒的语言令人叹服。按照陈著的描述，"谢有顺属于才子型的批评家，敏感、细腻、抓住问题，切中要害，总

---

[1] 沈从文：《沈从文文集》，第12卷，广州：花城出版社，1983年，第107页。
[2] 沈从文：《沈从文文集》，第8卷，广州：花城出版社，1983年，第332页。

有独到见解，言说圆融却透示出犀利之气。"① 这算是十分恳切的评价。当然，优秀评论家并不止于陈著所列举的范围。比如，毛尖的批评语言放在一众评论家中完全是另一种路数：

> 谈到《蜗居》，一个朋友说，妈的，明明觉得姓宋的有问题，可还是情不自禁地希望他坏人有好报，邪门儿啊！说邪也不邪，稍微回想一下，哪个人物的内心获得画外音的次数最多？宋秘书嘛。相比之下，勤勤恳恳的小贝根本没有得到画外音的援助，在他失魂落魄的时候没有，在他发愤图强的时候没有，尽管他作为一个纯真爱情的符号出现在小说和电视剧中，但导演根本不把他放在眼里，让他买个冰淇淋表达爱情，中学生看了都觉得弱智。所以，小贝根本不是作为宋秘书的对立面出现，而是宋的赞美者。每次，海藻只会在小贝身边想念宋秘书，但从没在宋秘书怀里想过小贝。还不止这些。整个故事中，海萍夫妻看重钱，宋秘书老婆看重钱，小贝看重钱，底层老百姓更别提，为了钱还丢了命，但恋爱中的人不看重钱，海藻最不看重，你看她乱花宋秘书给的钱；宋秘书更不看重，他只用钱来擦亮爱情。②

这其实不大符合学术表述所要求的得体、庄重、一本正经，但一读难忘，令人震撼。可以说，读毛尖《凛冬将至》的思想收益，其实要大大大于看电视剧《蜗居》或《欢乐颂》。这其间不可忽视的得力处，即是毛尖"放荡不羁"的语言——她的语言高度口语化，

---

① 陈晓明主编：《中国当代文学批评史》，北京：北京大学出版社，2022年，第548页。
② 毛尖：《凛冬将至：电视剧笔记》，北京：生活·读书·新知三联书店，2020年，第303页。

短、快、狠、爽，无一句废话，同时戳穿表象、直指本质！没有故作高深的概念缠绕（以毛尖的理论素养要想"缠绕"并不困难），却能一剑封喉，酣畅淋漓，让人茅塞顿开、一眼看进时代与人心的深处。毛尖的电影批评，受到万千读者喜爱并被誉为"毛尖体"，实在是实至名归。

王德威、胡河清、郜元宝、张新颖、谢有顺、毛尖等评论家，都是在语言、文体上深有钻研者，深可为有志于批评工作者取法。不过，此种"形式之美"所以能够成立，还有赖于掷地有声、与时代迎面相撞的思想质地。倘若评论家对现实无所深思，对大地上的生存与灵魂无所体察，对未来国家与社会缺乏有效的总体性的想象力，而只有华丽繁复的言辞，言不及物，那也就是"才华"而已，多少近似于语言游戏，意思未必很大。

二、尊灵魂的写作

"尊灵魂"系借用谢有顺的习用术语，以拈出文学批评之要害。究实而言，文学批评面对的具体文本，并非一个可拆卸的实验对象，其背后潜藏的是一个个或袒露或隐蔽的真实的灵魂。故文学批评较之可能以历史变迁为对象的文学史研究，会更直接面对灵魂间的探访与对话。故做批评文字，最为紧要者，乃是能寻求到通达作者心灵的路径。明代袁无涯刻本《水浒传》卷首云：

> 书尚评点，以能通作者之意，开览者之心也。……今于一部之旨趣，一回之警策，一句一字之精神，无不拈出……如按曲谱而中节，针铜人而中穴，笔头有舌有眼，使人可见可闻，

斯评点所最可贵者。①

"通作者之意，开览者之心"可谓历代批评者的追求。李健吾指出："一个批评家是学者和艺术家的化合，有颗创造的心灵运用死的知识。"② 所谓"创造的心灵"，即是能够激活封闭在文本之下的灵魂并与之对话的心灵。甚至，做古代史研究的陈寅恪、顾颉刚也强调对古人古史宜抱有"同情之理解"的态度。用顾颉刚的说法，即是做古史研究应有"角色的眼光"："我们只要用了角色的眼光去看古史中的人物，便可以明白尧舜们和桀纣们所以成了两极端的品性，做出两极端的行为的缘故，也就可以领略他们所受的颂誉和诋毁的积累的层次。只因我触了这一个机，所以骤然得到一种新的眼光，对于古史有了特殊的了解。"③ 此种"角色的眼光"，其实就是在接近、理解我们并不熟悉的遥远的灵魂，贴近其视角与眼光，其间"融了这一个机"的强调，与做文学批评工作实在是很接近的。

（一）如何获得"角色的眼光"

故"尊灵魂"者，须贴近或远或近的灵魂。借用沈从文的小说须"贴"着人物写的著名说法，文学批评其实也须贴着作家的灵魂写。在这方面，当代评论家多有用心并取突出成就者。在1990年代初，王晓明出版过《潜流与漩涡：论二十世纪中国小说家的创作心理障碍》一书，蓝中带黑的封面，貌不惊人，然而集中对于沈从文、张天翼、张贤亮诸作家曲折幽微心理的精确把握，虽有汲取弗

---

① 《水浒传会评本》，北京：北京大学出版社，1981年，第31页。
② 张桃洲：《由批评而学术：当代文学研究的重新确立》，《文艺争鸣》2018年第6期。
③ 顾颉刚：《我与〈古史辨〉》，上海：上海文艺出版社，2001年，第45—46页。

洛伊德精神分析理论在前,但仍然令人时时惊叹。比如,对 1940 年代步入创作末途的沈从文,王晓明叹息说:

> 沈从文变得太厉害了。不但十多年以前就已经在生活方式上逐渐绅士化,现在连心理状态都明显地绅士化了。……昔日那个被沉重的记忆压得坐卧不宁的年轻人,已经变成了一位温和沉静,面呈淡淡忧色的中年教授,靠那年轻的乡下人的幻想提供养分的独特文体,自然就难免要随之枯萎。因此,这一组小说正是一个触目的句号:作为一个善于讲故事的小说家,沈从文是直到五十年代初才最后放下笔来,可作为一个具有独特文体的小说家,他在四十年代中期就已经从读者眼前离去了。①

不少人都以为是 1949 年的政权鼎革导致了沈的小说创作的结束,其实不然,早在 1940 年代、在终于从"乡下人"变成"绅士"以后,沈从文内心的那个把他"压得坐卧不宁"的创作势能已逐渐衰尽。没有 1949,他的写作也同样难以为继。对读长篇小说《长河》(1945)与中篇小说《边城》(1934),很难不伤感于岁月之于作家创造力的巨大伤害。而能与业已远逝的作家心灵进行对话,能从同时代文本中读出作家隐藏的心理机制,都有赖于"尊灵魂"的写作。在近年文学批评中,梁向阳、金理、黄平、杨晓帆之解读路遥,李遇春之解读陈忠实,姚晓雷之解读刘震云,李丹梦之解读乔典运,刘艳、曹霞之解读严歌苓,李勇之解读李佩甫,都达到了"通作者之意,开览者之心"的效果。

---

① 王晓明:《"乡下人"的文体和城里人的理想:论沈从文的小说创作》,《文学评论》1988 年第 3 期。

那么，优秀评论家是以何途径贴近作家灵魂、获得"角色的眼光"的呢？或有三法。（1）宽阔的理解力与同理心。此种能力往往得自于天赋，有的人自然就能善解人意、体贴人情，有的人则只能与气味相投者沟通，与"志不同者"不能相处。显然，前者更宜从事批评工作。当然，此种"天赋"未必一定是从娘胎带来，亦可能是幼读大量文学作品而养就共情能力，或是多经忧患变故而渐具包容、慈悲之心理。关于后者，有过"上山下乡"经历的 80 年代的评论家就很明显，比如於可训先生，70 年代曾在湖北黄冈做过下乡知青，后来又在铁路、工厂里工作，辗转多地，所历甚多，这些穷愁忧患的生活养就了他阅世通透、待人宽厚的风格。无论是撰写《王蒙传论》这样厚重的研究之作，还是近年"朝花夕拾"、做起有关早年"乡野传奇"的小说来，都显示了令人动容的理解历史、人性的能力。章太炎称："余学虽有师友讲习，然得于忧患者多"，说的就是这种情形。（2）虚静之修为。在沈从文先生故乡凤凰的虹桥上，刻有宋人程颢的诗句："万物静观皆自得，四时佳兴与人同"，其前句"万物静观皆自得"令人感慨尤深。与此相关的说法尚有"心静方能见众生""静故了群动，空故纳万境"等。诸般说法，皆涉一"静"字。何谓"静"？当然是指安静、宁静，然而又何谓"安静"？其实不是声音、行动层面上的平静无声，而是指价值判断层面上的无标准。有"标准"者，就只能看见或接受符合自己"标准"者，而贬低、排斥不合于己者。相反，只有心中无执念，没有固定成见和标准，才有可能烛照万物，见到万千众生各自的活法、滋味与人生意义的追求。"心静则净，览照万物"正是此意。有此"静"观，万物才可能呈现各各"自得"的样态。文学批评之写作，正是要在文字丛林中去"览照万物"，尤其是那些隐蔽的灵魂。以此而论，若能有意识地磨练"静观"之能力，亦为批评工作之必要。当然，此番"修炼"，在上一时代评论家那里可能已由生活的磨砺完成，但对于今日有志于批评者，则仍需徐徐努力。(3)重返历史的处理。提倡"重返八十年代"的程光炜堪为代表："在评论文本时，程光炜不会选择用各种理论武器去轰炸，而是沉潜其中，设身处地体悟作者当时的人生境遇及其文化背景，从而达到与作品中的人物和意象同情同感的境地，通过对人性和历史的精微处的细腻把握，对作家作品作出客观评价。"① 如此历史化处理，目的正在于重返作家所置身的具体情境，如果"批评家脱离历史和文化语境单独地谈论作家和作品"，则可能出现"凌空虚蹈、术语舞蹈表演式的批评"②。后者不大可能达成"尊灵魂"的写作境界。

（二）"无我"与"有我"

重返历史、修炼"虚静"也好，宽广的理解力也好，实则皆提倡一定程度的"无我"。尤其避免"我执"过深。"我执"过深者（往往也表现为极端自信、极端有个性），其实不大适合做批评工作。在当代文坛，流派、作家、地域之相持不下者往往有之，比如"左"与"右"、先锋与写实、江南与西北，等等，若批评者执其与"我"相合者为普适标准，贬不合者为异类甚至"非文学"，则必不能"览照万物"。评论家若欲尊重写作者的灵魂，若欲见出文本内部的皱褶与丰饶，暂时悬搁自我"标准"十分必要。用钱锺书的话说即"求学之先，不著成见，则破我矣"③。然而，这并非主张彻底"无我"。其实，文学批评本质是评论家与作家之间的对话，"尊灵

---

① 魏华莹：《方法、批评及文学史——谈程光炜先生的当代文学研究》，《东吴学术》2019年第1期。
② 潘莉、张雪蕊整理：《"当代文学批评的共识与分歧"研讨会纪要》，《南方文坛》2017年第5期。
③ 钱锺书：《读书录》（补订本），北京：中华书局，1984年，第280页。

魂"不仅是要"览照"作家之灵魂，同时也是以评论家独立不羁的灵魂去探访、去"览照"。对此，程光炜明确表示：

> （理想的批评）是那种不跟着作家、思潮、时尚跑的，敢于对作品文本提出质疑，并与它展开更大空间和意义上的对话的文学批评文字。……我非常喜欢李长之的《鲁迅批判》和李健吾的《咀华集　咀华二集》，原因就在他们在从事文学批评时，并没有把自己当作作家和作品的附庸，而是站在作品之外，同时又深入作品文本之中，以"设身处地"的批评方式，与那些杰出的文学文本进行耐心的对话，同时也提出大胆的批评。①

郜元宝也以此种平等的、不依傍的对话姿态称誉李长之："对于并世学人及学术团体，他则向以冷静平等的态度对待，不愿轻易附和，更不肯仰视权威，或迎合俗好。就是自己尊敬的师长，事关学术观点与写作进路，也不稍逊让。"② 这就与多数人视评论家为"食人腐肉者"（阎连科甚至讽刺世上竟还有所谓"评论"的职业）不同，实则优秀评论家不过是以理论文字为生的思想者。虽然其阅读号召力、挣钱能力往往不及以故事为生的作家，但如果作家所写尽皆《欢乐颂》《小时代》一类"金钱主义的颂歌"（毛尖语），那么读者较为局限的文学批评的价值又何尝不高于文艺作品呢？当今之世，众声喧哗，理论工作者若能展开事关正义与美的思考，大可不必妄自菲薄。在此情形下，当然不可"无我"。

---

① 魏华莹：《方法、批评及文学史——谈程光炜先生的当代文学研究》，《东吴学术》2019 年第 1 期。
② 郜元宝：《追忆李长之》，《读书》1996 年第 10 期。

亦以此，文学批评比较适宜的定位是介于"有我""无我"之间。"无我"可以"览照万物"、窥见文本之深处，"有我"则可以保证与作家"对话"过程中思考的主体性。这方面其实有不太尽如人意的例子，比如，不少研究生论文主要用意在于论证作品怎么怎么好，有"顺"着作家以至于"顺"到没有自己的程度，且往往很自然地以作家自述为据。对于后者，黄发有曾提出批评："以作家自己的意见为指挥棒，文学评论的独立性何在？作家的意见有参考价值，但是，如果评论者耗尽自身的学养，抵达的目标仅仅是对作家的意见进行更为细致的学理化解释，这样的评论注定只是过眼云烟。"① 其实，近 20 年来当代小说、诗歌出现佳作的概率并不为高，其中青年作家偏爱私我经验，"重要作家"多已步入"烈士暮年"甚至江郎才尽、不得不"硬写"的阶段，其间可以讨论的问题颇多。尤其年轻的研究者，尚未与作家形成人情关系层面的"牵绊"，正可以"实话实说"：不必强辞夺理，但也不必自屈于名气与地位，大可以一位独立思考者的身份与作家开展对话。此种对话，正是张新颖所期待的"平常心"的批评：

> 批评家与作家并不是一般误解的那样"出主入奴"的依附关系，而是——套用巴赫金的术语——一种"对话"关系，基于各自的生活经验与生存体验，批评家与创作家发言，这种发言有"相合"的地方，构成对话关系中难得的共识，但更重要的是那些不相合的地方——双方由于自己的视界的限制，难免有局限的地方，反过来说，也就是各有"见对方不见"之处，那么在这种基于不相合基础上的"对话"、"争论"、"辩驳"也

---

① 黄发有：《史料多元化与当代文学研究的相互参证》，《南方文坛》2019 年第 3 期。

就提供了真正的思想更生的契机。①

三、"有学术的思想"

处今之世，文学批评该取怎样的学术定位，是有志于此道者需要慎重思考的问题。其实，从1980年代开始，这即是一个争议性话题。起初王元化提出"多一些有思想的学术和有学术的思想"②，不久后李泽厚就发出"思想家淡出、学问家凸显"的讥讽③。对此误解，王元化后来解释说："我不认为学术和思想必将陷入非此即彼的矛盾中。思想可以提高学术，学术也可以充实思想。它们之间没有'不是东风压倒西风，便是西风压倒东风'那种势不两立的关系。"④ 这场争论并未充分展开，但它对今天的学界提出了一个严肃的学术定位的问题——在今天这个"小时代"，李泽厚式的思想家已势不可为。所以如此说，乃学术大势转移所致。2022年11月初，杜泽逊教授在山东大学文学院青年人才培养研讨会上讲到：

> 一个人一生时间有限，《三字经》说："教之道，贵以专。"尤其是知识大爆炸的今天，不可能什么都学，不可能什么都精，因为精一门就要付出半辈子，甚至一生。我们在教学、科研上都要走专精之路，至于打基础，我们在中学、大学、研究

---

① 刘志荣：《审美批评的原创性：生存根基的畅现与心智的交流——关于张新颖的文学批评实践及其理想的通信》，《南方文坛》1999年第1期。
② 王元化：《清园近思录》，北京：中国社会科学出版社，1998年，第261页。
③ 李泽厚：《杂著集》，北京：生活·读书·新知三联书店，2008年，第330页。
④ 王元化：《清园近思录》，北京：中国社会科学出版社，1998年，第55页。

生阶段已大体告一段落了,今后要走专精之路。

这个建议恳切、实在,代表了目前大陆学界比较整体的认知。所谓"由博返约",大约也是今日青年学者可取的治学路径。当代文学批评当然比较特殊,它并不完全系属于大学、科研院所,而另与作协、文联、新媒体、文化公司等机构形成互动合作关系,但即便如此,恐怕也仍需认真考量同时代人普遍的学术观念。

那么,如果思想家不宜做了,"有思想的学术"和"有学术的思想"是否还应有所区分呢?私以为,从事古今中外文学史研究者,最好选择"有思想的学术",而有志于解读近30年当代文学者或有志于文学批评者,则更适合选择"有学术的思想"。这是因为,文学批评面对新近出版、发表的文艺作品,尚缺乏必要的历史积淀,难以使用也不必使用非常严格的学术文体。更重要的是,文学批评面对的不仅是刚刚面世的文本,更是急剧变化的当代社会,其间社会阶层的分化与重组、文化秩序的流动与变迁,皆处于缓慢、巨大而方向又未必明晰的时代漩涡中,需要研究者有非同凡响的历史洞察力与思辨深度去破解其中的困境与难题。即是说,对于文学批评而言,尽管已不适宜定位于"思想家",但在此研究领域,对"思想"的要求仍然大于"学术"。近年来,刘大先、杨庆祥、黄平、张慧瑜、金理、李松睿、李德南等优秀青年评论家的快速崛起,其原因也在于此。既如此,"有学术的思想"又当如何展开?它包括但不限于以下三个层面。

(一) 一定程度的"不合时宜"

关于学术,梁启超曾言:"凡真学者之态度,皆当为学问而治学问。……为学问而治学问者,学问即目的,故更无有用无用之可言","只当问成为学不成为学,不必问有用与无用,非如此则学问不能独立,不能发达"①。这当然是极端之言,但其用意颇为明白,即希望学术能有自己的风骨,能不为时代所裹挟,尤其是不为时代所征用。这种祈愿,在类似文字考古、古典文献研究上自然易为,但对于与作家、作协、媒体、出版公司等皆有无数瓜葛的文学批评,其实不大容易做到。不过,即便难以做到"千夫之诺诺,不如一士之谔谔",也应和时代主潮保持适应距离,不宜被完全裹挟其中乃至淹没其中。这其间,可能有四类"潮流"性力量宜适当留意。(1) 来自政府宣传部门的管理需要。自1949年开始,新中国作协、文联等机构就归宣传部门管理,70年来这种组织安排对当代文学发展也起到重要促进作用。尤其改革开放四十多年,没有文艺管理部门的决策与引领,当代文学也难有今天这种"产销两旺"之局面。不过,文艺管理部门对文学批评的期望在于建构国家形象、凝聚人心,且自有其成熟的可施之于报纸、电视、正式讲话的宣传话语体系。但宣传毕竟与学术研究有比较大的区别,文学批评不宜直接变身为宣传话语,如与宣传话语界限不清,就不容易保持批评的真实、准确与客观,也不大容易真正诊断当代文学的问题。(2) 来自知识界的"新意识形态"。意识形态是一中性概念,并非只有政府才有意识形态建构之努力,多数阶层或群体亦有此现实实践(建构能力当然有强弱之异)。在当今学术界,占据主流的其实是视国家为"必要的恶"、视个人自由为不容侵犯之领地的新自由主义。这种"新意识形态"(王晓明语)在解释中国当代史方面曾经非常有效,但随着资本强势崛起,随着"中国式现代化"深入展

---

① 《杜泽逊老师:对青年教师的建议——在山东大学文学院青年人才培养研讨会上的发言》,"汉语史与文献学微刊"2022年11月11日。

开,当代中国社会所面临的问题与矛盾比新自由主义所预设的体制/个人、政治/自由之问题框架复杂得多。评论家倘若自限于新自由主义,很可能深陷于《1984》式想象,虽自感悲情、正义,却会日益丧失对当代现实的理解力与解释力,也会与新世纪青年群体的生存感受失去呼应关系。亦因此故,多数受新自由主义熏陶的"50后"一代知识分子在思想层面的落幕、与青年一代渐行渐远,已逐渐成为事实。有志于文学批评者若希望与新的变动的时代保持同行,则很有必要在跳出此种"新意识形态"而打开更为广阔的问题空间。(3)资本的幻象。作为资本自我合法化的意识形态,新自由主义之所以大幅失效,正因为它对中国快速崛起的资本势力缺乏认识与解释。近20年来,资本在文艺领域"攻城掠地"、重新构制我们的"现实",并用一种新的文化取代我们曾经有过的以劳动、正义、集体为核心价值的社会主义"新文化"。在这样的时代,更为优秀的批评同样有必要与资本幻象保持适当距离。张慧瑜对于电视剧的研究即以此让人感到亲近:

> 从《欢乐颂》开始到结束,五个姐妹依然停留在各自的阶层位置上,这不仅体现在什么层次的人跟什么层次的人交朋友,高阶层的人只和高阶层的人谈婚论嫁,而且通过樊胜美的逆袭失败来证明僭越阶级的灰姑娘之梦是不可能实现的。……最终樊姐经历了一系列挫折之后只能接受小企业主王柏川的追求,她总算认清了自己的命运并不得不接受自己所属的社会阶层。在曲筱绡、魏总等有钱人看来,樊姐的要混入其他阶层的做法不仅不值得同情,反而是虚荣的、不择手段的"捞女"的表现。这种对于有钱人更高尚、没有钱更卑劣的漫画式呈现,

也说明中国的大众文化和当下中国社会的政治经济结构完全匹配。①

相对于"赢者通吃"的资本主义文化,戴锦华、毛尖、张慧瑜等的影视研究,多少都有些"不合时宜",恰如论者所言:"面对这一个阶层分化和戾气重重的状态,大众文化何以给我们呈现出一片欣欣向荣的景象,似乎不同的社会主体,都能各安其位,而这其中历史与现实、资本和权力究竟是如何实现意识形态共谋的。正是在这样的问题意识下,他(按:张慧瑜)发现了主流意识形态对于大众文化的介入,以及大众文化对历史话语的征用。"② 这样的研究,才可称为"真学者之态度"。(4)"今必胜昔"的"进步论"思维。在生活中,我们可能会接触到这样一类人:他们对中国现代史(尤其当代史)极为不满,觉得当年那批人没有世界眼光,缺乏历史见识,很有"世无英雄,遂使竖子成名"之憾,而对当下更有"吾辈不出,如苍生何"的愤懑。在学术研究中,这类人总会觉得过去的时代真是愚昧,今日我们终于掌握"真相",终于站在了正确的堤岸上。如此思维,往往不假思索而有之,也因此会形成当代文学研究中的某些"执念"。然而,过去时代真的"愚昧"吗,我们真的比从动荡、战争中走出的前辈更为聪明、睿智吗?答案恐怕并非如此简单,它很可能因为我们未能深入历史现场,因为我们误将批判当做建设。其实自以为是的"愤青"历来易为,脚踏实地的建设则必面临诸多磨砺,甚至逆风前行。有志于文学批评者,若能与"愤

---

① 张慧瑜:《青春文化与社会变迁——21世纪以来青春职场剧的流行与文化反思》,《文艺研究》2016年第9期。
② 赵牧:《历史的纵深与幻象的解构——评张慧瑜的大众文化批评》,《创作与评论》2017年第16期。

青"思维保持适当距离,则才有可能更客观考察当代文学所呈现的复杂历史。

(二) 时代思想的负荷

论学术成色,中文学科的多数学者都可能认为文学批评要逊色于文学史研究,然而优秀的文学批评却从来都比文学史研究更能赢得广大读者的喜爱,评论家的影响力往往亦非文学史研究者可及。原因无他,即因为文学批评面对复杂而混乱的当代现实发言,其优秀者往往能和读者现实的生存体验、时代观感发生强烈共情(亦因此故不少读者还希望文学史研究都写成才情横溢的文学批评)。这种珍贵闪亮的思想质地,也应该是评论家应该承担的时代责任。当然,依陈平原先生的看法,今日学术环境并不利于"思想"的出现与持续存在:"校园的学生们、老师们都往专业化方向发展,更多的会考虑各自专业的成绩、在学界里获得认可……我们越来越丧失了那种与社会对话、推进整个社会进步的能力。当中有各种因素,大至政治环境,小到学院的风气。大学给老师的要求,不一定包括对社会的贡献,甚至要是太介入社会,有时候还可能得到不好的评价。"[①] 但是,较之"纯学术"立场的同行,毛尖、张慧瑜、杨庆祥、黄平等的研究还是能够承担这种时代的责任。对于电视剧《欢乐颂》,毛尖同样有凌利的一针见血的批评:"过去的偶像剧主要用镜头膜拜金钱,用台词不屑金钱,《欢乐颂》不一样,用画外音的方式,编导为有钱人提供了身心合一的电视剧套餐保障,有钱就是'动人',是'率真',是'仗义',有钱就有'欢乐',有'爱情',有'朋友'。别的不说,剧中五个姑娘之间,每一次问题的解决都

---

① 陈平原:《未完的五四:与历史对话》,《明报》2023 年 4 月 23 日。

靠两位精英女的人脉和金钱达成。同时，直接造成剧中最有活力的樊胜美一直深陷金钱的泥坑，最后依然需要被金钱祝福、被金钱拯救。童叟无欺，这是一曲金钱的颂歌。童叟无欺是我们这个时代最大的恶意。贫穷，不仅是经济上的匮乏，还是道德和感情的首批负资产。五四青年节播放出这样的青春剧，休克的青春令你觉得《欢乐颂》简直是我们这个时代的污点。"① 如此批评，当然可以激发我们对自己所置身的时代以及时代与个人之关系的重新思考。而这种思考，按照刘复生的看法，既是当代文学的伦理责任，也是当代文学批评的伦理责任：

> 真正的当代文学的意义在于具有对现实加以总体化的叙事能力，由此，它创造出一种关于现实以及我们与现实关系的崭新理解，它重组了我们日常的零散化的经验，并超越了个体的狭隘的经验的限制，从而打开了重新认识现实、尤其是在复杂的社会联系中重新感知现实的可能性。它改造了我们认知与感受的方式，重建了总体化的生活图景，从而为读者提供了一种新的方向感。那些优秀的当代文学，总是蕴藏着解放的潜能，能够打破既有的定型化的意识形态的束缚，把个人从各种神话与幻象体系中释放出来，恢复对"另外的生活"与"另外的现实"的感觉与认知能力，它总是暗含着批判性的视野与乌托邦的维度，激发着对未来的想象。……所谓"当代文学批评"的意义，就在于使"当代文学"的这种本质明晰化、尖锐化……（它）通过对"当代文学"的创造性阐释与重写，把"当代文

---

① 毛尖：《凛冬将至：电视剧笔记》，北京：生活·读书·新知三联书店，2020年，第108—109页。

学"中内在的革命性因素发掘出来,并加以放大,从而创造一种新的关于当代现实与个体处境的新理解或新认知。①

这当然是新左翼批评对于当代文学以及当代文学批评的合理期待。萨义德也曾表示,已有的历史叙述对于很多未能掌握话语权的群体或民族是不公正的,而"知识分子的职责就是显示群体不是自然或天赋的实体,而是被建构出、制造出、甚至在某些情况中是被捏造出的客体,这个客体的背后是一段奋斗与征服的历史,而时有去代表的必要"②。不过,在当下利益分化、立场分歧的学术界,这种重建总体化、召唤"解放"实践的提倡,未必会得到文化保守主义、民族主义、新自由主义等不同倾向的学术群体的认可。而且,出于不同倾向的文学批评所理解的"批判性视野"也可能相去甚远。然而,这种众声喧哗的局面也是合理、必要的现象。譬如,《白鹿原》这样重要的当代小说,其实是深刻的时代症候,文化保守主义可以誉其重现、复活了中华文化根脉,新自由主义可以称其终于还原了历史"真相",新左翼批评同样可以批评它"制造民国"、解构"人民的政治"。不同的批评的声音倒不必定于一尊,但其间相互的冲突、辩诘与对话,又何尝不能帮助"兼听则明"的青年读者更多理解、接受历史与现实的复杂性呢?这类分歧的积极意义在《北鸢》等怀文化之旧的小说中也可以见得更加分明。诸种不同意见的存在,正可以使人看到不同利益、差异性立场之合理性及其求同存异之可能性。如此文学批评及其"对话"局面的形成,是文学批评对时代思想最合适的承担。

---

① 刘复生:《什么是当代文学批评?——一个理论论纲》,《南方文坛》2011年第1期。
② 萨义德:《知识分子论》,北京:生活·读书·新知三联书店,2002年,第33页。

（三）相对完整的学术根基

"有学术的思想"当然以"思想"为主，但所谓"有学术"则是强调文学批评亦应尽量构筑深厚的学术根基。那么，如何做到"有学术"呢？这与文学史研究强调重返历史情境、重视史料考证倒不必一致，但文学批评最好仍有两层学术考量。（1）史家眼光。黄平曾以"史家批评"总结程光炜的批评，是准确的观察，但"史家批评"不仅是程光炜的个人批评风格，实则优秀评论家往往都有此自觉意识，如洪治纲、贺仲明、董丽敏、李遇春、周新民、张丽军、叶立文等中坚评论家在此方面都很留意，即很注意在"作家全部的小说中看一部小说"①，甚至在全部小说中"看"一部小说。故而优秀的文学批评可能虽仅评述一篇新作，但其背后却可能有着深彻的目光，充满普遍性的理论洞见。（2）建立自己的阐释体系。初习批评的作者，容易"顺"着作家走甚至被作家"牵"着走，其原因即在于没有形成独立见识，更不必说阐释体系了。然而宋人黄庭坚早就说过："随人作计终后人，自成一家始逼真"，比较成熟的评论家对此多有明确的意识和追求。比较起来，从西方哲学、美学出身的评论家，在此方面更有自觉意识，也更加容易措手，如陈晓明、陶东风、郜元宝等知名评论家。陈晓明是研究后现代主义出身，以此为基础，他努力建构了自己关于中国当代文学发展的系统解释。在《中国当代文学主潮》一书中，他如此理解 70 年来的当代文学史：

在激进现代性观念推动下的"历史化"文学也创造了中国

---

① 程光炜：《文学批评的"再批评"》，《文艺争鸣》2016 年第 3 期。

文学的特殊经验。在"文革"后的改革开放时期,文学面临着重述历史的任务(再历史化),并且始终存在艺术创新的压力(压力来自现代性自我反思的挑战)。这些压力最终导致文学从意识形态的"历史化"层面,转向了语言本体、个人化经验,以至于当代文学在20世纪90年代出现了"去历史化"(重构宏大叙事)的状况。这种状况既是一种解脱,也是一种虚无。在虚无面前,中国文学似乎又面临"再历史化"的压力。例如,底层叙事的重新兴起,以及具有现实主义特征的乡土叙事重新获得了重要地位。但其内在含义却又被严重改变,"再历史化"的强烈愿望(动机)无法整合"去历史化"的内容实质(结果),这就只能理解为"后历史化"。[1]

这种脉络清晰的"历史化"—"再历史化"—"去历史化"—"后历史化"的文学史阐释框架,为陈晓明的文学批评工作提供了坚实的学术根基,使他关于具体作家作品的解读从来不泥陷于个案,而总是与当代文学史述存在深刻的关联。对于直接出身于现当代文学专业的评论家来说,往往亦能经磨砺而形成自己的阐释体系,如洪治纲就在长期的批评实践中形成了自己的先锋批评体系,"在他看来,'先锋'的独特和创新不仅来自于'永远处于探索前沿的实验性'和'不断解构和破坏的审美动向',更来自于它的'主体向度'和'文本动向'等内容层面。真正的先锋是'精神的先锋',体现的是'常人难以企及的精神高度'"[2]。李遇春也在密集的作家作品研究中积淀出了"心证""史证""形证"三证合一的新实证主义文

---

[1] 陈晓明:《中国当代文学主潮》,广州:广东人民出版社,2023年,第24页。
[2] 曹霞:《洪治纲的关键域与文学批评范畴的拓展》,《兰州文理学院学报》2020年第1期。

学批评观,内外结合,文史互证,很可为有志于批评者取法。

可以说,独立的阐释体系的形成,是当代文学批评完整的学术根基之所在。它既是评论家走向成熟的标志,也可能给评论家带来某种无形的限制。即是说,如果评论家过于相信自己的阐释体系,过于执着,也很可能出现一定程度的"强制阐释"。比如,刘小枫早年名作《拯救与逍遥》即是代表性案例。此著以西方罪感精神作为普适标准阐解《红楼梦》,以"自由意志"之有无/深浅来衡断中国古典文学的悲剧精神。当年初读时很感震撼,后来还是觉得中国人对宇宙与人生的深永感受,其实并非西方文化所能诠解。如此种种,当然可能会有争议,但评论家在寻找自己的"语言"与体系的同时,持有谨慎、反思与开放的态度,的确是更为可取的批评姿态。

推荐阅读

张清华:《从启蒙主义到存在主义——当代中国先锋文学思潮论》

洪治纲:《底层写作与苦难焦虑症》

谢有顺:《重构中国小说的叙事伦理》

李遇春:《"传奇"与中国当代小说文体演变趋势》

黄平:《"新的美学原则在崛起"——以双雪涛〈平原上的摩西〉为例》

附　录

本事批评

"五四"以来的中国现当代文学已历百年，怎么认识这百年中国文学的复杂与丰富，近年学术界出现了"以古为师""重回古典"的"古典化""史学化"潮流，这是富于学术史意义的转变。不过，其效果却日益引起争议。评论家们屡屡质疑"以古为师"的现实意义，批评这种在现当代文学研究中复制"烦琐考据"而不能"抓住大问题、中心问题"的所谓"学术新潮"，会"阻碍学术的健康、正常发展"[①]。何以有此争议？与提倡者在"援古入今"时对古典考据学自身局限缺乏必要的检省与改造有关。当然，平心而论，有关版本、汇校、辑佚、辨伪一类考据工作除了尽力考订、还原细节真实外，也的确很少拓展出令评论家们满意的、不"平庸"的问题空间。以此而论，一般古典考据学方法对现当代文学而言，其价值可能并不如提倡者所以为的那样巨大。但比较起来，作为古典考据学重要方法之一的本事批评，却大有可以改造、转换并运用于现当代文学领域的可能与价值。

"本事"一词，产生甚早。桓谭《新论》称："齐人公羊高缘经文作传，弥离其本事矣。"《汉书·艺文志》亦云："丘明恐弟子各安其意，以失其真，故论本事而作传，明夫子不以空言说经

---

① 旷新年：《由史料热谈治史方法》，《文艺争鸣》2019年第3期。

也。"① 在此,"本事"皆指原本之事,引申到文学创作中则指"缘事而发"之"事",即"作品依据的客观事实,创作的原委由来,包括故事所本,人物原型。它是作者生活世界中的真人真事和真实情境,约略相当于今之素材、原型和创作动因"②。当然,也有研究者认为"它可以是实际发生的事件,也可以是虚构的事件;它存在于日常生活、神话传说、历史、文学艺术等领域之中"③。不过这主要出现在为应对经典改编研究之需而生的"本事迁移理论"之中,属于创造性挪用。本文所用"本事"概念,仍限定在真人真事和真实情境之上。准确地说,是限定在作家所历、闻并参考的原本之事上,假如一件事实作家从来不曾知晓,那么尽管它真实存在,也不在笔者所论"本事"范围之内。至于本事批评,孙楷第在小说研究范围内将之界定为"征其故实,考其原委,以见文章变化斟酌损益之所在"④。这种批评是古典文学研究重要方法之一,陈寅恪称:"自来诂释诗章,可列为二。一为考证本事,一为解释辞句","前者乃考今典,即当时之事实。后者乃释古典,即旧籍之出处"⑤。这种"考证本事"方法其来已久。推其发端,可追溯至孟子"知人论世"之说,其正式形成则以唐代孟启《本事诗》的出现为标志。其后如《时贤本事曲子集》(杨绘)、《六一诗话》(欧阳修)、《本事词》(叶申芗)等,实皆承其脉络。其中,最具代表性的本事批评形态,莫如"旧红学"之索隐研究与"新红学"之考证研究。应该说,这种古典本事批评在现当代文学领域有诱人应用前景,因为现

---

① 张舜徽:《汉书艺文志通释》,武汉:湖北教育出版社,1990年,第74—75页。
② 张皓:《评传、年谱、本事的文学理论价值》,《武汉教育学院学报》1989年第4期。
③ 杨春忠:《本事迁移理论视界中的经典再生产》,《中国比较文学》2006年第1期。
④ 孙楷第:《小说旁证》,北京:人民文学出版社,2000年,第1页。
⑤ 陈寅恪:《柳如是别传》,北京:生活·读书·新知三联书店,2001年,第7页。

当代文学拥有大量以真人、真事为原型的作品，其数量、质量都非常引人瞩目。不过迄今为止，研究界并未有意识地、系统地援用古典本事批评方法来讨论现当代文学。这不免令人遗憾。其间原因，则与古典本事批评有"考"无"释"（或少"释"）、深入"大问题、中心问题"的能力较为薄弱有关。这是古典考据学的普遍缺陷，但以笔者之见，本事批评又究竟不同于其他考据方法，它可以被激活、重建为逻辑自洽的现代文学研究方法。古典本事批评的现代转换，对于重新发现现当代文学、调整与重建现当代文学研究传统，都具有积极的探索价值。

一、古典本事批评的特点与缺陷

依今人之眼光，本事批评实为文学与历史之间的跨学科互动，但对古人而言并非如此。古人并没有现代学科体制视野下的"文学"概念，所推重、使用的概念乃为"文章"。"文章"范围广泛，"文史不分"甚至"文史同体"，而读者又多有"以文识史"的习惯，如《三国演义》即被当作"一部绝好的通俗历史"，"在几千年的通俗教育史上，没有一部书比得上他的魔力"[①]，故而从历史史料出发讨论文学亦成习惯。本事批评即建立在此种传统心理之上。从源流上看，本事批评循守的是孟子"知人论世"批评范式。《孟子·万章下》曰："颂其诗，读其书，不知其人，可乎？是以论其世也，是尚友也。"这明确要求将有关"诗""书"的理解建立在对"其世（事）""其人"的把握之上，以实现文本内外的互动与对

[①] 胡适：《三国志演义序》，《胡适古典文学研究论集》，下册，上海：上海古籍出版社，2013年，第608页。

话。这一批评理路，在董仲舒《春秋繁露》与刘勰《文心雕龙》中都得到承继。《春秋繁露》认为，探求《春秋》微言大义"必本其事而原其志"，这无疑是在寻求历史、人心与文本之间的互动观照。《文心雕龙》则设"事类"篇，"'事类'者，盖文章之外，据事以类义，援古以证今者也"。此处之"事"即指文章所涉及的历史史实，"类"为"类比"，"据事以类义"即是根据故实探寻文章深义。等到《本事诗》出现，对此种"知人论世"批评范式阐述得更见明确：

> 诗者，情动于中而形于言。故怨思悲愁，常多感慨。抒怀佳作，讽刺雅言，虽著于群书，盈厨溢阁，其间触事兴咏，尤所钟情，不有发挥，孰明厥义？因采为《本事诗》，凡七题，犹四始也。①

"不有发挥，孰明厥义"，再度阐明了本事参照与意义阐发之关系，也建立了本事批评的原则与方法。继《本事诗》之后，类似著作在后世时有出现，除杨绘、叶申芗著作外，还有《续本事诗》（五代·处常子）、《唐诗纪事》（宋·计有功）、《宋诗纪事》（清·厉鹗）、《诗余纪事》（查莲坡）、《词林纪事》（张宗橚）等。因此，强调从本事到文意相互融通的批评理念，在后世就颇为常见，如章学诚认为："不知古人之世，不可妄论古人之辞也。知其世矣，不知古人之身处，亦不可以遽论其文也。"② 可以说，以"知世论人"为旨的本事批评在古代文学研究中积淀深厚，不但见之于诗词研究，

---

① 孟启等：《本事诗·本事词》，上海：古典文学出版社，1957年，第3页。
② 章学诚：《文史通义校注》，叶瑛校，北京：中华书局，2005年，第278页。

也屡见于小说、戏曲研究。"旧红学"和"新红学"都是本事批评在近现代时期的延续。改革开放以后，古代文学本事研究呈现进一步的常态性的繁荣态势，相关专著问世20余种，如《乐府诗本事研究》（向回）、《唐诗本事研究》（余才林）、《儒林外史人物本事考略》（何泽翰）等，从"中国知网"上可检索到的古典文学本事研究的论文也多达300余篇。

可以说，作为古典考据学之代表的本事批评，或着力于发掘作家创作心理，或着力于还原文学背后的历史真实以加深读者理解，都具有重要的方法意义，"它沟通了美的创造和美的接受，作为理解作品的前提和中介，批评家把握住它，就把握了批评鉴赏的真谛"[①]。不过，不必讳言的是，包含新旧"红学"在内的许多古典本事批评并没有达到这种层次。早在20世纪30年代，朱光潜就毫不客气地批评说：

> 一般富于考据癖的学者的错误不在于从历史传记入手研究文学，而在穿凿附会与忘记文学之为艺术。他们以为作者一字一句都有来历，于是拿史实来牵强附会，曲为之说。例如《红楼梦》有多少"考证"和"索隐"？它的主人究竟是纳兰成德，是清朝某个皇帝，还是曹雪芹自己？这些问题被"红学家"闹个不休，他们忘记艺术是创造的，虽然可以受史实的影响，却不必受史实的支配。一个意象世界原不必实有其事。尤其可笑的是他们因考据而忘欣赏，既然把作品的史实考证出来以后，便以为能事已尽，而不进一步把作品当作艺术欣赏。[②]

---

① 曹旭：《摘句批评・本事批评・形象批评及其他——〈诗品〉批评方法论之二》，《上海师范大学学报》1997年第4期。
② 朱光潜：《朱光潜全集》，第1卷，合肥：安徽教育出版社，1987年，第279页。

应该说，用力于版本、汇校、辑佚、辨伪等问题的古典文学考据研究多有此弊，但本事批评尤见明显。目前看来，古典本事批评主要包括索隐、影射、考证三派，所谓"穿凿附会与忘记文学之为艺术"的错误，以索隐、影射最为突出。索隐派"专事于探索小说背后隐事"，"探求隐藏在小说作者与故事情节背后的本事，以便据此阐释小说文本中的'微言大义'"①。这类研究在有关《水浒传》《金瓶梅》等著作的解读中都有出现，但以《红楼梦》最为集中，如《阅红楼梦随笔·红楼梦记》（周春，1794）、《红楼梦索隐》（王梦阮、沈瓶庵，1916）、《石头记索隐》（蔡元培，1917）、《红楼梦本事辨证》（寿鹏飞，1927），《石头记真谛》（景梅九，1934）等。这些解读虽提出"分身法""合身法"等方法，但多建立在拆字猜谜、牵强附会基础上，学术成分极低，如对孙静庵《栖霞阁野乘》所持《红楼梦》"所包者广"，"盖顺、康两朝八十年之历史皆在其中"②的观点，批评者就直斥为"主观臆测、毫无根据之谈"，"荒唐到了把小说中的宝玉说成是一件东西（玉玺）的地步"，还"把'黛玉'二字随意拆卸重新组装之后竟成了'代理'二字，将'袭人'二字拆开之后便成了'龙衣人'三字，其荒谬性不言而喻"③。影射研究实亦政治性的、道德性的索隐研究，更以硬解、曲解为特征，"好象一切文艺作品统统不过是以揭露阴私，进行人身攻击为

---

① 齐裕焜、王子宽：《中国古代小说研究》，福州：福建人民出版社，2005年，第66页。
② 一粟编：《古典文学研究资料汇编·红楼梦卷》，北京：中华书局，1963年，第421页。
③ 王人恩：《评红学索隐派的"宫闱秘事说"——对红学史的一个检讨》，《红楼梦学刊》2008年2期。

能事的'黑幕小说'的翻版或变种而已"①。所以,无论影射还是索隐,都是古典考据学略有难堪的存在,甚至被人唾弃、声名狼藉。

那么,以胡适、俞平伯等考证派红学("新红学")为代表的本事批评是否更被接受一些呢?答案无疑是确定的,因为胡适强调"科学的方法":"我所有的小说考证,都是用人人都知道的材料,用偷关漏税的方法,来讲做学问的方法的","不自觉的养成一种'大胆的假设,小心的求证'的方法"②。不过,胡适的考证也终究只是考证:他仅感兴趣于作者身世与版本问题,对于思想与艺术之阐释,甚至不愿承认为"红学"成果,故其《〈红楼梦〉考证》被人认为"失之过于粘滞,没有予以艺术创造以应有的地位"③不是没有道理。以此而论,仅满足于史实考订的考证和索隐、影射并无本质的区别。亦因此故,鲁迅讽刺胡适考证研究说:"《红楼梦》里贾宝玉的模特儿是作者自己曹霑,《儒林外史》里马二先生的模特儿是冯执中,现在我们所觉得的却只是贾宝玉和马二先生,只有特种学者如胡适之先生之流,这才把曹霑和冯执中念念不忘的记在心儿里。"④这是批评考证派有"考"无"释",虽掌握较多原型史料却无力以此为基础对对象予以哲学、艺术的把握。亦因此,俞平伯晚年对自己的"新红学"研究几乎全盘否定:"红学实是反《红楼梦》的,红学愈昌,红楼愈隐","一切红学都是反《红楼梦》的。即讲得愈多,《红楼梦》愈显其坏,其结果变成'断烂朝报',一如前人之评春秋经。笔者躬逢其盛,参与此役,谬种流传,贻误后

---

① 郝兵:《"影射"问题小议》,《文学评论》1979年第1期。
② 胡颂平:《胡适之先生年谱长编初稿》,台北:联经出版事业公司,1984年,第3627页。
③ 张中行:《流年碎影》,北京:作家出版社,2006年,第102页。
④ 鲁迅:《出关的"关"》,《鲁迅全集》,第6卷,北京:人民文学出版社,2005年,第538页。

生,十分悲愧,必须忏悔"①。何谓"反《红楼梦》"? 即泥陷于层层叠叠、离文本越来越远的繁琐考订之中自以为得,而"忘记文学之为艺术"矣。

由上可见,古典本事批评方法皆存在普遍的考据学缺陷:索隐"穿凿附会",影射"欲加之罪,何患无辞",考证派虽讲求"科学的方法",但同样违背"据事以类义"的批评原则。所谓"据事以类义","据事"不过是手段,"类义"才是目的,但不少本事批评恰恰颠倒手段与目的,把"资闲谈"当成研究意旨之所在,或仅以还原本事为满足(《本事诗》《本事集》《本事词》等著作多为本事资料的发掘与汇编)。甚至误入歧途,以自己所发掘的本事史实为标准,简单地评断作品真伪与艺术高下。这种现象在今天特别集中地发生在以真人真事为据的优秀革命文学作品之上,一个细节与原型不合即可能被认为是失实。这毋宁是缺乏文学研究的基本知识,否认文学之为虚构的基本性质。其实,尽管本事史实是非常珍贵的研究凭借,但有无人、事原型或作品是否符合具体原型史实,与作品优劣无任何关系。吴宓曾说:"以小说为历史之影像或哑谜,每一人物皆指为影射某人。此实必无之事,为之者亦是愚不可及。"② 事实上,即便是研究者费力发掘到丰富的原型材料,也不可能穷尽真相,因为"一个现实中的人的悲剧的经过和结局,几乎总是默默的进行的。在生活里,主要的东西是从来不说出来的","如果要求长篇小说写得同生活完全一样,那它最终只能完全用省略号来构成"③。更重要的是,文学不是历史记录,基于可能性的虚构才

---

① 韦柰:《我的外祖父俞平伯》,上海:上海书店出版社,1993年,第34页。
② 吴宓:《会通派如是说——吴宓集》,上海:上海文艺出版社,1998年,第306页。
③ 弗朗索瓦·莫里亚克:《小说家及其笔下的人物》,《法国作家论文学》,北京:生活·读书·新知三联书店,1984年,第203页。

是文学的本质特征。对此,古人早有认识,所谓"传奇者贵幻"的理论传统即认为文学创作不必拘泥于"故实"更不可以"故实"为据:

> 夫传奇之作也,骚人韵士,以锦绣之心,风雷之笔,涵天地于掌中,舒造化于指下,无者造之而使有,有者化之而使无,不惟不必有其事,亦竟不必有其人。所为空中之楼阁,海外之三山,倏有倏无,令阅者惊风云之变态而已耳,安所规于或有或无,而始措笔而摛耶!①

西方批评界也明确认为"虚构性""想象性"是文学突出的和必要的特征,"即使看起来是最现实主义的一部小说,甚至就是自然主义人生的片段,都不过是根据某些艺术成规而虚构成的"②。这即是说,"锦绣之心"或艺术真实才是评价作品优劣的标准,自然真实(本事史实)不足为据。对此,杨绛有精确论述:"小说终究是创作",即便小说依据真人实事,但"经过作者头脑的孕育,就改变了原样",小说的确追求真实,但"'真实'不指事实,而是所谓'贴合人生的真相'"③。

以上两层缺陷,无论是误将具体原型作为艺术标准,还是止于"据事"而不能"类义"(甚至堕入"资闲谈"之趣味),都是古典本事批评偏离文学研究本义的表现。而这两层,是古典考据学的常见缺陷,也是现当代研究较少系统援引古典本事批评的原因。对于

---

① 黄越:《第九才子书平鬼传序》,《中国历代小说序跋选注》,武汉:长江文艺出版社,1982年,第124页。
② 韦勒克、沃伦:《文学理论》,刘象愚等译,北京:生活·读书·新知三联书店,1984年,第14页。
③ 杨绛:《事实—故事—真实:读小说漫论之一》,《文学评论》1980年第3期。

部分现当代研究者而言，这些缺陷是无法容忍的。在不少评论家看来，包括本事考订在内的各种史料发掘与整理"充其量只能说是做了一些基础工作，还远未抵达文学的核心"①。应该说，这一批评切中要害。对于长期与福柯、海登·怀特、阿甘本等西方思想家"对话"的评论家来说，"据事"而不"类义"、考订一大堆史料却并没有真正的文学问题需要解决，那么这种考订又有何价值可言？倘如此，"以古为师"而不知变通就很可能是误入歧途了。无疑，索隐、影射、考证都经受不住这种跨学科的拷问。这意味着，尽管本事批评携带有古典考据学求真、求实的优秀传统，但要转换为可为现当代文学研究者普遍认可、接受的研究方法，还须寻求现当代学科理论思考与古典学科材料考证之间的有效结合。这就是要将以"考"为主的古典本事批评转变"考""释"并举的现代本事研究，即以"考"为根据，以"释"打开理论的空间，实现古典考据学与现代思想的深度对接。

二、本事类型及其改写

若欲使古典本事批评的考据学方法适用于现当代文学，特别需要在"类义"上、在"释"（理论化）上下工夫，但这并不意味着"据事"可以忽略。恰恰相反，"据事"是"类义"的基础与前提，若对文学本事的发掘与考订工作不充分，"类义"其实也非常困难。对于以真实人事为基础的现当代文学作品而言，其本事可以不同标准予以区分。按来源途径可分亲历本事、亲闻本事、传闻本事等，

---

① 姚晓雷：《重视"史"，但更要寻找"诗"——也谈当下文学研究中过度强调史料建设作用的迷津》，《学术月刊》2017年第10期。

按载体形态可分为日记本事、书信本事、回忆本事、档案本事、口述本事等。不过这两类区分都比较外在,以内容性质划分更符合研究需要。依性质而论,可分为三类:人物本事、事件本事、情境本事。前二者即"真人"和"真事",皆为具体的人物或事件原型,情境本事则须略作解释。明人叶昼说:

> 世上先有《水浒传》一部,然后施耐庵、罗贯中借笔墨拈出。若夫姓某名某,不过劈空捏造,以实其事耳。如世上先有淫妇人,然后以杨雄之妻、武松之嫂实之;世上先有马泊六,然后以王婆实之;世上先有家奴与主母通奸,然后以卢俊义之贾氏、李固实之。若管营,若差拨,若董超,若薛霸,若富安,若陆谦,情状逼真,笑语欲活。非世上先有是事,即令文人面壁九年,呕血十石,亦何能至此哉?此《水浒传》之所以与天地相终始也。[①]

这就是说,潘金莲、王婆未必实有原型,但现实生活中类似人事实在太过常见,《水浒传》即因此赢得可"与天地相终始"的真实根基。正如经典之作《白毛女》中的喜儿源自传闻,并无确切原型,但美国记者杰克·贝尔登在20世纪40年代华北乡村发现:"农民为了抵债把闺女送给地主当丫鬟或者陪地主儿子睡觉","绝非少见,而是非常普遍,天天都在发生"[②]。这类今天知识分子可能不愿相信的史料,恰恰给《白毛女》提供了最为真实、有力的情境依据

[①] 叶昼:《水浒传一百回文字优劣》,《水浒传会评本》,陈曦钟等辑校,北京:北京大学出版社,1981年版,第26页。
[②] 杰克·贝尔登:《中国震撼世界》,邱应觉等译,北京:北京出版社,1980年,第157页。

和正义根基。此类情境本事,近于章学诚所言"古人之身处",也可称为"间接原型"。从文学史上看,许多作品未必直接取自"真人真事",但出于"有意作史"之需,作者仍对作品所涉及的时代有周密、深入的调查。如茅盾撰写《子夜》前对当时上海劳资关系、金融市场、农村破产等社会实相的深入调查,张炜、陈忠实在撰写《古船》《白鹿原》前也曾广泛查阅当地历史档案、地方史志。这些情境本事是不可忽略的对象,它们甚至比直接的人物本事、事件本事更能有力检验作品"贴合人生的真相"的程度。

对以上三类本事,研究者应汲取古典考据学严谨、求实之精神,从两个层面开展"据事"工作:本事资料的发掘与整理、本事改写资料的发掘与整理。前者指尽力去发掘作品背后的"真人""真事"及相关情境资料,后者指比照现实本事资料与文学作品中经叙述而呈现的故事,细校其异同。一般而言,"文学作品,并不是任何实事的忠实记录",文学"要反映生活的本质,那就要研究大量的生活现象,而又敢于选择、提炼和改写这些生活的细节,使它们服从于主题的要求"①,故现当代文学研究之"据事",既包括对"真人真事"或真实情境资料的发掘,也包括对本事进行"选择、提炼和改写"等文学生产过程材料的校读与整理。

涉及本事改写的文学生产过程材料包括四类。(1)对本事的实录。但凡以真人真事为基础的作品,多因其本事中包含有让作者"情动于中"的人性的震动或命运的波折,作者对本事最直接的处理冲动就是实录,《雷雨》《家》《青春之歌》皆含有此种冲动,《保卫延安》直接出自作者近 200 万字的日记。(2)对部分本事的删

---

① 张真:《从真人真事提高到典型——学习革命的现实主义与革命的浪漫主义相结合的札记》,《戏剧报》1958 年第 24 期。

减。尽管"情动于中",但文学极少"是任何实事的忠实记录",故淡化、删除部分本事即为常事。甚至,不少很具价值的本事也在被"遗忘"之列。比如,周作人回忆中一段有关闰土原型章运水的本事,在鲁迅《故乡》中就无从觅得:

> 过了几年之后,庆叔显得衰老忧郁,听鲁老太太说,才知道他家境不好,闰土结婚后与村中一个寡妇要好,终于闹到离婚,章家当然要花了些钱。……海边农家经过这一个风波,损失不小,难怪庆叔的大受打击了。①

如此婚外恋情在章运水自己无疑是须臾不能忘却的人生事项,但《故乡》拒绝纳入叙述。类似删减在从本事到故事的演变过程中频频可见,如郁达夫自传性小说《茑萝行》并未如实记录他与原配夫人孙荃的婚恋始末,尤为突出的是删除了他们在婚恋过程中诗词唱和、琴瑟和谐的真实往事。类似这样的情意绵绵的文字——"读到'年光九十去难留'句,更黯然销魂,盈盈泣下。……觉技痒难藏,走笔为君裁一和句何如?"② "他年返国时,当于牡丹花下共汝读也"③——在《茑萝行》中一概被舍弃。新中国杰出长篇《创业史》的主人公梁生宝以皇甫村农民王家斌为直接原型,据知情人回忆,王在合作化运动前其实有过参加革命暴动的光荣历史:"在狱中受过三次刑,打死喷活,夹手指头,皮都夹烂了,光剩下骨头"④,原型人物的这段个人革命史当然是"踏破铁鞋无觅处"的上佳素材,

---

① 周作人:《关于鲁迅》,乌鲁木齐:新疆人民出版社,1997年,第228页。
② 郁达夫:《郁达夫全集·书信》,杭州:浙江大学出版社,2007年,第28页。
③ 同上书,第30页。
④ 《董廷芝谈〈创业史〉人物的生活原型》,《柳青传略》,西安:陕西人民教育出版社,1988年,第276页。

但《创业史》开篇仅说"(生宝)不知从什么地方跑回家了",高呼"解放啦!","世事成咱们的啦!"①,如此就将原型人物难得的革命经历忍痛割爱了。2018年电影《无问西东》讲述清华学子投身抗战的可歌可泣的历史,然而这部电影视野所及主要限于在国统区抗战的清华学子,对在各共产党根据地浴血抗日的清华学子则付之阙如。(3)对本事的嫁接与改造。《家》中的梅表姐因所嫁非人,婚后不久便青年孀居、郁郁而终,但此种描写毋宁是巴金从其他情境史料嫁接而来,因为现实中的梅表姐原型、巴金姑母李道沅之女婚后实在是幸福的(尽管巴金不大欣赏):"我的表姐做了富家的填房少奶奶。以后的十几年内她生了一大群儿女,而且胖得成了一个完全可笑的女人。"②(4)逾出本事的虚构。文学本为"说谎的艺术",即便源出本事之作,也须有虚构间杂其中,正所谓"须是虚实相半,方为游戏三昧之笔"③。如此虚构又可分为在实事中增添"枝叶"、完全另行虚构两类。《雷雨》中周朴园、繁漪主要以曹禺父亲、继母为原型塑造,但剧中周朴园的"家长制"压迫并不尽为事实,实则曹禺父亲、继母关系比较融洽,"(他们)常常是一边吸大烟,一边讨论《红楼梦》里的人物,讨论里面的诗词"④。不过曹父万德尊由于自感老之将至确实存在"坏脾气","骂大街,摔东西,打下人。似乎什么他都看不顺眼"⑤,《雷雨》借此虚构了逼迫喝药的情节,并将其"坏脾气"提升为礼教制度的象征性行为。现代京

---

① 柳青:《创业史》,第一部,北京:中国青年出版社,1960年,第16—17页。
② 巴金:《谈〈家〉》,《巴金全集》,第20卷,北京:人民文学出版社,1993年,第418—419页。
③ 谢肇淛:《五杂组》,上海:上海书店出版社,2001年,第313页。
④ 田本相、刘一军编:《苦闷的灵魂——曹禺访谈录》,南京:江苏教育出版社,2001年,第9、83页。
⑤ 田本相:《曹禺传》,北京:北京十月文艺出版社,1988年,第7页。

剧《沙家浜》中阿庆嫂原型本为男性，与"胡司令"原型胡肇汉亦不曾有交集，剧中精彩绝伦的"智斗"一场完全出自作者独具匠心的艺术创造。以上四种皆就"真人真事"而言，情境本事则略有不同。研究情境本事不存在与具体人、事原型吻合与否的问题，但也存在所叙之事在当时情境中是普遍发生还是小概率存在，是否有意凸显或屏蔽某一类型的事实或记忆，显然也有可能包含价值丰富的"过程史料"。

这些有关本事及其改写资料的发掘与整理，皆属"据事"。由之可见，本事批评之运用于现当代文学也有一定适用范围：主要限于据"真人真事"而生成的叙事类作品，且其"真人真事"在今日须有较充分的史料基础。对于"真人真事"史料不太充分、但有坚实情境基础的作品，则须斟酌使用。倘若使用，关于情境本事的"改写"就不是考察其是否符合生活中真实的某人某事，而要分析其材料选择中的普遍性与倾向性。那么，对于适用作品而言，完成"据事"工作之后又当如何"类义"呢？这是完成古典本事批评方法现代转换的关键之所在。在此方面，古代研究的现状恐怕不能满足现当代研究的需要。据笔者目前接触的古典本事批评看，其较早者基本上都止步于资料收集，缺乏研究意识或不清楚资料可以用于怎样的研究，改革开放以后才真正在"类义"方面下工夫。其"类义"主要集中在两层：（1）促进对作者本意的理解，如认为"本事的文学理论价值就在于为作品探寻出创作发生的主客体缘由动因"[①]。（2）促进对文本内蕴的理解，即"以追寻作者之本意为中心，达到客观评鉴的目的"[②]，如莫砺锋直接将自己一篇解读王维诗

---

① 张皓：《评传、年谱、本事的文学理论价值》，《武汉教育学院学报》1989 年第 4 期。
② 常先甫：《宋人对"本事"的崇尚》，《湖南工程学院学报》2018 年第 2 期。

作《息夫人》本事的文章命名为《本事对理解诗意的重要作用》。这两层"类义"工作,可概括为王国维的一个说法:"由其世以知其人,由其人以逆其志,则古诗虽有不能解者寡矣。"① 应该说,这两层"类义"其实都比较朴素、初步,皆以促进研究者对作者、文本的"贴近"为旨,但从现当代文学研究的"习惯"来看,它们并没有创造出相对丰富的阐释空间,更未建立相对独立的理论体系。那么,目前现当代研究之于古典本事批评的转换又具有怎样的工作基础呢?据笔者所见,当前现当代研究虽极少使用"本事"概念,但热心寻访作品人物原型、故事背景的地方文史资料比较多见,也有部分学者对人物、故事原型发生研究兴趣,如宋剑华关于"红色经典"原型的系列研究,以及其他学者有关《家》《围城》《大墙下的红玉兰》《人生》《檀香刑》等名著的零散研究。不过,这些文史资料和个案研究整体而言没有超出古典本事批评"征其故实"和探寻"作者之本意"的范围,未有意识建立新的本事研究体系。但是,宋剑华的研究颇具启发意义,他不但在"红色经典"原型史实考订方面积累了丰富成果、重新辨析了文学与历史,影响明显,而且还在研究中批评"人为地消解了艺术审美与历史认知的严格界限"的认识误区,要求从艺术真实角度重新认识此类作品的"经典"价值②。笔者近年从事的"中国当代文学本事研究(1949—1976)"则承此而下,既"征其故实,考其原委",更希望通过"文章变化斟酌损益之所在",将宋剑华重点提出的"艺术真实"问题落实到叙事生产领域,以形成问题空间较为充足的新的研究

---

① 王国维:《玉溪生年谱会笺序》,《王国维全集》,第8卷,杭州、广州:浙江教育出版社、广东教育出版社,2010年,第615页。
② 宋剑华:《"红色经典":艺术真实是怎样转变成历史真实的》,《社会科学辑刊》2011年第4期。

框架。

而这，就涉及叙事学有关叙事活动的理论区分了。在经典叙事学中，叙事活动普遍被二分为"故事"与"叙述"。其中，"故事"被理解为"叙事文本中所呈现出来的经验整体，通常说来是由人物、事件、环境等要素构成"①，"叙述"则被目为呈现内容的文本形式，二者共同构成完整的叙事文本。这种区分在逻辑上是可行的，在概念使用上却不免有违中国人的习惯，因为"故事"这一概念，习惯上更多是指已被叙述出来的成品（在叙事文类中甚至代指作品本身），而不是尚未被话语介入的"原始材料"。故出于研究之便，现当代本事研究不宜直接套用经典叙事学的既有概念，而应另有斟酌。比较起来，经验/叙述之二分法更见合用。其中，叙事将要面对的经验可理解为"素材"，而在以真人真事为据的文学作品中，"素材"又来自人物原型、事件原型或情境原型，至于叙述，其实已包含在业已成型的故事和作品之内。鉴此，西方经典叙事学中故事/叙述二分的分析框架就可以被替换为中国读者更为熟悉、习惯的本事/故事二分的分析框架。

显然，从现实中的本事到文学作品中故事的演变，虽可用"变化斟酌损益"来概括，但其所涉及的文本与语境之关联、生产过程中"多重力的关系"的介入，却非直观层面上的"变化斟酌损益"可以涵括。伊格尔顿曾形象地说："生产艺术作品的物质历史几乎就刻写在作品的肌质和结构、句子的样式或叙事角度的作用、韵律的选择或修辞手法里。"② 但还有较此更见重要的：

---

① 陈然兴：《叙事与意识形态》，北京：人民出版社，2013 年，第 29 页。
② 伊格尔顿：《历史中的政治、哲学、爱欲》，马海良译，北京：中国社会科学出版社，1999 年，第 114 页。

> 写实派主张描写事实，但只是事实实在不够。艺术的目的，实在不仅是事实。艺术的目的是真是美。事实与真理是不同的。事实可以表现真理，却不能说事实即真理。除非小说家是用事实去解释真理的，若仅是事实，一定是没有生气的。小说家仅取其所观察的来做材料，实在是不够的。①

这意味着，在从本事到故事的演变中，有比事实更为重要的要素存在。对此，论者以为，真人真事只是"现象"和"材料"，而"文学作品，要在生活现象中加以选择、加工，使作品中对生活现象的描写与生活的内在规律本身'对准口径'，这样的作品，才是既有表面的真实，又有内在的真实的作品"②。可见，"内在的真实""内在规律"才是本事演变为故事过程中获取更高普遍性的关键因素。而这，就牵涉到时代有形无形的"公共语法"及其话语运作，其中包含丰富诱人的问题空间。古典本事批评可以通过与此话语运作的对接而完成自身的理论化。

三、本事改写之故事策略分析

那么，这种理论化将从哪里展开呢？1922年，吴宓批评新文学的观点至今读来仍颇有启发："彼其言曰：我毫无所主张；我不作问题小说Problemnovel；我不行训诲主义Didacticism；我纯凭客观，但就我所见所闻所历之实象描摹一二，语必征实，事皆有本；

---

① 瞿世英：《小说的研究》（下篇），《二十世纪中国小说理论资料》，第2卷，严家炎编，北京：北京大学出版社，1997年，第269页。
② 张真：《从真人真事提高到典型——学习革命的现实主义与革命的浪漫主义相结合的札记》，《戏剧报》1958年第24期。

我只搬运传达而已，无所爱憎于其间。""殊不知人生至广漠也，世事至复杂也，作者势必选其一部以入书，而遗其他。即此选择去取之间，已自抱定一种人生观以为标准。而无意之中，以此种人生观转授他人。虽曰客观，仍主观也。虽云于我无与，仍系自为权衡也。"① 吴宓所言，已涉及古典本事批评向新的本事研究转换的核心问题。事实上，尽管作家对于人物、事件、情境等本事史实多有实录，但录其部分"而遗其他"是必然的。至于移花接木、"添油加醋"乃至合理虚构，更是本事通向故事过程中的常例。这一切叙述中的本事改写当然是"自为权衡"的结果，而"自为权衡"就涉及具体心理/现实的动因以及改写的具体策略。后者，是新的本事研究中尤须重点处理的问题。

E. H. 卡尔曾说，"不是每件过去的事实都会成为历史事实"②，在文学创作中，这更是浅显之理。即便是存在直接人事原型的作品，其本事也不可能悉数被写入故事。这既因作品篇幅不可能容纳无止尽的琐杂事实，更因写作并非无目的、无选择地实录原生态的生活实相。相反，任何时代的文学对该讲什么和不该讲什么都有慎重的考量与选择。此即本事研究需重点处理的故事策略问题。它表现在作家将生活本事转换为文学故事时，必须要预先做出"可以叙述之事"与"不可叙述之事"的区分和差异性处理。"不可叙述之事"是罗宾·R. 沃霍尔提出的概念，她认为"不可叙述之事"包括四种：（1）不必叙述者（the subnarratable），指没有必要被叙述出来的细节；（2）不可叙述者（the supranarratable），指难以用语言表达的事物；（3）不应叙述者（the antinarratable），指因于社会

---

① 吴宓：《论写实小说之流弊》，《二十世纪中国小说理论资料》，第 2 卷，严家炎编，北京：北京大学出版社，1997 年，第 287 页。
② E. H. 卡尔：《历史是什么?》，陈恒译，北京：商务印书馆，2008 年，第 91 页。

规范、禁忌或从人物自身来看不应被叙述的事物；（4）不愿叙述者（the paranarratable），指因特定叙事规范和文类规范而不可以被叙述之事①。在这四种类型中，"只有后两者才真正具有文类区别效力。因为只有这两者能够从否定的方面揭示出叙事形式之界限。这种界限是由社会和形式常规两个方面划定的"②。由此可见，无论"不应叙述"还是"不愿叙述"，文学都在本事史实通向故事的道路上设置了叙事检测的"关卡"。其情形，非常类似信息传播过程中的"把关人"设置："他们对信息进行选择，决定取舍，决定突出处理及删节哪些信息或其中的某些方面，决定了向传播对象提供哪些信息，并试图通过这些信息造成某种印象。"③

这类决定删除或放大本事的叙事"把关"现象，在古代戏曲小说中极为常见，如"欲劝人为孝，则举一孝子出名，但有一行可纪，则不必尽有其事。凡属孝亲所应有者，悉取而加之，亦犹纣之不善，不如是之甚也。一居下流，天下之恶皆归焉。其余表忠表节，与种种劝人为善之剧，率同于此"④。这在现当代文学中同样常见。章运水的婚恋纠葛、郁达夫与孙荃曾经的卿卿我我、巴金表姐的婚后幸福，之所以未出现在《故乡》《茑萝行》和《家》中，即因此类本事不能通过叙事"关卡"、无法获得进入许可。类似处理尚有许多。比如，《莎菲女士的日记》中的苇弟是一个"太容易"被莎菲"支使"的、无所事事的软弱男子，但其原型胡也频却不尽

---

① 罗宾·R. 沃霍尔：《新叙事：现实主义小说和当代电影中怎样表达不可叙述之事》，宁一中译，《语文学刊（高教外文版）》2006 年第 12 期。
② 陈然兴：《叙事与意识形态》，北京：人民出版社，2013 年，第 199 页。
③ 威尔伯·施拉姆、威廉·波特：《传播学概论》，陈亮等译，北京：新华出版社，1984 年，第 2 页。
④ 李渔：《闲情偶寄》，昆明：云南人民出版社，2016 年，第 22 页。

如此。虽然丁玲感到"我和他相爱得太自然太容易了,我没有不安过"①,但胡也频实非软弱之辈,"两人在言语方面质问与责难,海军学生(按:胡也频)完全失败时……或用拳头威吓到她"②。而且,胡更非无所事事。他长丁玲1岁,卖稿、组织"无须社"、办《红与黑》、参加革命,实际上都充当了丁玲的"引领者"角色,但当现实的胡也频被转化为小说人物苇弟时,这些原型史实就被拒之门外。又如《沙家浜》中"胡司令"原型胡肇汉机警过人,"喜欢在晚上单独活动,只带几个人,乘一有篷船,神秘地外出"③,且"阴险、狡猾、凶残""杀人不眨眼"④,"尖下巴,瘦削脸,神态阴森威严,一双眼睛如鹰鹫般敏锐灵活"⑤,但《沙家浜》并未机械照搬原型,而是巧加删改,另行创造了一个更合剧情需要的讲义气的粗短傻笨的甚至略带憨厚的"草包司令"形象。在《平凡的世界》中,孙少平以其独特的"劳动哲学"确立了其作为"人"的丰富内涵,但其原型、路遥三弟王天乐的奋斗历程却"复杂"得多,另外包含了路遥多少"绞尽脑汁,用尽心计"⑥的关系运作呵!诸如此类,皆属"不可叙述之事"或须改写之事。显然,哪些人物、事件和情境史实可以进入叙述,哪些又不可以被讲述,最终依据的不是本事真实,而是作者关于艺术真实的界定标准。在现当代文学中,艺术真实多与"反映生活的本质"有关。既如此,界定"可以叙述"与"不可叙述"的"本质"又该作何理解呢?

---

① 丁玲:《不算情书》,《丁玲全集》,第5卷,石家庄:河北人民出版社,2001年,第21页。
② 沈从文:《记丁玲》,北京:中信出版社,2017年,第129页。
③ 高晖:《追捕杀人魔王"胡传魁"》,《文史春秋》2003年第12期。
④ 董恒峰:《"胡传魁"被捕记》,《春秋》1999年第2期。
⑤ 汤雄:《"恶泉"胡传魁——沙家浜人物原型追踪》,《档案春秋》2011年第8期。
⑥ 厚夫:《路遥传》,北京:人民文学出版社,2015年,第132页。

欲回答此问题，须确认现当代文学的特征。在 1985 年前，现当代文学虽经历内在巨大震荡，但始终存在主流倾向，即强烈的挑战秩序、改造现实的冲动。无论是鲁迅"铁屋子"之喻，还是革命作家对"把人变成鬼"的社会制度的批判，抑或是改革开放之初讲述"伤痕"故事，皆具有杰姆逊所说的"反应论"特征：

> 把现实主义当成是生活的真实描写是错误的，唯一能恢复对现实的正确的方法，是将现实主义看成是一种行为，一次实践，是发现并且创造出现实感的一种方法。如果一位作家只是很被动地、很机械地"向自然举起一面镜子"，摹仿现实中发生的一切，那将是很枯燥无味的，同时也歪曲了现实主义。……现实主义是一种征服，既是对方法的征服，以期感受到现实的复杂性和丰富性，也是对现实的征服，是主动性的。①

显然，这种反应论不再是认识论层面上通过文学认识现实的问题，而指向实践论范围："文学或审美行为总是拥有与现实的能动关系。然而，为了做到这一点，它不能简单的允许'现实'惰性地保存自身的存在"，"相反，它必须把现实拉入自身的结构中"②。由于有此主动"反应"的特征，启蒙与革命就成为现当代文学中最被优选的两种话语。它们对于"艺术真实"的认定，先后、交替主导了现当代文学不同历史时期对于"本质"的理解。而不同的"本质"认

---

① 杰姆逊：《后现代主义与文化理论》，唐小兵译，北京：北京大学出版社，1997 年，第 244—245 页。
② 杰姆逊：《政治无意识》，王逢振、陈永国译，北京：中国社会科学出版社，1997 年，第 69 页。

定,与叙事采取怎样的故事策略存在决定性关联。譬如,在"五四"时代,文化层面上的"文明与愚昧的冲突"被认为是普遍的本质真实,作家因此就以"新陈代谢"的历史主义视野将他们所置身的时代界定为"愚昧",其写作也往往从文化层面呈现"死去的中国",即"一个'尚未启蒙'和'传统'的中国","这个'旧'中国跟颓废、黑暗和死亡等隐喻结下了不解之缘,成为'新'中国的'他者'"①。因此,为了"启蒙",作家就需要把"愚昧"设定为农民的本质。而这,正是章运水婚外恋本事不可能通过叙事检测"关卡"的原因。试想,假如《故乡》中的闰土如现实一样精力饱满、寻求婚外恋情,《家》中的梅表姐和现实一样幸福满足,读者又怎能通过小说人物前后巨大的人生落差生成对传统文化及制度的深深怨怼?及至革命时期,政治经济层面上无产者与食利集团的冲突被认为是历史的"内在规律"和世界真相,文学自然会将被士大夫文化长久压抑的"阶级"作为界定"可以叙述之事"的条件。所以,尽管杰克·贝尔登所见华北乡村的不幸久已存在,但只有在马克思主义赢得了充分合法性的抗日根据地,才能出现像《白毛女》这样的直面民众悲剧处境、寻求其解决之道的优秀之作。这其间,阶级的"区分的辩证法"作用甚巨。

以上问题,构成了现当代本事研究理论化的第一层工作:故事策略分析。不难看出,文学作品对本事史实的删减、改造和虚构,与"本质""真实"等概念相关,进而与启蒙、革命等话语系统相关。不过,充当故事策略背后"看不见的手"的,并不止于启蒙/革命。外来的后现代主义与本土的儒道释等话语,也在本事改写过

---

① 周蕾:《妇女与中国现代性——东西方之间阅读记》,上海:上海三联书店,2008年,第180页。

程中发挥着界定"不可叙述之事"和"创造"原本不存在的"可以叙述之事"的作用。不过，此类话语介入多出现在"反应"型文学退潮以后或此前边缘文学之中。它们对于"本质"的理解与启蒙/革命相去甚远。后现代主义视野下的"本质"就是缺乏本质，生活被认为是偶然、琐碎而无规律的，故启蒙/革命视野中的"重大事件"（如文化的、阶级的冲突）往往沦为"不可叙述之事"，而芜杂、日常的生活流本事则得以大量进入叙事并形成"日常诗学"。佛道文化将世界"本质"目为"自然"，因而事关反抗、改革等"人为"努力之事就为倾心道佛的文人所"不愿叙述"。对此，汪曾祺明确表示："我以为小说是回忆"，但"生活和作者的感情都经过反复沉淀；除净火气，特别是除净感伤主义，这样才能形成小说"①。所谓"除净火气"自然是指左翼/革命话语内含的桀骜不驯，"除净感伤主义"则涉及启蒙叙述不为社会所容的忧郁。有此两层"除净"，意味着汪氏小说故事策略就与《故乡》《白毛女》逆向而行，其小说世相因此呈现出诗化的梦幻特征。

较之后现代主义或佛道的断续性存在，来自传统通俗文学"儒表奇里"结构中的两种话语——儒家伦理主义和大众传奇——在现当代文学中则是长期存在的。宋智圆法师记曰："或问诗之道，曰：善善恶恶。"②"善善恶恶"可谓"旧小说"中儒家主导的道德化故事策略。它深深介入了启蒙/革命（尤其后者）的本事改写，譬如通过对自己的文化/政治敌人予以"恶恶"表述，唤起读者的道德拒斥，从而达到历史贬斥的目的。《家》中鸣凤的悲剧是家族作为

---

① 汪曾祺：《〈桥边小说三篇〉后记》，《晚翠文谈》，杭州：浙江文艺出版社，1988年。
② 智圆：《钱唐闻聪师诗集序》，《中国古代文论类编》，下册，贾文昭主编，合肥：安徽大学中文系，1982年，第315页。

罪恶渊薮的重要证据，然究其实，作为小说中高家原型的成都李家从未强嫁丫头，相反倒有"一个'寄饭'的婢女"，"我们有一个远房的亲戚要讨她去做姨太太，却被她严辞拒绝"，"她后来快乐地嫁了人。她嫁的自然是一个贫家丈夫。然而我们家里的人都称赞她有胆量。撇弃老爷而选取'下人'，在一个丫头，这的确不是一件容易的事情"①。这几乎是对本事的颠倒式改写。及至后革命时期，长期处于被批判、反思位置的宗法家族制度又被逆转为"善善"之对象。《白鹿原》中白嘉轩是"学为好人"的乡村正绅的完美典范，然而细查陈忠实各类创作自述，可知白鹿原及附近乡村从未出现此种将儒家文化当作"命根"的地主。以此而论，《白鹿原》其实是缺乏必要情境根据的大胆虚构。可见，无论"善善"之"正面假象"叙述，还是"恶恶"之"负面假象"叙述，儒家伦理主义都深度介入了本事改写。至于"奇"的大众叙事技术，更是由来已久。就现实而言，生活往往是缺乏戏剧或奇迹的，庸常、琐碎甚至"无事件境"更为常态，但大众读者对"奇"有不知餍足的需要，且"所谓奇者，不奇于凭虚驾幻，谈天说鬼，而奇于笔端变化，跌宕波澜"，"使诵其说者，眉掀颐解，恍如身历其境，斯为奇耳"②。所以，即便当年重庆"《挺进报》案"中因我地下党员普遍年轻、多为学生出身、斗争经验不足导致地下组织遭到严重损失，但作者仍"因文生事"、将这段革命本事传奇化了，如塑造劫人、劫狱、智勇双绝的"双枪老太婆"事，令人神往。实则此类"奇"并未发生，其疑似原型川东华蓥山游击纵队主要创建者陈联诗，的确习用双

---

① 巴金：《关于〈家〉（十版代序）》，《巴金全集》，第 1 卷，北京：人民文学出版社，1986 年，第 447 页。
② 烟水散人：《赛花铃题辞》，《中国历代小说序跋集》，丁锡根编，北京：人民文学出版社，1996 年，第 12 页。

枪，但她同时又是出身翰林家庭、东南大学毕业、爱好文学创作（解放后还撰写了回忆录）的知识女性。这种原型史实明显与"双枪老太婆"有较大差异，然而为了适应读者"爱奇者闻诡而惊听"（《文心雕龙·知音》）的阅读要求，作者对人物本事进行了合理的艺术改造。

可见，传奇、儒道释、后现代主义、革命、启蒙及其竞争或妥协关系，共同构成了故事策略背后"看不见的手"。这是处理本事/故事演变必须重点对待的问题，恰如论者所言："没有任何一种对社会的反映形式是完全'真实'的，因为它不可避免地会将事件框架化，并把某些特定的内容包括在内或排除在外。"① 而故事策略及其背后的复杂话语，正是"框架化"之所由来。显然，对此本事/故事演变过程的考察，已不限于古典本事批评的"考其原委"、探其本意，而是对所谓"见文章变化斟酌损益之所在"的理论化、体系化。在此，"据事以类义"的"类义"工作，就逐渐使古典考据学转型为现代的研究方法。

四、本事改写之叙述机制分析

但"类义"工作还可在故事策略之后进一步展开。其实，当纷杂本事史实经辨识、检测，其部分事实获准进入待述范围以后，文学创作并未告结束。甚至，更为关键的故事讲述与文化生产还有待展开。因为，源于原型、丛聚于作者头脑中的诸多"可以叙述之事"，其实可以讲述成多种故事，即此事实群落可按照不同因果关

---

① 大卫·克罗图、威廉·霍伊尼斯：《媒介·社会：产业、形象与受众》，邱凌译，北京：北京大学出版社，2009年，第231页。

系"组装"成差异性甚至性质迥异的故事（作品）。譬如，同样的深刻改变了中国社会结构的土地改革史事可被写为正剧（20世纪50—70年代文学），亦可被撰为悲剧（《古船》《白鹿原》），甚至拟为历史荒诞剧（《故乡天下黄花》），同样的土匪史事可撰为传奇，亦可生成"自然主义"佳作（《长夜》），还可演绎为喜剧（《林海雪原》）或正剧（《桥隆飙》）。对此，海登·怀特论述其深："任何特定组合的真实事件都能以许多方式加以编排，可以被当作许多不同种类的故事来讲述。由于特定组合或序列的真实事件原本并不是'悲剧的'、'喜剧的'或'笑剧的'，而只能通过给事件强加特定故事种类的结构才能被建构成这些形式。"[1] 这种"编排"与"建构"，实即金圣叹所言"以文运事"，属于较故事策略更为深层的叙述机制问题。

何为叙述机制？这就涉及经典叙事学对故事（如前所论，此处此概念意近"素材"）与情节的区分。E. M. 福斯特对此做过言简意赅的区分：如果故事（素材）指按时序排列的事件，那么"情节同样是对桩桩事件的一种叙述，不过重点放在了因果关系上"，"'国王死了，后来王后也死了'是个故事，'国王死了，王后死于心碎'就是个情节了。时间的顺序仍然保留，可是已经被因果关系盖了过去"[2]。即是说，较之"可以叙述"的本事史实，故事的最大区别是通过特定因果关系的输入，将原本缺乏内在逻辑联系的事实重组为一个具有开头、发展和结尾的且有内在意义的系列事件。因此，叙述机制问题实即如何在叙事过程中植入特定因果逻辑进而重

---

[1] 海登·怀特：《后现代历史叙事学》，陈永国、张万娟译，北京：中国社会科学出版社，2003年，第151页。
[2] E. M. 福斯特：《小说面面观》，冯涛译，上海：上海译文出版社，2016年，第79页。

构本事、创造意义的过程。对此,俞平伯曾有明确意见:

> (小说中)事实成为系列,则非各自分离的,亦非混杂无序的,乃依因果的关系排列成的。故叙一桩孤立的事实不成为小说,而叙许多各各孤立的事实(如偶然连属,无名理系属之必然,仍为各各孤立,非真的系列)亦不成为小说。①

依此之见,因果机制的存在及合理与否,构成了文学的核心要素,也是本事/故事演变最为关键的环节。因此,吴宓对于"写实小说"的真/幻之论,可用作本事研究的参考:"写实小说之佳作,其中所写者绝非原来之实境,乃幻境之最真者耳。其于剪裁及渲染之法,用之至多","写实小说中劣下之作,则不解此。彼惟以抄袭实境为能事,而不用剪裁及渲染之法。故所得者生吞活剥,狼藉杂凑,不合因果之律,绝少美善之资。虽其字字皆有所本,节节皆系实录,亦奚取焉!"②这就是说,文学即便有原型之"真",也必须出之以叙述机制之"幻"。有了"因果之律"(叙述机制)的编排与建构,"真人真事"才最终成其为文学。

既如此,本事/故事演变中的"幻"(叙述机制)从何而来?其实,它与故事策略背后"看不见的手"存在内在统一性,难以分割。存在于叙述机制背后的话语运作,同样出之于启蒙、革命、传奇、儒道释及后现代主义等异质性话语及其相互关系。这些话语都可能以其所信任的因果关系主导现当代文学本事史实的组合与编

---

① 俞平伯:《谈中国小说》,《二十世纪中国小说理论资料》,第3卷,吴福辉编,北京:北京大学出版社,1997年,第24—25页。
② 吴宓:《论写实小说之流弊》,《二十世纪中国小说理论资料》,第2卷,严家炎编,北京:北京大学出版社,1997年,第287页。

排。那么,在此情形下,研究者当从哪些方面入手分析本事/故事演变中的叙述机制呢?人物、环境(社会)、故事,都是不可或缺的考量对象。

(一)本事/故事演变中的人物再现机制。"五四"以后,文学人物塑造最重要的变化,就是启蒙/革命机制的介入。这两种机制的共同特征在于使"社会政治同内心方面、个人方面相结合,水乳交融,保持平衡"①,其实质其实是把历史主义内涵"灌注"到个体内面/外面生活之中,使私我经验与公共领域、个人欲望与民族国家历史发生深度融合、相互生成。可以说,这种人物再现方式的变化,很切近马克思对"人"的定义:"人的本质不是单个人所固有的抽象物,在其现实性上,它是一切社会关系的总和。"② 这意味着,事涉生产关系的政治、经济、文化层面的全部历史复杂性都会被投射到每一个体之上,与个体生活的变化发生"搏斗"与融合,而个体也以其生命活动融入各种社会关系的再生产之中。因此,启蒙/革命视野下的个人再现机制注定是历史化的,只是二者"历史"所指存在一定差异。那么,启蒙/革命的个人再现机制会怎样影响本事/故事演变呢?(1)就静态而言,原型人物必须经过所谓本质化/历史化处理,进而获得他(她)在叙事中的历史定位,即原型人物在进入故事的过程中,必须被启蒙/革命的历史关系优先定位:他(她)是先驱还是大众,是剥削者还是被压迫者?这种抽象的历史本质定位决定了人物在故事中的命运起点。(2)就动态而言,原型人物在故事中的内面/外面生活的变迁还须与"历史"(国家形成史)发生深刻的正/负相关关系。这既可表现为他们作为正面人物

---

① 倪蕊琴编:《俄国作家批评家论列夫·托尔斯泰》,北京:中国社会科学出版社,1982年,第492页。

②《马克思恩格斯选集》,第1卷,北京:人民出版社,2012年,第135页。

在"历史"展开过程中的"成长"(如喜儿、林道静、吴琼花等)或"逆成长"(如闰土、觉新、祥子等),又可以表现为反面人物(如《家》之高老太爷、《北京人》之曾皓)在"历史"撞击下的下坠以致"象征性死亡"。比较起来,正面人物的"人在历史中成长"的叙述机制更多受到关注。它主要表现为自然个体朝向历史主体的复杂生成过程,其间"人的成长与历史的形成不可分割地联系在一切。人的成长是在真实的历史时间中实现的,与历史时间的必然性、圆满性、它的未来,它的深刻的时空体性质紧紧结合在一起"①。这种"人在历史中成长"的叙述机制被多数革命文学纳入并主导了有关人物本事的改写。比如,《创业史》之所以不纳入原型王家斌珍贵的革命经历,乃因于当代文学对"新人"的代际厘分,实则梁生宝与郭全海、张裕民等"新人"处于完全不同的历史刻度之上:郭全海、张裕民等"在思想意识上与富农、地主没有本质的区别,都带有一种'地主性',都属于中国旧农民的范畴",梁生宝则"喻示着历尽艰辛的中国农民终于找到了自己的现代本质"②,他不但在"成长"进阶方面与上一代"新人"不再相同,还必须承担"青年教育老年"的叙事功能(小说中上一代"新人"郭振山实即其教育对象)。故在小说中,王家斌不但需要褪去其珍贵的过去,而且需要从中年变成一个从"时间开始了"这一伟大历史时刻"诞生"然后"成长"的青年。而且,为与此本事改写相一致,柳青还"添写"了现实中并不存在的梁生宝与改霞之间令人惆怅的恋爱。可见,类似"人在历史中成长"的个人再现机制是原型人物从本事

---

① 《巴赫金全集》,第 3 卷,白春仁等译,石家庄:河北教育出版社,1998 年,第 232 页。
② 李杨:《抗争宿命之路:"社会主义现实主义(1942—1976)"研究》,长春:时代文艺出版社,1993 年,第 129 页。

走向故事的决定性环节。

显然，有关原型人物改写的历史化机制为古典本事批评的理论化提供了更丰富的问题空间。不过，支配原型人物本事/故事之演变的，并不止于启蒙/革命的历史机制。以佛道之虚空观理解世界，用存在主义之"荒诞""偶然"冷眼观世，或以后现代主义"削平"世界，其于原型人物的处理必大相殊异。这些差异性人物再现机制及其可能的竞争，皆是勘察本事/故事演变的重要路径。

（二）本事/故事演变中的社会再现机制。"历史本质"同样是启蒙/革命文学中社会再现的核心概念，它要求文学"以生活真实为基础，通过提炼、概括、集中和虚构"，"表现出社会生活的某些方面的本质和规律"①。不过，依生活在后现代时期的韦勒克的看法，这种本质化要求非常不可取："（它）包含对不可能的事物，对纯粹偶然和非凡事件的排斥"，"现实尽管仍具有地方和一切个人的差别，却明显地被看作一个 19 世纪科学的秩序井然的世界，一个由因果关系统治的世界"②。然而，以科学的因果关系破旧立新，从来都是以现代民族国家建构为旨的启蒙/革命存在的价值。启蒙以文化为据分社会为新旧之异，革命以政治经济为据分社会为"人""鬼"之别。在此视野下，人道本位的"历史的演进"就成为启蒙/革命文学中社会再现的内在机制。这种"历史的演进"机制同样深度介入了本事/故事之演变。（1）在启蒙文学中，作家既以人道本位的"演进"眼光重审他们所置身的社会，此种社会就必然被安置在"非人"的趋向死亡的历史位置上。体现于本事/故事演变中，即表现为大量现实中可能肥沃、富庶、美丽的市镇乡村在文学中被

---

① 十四院校：《文学理论基础》，上海：上海文艺出版社，1985 年，第 49 页。
② 韦勒克：《批评的诸种概念》，丁泓等译，成都：四川文艺出版社，1988 年，第 230—231 页。

转换为"荒村"或"废乡"（如"鲁镇""北中国""果园城"等）。它们不但呈现出进化意义上的"非人性"，而且还呈现出与"历史"相剥离的停滞、萎缩、缺乏内在生命力的景象，丧失在未来"新世界"中继续存在的合理性。（2）革命文学中的"历史的演进"更具体地体现为阶级化的建构功能，这直接导致现实中混杂交织的多质性社会被文学"过滤"、重组。准确地说，现实的中国社会复杂异常，交织、重叠着宗族、乡里、阶级、宗教、江湖等多重因果逻辑，阶级逻辑在其中居于重要地位，但在本事/故事演变中，阶级之外的宗族、乡里、宗教等则被忽略和淡化。因此，在《太阳照在桑干河上》中，部分源于乡里关系的本事就被扬弃，而更见复杂的农民借助外部契机跻身乡村政治舞台的事件，则被改写成相对单纯的党启发、拯救农民的故事。至于传统乡村的宗族逻辑及其本事，在从《白毛女》到《暴风骤雨》到《艳阳天》的社会主义文学中都较少涉及。可以说，无论革命还是启蒙，其"历史的演进"机制对作家"发现社会"的方式、方法都具有决定性影响。讨论作家笔下的社会与其原型的关系，必须考量其叙述机制。

当然，与人物再现所面临的情况相似，启蒙/革命之外亦有其他话语可为本事研究的社会再现机制分析提供问题空间，如鸳蝴小说中的"言情"，废名、沈从文等小说的"反现代性"，李锐、张炜、陈忠实等作家的"去革命化"，新世纪以来的"日常诗学"等。当前底层写作与"新伤痕文学"也都内含与启蒙/革命大相迥异的话语，其叙述机制与本事/故事演变之关系，无疑另具一番面目。

（三）本事/故事演变中的故事冲突机制。以真实事件为据的作品在将本事转化为故事时，必然面对以新的冲突机制为原型事件重新结构、赋形的问题。现实生活之事件，或如琐碎、无序的生活流,或循守世俗社会原有逻辑,作家即便"如实再现",也不大可能直接沿用事件旧有逻辑。恰如 E. H. 卡尔所言,"让事实本身说话","这话是不确切的","只有当历史学家要事实说话的时候,事实才会说话","这犹如皮兰德娄剧中一位人物所说的,事实像一只袋子——假如你不放进一些东西,袋子就不会站起来"①。那么,作家在将原型事件文学化时会往其中放置什么"东西"呢?就启蒙/革命而言,是为同中有异的冲突机制:启蒙冲突在于新旧思想斗争,革命冲突在于敌我阶级斗争。无论哪种冲突,最后结果都是通过开端、发展、高潮和结局的设置而将具体的冲突与民族国家文化/政治层面的建国史或建设史予以融合,即"将某一事件置于一个语境之中,并将其与某一可能的整体联系起来"②。这种历史冲突机制同样介入了启蒙/革命本事改写。比如,《家》写了势不两立的新旧文化冲突,但究之现实,情形要复杂得多:成都李家其实颇为支持巴金兄弟外出求学,且在他们身上寄托了重振家业的希望。巴金晚年承认:"我和三哥出川念书,也得到他(按:巴金二叔)的鼓励和帮助。"③ 巴金幼弟纪申也回忆:"好男儿志在四方,远行求学也是好事呀。家人特别花钱从大街上的像馆请来摄影师拍照留念。"④ 而巴金三哥李尧林在学成就业后也一直支持着成都大家族的生活费用,甚至也曾要求巴金与他共同承担家族责任(被巴金拒绝)。可以说,大家族内部关系非常复杂、纠结,新旧冲突未必是

---

① E. H. 卡尔:《历史是什么?》,陈恒译,北京:商务印书馆,2008 年,第 93 页。
② 海登·怀特:《后现代历史叙事学》,陈永国、张万娟译,北京:中国社会科学出版社,2003 年,第 186 页。
③ 巴金:《怀念二叔》,《巴金全集》,第 19 卷,北京:人民文学出版社,1993 年,第 445 页。
④ 纪申:《"人生不过是场梦"——追忆三哥李尧林》,《巴金的两个哥哥》,李致、李斧编选,北京:中国华侨出版社,2009 年,第 139 页。

其中"主线",但文学却可以对之重新结构并赋形,于是现实中大哥从事投机生意破产自杀、与礼教关系不大之事就被改写为礼教制度的步步进逼,小说《家》也由此变为"挖我们老家的坟墓"① 的文化实践行为。到 1950—1970 年代,革命化的历史冲突(斗争)机制有时还和大众美学存在潜在"谈判"。《沙家浜》《铁道游击队》《烈火金钢》《林海雪原》《小兵张嘎》等作品,都力求兼容革命斗争机制与民间"斗"的机制,其革命斗争多兼有民间"斗智斗勇"的强烈趣味。而此种趣味大都不是因实录本事而生成,恰恰相反,往往是大胆改造、灵活虚构的结果。譬如,现实中杨子荣的确胆大精细,但要说他勇比武松可杀虎、智赛诸葛能舌战群匪,就不是事实了,而是作者以"锦绣之心,风雷之笔"向《水浒传》《三国演义》积极借鉴、学习的结果了。

　　事关故事、社会、人物的三种机制,是本事研究中叙述机制分析最可能涉及的对象。此外,有关自然的再现机制也会影响到本事/故事之演变。自然本与人事无关,但"'事出有因'(motivation)是任何一种现实主义叙事作品的基本特征"②,文学呈现现实自然时仍有其特定"观视"机制。无论是"五四"乡土文学将自然作为"老中国"的隐喻,还是沈从文等"抒情派"目之为人性净地,抑或是新中国文学将它们纳入国家生产领域,都包含改写、虚构与赋形。整体观之,此种自然再现机制,兼之前述三种再现机制,共同构成了本事演变过程中多层错杂的叙述机制。

---

　　① 巴金:《关于〈激流〉》,《巴金全集》,第 20 卷,北京:人民文学出版社,1993 年,第 681 页。
　　② 华莱士·马丁:《当代叙事学》,伍晓明译,北京:北京大学出版社,1990 年,第 68 页。

结　论

　　以上三种叙述机制和区分"可以叙述之事"和"不可叙述之事"的故事策略一起，共同影响着本事/故事演变的路径。而本事/故事演变的结果，无疑使现当代文学对"真人真事"的再叙述、再结构成为"一种关于人类行为的社会文本"[①]。此叙事实践的最终效果，因话语介入的差异而呈现纷异局面，既可指向启蒙或革命所祈求的秩序变革，也能指向疏离秩序问题的感官愉悦（俗）或心灵自洽（雅）。至此，一种有别于古典本事批评的现代文学研究方法，就比较清晰地凸显出来。较之古典本事批评主要用力于"考"，现代本事研究则在重视"考"的基础上更加用力于"释"，因而迎来比过去更为开阔的问题空间：叙事效果、叙述机制、故事策略以及最初的叙述动因，实已构成一套比较完整的实践叙事学分析框架。它不但是基于本事改写材料的叙事分析，也是与历史语境高度关联的文化生产分析。应该说，这种"释"的工作，较之古典本事批评的"考其原委"、探其本意，要更多系统化、学术化的尝试，比孙楷第所言"以见文章变化斟酌损益之所在"，也更多问题化、理论化的努力。以此实践叙事学之"释"，兼之对本事资料和本事改写"过程史料"的细致考订，两相结合，"考""释"并举，古典本事批评的现代转换应该是可以寄望的。

　　显然，由前可见，这种"考""释"并举的新的本事研究方法，对于具有本事基础的现当代文学作品而言颇为适用：它可运用于所

---

① 詹姆斯·C. 斯科特：《弱者的武器》，郑广怀等译，南京：译林出版社，2007年，第27页。

有以真人真事为直接原型的作品,少数情况下也可运用于部分直接原型并不明显但情境史料特别充分的作品,如《白毛女》《我在霞村的时候》虽然缺乏明确人物原型,但与作品相贴合的有关乡村租佃关系、抗战期间"慰安妇"悲剧的史料相当丰富,其背后竞争性的策略与机制又极具讨论价值,故对此类作品亦可做以"对照阅读"为基础的本事分析。但无论哪种类型的作品,皆须有充分史料基础,如《狂人日记》《金锁记》《苦菜花》等作品虽都存在直接原型,但目前可见原型史料过于稀少,就不太适合运用此种方法。对于史料充足之作品,则可分两步展开本事考释工作。(一)"考"之工作,即有关本事及本事改写资料之考订。相对于人物原型和事件原型者,则发掘其实录、删增、虚构之处,相对于情境原型者则比较作品与高度相似之史实,考究作家在选材方面的取舍与倾向性。(二)"释"之工作,即有关本事改写的文化/叙事阐释。结合以上转换之讨论,可知至少有三个层面的"释"的工作可以展开:(1)人物原型考释,如从章运水到闰土、从李尧枚到高觉新、从杨沫到林道静、从王天乐到孙少平,其间改写必然牵连到多重话语竞争之下作家之于"可以叙述之事"的选择以及特定因果机制的设置,而这些叙事重构可能与作家对自己所置身时代的"大问题、中心问题"的应对密切相关;(2)社会原型考释,从作者所历闻的社会事实到作品所揭示的社会历史"真相",同样会存在较大缝隙,由此"缝隙"亦可分析作品背后的故事策略与叙述机制,以及文本与语境、形式与意识形态之间互为镜像的关系;(3)故事原型考释,恰如卢卡奇所言:"文艺作品的情节和结构取决于人们同客观实际的关系"[①],

---

① 卢卡奇:《现实主义辩》,《西方二十世纪文论选》,第 4 卷,胡经之、张首映编,北京:中国社会科学出版社,1989 年,第 187 页。

在原型事件与文学故事之"缝隙"的背后，无疑存在着特定"故事学"及其内部矛盾-解决机制，作家、文本与世界之间的复杂问题空间亦可由此打开。笔者有关《白毛女》《林海雪原》《红岩》《创业史》等系列红色经典的研究，皆从此三个层面着手，受益颇大。但与自然有关的文化空间原型研究，其实亦大有深入探索的价值，如文学内外的"未庄""果园城""蛤蟆滩""二家巷""芙蓉镇""白鹿原"，其自然实存形态与作品中空间建构必有差异，从中也不难一窥不同时代文化生产的秘密，进而发现叙事在复杂多变的认同生产与文化建构中的角色与功能。

　　应该说，新的本事方法在现当代文学领域的运用虽然整体而言仍处于尝试阶段，但其运用前景和理论空间皆引人瞩目。就已有研究看，新的本事研究与古典考据学中的版本研究、手稿研究一样，主要用于作品个案。但其范围其实有较大的拓展可能。譬如，可以研究本事在同一文本不同版本之间的流变，也可研究本事在同一文本跨媒介改编中的流变以及本事在不同作者、不同时代文本中的流变。甚至，还可综合人物原型、事件原型和情境原型，将作品个案研究发展为作家个案研究，如对于沈从文的"湘西"系列小说，倘若"对读"沈氏小说与湘西各县市历史档案及沈所亲历的人与事，也有可能发现沈从文在选择素材时或显或隐的策略性以及埋设于其中的特殊机制。以此类推，从本事改写入手对同一流派作家展开整体性研究，亦不无可能。与此同时，其理论空间也有拓展可能。目前研究主要集中于文本生产逻辑的分析，但"文学成为文学是一个社会过程"，涉及"政治的、经济的、社会的、个人的种种条件，以及使这些东西综合形成的特有机制"①，在此"社会过程"的视野

---

① 李陀：《雪崩何处》，北京：中信出版社，2015年，第15页，第12页。

下，由文本本事研究外推至作家心理研究、文学制度研究、文学批评与接受研究，乃至"文学传统"研究与文学史研究，皆可斟酌与实践。

当然，本事研究方法在现当代文学领域的运用与拓展，还必须正视和克服一些客观存在的困难。这其中最突出者，是如何确保本事史料的可靠性。尤其"本事"一词，似在承诺研究者所发掘到的史实就是历史真相。这在逻辑上是不可能的，过去一旦消失就永远不复存在，所存在的只能是有关过去的文字记述或物质痕迹。而文字记述或物质痕迹的可靠性，将是本事研究难以解决而又必须解决的问题。另一重困难在于如何将故事策略、叙述机制以及叙述动因、叙事效果这一套已被初步证明有效的中观层面的实践叙事学方法，推进到更为微观的层面，与业已形成"共识"的叙事学概念（如隐含作者、叙述者、叙述视角等）达成更为有效的融合。

总的来说，本事批评在现当代文学领域的转换与运用，困难与可能同在。对于当前学界聚讼纷纭的"古典化""史学化"趋势，重要的不是争论而是实践。无论本事研究，还是类似的文学版本、手稿、日记、书信、家世、档案等研究，都需正确理解"以古为师"：不"以古为师"，则无以重建规范、夯实学科基础；不进行"创造性转换"，泥陷于古或"挟古自重"，则必不能适应对象与问题的复杂性，也无以发挥现当代研究视野开阔、与西方批评理论融会贯通、思想原创性强的既有优势。倘能师古而不泥古、创新而兼顾学术根基与历史底蕴，对现当代文学新的问题空间及其丰富意蕴的发掘，无疑都大可预期。至于对"古典化""史学化"多有批评的评论家，则更宜对古典考据学的现代转换与运用抱有信心和耐心，甚至不妨亲与其役，寻求"文史对话"之新路径，共同促成现当代文学研究传统的调整与重建。

后记

关于这部书稿/教材的缘起,"前言"业已说过,但在断断续续的写作结束之后,很感忐忑,仍有几点想法需要补充交代一下。

一是本书稿定位在当代文学研究方法教学,而非学术史。书稿名为"方法"(当然,取名为"问题与方法"或更适宜),已显示本书取样范围主要集中在当代文学研究中方法意识较为明显——尤其是自我阐释比较充分——的代表性学术潮流之上,而并未考虑学者/评论家的个人成就以及学术史叙述的系统性与整体性。亦因此,书稿对最近几年青年学者提倡的存在争议的但学生可能感兴趣的新方法有详细介绍(譬如"社会史视野"),对许多成就卓著的学者/评论家(如谢冕先生、我自己的导师程文超先生)反倒较少涉及。与此相应,也较少对所涉及的学者/评论家的整体学术贡献做力不能及的评估工作,而更多着眼于他们所提倡的方法与问题对于有志于学的本、硕学生而言,有哪些可以借鉴,又有哪些不太好处理的问题需要克服。与此相应,对不同研究方法的推介并不持"进化论"立场,并不认为"再解读"一定胜于"重写文学史",或"史料派"一定高于文学批评,而更多秉持必要、适度的多元主义态度。佛云:"心静方能见众生",只有内心宁静、不存"我执",不立定于一尊之标准、不争学术门派之高下、不以一时之是非为是非,才能"见"出每种研究方法与其时代相应和的来历,才能清晰窥得其可以师法之处，以及其间不易处理的难题。

二是出于自身的局限，此书稿/教材的短处也比较明显。我近20年的研究，主要属于"历史化"范围。无论是偏于"史料派"的《中国当代文学制度研究（1949—1976）》《中国当代文学报刊研究（1949—1976）》，还是近于"史论派"的《中国当代文学本事研究（1949—1976）》，都与一线文学批评工作缺乏直接关联。这就导致"文学批评"一讲成为此书稿中最为薄弱的专题，浅尝辄止，其遗憾较难弥补。幸好陈晓明先生主编的《中国当代文学批评史》已于2022年正式出版，有志于学者可兼读此著，足以纠本书之失。与此相似，由于主要讲述"当代"，对于现代文学研究中一些有影响的方法就不曾触及，譬如李怡先生先后提倡的"民国机制""大文学""地方路径"，亦属遗憾。当然，最大的局限还是在于自己识断能力的促狭。昔人曰："积之不厚，则其发之也浅；发之不浓，则其感之也薄"（刘将孙：《如禅集序》），这是我开课过程中时时有之的顾虑。因为此课程主要以具体研究为例来介绍"方法"，必然需要分析具体学者的研究实例，但由于自己学力有限，书稿对于具体的代表性研究方法的分解与推介必有失当之处，未必符合提倡者与实践者之本意，尚希诸位师友见宥。

此外，书稿在"十讲"之外附了一篇"本事批评"，系介绍我自己这些年从事当代文学本事研究所积累的一些经验与方法。因仅属"史料派"研究之一种，又主要局限于我个人的尝试与摸索，并非在当代文学研究中广有影响的方法，故以"附录"方式出之，希望也能供有志于本事改写、跨媒介改编的青年学者参考、斟酌。又，在每讲后面，还附了一个"推荐阅读文献"，既包括讲授中重点分析过的研究文本，也包括未曾涉及但很重要的文献。譬如，"社会史视野"其实只是近20年文学社会学研究中的一个支脉，为帮助同学了解更为广泛的文学社会学研究,该讲推荐文献就在"社会史视野"之外列举了蔡翔、贺桂梅等学者的研究,以打开学生的眼界。

书稿的完成,终究是一件快乐的事情。这不仅源于完成一项考验耐力的工作,更指在资料准备、课程讲授、书稿撰写的漫长过程中,我从中感受到的学习的喜悦。夫子曰:"三人行,必有我师焉",于我撰写此书稿的过程而言,非常贴切。其间,读到诸多意想不到的思想与论述(包括"80后""90后"年轻学者的文字),令人叹羡,但更令人喜悦,期待自己也能不断"自我革命",能以文字贴近、理解、构想我们所在的时代及其文学。当然,更期望的是,有一批年轻人可以从这门课程受益,不但能够得以一窥现当代文学研究之门径,更能不忘自己的来处,踏上"有思想的学术"和"有学术的思想"之路途。后者指的是比学术训练更为重要的"做人"问题。史学家蒙文通曾感叹说:"象山言:我这里纵不识一个字,亦须还我堂堂地做个人。又说:人当先理会所以为人,如不知人之所以为人而与之讲学,是遗其大而言其细,是放饭流歠而问无齿决。不管做哪门学问,都应体会象山这层意思"(《治学杂语》),当然,何以为"人",在学界可能存在较大分歧,但在我,总期待着当我们优秀的年轻人有朝一日可以在"无声的中国"发声时,其所表达的不应该只是自己的优长能力,甚至也不只是"为往圣继绝学",而应该目光向左、向右、向前、向后,长久地注视那些自己认识的和不认识的"无数的人们"。

2022年12月16日初稿

2023年7月1日定稿

图书在版编目(CIP)数据

中国当代文学研究方法/张均著. --上海：复旦大学出版社,2024.9. -- ISBN 978-7-309-17555-4
Ⅰ.I206.7-3
中国国家版本馆 CIP 数据核字第 2024ZJ4699 号

中国当代文学研究方法
张　均　著
责任编辑/陈　军

复旦大学出版社有限公司出版发行
上海市国权路 579 号　邮编：200433
网址：fupnet@fudanpress.com　http://www.fudanpress.com
门市零售：86-21-65102580　团体订购：86-21-65104505
出版部电话：86-21-65642845
上海盛通时代印刷有限公司

开本 890 毫米×1240 毫米　1/32　印张 13.75　字数 332 千字
2024 年 9 月第 1 版
2024 年 9 月第 1 版第 1 次印刷

ISBN 978-7-309-17555-4/I · 1409
定价：78.00 元

如有印装质量问题，请向复旦大学出版社有限公司出版部调换。
版权所有　侵权必究